RIPLEY BOGLE

ROBERT McLIAM WILSON

RIPLEY BOGLE

Traduit de l'anglais
par Brice MATTHIEUSSENT

PUBLIÉ AVEC LE CONCOURS DU CENTRE NATIONAL DU LIVRE
ET DE L'IRELAND LITERATURE EXCHANGE.

Collection « Fictives »
dirigée par Brice MATTHIEUSSENT

CHRISTIAN BOURGOIS ÉDITEUR

Titre original :
Ripley Bogle

NOTE DE L'ÉDITEUR : Robert McLiam Wilson est né à West Belfast en 1964. Après avoir vécu en Angleterre, il habite de nouveau Belfast. *Ripley Bogle*, son premier roman, publié en 1988 en Grande-Bretagne, a été salué par une critique enthousiaste et a remporté plusieurs prix littéraires. Robert McLiam Wilson est l'auteur de deux autres romans, *Manfred's Pain* et *Eureka Street*, à paraître chez Christian Bourgois dans la même collection.

L'éditeur remercie l'Ireland Literature Exchange (fonds des traductions), Dublin, Irlande, pour l'aide financière qu'il lui a apportée.

ISBN 2-267-01374-6

Pour Mary et Peter

Ouah ouah, aboient les chiens,
Les mendiants arrivent en ville.

Ça commence

(Entre un homme avec de l'argent. Il attend. Entre une femme, mal habillée et passionnée. Ils font l'amour. Exeunt.*)*

« Aaaaaaaaeeeeeiiiicchhhh ! »

Le désordre du monde est en route. Scène de naissance. Le cri paisible de la parturition. Pour l'unique. Le nouveau-né incandescent. Les cris de Mme Bogle accompagnent l'arrivée involontaire de Maître Ripley Bogle, le fameux. Genoux écartés et reins tressautants. Le sale bâtard éponyme à grosse tête se fraie un chemin coléreux vers le monde extérieur.

« Aaaaauuuuuuuuurrrrrrcccccttttttttccchhhhhh ! »

(Écoutez la seconde salve ! Un vieux truc : crier avant de chuchoter.) Mme Bogle lâche un vent, crachotement rauque et sonore. La sage-femme d'âge mûr, Mme Johns, fronce les sourcils en une moue dégoûtée tandis que la vilaine infirmière Carter essaie à peine de retenir un ricanement. Quant au jeune docteur Poole, l'apprenti médicastre, il arbore un sourire considérable qui lui mange les yeux. Rougissant comme un gamin, il regarde l'infirmière

Carter au-dessus de l'énorme ventre gonflé et du fouillis des jambes largement écartées.

« Yeeeeeaaaaeeeaeaeaearrrggghhhtthk ! »

Il n'y a ni chanson, ni ode célébratoire, ni réjouissances ni fête allègre dans les salles du château de son noble et divin clan gaélique. Pas de bugle pour Bogle. Les cornemuses restent silencieuses alors que, déchirant et glouglotant, il taille sa route utérine vers le vaste monde. Un vagissement résonnera bientôt, trompette d'arrivée et d'intention hardie, mais il en sera seul l'artisan et l'interprète. Son unique chanson. Il n'y a pas plus grande tristesse que la naissance de Ripley Bogle. Désisolé et non désiré.

« Aaaaaaaaarrrggghhhhhhaaaeeieiiiiikkkkk ! »

Le petit salopiaud pousse fort. Il n'a pas le choix. Distendant les cuisses maternelles jusqu'à des dimensions impossibles, inélastiques. Sa première dette. Vif comme l'éclair, il a compris la fièvre générale, la confusion, la panique du monde : qu'il soit pendu s'il en pâtit. C'est son heure de gloire, que les autres aillent au diable.

« Oooooooooooooohhhhhhh ! »

Éructant un rot paisible et apaisé, Mme Bogle achève sa tâche mûrie. Entre ses jambes écartées sur les étriers, gloupe un fils. Anonyme et hideux, il impressionne peu le monde réuni là. Un augure de son existence à vau-l'eau.

Jeudi

Un

Merci.

On dirait que je consacre de plus en plus de temps à réfléchir à ma naissance. Il s'agit là, je l'admets volontiers, d'une activité très futile. Cet événement a hélas suscité peu de témoignages et mes propres souvenirs de cette expérience appartiennent à une région impénétrable et brumeuse de mon esprit. Malgré tout, les choses se passèrent sans doute ainsi — plus ou moins. Je le sens dans mes os.

Il faut dire que le moment est mal choisi pour les pensées relatives à la naissance. Car actuellement le monde ne ressemble guère à une matrice, du moins pour moi. Par exemple, une vague impitoyable de tremblote glacée remonte lentement de mon coccyx vers mon foie et je suis tout mouillé, trempé et dégoulinant. Je n'ai plus de clopes, je n'ai rien mangé depuis un peu plus de trois jours. Alors dites-moi, ça vous fait l'effet d'une matrice ? Pas vraiment.

Juin. Merveilleux juin glacé. Assez bizarrement, une grande proportion d'aimables Anglais ont tendance à croire que le mois de juin est situé en été. Évidente couillonnerie. Certes, les arbres exhibent une fallacieuse verdure et les gens s'essaient à d'asthéniques parties de cricket sur des gazons ravagés, mais je peux vous assurer qu'on ne saurait en aucune manière justifier le terme d'" été ". En aucune manière ! Nous seuls — nous les déchus, les sans-abri, les vagabonds —, nous seuls connaissons la vérité sibérienne d'un mois de juin anglais. Nous sommes ses alliés et ses confidents. Nous sommes comme cul et chemise avec sa poigne gelée et son étreinte glacée.

Me voici donc au beau milieu de ce mois, les testicules gercés et les pieds comme deux icebergs, en plein bras de fer avec l'hypothermie. J'ai si froid que je ne ressens même plus la faim, bon dieu de merde ! (Mais Malnutrition et Épuisement me font les yeux doux et multiplient les sourires aguicheurs.) Oui, le froid est terrible mais il reflue lentement. Je l'ignore de mon mieux. Ça me paraît le plus raisonnable. En tout cas, au bout d'un moment, le vrai froid — l'authentique vague arctique — devient purement théorique. Telle une conviction intellectuelle troublante, il agace sans vraiment irriter. Il anesthésie sa propre action. Ce dont je lui sais gré. Tout cela accorde au problème des gerçures une sorte de grotesque respectabilité ascétique ; malgré tout, je m'en passerais bien... eh oui, je suis comme ça.

En ce moment précis, je suis assis sur un banc glacé de St James's Park et je me moque sombrement de la lueur prismatique de cette soirée en toc. Il s'agit là, je le reconnais, d'une activité violemment émétique, mais pour l'instant la liste de mes autres options n'est pas vraiment encyclopédique.

Je remarque deux choses curieuses.

D'abord, malgré une température à se peler le jonc et mon inconfort aussi général qu'absolu, je cède à une sentimentalité larmoyante devant le crépuscule qui s'étend peu à peu sur le parc. Je déteste dire ça, mais ce soir j'ai l'impression que le monde s'est vraiment mis sur son trente et un pour moi. Il va sans doute dans un endroit très classe. Si je le connaissais un peu mieux, j'essaierais de quémander un billet de cinq ou quelque chose. Bon, tout ça c'est de l'esthétisme pour vous. Mais je ne le ferai pas. En ce moment, le monde et moi sommes légèrement brouillés.

La seconde chose à remarquer, c'est qu'assis sur ce banc gelé, je risque à chaque instant de basculer et de mourir d'inanition pure et simple, alors que je me trouve à moins de trois cents mètres du Palais de Buckingham. (Cette pensée a la fâcheuse tendance de me faire hurler de rire.) La Reine est là-bas. De dieu, peut-être qu'en ce moment même elle est assise à une de ces grandes fenêtres clignotantes, en train de m'observer ! Elle se moque de moi pendant que je me Belsenise à vue d'œil et que je gèle sur pied. (Voilà maintenant qu'il pleut. Putain de pluie.) Ça ne m'étonnerait pas le moins du monde. Enfin quoi, les pires clébards de cet endroit sont mieux nourris que moi. Mais, à bien y réfléchir, les pires clébards en général sont mieux nourris que moi. (Me revoilà à hurler de rire en vrai connard que je suis.) Je songe tout à coup que je suis plus cultivé, plus beau et plus avenant que la Reine elle-même et que je meurs néanmoins de faim quasiment sous ses fenêtres. Qu'aurait dit Charlie Dickens là-dessus, je me le demande.

En fait, il y a une troisième chose curieuse à noter. La plus insensée et absurde des trois : ma situation présente ne me dérange pas beaucoup. Pas vraiment. Elle ne me désespère pas. Je veux dire que mon état de vagabond crasseux, affamé et désargenté ne semble pas me bouleverser autant qu'il devrait sûrement le faire. Sans doute que j'ai pété les plombs. Depuis quand l'indigence fait-elle le lit d'une joyeuse insouciance ? Mais c'est comme ça. Au beau milieu de ma pauvreté et de mes humiliations je suis bizarrement, nébuleusement heureux. Jaseur irrépressible et mignon comme pas deux, je sens qu'après tout la situation n'est pas si grave. Inutile de le dire, je me goure jusqu'à l'os. La situation est on ne peut plus grave et bien partie pour empirer. Malgré tout, je me considère en cet instant pur et frais ; lucide et amaigri par les épreuves. Le combat continue, mais je tiens bon. Feintes et esquives : je ne mange pas de ce pain-là, moi. Je les laisse aux bien nourris, aux sages. D'accord, je suis peut-être à côté de la plaque des gerçures, de la malnutrition, de l'absence de toit au-dessus de ma tête, mais je m'en fiche.

Pensez donc à ce qu'elles me donnent, ces privations, cette dure philanthrope. Houp là ! Je cherche frénétiquement à me rappeler ce qu'au fait elles me *donnent.* Oh ! Ah oui, ça y est. Bien sûr.

Les dons de la pensée et de la mémoire, voilà. Et puis quoi d'autre ? La pensée et la mémoire. Je me souviens et je réfléchis. J'ai beaucoup de temps à ma disposition et peu de distractions. Et vraiment, être un moins que rien est tout à fait vital pour la formation d'un esprit vraiment incisif et intellectuel. Pensez à Dickens, pensez à Orwell. Que seraient donc devenus ces deux-là sans leur précoce et fructueux lèche-trottoir ?

La pensée et la mémoire. Denrées étonnamment savoureuses. Je confesse que mon intelligence se réduit à des manifestations sporadiques, mais la mnémotechnique est pour moi un soutien stable et constant. Instants duplicables : nanan de ma petite histoire. La révision. Pensées laiteuses, oublis nébuleux. Rédacteur-réviseur, j'accueille et trie la réalité, moi et mes vilains caprices d'auteur.

Ainsi, je me réconforte. Ne feriez-vous pas de même ?

Encore moi. Quelques détails. Quelques éléments de mon passé. Mensurations et traits principaux.

Je mesure un mètre soixante-quinze. Mon poids, variable, n'est pas très bon en ce moment, pas bon du tout même. Mes yeux sont verts (et fabuleux !), mon visage blême et mes cheveux noirs — mais actuellement d'une couleur indéterminée à cause d'une somptueuse patine de crasse, bref négligés mais noirs. J'ai vingt et un ans, je m'appelle Ripley Bogle, mes activités sont la faim, le froid et des crises de larmes hystériques.

Je suis moitié gallois moitié irlandais. Vous pardonnerez mon franc-parler si je vous dis que c'est une putain de calamité. Je n'arrive jamais à décider quelle branche de ma généalogie je méprise le plus... la galloise ou l'irlandaise (la galloise l'emporte d'habitude d'une courte tête). Le côté irlandais de ma famille est celui de ma mère. Toutes les Irlandaises que j'ai rencontrées ont toujours été particulièrement hideuses et vous apprendrez avec plaisir que ma mère ne faisait pas exception à la règle. Une grosse roulure, une vieille pouffiasse. Sans doute qu'elle est morte à l'heure qu'il est ; en tout cas, j'aime le croire. Son père (mon papy) est toujours en vie, je pense, à se ruiner la santé dans les rues les plus crades de Belfast. Son père à lui, mon arrière grand-père maternel, fut le seul membre irlandais de ma famille à avoir occupé une position éminente en ce bas monde. Cette position fut celle de Héros Officiel. Il y accéda en se faisant arracher les jambes et l'essentiel des testicules à Passchendaele alors qu'il luttait pour la nation britannique contre l'armée allemande — tandis que son frère (mon arrière-grand-oncle ?) se faisait arracher la tête dans O'Connell Street alors qu'il luttait pour la nation irlandaise contre l'armée britannique durant l'Insurrection de Pâques. Le reste de la famille constitue la liste habituelle de râclures gaéliques infrahumaines.

Mon père, quant à lui, est incontestablement mort. J'en suis certain. Bien que moins répugnant que ma mère du point de vue physique, c'était un bien pire salopard. Je me souviens avec plaisir qu'il essaya un jour de m'arracher les tripes avec une bouteille de Bass brisée. Je crois que j'avais huit ans à l'époque. J'aurais sans doute fini par trucider ce vieux sac à merde s'il ne m'avait pas devancé en répandant la plupart de ses organes vitaux sur le carrelage de la cuisine, avant que je ne sois assez vieux ou assez costaud pour le réduire moi-même en chair à pâté. Je ne connais pas grand-chose à ses ancêtres. C'étaient certainement d'ignobles jean-foutre gallois comme lui-même.

Outré ? Guère convaincant ? Oui, peut-être un peu. Je ne sais pas très bien pourquoi je me complais ainsi à cette pochade répugnante, à ces caricatures assassines. Ce n'est pas vraiment mon genre et je n'excelle pas dans cet exercice. En revanche, lorsque j'étais plus jeune, j'excellais dans la cruauté et le blasphème. J'avais un don admirable pour le mépris et la condamnation aveugle. J'en étais alors enchanté, j'y voyais une arme invincible. Aujourd'hui, je trouve tout ça dérisoire. Une demi-vérité, la pauvre moitié de rien du tout.

Dans mon cas, l'histoire semble être arrivée à une sorte de terminus. J'ai choisi d'en sortir. Faisant un pas de côté, je me suis enfoui dans l'amer confort de mon échec et de mon déclin. J'ai tout bonnement capitulé devant le monde, pour me carapater vers la ligne de touche aussi silencieusement et discrètement que possible. Et me voilà, heureux de mon sort. De toute cette année, je n'ai pas mis les pieds sous le moindre toit. Terrible, non ? Mes muscles et mes tendons s'atrophient sous les injures et l'inclémence du temps. L'absence de chaleur fait virer ma peau blême au gris. Je suis bien plus qu'un simple vagabond. Je suis un claustrophobe, un ermite, un prophète, un perdant, une nullité, un message chiffré ! Nom de dieu, je suis un symbole de notre époque ! Sacrée affaire, ça, et qui me va comme un gant. Je fus autrefois une sorte d'image de la réussite. J'étais un sage, un richard, un homme fêté et recherché. Aujourd'hui, je ne suis rien. Personne ne me connaît et j'existe à peine. Je suis le chemin de toute chair : je me dissous dans la réalité. L'homme d'avant-hier.

Par bonheur, j'ai du moins renoncé à mentir, à chicaner et à pressurer. Je surveille mes invectives. J'ai refusé le gage de la jeunesse et de l'esprit d'entreprise. Je me suis retiré de cette foire d'empoigne moderne et triviale. Elle me faisait l'effet d'une terrible perte de temps, alors que ces jours-ci j'ai tant de choses en tête. J'ai une sorte de but maintenant, voyez-vous. (Présages, mystères, apparitions étranges !) J'ai, pourrait-on dire, entamé une quête. Cela paraît absurde, je sais, mais que peut faire un pauvre garçon ? Ici dans ma misère et ma honte, parmi les vestiges de mes aspirations et les ruines de mes talents, j'ai une espèce de but.

Telle est la raison de mon histoire. Telle est la carte astucieuse d'où j'exhumerai mon but, ma tâche et mon trésor. Telle est notre destination commune. La vôtre, la mienne et celle de mon histoire (telle qu'elle est). Cette quête. Ma recherche de l'ultime et fondamentale bonté dans ce monde.

Il y eut et il y a toujours des choses désirables comme la vérité, l'honneur, la sagesse et la beauté. Simplement, elles sont difficiles à trouver. Furtives, elles craignent la poigne de fer de la reconnaissance, cette preuve qui signe aussi la perte de la foi. Elles sont des succubes parmi les démons repus d'aujourd'hui. Mais c'est ce que je désire. Mon exigence fondamentale. Quelle autre revendiquer ? La preuve et les vestiges de la bonté en ce bas monde.

(Encore, encore, continue.)

Ici dans St James's Park, le soir est lentement tombé. Des ombres s'amassent et roulent dans le ciel noyé de nuages, la lueur du crépuscule envahit l'étang. Ah merde, comme j'aimerais être dispensé de regarder ce spectacle !

Je me lève. Le froid commence à me gêner pour de bon. Il excède si curieusement les nécessités élémentaires. J'adresse un clin d'œil aux arbres, je flirte brièvement avec l'idée de dégommer quelques canards à coups de pierre. Mais non, hélas. La pauvreté entame affreusement le sens de l'humour. Pour pouffer de rire comme il faut, un peu de fric n'est pas de trop. Bon, c'est le moment de marcher. Ce que j'entreprends de faire avec précaution, insufflant un peu de chaleur et d'agilité imaginaires aux espars grinçants de mes jambes. Néanmoins, cet instant de confort maritime est très vite submergé et coulé par un violent abordage de la douleur qui me vrille la moelle épinière, me met le cerveau en ébullition et taraude mes pauvres reins épuisés. J'ai envie...

J'ai envie d'une cigarette.

Deux

Une patate
Deux patates
Trois patates
Quatre ;
Doigts poisseux de confiote essuyés sur la porte.

D'aucuns s'accordent à dire que je fus un nouveau-né suprêmement répugnant. Il semblerait que même les témoins les plus indulgents ne pouvaient dissimuler l'horreur mirifique qui accompagnait d'habitude la découverte de mon humble et chétive personne. De notoriété publique, une proportion prodigieuse des infirmières travaillant dans la salle que j'occupais modifièrent alors leur plan de carrière ou, à tout le moins, durent subir un traitement psychiatrique. Des rumeurs inquiètes circulèrent, parlant de naissance anormale, de lycanthropie, d'explosions subatomiques expérimentales et autres hideux prodiges. Mais c'est plus fort que moi, je devine derrière ces ragots un stratagème, un torrent d'hyperboles destinées à atténuer la haine que me vouèrent aussitôt et durablement mes géniteurs.

Cinq patates
Six patates

Sept patates
Huit ;
J'aime ce que j'aime
Je hais ce que je hais.

Après ma naissance, ma mère, Mme Betty Bogle (incroyable, non ?), fut assaillie par la culpabilité. Elle avait convolé en justes noces un mois seulement avant ma naissance, mettant ainsi une fin prématurée à une carrière prometteuse et fort convenable de prostituée de bas étage, et elle considéra que mon statut illégitime accentuait grandement mon aspect grotesque. Mon père, M. Bobby Bogle (de pire en pire), acquiesça de tout cœur aux dires de ma brave Maman. Cet ancien boulanger était un chômeur assidu, doté d'une réserve d'alcool miraculeusement inépuisable et de la conviction inébranlable de s'être marié en dessous de son rang. Voilà bien les Gallois...

Neuf patates
Dix patates
Onze patates
Douze ;
Sûr que je mouillerai le lit ce soir
Pourvu que je fasse ça bien.

Comme ma mère continuait de mettre bas avec une régularité affolante, son ancienne profession et mon propre pedigree douteux froissèrent gravement les sentiments de M. Bogle. Les disputes tempétueuses qui en résultèrent constituent certains de mes premiers souvenirs, et parmi les plus chers. Ces scènes de ménage me ravissaient. Loin de me donner une intuition infantile des conflits traumatisants, ces empoignades aussi vives qu'acrobatiques, accompagnées d'échanges verbaux dignes de l'opéra, m'enivraient. Bientôt, aux hurlements, aux vociférations et aux invectives parentales, se mêlaient mes propres glouglotements parfaitement reconnaissables, mes borborygmes enthousiastes, mes menus cris d'encouragement. Voilà un bon exemple précoce de ce manque de tact fondamental qui me caractérise aujourd'hui encore.

Ah, mon enfance ! Les matinées s'inclinaient pour souhaiter la bienvenue à mon jeune âge, qu'elles honoraient de leur propre commencement. Mes premières années semblaient se résumer à une suite ininterrompue de matinées, d'arbres et de haies bourgeonnants, le baiser verdoyant de l'herbe enfantine et le clin d'œil rayonnant du soleil paternel. Mon énergie, ma santé sans faille, mon inébranlable confiance en moi s'étendaient, intemporelles, devant et derrière moi.

Mais comme toutes les bonnes choses...

« Ripley... ? »

(Imaginez la scène : un édénique petit déjeuner bogléen, parmi mioches et nichons.)

« Oui, m'man ?

— Ripley, j'ai quelque chose à te dire. Tu sais ce que c'est que l'école ? »

Je me souviens parfaitement qu'en entendant le mot " école ", je ressentis un curieux mélange de terreur et d'excitation. Je me demandai brièvement quelle sensation adopter comme ligne politique, mais l'habitude l'emporta et je choisis aussitôt la terreur.

« Alors, sais-tu ce qu'est l'école ?

— Non.

— Ben l'école, c'est là où tout le monde va pour apprendre. »

Classieux, non ? Un ange passa, qui me permit d'assimiler cette splendide information.

« Pourquoi ? » couinai-je.

Légèrement décontenancée, la maman.

« Ben, pour que tu sois capable de savoir lire et écrire comme ton père et moi. »

(Douteux, dans le meilleur des cas.)

« Pourquoi ?

— Parce qu'il faut que tu saches lire et écrire quand tu seras grand... sinon personne t'aimera. »

Après cette définition malthusienne, je réfléchis brièvement avant de reprendre mon numéro d'aimable chiard émerveillé enquiquinant ces malappris d'adultes avec ses questions adorablement précoces et sans réponse. Cette comédie m'avait déjà rendu maints services.

« Pourquoi ? » répétai-je.

(J'aurais sans doute pu trouver une variante.)

« Je viens de te dire pourquoi, espèce de petit emmerdeur ! »

J'essayai de rassembler mes troupes pour mener une charge de cavalerie sur le flanc de la tendresse maternelle.

« Est-ce que tu seras là, m'man ?

— Sois pas stupide. Bien sûr que je serai pas là ! »

Cette réponse me vexa un peu, mais dans mon optimisme j'interprétai son côté abrupt comme un simple écran destiné à dissimuler le conflit qui ravageait sans doute le cœur maternel. J'accordai à cette pause tout le charme alangui de l'enfance, avant de bêler piteusement :

« Je crois pas que j'aie envie d'aller à l'école, m'man. »

Bon dieu, j'étais déjà un sombre crétin à l'époque. Car, inutile de le dire, ma chère maman réagit aussi sec et, après m'avoir botté le cul, elle me dévoila le pot aux roses.

« Très bien, monsieur le têtu ! Mais fais gaffe de pas saloper ton pantalon aujourd'hui, parce que... » — elle avait eu la faiblesse de m'informer à l'avance du début de ma carrière scolaire — « ... parce que tu vas à l'école dès demain.

— Oh », fis-je assez raisonnablement.

Ainsi donc, l'école. Troquer l'improvisation intime des négligences familiales pour la version plus organisée de l'éducation primaire. J'étais un enfant sans trous. Pas de BCG, pas de vaccins, pas de carnet de santé, pas de certificats, pas de médecins, pas de dentistes. La maladie aurait pu me régler mon compte sans coup férir. (Mais comme pour tous les autres, elle ne s'intéressa pas à moi.) J'avançais donc dans la bauge de mes glandes endocrines surchauffées.

Je déteste l'admettre, mais d'une manière générale je n'ai subi aucun sévice. Cet aveu me coûte. J'adorerais tellement égrener une série d'anecdotes horribles sur les tortures mentales, les excentricités sexuelles et les expériences physiologiques qu'on me fit endurer pendant mon enfance. Toutes ces crapuleries qui trempent le caractère et qu'à proprement parler je méritais. Malheureusement, je ne peux prétendre valablement à aucune de ces marques incontournables de sympathie. On m'a purement et simplement ignoré, négligé, rogné, effacé, gommé, tippexé. Personne ne m'accorda un seul mot de tendresse, d'encouragement ou de pitié. Je ne valais même pas le déplacement pour les preuves de cruauté ou de mépris. Je me dépatouillais avec l'optimisme et il se dépatouillait avec moi.

(Je regarde autour de moi en remontant Constitution Hill d'un pas traînant de vagabond. Ce n'est que l'Angleterre, sonore et gentiment réfrigérée. Ici, j'ai du mal à penser à tout ça. Le côté doux et imperceptible de la cruauté enfantine. Pas d'assistante sociale pour ce genre de chose dans ce genre d'endroit. Ah, ces professions altruistes ! Casuistique et camouflage au mieux. Je n'ai jamais rencontré ce genre de bêtises quand j'étais un bébé battu.)

Je crois me rappeler que je marchais déjà d'un pas traînant de vagabond pour me rendre à l'école en ce premier jour. Toute la matinée, mes frères s'étaient livrés à des démonstrations spectaculaires de beuglements et de vomissements ; on avait découvert mon père, rond comme une queue de pelle, dans la remise à charbon. Moyennant quoi, faisant preuve d'un sens de la diplomatie fort précoce, j'avais renoncé à faire appel à la clémence maternelle.

Je me souviens : comme j'étais happé vers la fin de l'innocence ce matin-là, je me demandais si les gens qui nous croisaient dans la rue devinaient que j'étais un pauvre garçon maltraité, accompagné de sa mère indigne. Je m'attendais sincèrement à ce qu'un vieillard bougon et chauve, aux yeux pleins de bonté et à la pipe odorante, nous arrête de force dans la rue, tance vertement mon infâme génitrice et m'entraîne d'une poigne intraitable vers son château resplendissant où j'aurais pu manger de la guimauve toute la sainte journée et jouer avec de ravissantes soubrettes.

(Goulu, le petit, hein ?)

Bon, on m'a adressé deux ou trois sourires, j'ai même aperçu un ou deux visages aux yeux pleins de bonté, mais ce jour-là bernique pour les châteaux resplendissants.

J'étais cuit. Fini. Nadir.

J'ai déjà dit que mon enfance s'est résumée à une suite infinie de matins ensoleillés. Eh bien, depuis un moment, j'ai l'impression d'un après-midi brumeux, inquiet. A l'époque, je ne compris pas très bien ce que j'avais perdu, mais je fus aussitôt certain que cette chose me manquait déjà terriblement.

(A ce moment précis, je croise une fille qui semble se

recroqueviller sur elle-même. Elle détourne les yeux, puis me regarde, en faisant bien attention de ne trahir aucune émotion. Elle rase le mur, la mâchoire crispée par la peur et l'indignation. Elle garde la tête baissée, désapprobatrice, ses pas rapides sonnent sur l'asphalte. Elle ne m'aime pas. Elle n'aime pas mon air crasseux, ma démarche d'infirme, de victime. Je la gêne et l'inquiète, ce dont elle se passerait volontiers. Je ressens ça d'autant plus durement qu'elle est jeune, jolie, et qu'elle a ces yeux humains et cléments que j'aimais tant. Elle me dépasse en trottinant d'un air soulagé. Moi, le vagabond. Je suis plus jeune qu'elle.)

J'ai beaucoup appris pendant mon premier jour d'école. J'ai goûté la joie et la désillusion amères du savoir. Rude expérience. Bon dieu, si vous me trouvez un peu bizarre en ce moment, vous auriez dû me voir alors ! L'âge et la méticulosité me transformaient quasiment en Quasimodo.

Je découvris que je vivais à Belfast et que Belfast se trouvait en Irlande et que cette combinaison faisait de moi un Irlandais. La triste et jeune écervelée dont nous étions affligés insistait beaucoup sur ce point. Dès qu'elle en avait l'occasion, elle soulignait avec vigueur qu'on pouvait bien nous appeler autrement, mais que nos noms seraient toujours irlandais.

Soucieux de plaire, je passai presque toute cette matinée à me demander quelle invention patronymique charmerait le plus la stupide donzelle. Je conclus que " Irlandais Bogle " ne cassait pas trois pattes à un canard et que ma Très Chère Maman n'adorerait pas " Ripley Irlandais ", vocable qui masquait mon identité familiale. Etant en toute occasion un type arrangeant et spirituel, j'optai finalement pour " Ripley Irlandais Bogle ". Je me rappelle avoir été ravi de ma trouvaille.

Cette solution temporaire vola néanmoins en éclats lorsque mam' selle Trotsky nous déclara qu'une Ame Fourvoyée essaierait peut-être de nous qualifier de Britanniques, mais que de toutes les erreurs possibles et imaginables c'était sans aucun doute la pire. Les Ames Fourvoyées auraient beau insister, plaider ou flatter, nos noms resteraient indécrottablement irlandais, quoi que cela signifiât.

Comme vous l'imaginez, cette insistance me tracassa sans fin. J'étais éberlué et inquiet. Soucieux et troublé. Mais mon instinct critique, aussi aiguisé que précoce, et ma méfiance juvénile envers toute ferveur pédagogique me poussèrent à consulter l'oracle maternel dès mon retour au foyer. Entre-temps, cédant à la fièvre du compromis (qui ne m'a jamais quitté depuis), je choisis le surnom de « RipleyrlandaisanglaisBogle ».

Me voici donc, pauvre et minable andouille, presque ratiboisé par l'ampleur stupéfiante de la difficulté et du problème dont mes frêles épaules se trouvèrent soudain chargées. Il fallait s'y attendre : dès que j'interrogeai ma chère vieille mère sur les propriétés titulaires de mon état, elle essaya de m'enfoncer la table de cuisine dans le cul. Elle maudit Dieu le Père qui lui avait fait cadeau d'une pareille calamité, votre serviteur en l'occurrence. J'étais presque d'accord avec elle. A la réflexion, ce type nommé Dieulepère aurait mieux fait de me garder à ses côtés.

(Devrais-je montrer un peu plus de clémence envers le passé ? M'essayer, par générosité, au révisionnisme ? Non, je ne le pense pas. Je déteste imaginer que ce cher passé s'en tire à si bon compte.)

Trois

Regent's Park. En cet instant précis. Le dur filament d'une pensée, d'un souvenir, d'un augure. L'enveloppe de mots et de mélodie : mais surtout, la mémoire, pathétique bave d'erreurs et de réparations. Voilà. Mon passé cinématique se déroule de nouveau avec toute la hardiesse d'une mise en perspective.

Ceci.

Marcher, un regard jeté vers une sombre maison encadrée de noisetiers par cette soirée parmi toutes mes soirées. Le miroitement des feuilles héliotropes dans le halo du lampadaire au-dessus de ma tête.

Ensuite ?

Encore. Vive à l'appel de la mémoire, la joie de Noël à dix ans et l'espoir de nouveaux jeux. Les liens qu'offrent ces moments, cette compensation fragile ; l'auxiliaire de la fuite irréparable de toutes ces années. L'optimisme et la foi sans tache, nullement menacés par la mercature de l'expérience. Ainsi, je me souviens — à l'occasion, sans y être invité et déclinant rapidement. Ces anciens épisodes douloureux m'accordent le lest dont j'ai parfois besoin. Mais oui, les coups de sonde intermittents dans les strates de mon passé apaisent la gigue délirante du monde extérieur.

Moui, tous ces trucs ! (Assez impressionnant pour un vagabond, je suis sûr que vous en conviendrez.)

La vision de Noël s'évanouit et je continue de marcher. Fatigué, je suis et j'ai du mal à suivre le fil de mes pensées. Je vais essayer d'y mettre un terme.

(Maurice m'a dit un jour que je gambergeais trop souvent à propos de trop peu de chose. Pour Maurice, c'était presque une épigramme. Il appréciait cette concision et il aimait attirer mon attention.)

La nuit est sombre et très froide. Des arbres aux feuilles rabougries se balancent, leurs brindilles duveteuses semblent frémir d'une appréhension apathique, tristes choses. A l'étage, le ciel est ce dais noir crevé d'étoiles que je déteste tant. Madré et d'une dureté inflexible, un ennemi. Une petite brise sournoise ébouriffe mes cheveux tout emmêlés. Mon odeur étrange et désagréablement personnelle dérive au gré de cette brise joyeuse. Ah, pauvre de moi, ces nuits de vagabondages ! Comme je les aime après tout.

Tiens, tiens, Regent's Park. Mais oui. Nous connaissons tous Regent's Park, pas vrai ? Regent's Park m'importe beaucoup. Pour toutes mes heures, fastes ou maudites, Regent's Park me réserve une place. D'une beauté ridicule, puant le fric et les privilèges, voilà mon Regent's Park à moi. Cela ressemble davantage au Londres dont je rêvais enfant. J'essaie ici toute la gamme de mes humeurs, je les joue sous l'arc profus de ces lampadaires. Il les adoucit un peu.

Comme j'aime Regent's Park et St John's Wood ! Les terrains de cricket me chuchotent des mots somptueux et prometteurs. Surtout la nuit. Ce lieu : vert, noir et gris. Le plus étonnant, c'est qu'un vagabond ranci et puant comme moi puisse se pavaner au milieu de cette débauche d'argent. Difficile à croire. En toute légalité, mon immonde personne peut battre ce pavé luxueux. Ce devrait être interdit. Ça n'est certes pas tolérable. En tout cas, je ne défendrais pas ce privilège.

(Pour tout dire, c'est une bonne raison qui m'amène ici. Je joue mon rôle dans cet opéra de la richesse et de l'opulence. Le rôle joué par la pauvreté fait partie intégrante du succès de la pièce globale. Au bout d'un moment, l'Argent devient indifférent à ce qui a déjà été acheté. A ses extrêmes, l'Argent devient théorique, impalpable. Et c'est là que j'entre en scène. Quel contraste plus saisissant imaginer ? Je rends service aux riches. La richesse sert, bien sûr, à mesurer la distance qui sépare de la pauvreté. Il s'agit de savoir à quel point vous n'êtes pas pauvre. Crésus sait qu'il est Crésus seulement lorsqu'il peut voir un vagabond comme moi traîner ses basques loqueteuses devant sa demeure. Il a besoin de moi. Que seraient ses richesses sans moi ?)

Londres est un endroit vraiment bizarre. Mais oui. Vous le savez bien. J'aime cette bonne vieille ville de Londres. Dans toute sa gloire grise et crasseuse. Des vies habitent ici. Beaucoup de vies. A l'heure des bougies, la neige est sèche et blanche, contrairement à l'Irlande où l'hiver est humide et brun. Ah, Londres. Quelle ville ! Je l'ai arpentée. Tant de riches ordinaires, tant de pauvres irrécupérables. Les Seigneurs et les Abjects. Londres vit pour eux tous — en mesures presque égales. Leur province et leur bien. L'un dans l'autre, je ne me sens nullement étranger en me baladant parmi ces rues. De toute façon, c'est une ville d'étrangers. On tombe rarement sur un visage anglo-saxon. Cette bonne vieille Angleterre égalitaire ! Arabes, Africains, Américains, Antillais, Indiens, Allemands, Pakistanais, Juifs, Chinois, Japonais, Français, Écossais, Irlandais et, sans nul doute, un dépôt généreux de putains de Gallois. Ne vous méprenez pas. Ce n'est pas une tare, mais en comparaison de cette clique je suis saint Georges en personne !

Bon, quel est votre Londres ? Quelle est la ville que vous connaissez ? Riche-pauvre, nord-sud, est-ouest, périphérie-centre, dedans-dehors ? Moi je les connais toutes. Sans exception. Tous ces Londres différents. Golders Green, Muswell Hill, Chiswick, Chelsea, Camden, Kennington, Finchley, Fulham, Rotherhithe, Richmond, Notting Hill et Bethnal Green. Je les connais toutes.

Je connais tous ces quartiers comme vagabond. En qualité d'observateur. C'est ce que vous donne le vagabondage : un statut de public ; celui du témoin, le point de vue de l'artiste. Nous autres vagabonds, nous vous observons tous, et nous écoutons aussi. Grossier, certes, mais nous n'avons rien d'autre à foutre.

Londres est pour nous une ville entièrement différente, réservée aux vagabonds. Aux antipodes de tous ces Londres cités ci-dessus. Elle est beaucoup plus grande pour commencer, cette ville de la cloche ; mais paradoxalement sa géographie est plus minutieuse, plus précise. L'échelle est plus petite, et les détails abondent. Les vagabonds connaissent la ville dans son essence infime. Ils connaissent ses pierres, ses tuyaux, ses briques, ses seuils et ses trottoirs. Nous y dormons après tout. Je veux dire, songez un instant à la connaissance qu'a de son lit le citoyen moyen. D'accord ? Eh bien, vous y êtes. C'est ainsi que nous connaissons les rues de notre ville. C'est la tranche de Londres, découpée au ras du sol et offerte au mendiant, son agrandissement exclusif, son paysage urbain privé. J'ai ressenti l'amitié du pavé. J'ai ressenti la recherche et la berceuse du sommeil dans son étreinte imperméable. Je ne me plains pas, croyez-moi. Finalement, au terme foireux de l'endurance et des épreuves, la plupart des choses ont leur grâce salvatrice, leurs bons mots, leur charme particulier.

La plupart des vagabonds possèdent leur coin privé, leur territoire. Ils constituent de ternes communautés et pourrissent en une union précaire. Moi, je vague. Je volette çà et là. Je ne fais pas partie de ces vagabonds snobs et conformistes. N'importe quel lieu, je l'essaie au moins une fois. Vous pouvez dire qu'à ma modeste manière je couche à gauche et à droite. Je reste seul, c'est vrai, mais j'aime qu'il en soit ainsi. De toute façon, les bandes de vagabonds sont formations volatiles. Les parias essaient toujours de s'entre-tuer pour une raison ou pour une autre et ils y réussissent parfois. Eux aussi sont de cupides salopards et je dois dire que rien ne me déprime autant que le spectacle de l'avarice chez mon prochain. Et puis, ils n'ont pas de conversation. Je ne sais pas si vous avez déjà remarqué que l'éloquence est rarement leur point fort. Ils sont imbattables pour pisser dans leur froc, mais au moindre soupçon de débat intellectuel ils baissent les bras. D'accord, la malnutrition, les maladies et les privations ne constituent peut-être pas un terrain idéal pour l'éducation, mais ces types ne font apparemment pas le moindre effort, bon dieu !

(Le pire, chez les vagabonds, c'est bien sûr qu'ils schlinguent atrocement.)

Ne vous méprenez pas. Je n'ai rien contre les sans-abri. Simplement, j'ai parfois l'impression qu'ils se sont eux-mêmes mis dans le pétrin.

Le froid de cette sale nuit commence maintenant à tisser ses fils de glace autour de mon cœur défaillant. Ces jours-ci, mon cœur s'ouvre largement au temps qu'il fait. Les chutes de température, les dépressions et les fronts d'air froid se réverbèrent et s'ébattent dans mon pathétique miroir cardiaque. Cela m'inquiète. Il faut que l'été arrive sans tarder. Il va venir ! Je le sais très bien. Il ne faut pas que je me ronge les sangs. Non. A cette pensée requinquante, les lampadaires de la rue scintillent, amicaux et lugubres, pour ma mélancolie, pour mes yeux solitaires.

Je songe tout à trac que j'ai faim. Mais, " faim " n'est peut-être pas le mot adéquat. Une expression plus juste et mesurée pour décrire mon expérience présente serait sans doute : une putain de voracité qui me tord les tripes. D'accord, je suis un blanc-bec sans doute prompt aux exagérations de la jeunesse, mais c'est pour de vrai. C'est le truc authentique, garanti pur jus. Faim me frappe de plein fouet. Faim m'estourbit de son pied-de-biche. Faim s'amuse de moi. Ai-je déjà mentionné le fait que je n'ai rien mangé depuis plus de trois jours ? Et alors ? direz-vous. Mais j'ai vécu pire que ça ! Il y a quatre jours, par exemple, je n'avais rien mangé depuis cinq jours et je me suis senti tellement désespéré, putain, que j'ai récupéré dans une poubelle un hamburger à moitié bouffé, j'en ai essuyé la saleté et je l'ai englouti avec délectation. Qu'en dites-vous, hein ? Je parie que maintenant vous regrettez d'avoir ouvert le bec. (N.B. : Je me suis senti tellement honteux et dégoûté que j'ai bien failli vomir aussitôt le tout et que je n'ai pas récidivé depuis.)

Mais revenons à mes petites douleurs présentes. Je pense m'en être assez bien tiré jusqu'ici. J'ai souffert quasiment en silence. Ce qui, de ma part, est un exploit tout à fait inattendu. L'épuisement est une chose étrange, aux facettes multiples. Il vous envahit par stades successifs. (Comme je n'ai jamais passé plus de quinze jours sans m'alimenter, mon expérience est nécessairement limitée. A jeûner plus longtemps, je deviendrais aveugle, fou, ou bien je mourrais.)

D'abord, ça fait un mal de chien pendant environ une journée. Vous avez le ventre tout ballonné et distendu, vous rotez prodigieusement et vous avez tellement de salive dans la bouche que vous ne savez plus quoi en faire. Nous connaissons tous cette faim-là. La faim entre deux repas, la faim du jeûne, la faim du voyage, même la faim d'un régime. C'est une broutille. Une petite fringale de rien du tout. Totalement étrangère au vrai problème. Vous ressentez ensuite un agréable renouveau de confort et d'énergie. Quand votre cerveau consomme ses dernières réserves de glucose, votre esprit s'aiguise, vous devenez spirituel. Vos pensées et vos paroles sont aériennes, audacieuses, d'une beauté et d'une ampleur pyrotechniques. Vous écrivez des poèmes, vous résolvez des problèmes de probabilités, vous découvrez trois traitements indépendants du cancer.

C'est bien. C'est drôle. Mais alors Souffrance vous enfonce un gros bâton noueux dans le cul et baratte votre abdomen déjà distendu. Une demi-journée de splendides hurlantes et c'est fini... Ouf. Sans vous arrêter pour souffler, vous abordez une nouvelle période de tranquillité. Vous connaissez un bonheur inexplicable. Même l'intrusion sinistre d'une mort cérébrale imminente ne peut troubler cette sérénité nouvelle. Vous connaissez et accueillez tout ce qui se présente. Macrocosme et microcosme. Vous disposez d'une infinie sagesse, d'une compassion illimitée. Vous êtes le Philosophe Faim, un voyant infiniment sagace. Dieu vient vous parler.

Souffrance interrompt cet état et vous viole sans ménagement. Une demi-heure plus tard, vous accouchez d'une moissonneuse-batteuse aux lames rotatives, vous toussez et vomissez ce qui ressemble à votre intestin grêle. Il file au loin vers une vie nouvelle sous le soleil avant que vous n'ayez eu le temps de le rattraper.

Au moment précis où vous vous croyez fichu, prêt à passer l'arme à gauche, le calme revient. Mais c'est maintenant un calme plat. Un calme comateux. Le temps se dilate, vous voilà en pleine excursion au paradis des hippies. La perception et l'intelligence sont parties en congé loin d'ici et vous pataugez dans une paix mollassonne. Arrivé à ce point, vous ne faites plus très attention à ce qui vous arrive, vous risquez de vous retrouver à essayer de piquer un roupillon sur l'autoroute, etc. Pourtant, ne vous mettez pas martel en tête : dans cet état qui est désormais le vôtre, vous avez besoin de toute l'insouciance dont vous êtes capable.

Tiens ! Qui va là ? Mais je rêve ! Revoilà cette bonne vieille Souffrance ! Elle est vraiment furax, elle meurt d'envie de vous faire morfler. Elle commence par vous tarauder vicieusement les boyaux avant de s'attaquer à la paroi de votre estomac qu'elle récure à la paille de fer. Saisie d'une inspiration subite, elle accroche votre pancréas à votre vessie avec un croc de boucher. Vous vous recroquevillez et restez couché en chien de fusil. Vos jambes se dérobent sous votre corps et, lorsque vous tentez de vous relever, elles ne vous obéissent plus. Vous improvisez et retombez aussitôt.

Ça passe. Incroyable, mais ça aussi passe.

Votre cerveau, réduit à quia, décide de se secouer un peu. Les neurones s'entrechoquent et valdinguent contre la paroi palpitante du crâne. Suit une phase ésotérique. Phantasmagorie est le nom de ce nouveau jeu et, soudainement, Kafka ressemble à P.G. Wodehouse. Le diable se pointe, sous le déguisement fort seyant d'une araignée géante aux furoncles suppurants et à la sueur diarrhéique. Son faciès monstrueux et tremblotant se fend d'une moue aguicheuse tandis qu'accroupi devant vous, il exhibe son obscénité brûlante et vibrionnaire. Maintenant excité, il joue un moment avec vous avant de se repaître de vos poumons et de votre foie...

Et cætera...

Moche, hein ?

En fait, le truc que la plupart des gens ignorent à propos de la faim, c'est qu'il suffit de ne pas lui prêter attention pour qu'elle diminue et disparaisse. Jusqu'à un certain point. Au bout d'un moment, bien sûr, c'est vous qui mourez. Vous clabotez, purement et simplement. N'essayez pas, ça n'a rien de drôle.

Wouah, ça m'a fait du bien ! Je me sens rudement mieux. Le klaxon affolé de mes tripes a mis la pédale douce. Pour ce soulagement, merci.

Bon, j'en ai à peu près fini avec Faim. Je signalerai évidemment l'affreuse cacophonie endocrinienne et chimique que Faim produit dans votre pauvre corps. Cela, nous pouvons l'imaginer. Qui a besoin d'en connaître les détails ? Avec Faim pour compagne assidue et robuste, je préfère l'écarter à force d'optimisme et d'ignorance. L'inconnu peut vraiment vous blesser prodigieusement, mais ce que vous n'avez jamais eu ne vous manquera jamais. Ou, plus exactement, il est inutile de renoncer à ce que vous n'avez jamais mangé. Bref, la faim est affreuse, mais elle n'est pas près de s'en aller.

Scintillement, les étoiles scintillent. Les soleils d'autres êtres, m'a-t-on dit. D'autres systèmes solaires. D'autres cancers de la peau. Soleillement, brillent-ils pour autrui. Étoilement, luisent-elles pour nous autres terrestres.

> Scintille, scintille, petite étoile,
> Ne cherche pas à savoir qui tu es,
> Si haute par-dessus le monde,
> Comme l'acné luisante du ciel.

Je marche maintenant vers Tottenham Court Road. Cette destination me paraît mieux convenir à mon existence, macérant dans la saumure nippo-américaine aigrotesque et fort peu anglaise. En marchant, je passe le temps à observer les formes compliquées de mes jambes et de mes pieds. J'admire les plis et les froissements gracieux de mon vieux pantalon noir. Ainsi que mes vieilles chaussures. Les dernières de leur espèce, noir mat et pointues devant. Elles me mettent les pieds en feu, ces tatanes agiles et courageuses. (Je suis rudement bien fringué pour un clodo, vous ne trouvez pas ?) Comme j'observe mes arpions sans cesse changeants, une imbécillité agréable se met à palpiter et à luire dans la moelle de ma caboche. Faim reflue, faisant place à Épuisement, habile substitut qui a tant à prouver. Je ressens le faible désir inarticulé de continuer à marcher dans la nuit sous la beauté fraîche et reposante de tous ces lampadaires. Je trébuche, à deux doigts d'atterrir sur le fion. A contrecœur, mon esprit sursaute et reprend vie, indécrottable optimiste. Je continue de marcher.

Oui. Tottenham Court Road. Patine et pouls électrique du vingtième siècle. Pas loin de dix heures, je le constate. Au-delà des halogènes et du bégaiement de LED, le ciel luit en une courbe resplendissante éclairée par la lune, saupoudrée des tourbillons bleu-noir de nuages maléfiques. Sous son dôme, Tottenham Court Road se transfigure soudain pour devenir une avenue fantastique de mystère et de perversité minable. Un filament furtif de goudron et de pavé éclaboussé de lune. Sur lequel je marche, souscripteur reconnaissant.

Je ne suis pas mal non plus pour un vagabond. Le fléau des privations et de la vie à la dure n'a pas encore prélevé son dû sur mon apparence. Je n'ai pas l'air très reluisant, certes, mais sans plus. Un peu passe-partout, vaguement débraillé, assez sale. C'est tout. Grand, jeune, la tête haute, je suis la contradiction vivante de l'image qu'on se fait du vagabond ordinaire. Bien que pâle et plutôt marqué, j'ai le visage fin, propre, et qui offre peu de résistance au vent : plans bien profilés, courbes agréables. Hormis le chaume de ma barbe, mon coefficient de traîne avoisine zéro. Il est vrai que derrière cette barbe j'ai l'air hagard, mais je trouve que ça me va plutôt bien, ça fait presque mode. La vache, la plupart des stars du ciné vendraient leur prothèse dentaire pour avoir mon air habité. J'ai tout arrangé. Vraiment.

J'ai aussi de beaux yeux. Très particuliers, mes yeux. Verts, très verts. Purement, complètement verts. Ils disent une autre histoire, mes yeux diserts. Ils étonnent et médusent. Ils fascinent et abusent. Interminables sont les conneries dégoisées sur mes yeux par ces dames (surtout par moi). Vous aimeriez mes yeux. Quant à moi, j'essaie d'ignorer mes yeux. Ils peuvent devenir gênants.

Oui, j'incarne bel et bien l'élégance du vagabond. Jusqu'ici, ma santé tient à peine le coup pour sauver les apparences. Je m'en tire, pour ainsi dire. Je ne ressemble pas à l'homme malade que je suis. Ni au vagabond malade que je suis.

Oh, ma santé est mauvaise. Ma santé est défaillante. Ma santé est au trente-sixième dessous ! Pour un être aussi jeune que moi, mon corps est dans un état de délabrement étonnamment avancé. Je suis anorexique, j'ai la jaunisse et la fièvre. Je suis intoxiqué, nécrosé, enflammé. J'ai le palais fissuré qui se desquame, les lèvres fibreuses et parfois scabreuses. Le menu de mes carences nutritionnelles est appétissant, il met l'eau à la bouche. Mes anémies, mon béribéri et mon chilose me volent maintes heures heureuses et je souffre d'atroces et constantes douleurs épigastriques. Mon ventre se distend et se contracte à volonté, un peu comme un accordéon. Mon abdomen spongieux et parfois igné a inventé de nouvelles maladies et des tortures inédites. L'hypoglycémie, la stéatorrhée, la gastrite et l'œsophagite sont mes joyeuses compagnes. Ces vierges folles entonnent des arias inconfortables et acrobatiques. Et, ah, mon pauvre cœur saigne devant toute cette désolation ! La bradycardie : ce terme décrit mal l'allure d'escargot de mon pouls et les impulsions molles, espacées, de mes branlottements cardio-vasculaires. Mon vomi est parfaitement indescriptible et je préférerais ne pas évoquer l'état de mes dents.

Oui, je suis assez mal loti question santé. J'ose à peine penser à la monstruosité pathologique que j'incarnerai à trente ans. Je déteste m'apesantir là-dessus, mais ces problèmes de santé constituent l'essentiel de vos soucis lorsque vous êtes un sans-abri. C'est la question vitale, la préoccupation numéro un. L'alpha et l'omega de la politique des SDF. Notre manifeste.

Comment est-ce arrivé ? Pourquoi me suis-je laissé
dégringoler ? Pourquoi ?
Laissez-moi vous raconter. Donnez-moi du temps. Écoutez.
Vous allez voir.

Quatre

Dans mon enfance, le ciel était clair et lumineux, il dardait ses sourires aurifiés à travers mes fenêtres grandes ouvertes. Les guêpes folles de septembre se bagarraient comme des harpies écervelées et mouraient paniquées entre mes mains cruelles. La terre amassée parmi le gravillon des chemins maculait les marches de ma salle de classe. L'École Primaire du Sacré Cœur pour Garçons Catholiques : brun foncé et soleil pâle. Vieux tableaux noirs, poussiéreux de craie et vert-de-grisés. L'haleine vénérable de l'enfance. Les tributs d'innombrables jeunesses errantes ici piégées. Quels scénarios culottés j'ai joués là-bas ! Bercé par l'ennui délicieux de l'école. L'esprit émoustillé par les personnages autrefois célèbres de l'antiquité et de la légende (j'avais un faible juvénile pour Démosthène, allez donc savoir pourquoi).

La jeunesse se résume toujours à une élégie lacunaire. Traces à demi effacées d'aspirations limpides. Images vivaces. Pareil pour moi. Journées poussiéreuses dans des cours de granite tandis que j'essayais de comprendre l'écoulement du temps mais réussissais seulement à me donner une migraine : problème énorme et si bizarre. Parties de football après l'école, quand la lumière déclinante projetait des ombres dramatiques sur les murs. Impasses où j'attendais que ma vie se forme ; événements déboulant de la torpeur brumeuse de la confusion et de l'émerveillement enfantins. Oh, possibilités infinies et amabilité de l'inexpérience. Abondance d'épiphanies !

Vous savez, ils mirent des années à découvrir quel putain de génie j'étais ! Difficile à croire, mais vrai. Je réussis à atteindre l'âge de huit ans avant qu'ils y voient clair dans mes embrouilles. Ils furent dupés par mes habiles manifestations d'absolue imbécillité, par mes excentricités d'autiste sophistiqué, par ma vigoureuse incontinence nocturne et par les preuves judicieuses que je donnais de mon analphabétisme. L'ardoise brouillée et impénétrable de mon anormalité les désespéra. Ils complotèrent, ils tirèrent des plans sur la comète. Brièvement, ils m'envoyèrent dans une école spéciale pour enfants en situation d'Échec Scolaire. Comme je n'étais pas assez intelligent, on me renvoya presque aussitôt dans mon établissement d'origine.

Il va sans dire que mon sac à puces pourri de mère s'en fichait comme de l'an quarante. L'imbécillité n'était pas chose à inquiéter Betty Bogle. Elle pressentait vaguement que j'étais en train de perpétuer les traditions claniques.

Il va également sans dire que j'étais un génie tout du long. J'avais lu les œuvres complètes de Dickens et de Thackeray à l'âge de cinq ans et j'avais consacré le restant de cette année-là à écluser presque toute la production littéraire du dix-neuvième siècle. (Voilà sans doute pourquoi mon style est si fleuri, si ampoulé et tellement raffiné, putain.) Ensuite, j'ai englouti Shakespeare, Webster, Marlowe et Spenser (bien calés sur mon bide pour les dévorer). J'ai ensuite abordé la chose hellène avant de me plonger dans un peu d'astrophysique amateur. Mes dents de lait étaient encore solidement plantées dans mes gencives lorsque je me suis attaqué au Nihilisme. Orwell, Camus,

Sartre, Mann et Eliot m'ont un peu déprimé, je l'avoue ; mais comme j'avais seulement six ans, ma guérison fut rapide. Et puisque j'avais déjà écumé les Épicuriens, je riais du rire de l'hédoniste ! Les hautes mathématiques me posèrent un ou deux petits problèmes, je le reconnais volontiers, mais je décidai qu'elles pouvaient attendre jusqu'à ce que j'aie, disons, une dizaine d'années. Enfin quoi, je devais refréner mon ardeur. A sept ans, je me moquais de Freud, je pouffais de rire devant Jung, ricanais avec Lawrence, ridiculisais Woolf, caquetais face à Barthes et donnais du fil à retordre à Bertrand Russell.

Peut-être étais-je précoce.

Des explications ? Oui, je crois que vous en méritez quelques-unes. Mes prodigieuses capacités intellectuelles exigent sans doute quelques informations sur mon passé. En voici deux. Des explications.

Primo

Enfant, je souffrais d'une incapacité totale à méconnaître le mot écrit. Peut-être à cause d'un sournois problème de vue, ou d'une circonvolution maligne de l'écorce cérébrale, mais quoi qu'il en soit, je lisais absolument tout. *Tout* * ! Sans exception. Enseignes de magasin, journaux, affiches, horaires, modes d'emploi, paquets de corn flakes, étiquettes de pots de confiture, pages de magazines sauvées de la saleté vorace de la rue. Tout. J'éprouvais cet appétit fébrile, insatiable, pour l'écrit et mon esprit se mettait à bouillonner et à battre horriblement la campagne dès que ne j'avais rien à lire. Peut-être que j'étais complètement givré, après tout.

---

* En français dans le texte, comme tous les mots et passages en italique suivis d'un astérisque. (*N.d.T.*)

Secundo

La seconde raison est beaucoup plus simple. Quand on cherche, on trouve. Ma soif de mots m'amena à la bibliothèque municipale de Lower Falls Road (immeuble d'une taille étonnante). Là, mes besoins littéraires et cette agilité de mes doigts déliés, que je revendiquais comme mon patrimoine familial, se combinèrent. Bon, je ne pouvais rien voler en section Jeunesse. Impossible ! Ces vieilles peaux névrosées de bibliothécaires étaient au parfum et veillaient au grain. En revanche, du côté des grands, c'était une autre paire de manches. Là, j'étais au-dessus, ou plutôt au-dessous de tout soupçon. Qui aurait eu l'idée de surveiller un gamin du ghetto malingre et bruyant *comme moi** qui errait sans but dans des avenues d'étagères en bois chargées de tout ce qui a du poids en littérature et en philosophie ? Vous voyez le topo ? Un boulot facile. Avec toute mon adresse et ma ténacité bogléennes, je vidai quasiment les étagères. La vache, quelle instruction j'ai reçue là-bas ! Clandestine mais étendue. Après avoir lu ces volumes, je les enterrais dans le jardin d'un voisin avec une louche et une vieille batte de cricket fendue. Par miracle, personne ne m'a jamais pris sur le fait et j'ai réussi à poursuivre mon instruction souterraine sans trop me faire taper dessus. Ainsi progressai-je tout seul, accomplissant un sacré bon boulot, vu que personne n'avait la moindre intention de le faire pour moi. (Miam miam, snif snif.)

Alors, direz-vous, si j'étais vraiment un putain de prodige aussi génial, pourquoi me suis-je donné tout ce mal pour le cacher ? Pourquoi ai-je suivi cette politique d'idiotie notoire ? Pourquoi ne suis-je pas sorti du placard, pourquoi n'ai-je pas participé à quelques jeux télévisés, gagné quelques prix, ramassé un peu de pognon ?

Eh bien, je me suis dit que, si jamais ils découvraient quel génie j'étais, ils m'écraseraient la tête à coups de talon, ils me feraient bouillir les couilles et me grilleraient le cul. Bon, bon, je sais que j'étais un bébé paranoïaque, tout ça je le sais bien — mais vous savez quoi ? Mmm ? J'avais raison. Le jour où ils ont fini par découvrir le pot aux roses, ils ont bel et bien essayé de me faire subir tout ça. Merde, ils me détestaient. Mais enfin, pourquoi au juste ?

Voici ce qui s'est passé.

Une salle de classe. Fin de matinée. Nous étions là, un assortiment de trente-quatre bossus, infirmes et demeurés qui apprenaient à lire sous la férule pédagogique du bien nommé M. Samson. Quelle brute c'était, cet homme-là ! Il avait l'habitude de nous piquer notre argent de poche au bras de fer, de tricher sans vergogne et puis de nous menacer de nous arracher la tête si jamais on rapportait. C'était un sale connard. Bref, nous étions là, en train de bouillir dans le micro-ondes de notre salle de classe en entresol, avançant péniblement, les yeux écarquillés, dans quelque manuel, quand tout à coup le mot “ fer ” apparut. Il fallait que ça arrive. Le Destin venait de frapper. Samson, ce salaud, décida de lancer le débat.

SAMSON : Quelqu'un sait-il ce qu'est le fer ?

(S'attendant aux réponses : « Un truc gris, m' sieur. » — « Un machin à frisettes, m' sieur. » — « C'est pour repasser, m' sieur » — « On en met aux chevaux. »)

BOGLE *(tout fier)* : Un minerai, monsieur.

SAMSON *(hautain)* : Non, Bogle. C'est un métal.

BOGLE : C'est un minerai, monsieur.

SAMSON : Mes couilles !

BOGLE : Ce ne sont pas vos couilles, monsieur.

SAMSON *(au bord de l'apoplexie)* : On répond pas à son maître, espèce de petite merde, tu sais même pas ce que c'est, un minerai !

BOGLE *(sentant monter la folie)* : Un minerai est une substance naturelle et non organique, chimiquement et physiquement homogène, qu'on trouve à l'état solide ou liquide, et qui possède une structure atomique stable et définie. Il résulte de processus géologiques indépendants de l'intervention... de l'homme... monsieur...

Ma voix se fondit dans le silence. On entendait à peine quelques murmures étouffés tandis que mes camarades attendaient patiemment son verdict. Je savais ce que j'avais fait. Je n'aurais pas dû dévoiler ainsi mon secret. La censure des adultes et leur animosité allaient se réveiller et m'épingler. Quant à Samson, il me fixait, les yeux exorbités, les narines palpitantes, bouche bée (très déplaisant). Je sentis la maîtrise de mon destin m'échapper inexorablement. Il me filait entre les doigts. Samson éructa un cri de fauve à vous glacer le sang et il me chargea, des éclairs dans les yeux et la rage au cœur.

(Banal, mais vrai. Ma vie est ainsi faite. On n'y trouve aucune subtile ironie, aucun trait d'esprit sophistiqué, aucune intention satirique. Nulle audace et peu de flair. Je dois me résoudre aux majuscules. Écrire en grand. D'épaisses portions bien saignantes de personnages et de hargne.)

Croyez-le ou pas, on m'a fourré dans une ambulance et conduit en quatrième vitesse au Royal Victoria Hospital ! Harper, le chef des psy pour gosses (psychiatre consultant pour enfants), m'aimait à mort. Il félicita mon école pour la promptitude de son action. Mon cas était grave, et il empirait d'heure en heure. Enfant très perturbé. De toute évidence, mon exceptionnelle précocité intellectuelle n'était que la partie visible du bon vieil iceberg de mes désordres névrotiques (qui, selon lui, s'enfonçaient très loin sous la surface). L'œil brillant et le sourire denté, il se mit à échafauder pour moi quelques projets thérapeutiques.

J'allais une fois par semaine dans une école spécialisée. Là-bas, les inadaptés et les surdoués étudiaient ensemble dans une fièvre d'égalitarisme expérimental. Et nous voilà, demeurés et génies, nous foutant sur la gueule à la moindre occasion. Nous réalisions de grandes choses. Les analphabètes discutaient de Kierkegaard et les polyglottes précoces apprenaient l'alphabet dans un abécédaire. C'était tout bon.

Quand maman entendit parler de mes nouveaux talents, elle refusa d'y croire. Elle était suffisamment humble pour s'étonner qu'un produit de son utérus bas de gamme pût être autre chose que troglodyte. Lorsqu'elle l'accepta enfin, elle s'obstina à y voir une preuve durable de mon hostilité et de ma méfiance irraisonnées. Bien entendu (et peut-être à juste titre), cette nouvelle doléance lui servit de prétexte à toute une nouvelle série de dénigrements et de raclées enthousiastes.

De plus, tout cela eut des conséquences diplomatiques regrettables à l'école. J'avais toujours été populaire à cause de ma laideur, mais c'était en train de changer (ma popularité, bien sûr ; ma laideur, elle, semblait définitive). Personne n'aime les génies. Je me mis à me bagarrer et, à ma grande surprise, je gagnais régulièrement. Afficher des talents de pugiliste, en plus de mes dons intellectuels, manquait de tact. Mon déclin était inévitable. D. Stark me lança un défi.

D. Stark était le meilleur bagarreur de l'école. Bien que

seulement âgé de douze ans, il mesurait déjà un mètre quatre-vingts. Il avait commencé de se raser (je le jure, c'est vrai !) et il arborait même un nombre respectable de poils sur la poitrine, dont il feignait de se soucier comme d'une guigne. C'était un gros balèse et il sentit qu'il ne pouvait pas se payer le luxe d'ignorer ma nouvelle célébrité. Il n'y avait de place que pour un seul Phénomène Scolaire. Une lutte à mains nues s'imposait donc.

Ainsi, D. Stark m'informa de ses intentions belliqueuses selon la manière traditionnelle des guerriers de notre école, c'est-à-dire en crachant un épais glaviot sur le sommet de mon crâne. La maîtrise qu'avait D. Stark de cette forme de défi était encouragée par le fait qu'il fumait quarante cigarettes par jour depuis l'âge de sept ans. Ses glaviots étaient toujours très personnels et merveilleusement gluants.

Le jour dit, je crois que D. Stark eut quelques scrupules à dérouiller un adversaire tellement plus jeune, plus petit et moins psychopathe que lui-même. Mais dès qu'il m'observa, homoncule dansant et esquivant, ses scrupules s'envolèrent. Car son honneur était en jeu. Avec le cœur lourd et la main pesante du bourreau, il s'avança.

Ce fut une débâcle. D. Stark était un monstre. Même Samson avait peur de D. Stark. Le bruit courait que, lorsqu'il voulait de l'argent pour acheter ses clopes, il suspendait son père dans le vide par une fenêtre élevée. Ce type était une brute. Il m'écrasa. Il m'étripa. Il me fit rebondir sur les murs et le sol, il me brisa les côtes comme autant de bouts de carton, il me réduisit le tarin en compote. Il mit dans le mille et récidiva. Je fus absent de l'école pendant trois semaines.

Rendons-lui justice : mon père fut très impressionné. Pour lui, mes tribulations s'intégraient davantage à l'ordre viril des choses, et même Big Betty fut moins violente que d'habitude. Quand il apprirent qu'au beau milieu de cette boucherie bogléenne j'avais, par un coup de chance incroyable, réussi à déloger une quenotte à D. Stark, l'ombre de la fierté parentale se fraya un chemin jusqu'à leur faciès lugubre.

De retour à l'école, ce fut du pareil au même. Je me posais en rival de D. Stark et les autres élèves y voyaient le summum du courage humain ou bien le comble de la crétinerie. Dans les deux cas, concluaient mes pairs, je sortais du commun. Même D. Stark en personne devint assez amical. Il m'offrait des cigarettes à la récré et nous restions assis côte à côte, moi verdâtre et au bord de l'asphyxie, lui serein et saturé de nicotine.

(J'imagine que je devrais maintenant ajouter quelque chose comme : « Mon Dieu, je me demande ce qu'est devenu ce bon vieux D. Stark. » Mais c'est trop facile, trop attendu. Après une existence brève et néanmoins haute en couleurs consacrée à divers ennuis, au crime et à la crasse, ainsi qu'à une association mitigée avec le Sinn Fein, D. Stark fut abattu par une patrouille de l'armée en Ardoyne. Comme je dis toujours, personne n'a intérêt à me chercher des crosses.)

Ah oui, ces Ennuis ! Ces sales affaires irlandaises ! Le Conflit de l'Irlande du Nord contribua grandement à animer mes jeunes années. J'ai fait de mon mieux pour avoir une bonne place au premier rang. J'avais besoin de cette toile de fond, j'en ai pris connaissance de bonne heure et franco de port (pour l'essentiel). On me l'a servi bien saignant et je l'ai attaqué à belles dents.

J'ai passé une bonne partie de mon enfance à voir des choses que je n'aurais pas dû voir et à prendre connaissance de notions désagréables qui auraient sans doute pu attendre une bonne décennie avant d'entrer en scène dans ma vie. Le meurtre, la violence, le sang, les tripes et cent autres traits de la vie politique irlandaise ont tendance à freiner le développement d'un jeune être, comme vous pouvez l'imaginer. On vire au cynisme : fermez les yeux, vous ne voyez plus rien. Pour moi, le commencement fut la Nuit de l'Internement.

Vous avez entendu parler de l'Internement, j'imagine. Non ? Alors, renseignez-vous. Sacrée blague. Je dois dire que la Nuit de l'Internement m'a été énormément profitable.

Comme presque toute la population ouvrière et catholique de la bonne ville de Belfast, nous, les Bogle, avons été visités pendant la Nuit de l'Internement. Peu avant deux heures du matin, la porte d'entrée de notre sordide maisonnette fut enfoncée par quatre jeunes soldats au visage dur et inquiet. (J'imagine qu'ils avaient le visage dur et inquiet, car à ce moment-là j'étais au fond de mon lit.) Apparemment, ces soldats furent polis, voire un peu timides, tandis qu'ils se dispersaient pour mettre à sac notre tanière microscopique et misérable. Le paternel était comme d'habitude ailleurs, sans doute en pleine beuverie, si bien que la mater familias Bogle put donner libre cours à sa violente indignation. Une performance qu'elle accomplit avec toute sa verve et son bagout habituels. La malheureuse soldatesque ne s'attendait certes pas à tomber sur cette harpie écumante et les quatre troufions semblaient tout sauf ravis d'être là. Un jeune lieutenant navré resta sur place pour surveiller une Betty désormais apoplectique, pendant que les trois autres se dépêchaient de passer la vieille bicoque au peigne fin.

Lorsque toute la puissance des Forces Armées de Sa Majesté fit irruption dans ma chambre, mon excitation fut sans bornes. Je me redressai quand on alluma brusquement la lumière. Imaginez ma stupéfaction et ma joie quand j'avisai un énorme caporal jamaïcain debout sur le seuil de ma chambre et brandissant un gros fusil automatique. Mon sang naïf ne fit qu'un tour. Je n'avais jamais vu d'homme noir en chair et en os, et voilà que j'en avais un, certes un peu intimidé, debout dans ma chambre minuscule. De dieu, ce que j'étais excité ! Il m'apportait soudain une bouffée palpitante d'exotisme et de danger. L'homme resta immobile et gêné pendant quelques secondes tandis que je sentais l'amour me brouiller la vue. Mal à l'aise, il hasarda un clin d'œil timoré, ses dents éblouissantes sourirent dans son visage lisse et charbonneux, puis il disparut brusquement.

Bon, après toute cette excitation, plus question de dormir. Je me suis glissé vers ma porte toujours ouverte. J'entendais des cris en bas, les grognements affairés des soldats se mêlaient aux hurlements tonitruants de ma mère folle furieuse. L'espace d'un instant, j'ai eu pitié de ces soldats pris par surprise. Puis j'ai entendu mes petits frères se mettre à geindre et à pleurnicher avec un ensemble remarquable, et ma pitié a redoublé. Pauvres vieux Brits. Ce n'est pas le genre de palabre auquel on s'attend lorsqu'on essaie de réprimer les indigènes. Bref, c'était trop chouette pour que je rate ça. Je me suis glissé discrètement dans le petit escalier qui menait au tumulte.

Je me suis arrêté dans l'entrée. Mon pyjama dépenaillé était tout mince et l'air froid s'engouffrait violemment à travers le grand trou que bouchait autrefois notre porte d'entrée. J'ai rampé dans cette direction. A ma grande joie, j'ai aperçu le cul-de-sac, une vraie ruche débordant d'activité. Toute la rangée des maisonnettes minables de Monagh Parade était éclairée par la lueur implacable des phares montés sur les Jeeps de l'armée et les Saracens alignés au fond de l'impasse. Il y avait des soldats partout. Des soldats au visage noirci qui entraient dans des maisons obscures et endormies, puis en ressortaient en traînant des hommes à moitié habillés vers les Saracens garés ; des soldats accroupis derrière les murs et les lampadaires, le fusil braqué sur les fenêtres ; des soldats hurlants ; des soldats frappant du poing ou à coups de pied ; plein de soldats accomplissant leur tâche de soldats pendant que les cris et les malédictions de femmes hystériques déchiraient l'air tiède de la nuit.

Je me suis glissé avec ravissement dans ce rideau de cacophonie, d'agitation et de lumières éblouissantes. Je rampais, me faufilant sous la petite barrière de notre minuscule jardin. J'étais en proie à l'excitation d'une liberté illicite, car jamais je n'étais sorti de la maison aussi tard. L'air et le ciel me semblaient étrangers, les habitants nocturnes d'un jardin que je connaissais seulement de jour. Attentif, j'observais le maëlstrom affolé des arrestations et des protestations à travers les fentes de la petite barrière, en me sentant bien caché et merveilleusement en sécurité. C'était presque confortable.

Soudain, le secret magnifique de ma cachette fut mis en péril. Un jeune soldat courut vers ma barrière et s'accroupit de l'autre côté, tout près des minces planches blanches. Il lui aurait suffi de tendre la main pour me toucher, mais il n'avait apparemment pas remarqué ma présence. Le tumulte de mon sang s'apaisa tout à coup, je me figeai. Mon visage se trouvait à quelques centimètres de la silhouette massive en treillis, lestée de toute une panoplie d'équipement militaire aussi bizarre qu'anonyme. J'apercevais les boutons et les chiens mystérieux de son fusil noir et marron mat pointé sur la maison de Sean O'Grady située de l'autre côté de la place. Nous regardions tous deux le père de Sean qu'on traînait vers les Saracens. Je savais que ce soldat était armé d'un SLR, car à l'école j'avais entendu quelques garçons discuter des mérites de la revue *Petites Armes à Feu de l'Armée Britannique* :

« Il arrive pas à la cheville de l'*armalite* !

— Et comment que si.

— Allez, un *armalite* t'arrache la tête en moins de deux. C'est comme d'écraser une pomme !

— Mais les paras mettent des balles dum-dum dans leurs SLR. Ça te coupe en deux aussi sec ! »

Je me suis demandé si le jeune homme dont l'haleine froide et rance effleurait mon visage était un « para ». Contrairement aux autres garçons, je ne savais pas distinguer les divers régiments, mais j'avais entendu d'innombrables histoires sur les exquises atrocités commises par ces paras. Je tremblais horriblement. Le walkie-talkie agrafé sur le buste du soldat émit tout à coup un grésillement sec. Je sursautai violemment, comme on s'en doute, trahissant presque ma présence. Tandis que le jeune soldat écoutait les bruits inarticulés et métalliques en provenance de sa poitrine, je fus submergé par l'étrangeté de ma position : j'étais accroupi dans l'obscurité, tout près de cet homme qui ignorait néanmoins ma présence. Je jetai un coup d'œil à ce supposé ennemi. Alors que les mystères de la guerre et de la haine tourbillonnaient dans mon esprit enfantin, je sentis une tendresse rêveuse et voilée pour ce jeune homme dont l'haleine douce humectait mon visage. Suffisamment près pour tuer, je sentis la puissance et la peur naître dans mon propre cœur de guerrier. (Je crois que j'étais encore plongé dans D.H. Lawrence.)

J'entendis soudain un bruit étouffé en provenance de la maison voisine des Ginchy. Me retournant aussitôt, je vis une petite silhouette féminine et fantomatique disparaître parmi les longues ombres hachurées qui couraient sur le côté de la maison des Ginchy. Je savais que c'était Muire Ginchy et je savais aussi ce qu'elle allait faire. Marcher sur la corde raide du fil de fer barbelé. Son numéro préféré. Elle frimait sans arrêt pour moi en marchant sur le barbelé de la clôture de son père. Mais elle n'avait jamais fait ça la nuit.

Les oreilles du soldat frémirent étonnamment vite lorsqu'il entendit ce bruit. Il resta figé de terreur et il adressa un cri à son sergent. Soudain, deux énormes soldats jaillirent des ténèbres au-dessus de ma tête et atterrirent bruyamment devant la fenêtre de notre salon, leurs armes et leurs bottes entonnant un hymne sonore et confus évoquant le danger et la peur. Ils s'accroupirent prudemment pendant que mon soldat les rejoignait. Je restai caché, toujours invisible, à quelques centimètres de leurs bottes massives et noircies.

« C'est quoi ? » demanda le sergent.

Le jeune soldat répondit avec un sens manifestement accru de sa propre importance.

« J'en ai vu un essayer de s'enfuir. Il a longé le côté de la maison voisine. Je crois qu'il avait une arme. »

Le sergent prit aussitôt la direction des opérations.

« Bon, tu rejoins la porte de derrière de la bicoque. Prends les habitants avec toi. Nous, on fait le tour... on te donne environ quarante-cinq secondes. »

Mon soldat entra d'un pas enthousiaste et bruyant dans le domicile des Bogle. Je me sentis malade de panique. Quarante-cinq secondes. C'était seulement Muire Ginchy qui voulait me faire son numéro de corde raide sur la clôture et le portail. Un coup de frime, rien de plus. Tous ces soldats et ces armes ! Je compris à contrecœur que j'allais devoir parler. Je ne pouvais pas leur livrer ainsi Muire. C'était hors de question.

« Excusez-moi, monsieur..., couinai-je.

— Bordel ! »

Le faisceau furieux d'une lampe torche fut aussitôt braqué sur mon visage crispé de terreur et la crosse d'un fusil paniqué percuta violemment ma frêle poitrine. Un soldat poussa un cri affolé. Mais, par bonheur pour moi, le sergent à l'esprit prompt remarqua très vite mon extrême jeunesse.

« Calme, nom de dieu ! C'est juste un gosse. » Il se tourna vers moi. « Que veux-tu, fiston ? »

La peur et l'horreur se conjuguaient pour me liquéfier les boyaux et je sentis le premier jet d'urine tiède dégouliner le long de ma cuisse.

« C'est seulement Muire, monsieur.

— Quoi ?

— C'est seulement Muire.

— De quoi parles-tu ?

— De l'autre côté de la maison. C'est une toute petite fillette. »

Une fois encore, le sergent corpulent comprit aussitôt la situation et il réagit promptement. Il hurla à travers la porte défoncée de notre maison.

« Wilson ! Wilson ! C'est seulement une gamine... Wilson ? Oh, merde. »

Il contourna la maison au pas de course, suivi par l'autre soldat et par moi-même. Alors que nous atteignions notre grand jardin de derrière, la confusion éclata soudain et des faisceaux lumineux se mirent à strier l'obscurité sans lune. Connaissant mon jardin sur le bout des doigts, je réussis à dépasser la masse vacillante des soldats pour rejoindre l'endroit où, je le savais, Muire serait. Je la vis. Debout tout en haut de la clôture, sa minuscule silhouette drapée se détachant devant la lueur vague de la Montagne Noire. Je vis Wilson juste en dessous d'elle, le fusil dressé. Un instant, ils restèrent tous deux immobiles, leurs ombres évoquant un tableau d'une étrange beauté crépusculaire. Puis j'entendis le fusil du soldat cliqueter et coulisser, prêt à tirer, et je courus comme un fou vers lui en hurlant de colère. Muire poussa un cri, la terreur sembla tordre son corps et elle glissa, tombant tout droit, les jambes écartées, à cheval sur le barbelé.

Bien sûr, à cause de l'Internement, l'ambulance mit longtemps à venir. Ce fut du moins ce qu'ils nous dirent pendant que nous l'attendions. Muire avait cessé de hurler. On n'entendait plus désormais que la voix brisée de Mme Ginchy disant à sa fille que tout irait bien maintenant, ainsi que les sanglots désespérés du soldat appelé Wilson.

« J' suis désolé. J' suis désolé... Tellement désolé. »

Son visage était barbouillé de larmes, de traces de camouflage noir et de traînées du sang clair de l'enfant qu'il avait prise dans ses bras quand elle était tombée. Les autres soldats restaient silencieux. Ils se tenaient à l'écart, attendant fiévreusement l'ambulance avant de partir à leur tour. Un troufion abritait furtivement une cigarette au creux de sa main.

Un capitaine était arrivé sur les lieux. Un beau jeune homme arborant un couvre-chef d'une élégance rare : un béret crânement incliné sur l'oreille. Debout près de moi, il chuchotait au sergent attentif dont la main me serrait toujours fermement l'épaule. Je crus comprendre que la nature des blessures de la petite Muire atterrait ces hommes, les investissant d'un esprit chevaleresque parfaitement inutile. J'essayai d'imiter leurs réactions ; mais en fait, je ne voyais pas ce qu'il y avait de si terrible dans tout ça. J'étais navré pour Muire et tout ce sang rouge qu'elle avait perdu. Profondément navré. Mais j'étais surtout dérouté. Je me demandai pourquoi sa mère n'était pas en colère. Pourquoi souriait-elle ainsi à sa fille ? Sans amertume.

Lorsque l'ambulance eut emporté Muire et sa mère, toute l'agitation s'était calmée dans l'impasse et, à ma grande excitation, j'aperçus une pâleur qui envahissait le ciel derrière la montagne, signalant ma toute première aube. Les soldats s'étaient éloignés en s'excusant, déprimés et secoués. Déjà, leur brève gloire me manquait. Dans un moment merveilleux, le sergent avait dit à ma mère furibarde que j'étais un brave garçon courageux et il m'avait même donné une livre. La fierté avait gonflé mon cœur irlandais, même si je me sentais toujours désolé pour Muire. Quand les soldats eurent enfin décampé, ma mère me prit ma livre et se hâta de la lancer au loin. Sagace, je ne pipai mot. L'aube ronchonne se répandit sur la ville qui ne dormait pas, insufflant une vie nouvelle aux protestations erratiques des couvercles de poubelle claquant dans la nuit. L'Internement avait commencé.

Je me demande ce que cette brave Muire Ginchy fait aujourd'hui. Elle n'a pas battu le record du nombre d'enfants, ça c'est sûr. Je crois que, gynécologiquement parlant, nous pouvons d'emblée éliminer cette hypothèse. Triste, quand on y pense. Elle est sans doute devenue une andouille irlandaise à la langue vipérine et au regard assassin, comme toutes les autres. Belfast vous fait ça. Cette ville vous ramollit le corps et le cerveau. Elle vous vole votre âme.

Dommage, tout de même. J'aimais bien Muire. J'avais même un vague béguin prépubère pour elle. C'était une chic fille, et mignonne avec ça. Une frimeuse, d'accord, mais elle ne méritait pas cette humiliation.

A qui reprocher son accident ? Au jeune Wilson ? A moi ? A tout le monde ? Non, je ne crois pas qu'on puisse dire ça. Je préfère accuser Belfast. Tout est de la faute de

Belfast. Il faudrait faire quelque chose. On ne devrait pas laisser Belfast s'en tirer aussi facilement. Il faut arrêter Belfast. Son temps viendra.

J'espère.

Cinq

Les quais. Un autre banc, une autre halte. Une autre caresse pour cul et bois pourri. Les bancs ponctuent mes pérégrinations de sans-abri. Petites escales en bois évoquant sécurité et confort. Vous savez, j'aime vraiment les quais. J'aime les ronds de jambe scintillants des ponts au-dessus du jus putride de l'égout Tamise. Surtout le vieux pont de Westminster. Ce pont a tout pour plaire. C'est un pont vraiment sympa, pour un pont. Parfois, des loupiotes à mi-temps brillent sous les arches et illuminent traverses, poutres et plan d'eau de la manière la plus seyante. Le marron du fleuve et le vert du pont se mêlent sur cette étendue chocolat mentholé d'étincellement fluide. Ce soir, les loupiotes ne sont pas allumées, mais je peux m'en passer.

Il y a en fait beaucoup de lumière sur les quais. C'est un éclairage de mauvais goût, certes, mais nous vivons à la fin des années quatre-vingt. Chacun a ses problèmes, n'est-ce pas ? Et la lumière n'est pas d'une grande aide.

Ce soir, l'air est piquant et encrassé ; mes mains orphelines sont couvertes de gerçures, raidies par le froid. J'ai beau les glisser dans mes poches, ça ne fait pas de différence notable. C'est ça le plus pénible la nuit. Il fait toujours un froid atroce. Oui, les nuits sont froides, mais au moins elles sont obscures et vastes.

Au fait, qui s'intéresse à l'obscurité et à la vastitude ? Moi, je m'y intéresse. Ces choses m'importent. L'immense paysage nocturne me donne mon espace, mes coudées franches. Le fossé que comblent mes souvenirs.

Ah, les voici qui arrivent, gambadant et virevoltant autour de mon banc humide. Ils ont leurs doléances, ils veulent se faire entendre. Ils me tannent et me harcèlent. Tout près d'eux, vivante et mortelle, l'eau épaisse canalisée par les berges coagule comme de la crême. Cette nuit, l'agréable cité repue est à nous.

Écoutez, j'ai toute une série d'images mentales de mon être vil et changeant à divers instants de mon ascension vers la grâce et de ma déchéance subséquente. Laissez-moi partager ces instantanés avec vous. S'il vous plaît. Images dignes de figurer dans un album. Il y en a trois, qui forment un triptyque spirituel et représentatif. Voici la première. Moi à l'apogée de l'enfance.

Souple, vif comme l'éclair, il court et marche. En cardigan marron moucheté à fermeture Éclair ; pantalon à pattes d'éléphant en toile bleu ciel doté d'une ceinture à la boucle en forme d'ancre ; chemise de footballeur mauve, à bandes bleues et blanches ; une chaussette grise, l'autre verte ; chaussures noires bon marché et trop grandes, au talon biseauté ; il se pavane, classieux. Poil de carotte et visage duveteux. Petits yeux sournois plissés et verrues opulentes. Il pète et rote impudemment, soignant le volume dans les deux cas. Ses genoux sont cagneux et croûteux à cause du football et son cul arbore des bleus tels les fruits de divers méfaits. Son sourire de crétin dévoile des dents saillantes. Il rêve de bombes puantes, de catapultes et de tortures raffinées. Il est affranchi de tout discernement et de toute expérience. Il est franchement révoltant. Il regrette de ne pas être un roi doté d'un frère nommé Richard qu'il pourrait insulter à loisir sans jamais en pâtir.

Tandis que j'œuvrais à ma croissance, le nombre de mes frères et sœurs augmenta régulièrement jusqu'à compter en tout huit individus. Sept garçons et une fille. Ma sœur unique, Patricia, contribua massivement à enrichir mes premières expériences de la mort en décédant commodément. Elle mourut à l'âge de trois ans, d'une maladie mystérieusement décrite comme un trou dans le cœur. Je fus atterré et dubitatif. Cette explication ne me parut pas très scientifique. Je ne me souviens pas bien de ma sœur, mais je me rappelle vaguement qu'elle était jolie bien que très mince et pâle comme un linge. En tout cas, elle ne ressemblait certainement pas aux autres membres de la famille Bogle. Nous incarnions la pire espèce de merdaillons et de va-nu-pieds, mais Patricia était différente. C'est peut-être pour ça qu'elle est morte. Peut-être qu'elle ne pouvait pas envisager une enfance bogléenne, peut-être qu'elle n'aimait pas davantage les Irlandais. Je ne sais pas.

Je me souviens bien de l'enterrement. Dans un moment de sympathie, la brave mère Ginchy me refila un paquet de bonbons danois. Nom de dieu, ce qu'ils étaient bons ! Curieusement, les emballages montraient des images de vaches en vadrouille dans des prés, sans doute des vaches danoises, et ce dessin m'absorba de manière disproportionnée. Les cercueils d'enfants sont de petites merveilles, n'est-ce pas ? Celui de Patricia était minuscule, étonnant, incongru. Elle fit mauvais effet sur tous les adultes, la taille de son cercueil. Surtout sur ma mère qui, pour lui rendre justice, semblait plus que tourneboulée par tous ces tralalas.

Comme les autres jeunes Bogle ne manifestaient aucune tendance particulière à suivre l'exemple de leur sœur unique, je continuai à jouir de leur compagnie incessante. Peter, Patrick, John, Paul, George et Declan. (Ce dernier semblait toujours le plus cruel avec moi — j'en bavais, mais difficile de faire pire qu'un gus comme Declan Bogle !) Ils constituaient un groupe terne, qui avait hérité la plupart des caractéristiques Bogle : bêtise incommensurable et délits mineurs. George, le cadet, battit plusieurs records familiaux en se faisant enregistrer ses empreintes digitales au poste de police à l'âge de huit ans. Il fut toujours le préféré du clan, un garçon plein de promesses.

Les études approfondies de mon père dans le domaine de la dipsomanie devinrent de plus en plus absorbantes au fil des ans. Renonçant même à la perspective la plus vague de la recherche d'un emploi, il devint un ivrogne talentueux et à plein temps, réalisant ainsi l'espoir de ses plus belles années. Je ne l'en aimai que davantage. Ses humeurs gagnaient en prévisibilité : moins intempérent, il semblait aussi moins désireux de me dérouiller à mort pour un oui ou pour un non. Je sais que je suis dur envers mon père, mais je lui dois si peu de choses. D'ailleurs, la seule chose que ce bâtard d'Irlandais me donna jamais fut mon nom ridicule, mon nom brillant.

Ainsi, Betty Bogle poursuivit sa lutte contre l'adversité matérielle sans la moindre aide de son époux. Et elle manifesta des talents insoupçonnés. Bien que sans emploi, elle parvenait à amasser un revenu tout à fait respectable grâce à ses nombreuses demandes frauduleuses de remboursement de frais médicaux. Voici sans doute un indice de la source véritable de mes talents intellectuels hors du commun. L'imagination et la créativité manifestées par ma mère pour tromper les autorités de la sécu furent un exemple hautement édifiant pour sa famille en général et moi en particulier. Ces exercices de fourberie impliquaient le plus souvent l'emploi habile de perruques et de fausses adresses pour entretenir la fiction de ses divers noms de plume. Nous, les jeunes Bogle, prenions part à la supercherie en nous multipliant de la manière la plus inquiétante et en conservant assez de sang-froid juvénile pour répondre à la multitude des noms que notre mère nous avait assignés afin de confirmer les déclarations de Mme Bogle, qui disait avoir engendré jusqu'à dix-huit rejetons. Bien qu'audacieuses, ces déclarations passaient d'ordinaire sans coup férir, à cause de l'énorme difficulté qu'on avait à réunir en un seul endroit suffisamment de ces Bogle glissants, pour en faire le décompte.

Les autres branches du clan Bogle ne prospéraient pas autant que nous, en partie parce que la plupart de leurs hommes avaient été emprisonnés pendant la Nuit de l'Internement. Dieu seul sait pourquoi l'Armée Britannique avait dépensé autant d'argent et d'efforts pour incarcérer une bande d'imbéciles, de dégénérés et de bons à rien ; mais ils étaient là-bas, à Long Kesh. Avec ses barbelés, ses tours de guet, ses cellules de haute sécurité et tout le saint-frusquin. (A l'époque, j'expliquai cette rafle par quelque obscur ressentiment des parlementaires envers les Bogle en général. Cela aurait été excusable, peut-être même admirable.) A vrai dire, en arrêtant ce ramassis de handicapés et pire encore qui constituaient les Hommes de Bogle, les forces de sécurité avaient réussi à piéger l'objet d'une légitime curiosité en la personne de mon très intéressant oncle, M. Joe Bogle. Oncle Joe était un traîne-savate comme les autres, mais il avait jadis participé à l'une des marches pour les Droits Civiques et on l'avait même repéré en train de balancer quelques briques lors d'une émeute dans Castle Street.

J'adorais les heures de visite à Long Kesh. (Le Dédale, pour vous autres Brits. Les noms sont importants en Ulster ; ainsi Derry ou Londonderry témoignent de votre allégeance. Ils sont un serment, un crédo. Aspirez vos H au mauvais endroit à Belfast et vous finirez la corde au cou.) Oui, visiter le Kesh était marrant. Il y avait des fouilles corporelles pour les civils et je caressais sans cesse l'espoir luxurieux d'être autorisé à franchir la porte réservée aux femmes, à cause de mon jeune âge. Hélas, ce ne fut jamais le cas. On me poussait toujours d'une bourrade avec les gars et je devais supporter l'affront d'hommes adipeux et puants, de leurs odeurs et de leurs étranges boursouflures poilues.

Comme la plupart des autres prisonniers, oncle Joe passait le plus clair de son temps à sculpter dans le bois d'exquises harpes gaéliques. Le domaine des Bogle était littéralement envahi par des douzaines de ces emblèmes maladroits de la solidarité. Ils furent parfaitement et spectaculairement inutiles, jusqu'au jour où George, mon frère, se mit à gagner des ponts d'or en les vendant à des prix exorbitants aux équipes de télévision américaines. Le reste du séjour de Joe Bogle au Kesh fut consacré à se faire recruter pour le Sinn Fein par le groupe minuscule de vrais paramilitaires que l'armée avait réussi à coincer cette nuit-là.

Après mes aventures de la Nuit de l'Internement, je manifestai un fort penchant pour la vie nocturne. Je me glissais en douce par la fenêtre de ma chambre après la tombée de la nuit et j'écumais notre quartier miné. C'était incroyablement stupide. Turf Lodge, la nuit, était un quartier très dangereux. Le vrai miracle était, qu'après avoir échappé aux balles et aux bombes du domaine, j'avais encore la chance d'échapper à la surveillance de ma mère dont la punition aurait été infiniment plus sanglante et douloureuse que tout ce que pouvait me réserver Turf Lodge. Plus tard, je fumai réellement pour la première fois dans l'ombre de la tôle ondulée de Fort Monagh, le camp militaire tout proche de notre école. Ma première cigarette fumée entièrement eut le goût amer de l'expérience, mes gestes imitaient une télévision que je voyais rarement. Mon problème fut que fumer me plut presque aussitôt et j'arrivai très vite à vingt cigarettes par jour, et plus — quand du moins j'avais assez d'argent. Je m'aperçus de bonne heure que les cigarettes joueraient un rôle majeur dans mon existence et que nombreux seraient les hymnes de gratitude et de joie que je chanterais à Rothmans et Benson & Hedges, à Marlboro, aux Gallaher's Greens, aux Regal Number Five et aux Embassy Filters.

Turf Lodge était un gros tas de merde, mais ce fut un endroit merveilleux pour les événements de mon enfance. De nombreux individus dignes de foi ont déclaré que, plus lépreux et mortel était l'environnement de l'enfance, plus grand le génie à l'âge adulte. Je me considère moi-même comme l'illustration parfaite de cette théorie. Dès mon plus jeune âge, j'ai été pris dans un maëlstrom de bombes, d'armes et d'Irlandais, et malgré tout cela je m'en suis superbement tiré. Pour moi, la qualité se révèle à l'usage.

Les premiers problèmes d'alliance à Turf Lodge furent à la fois amusants et instructifs. A cette époque, l'IRA était divisée en deux groupes, les Provies (l'Aile Provisoire) et les Stickies (l'Aile Officielle). Le premier groupe se donnait des airs nationalistes révolutionnaires, tandis que le second suivait étroitement l'orthodoxie trotskiste. Personne ne m'expliqua jamais la différence entre ces termes redoutables. Les deux ailes semblaient partager cette conviction que la meilleure manière d'atteindre leurs buts disparates consistait à frapper au cœur la Machine de Guerre britannique en faisant sauter un magasin *Marks and Spencer* tous les samedis après-midi.

Principale conséquence de cette situation : dès que les Stickies contrôlaient Turf Lodge, le quartier était sillonné de Jeeps bourrées de partisans stickies en passe-montagne, qui détruisaient et pillaient les magasins des Provies. Et dès que les Provies mettaient la main sur le quartier, les partisans portaient des bas sur la tête et les boutiques pillées et incendiées appartenaient aux Stickies. Ainsi, le seul commerçant à gagner de l'argent régulièrement était M. Painter, l'épicier juif, qui, grâce aux bénéfices de sa situation profitable, acheta aussitôt deux autres boutiques dans la rue protestante de Shankill en espérant qu'un schisme tout aussi lucratif diviserait bientôt les rangs loyalistes.

Turf Lodge était un quartier marrant, excitant, fabuleux. Pour nous autres, gamins des rues, les Troubles étaient une vieille histoire. Les joyeux lancers de pierre sur les gros véhicules blindés qui s'aventuraient dans Monagh Street constituaient notre seule contribution à la cause nationaliste. Les combats nocturnes à l'arme automatique étaient bien sûr terriblement palpitants. Mon père descendait alors les matelas au rez-de-chaussée, il dressait leur masse molle contre le mur et nous passions la nuit étroitement pelotonnés à même le sol nu. C'était une agréable sensation gitane, relevée de l'épice corsée du danger qui soulignait seulement les éléments de notre confort excentrique.

Turf Lodge fournit aussi le décor de mon premier amour. Je me suis fait rétamer de bonne heure. Plus que rétamer. Décapiter, étriper ; j'ai été ratiboisé par l'amour. J'ai morflé.

Jeanette Conlon fut l'objet de mes premières ardeurs. Les Conlon formaient une bande grotesque de bons à rien qui avaient récemment quitté le Short Strand à la cloche de bois. Jeanette était loin d'être une petite fille séduisante, mais pour moi elle était tout. Je ne pouvais m'empêcher de penser que mes propres imperfections physiques, si criantes, m'obligeaient à une certaine humilité dans mes choix. Je considère que ce sentiment témoigne d'une belle lucidité chez un garçon aussi jeune. La jeune Miss Conlon portait une gabardine bordée d'un ruban couleur lilas qui m'ensorcelait littéralement. Lorsque l'objet de mon désir ne se trouvait pas devant moi, le seul détail de son être dont je me souvenais avec une quelconque exactitude était ce merveilleux vêtement. Bleu et lilas, j'y voyais le doux seuil d'un autre monde — un monde plein de promesses grandioses. J'avais beau savoir que c'était Jeanette que j'aimais, mon attachement pour ce vêtement me jetait dans une certaine confusion.

Je ne réussis jamais à communiquer réellement ma passion, si bien que la petite demoiselle continua d'ignorer l'ardeur de mon regard silencieux et l'adoration discrète de mes heures solitaires. Je passais des après-midi entiers devant sa fenêtre, à décrire des cercles étroits sur un vélo emprunté, l'esprit aussi exalté qu'à Noël. Et je tournais sans répit jusqu'à ce que le ciel pâlît et s'assombrît vers la splendeur poussiéreuse d'une soirée à Turf Lodge. Je considérais ce manège comme une déclaration en bonne et due forme à l'avenante Jeanette. Une consommation satisfaisante de notre passion. Qu'imaginer d'autre ?

En fait, j'imaginais tout à fait bien ce qu'il aurait pu y avoir d'autre. Je faisais déjà ce rêve récurrent et délicieusement violent où, après avoir été enlevés par un groupe de despérados protestants et poilus, moi-même et une Jeanette désormais nue étions ligotés ensemble et forcés de frotter l'un contre l'autre nos beaux et jeunes derrières. Bien que ce dût être la torture la plus atroce, je reconnais avec consternation que je trouvais ces frottements incroyablement délicieux. Sacré truc, hein ?

(Tordu ? Sans doute. Maurice me parla un jour de son premier fantasme sexuel. Sa turpitude infantile réduit mes propres efforts au simple amateurisme. Dans son rêve, il galopait en armure pour sauver sa jeune bien-aimée d'un danger imprécis mais désagréable. Une broutille, me direz-vous, mais voilà : il était nu sous son armure et apparemment couvert de confiture ! C'est dégoûtant. Un brave garçon catholique, lui aussi.)

Jeanette et moi n'avons jamais eu l'occasion d'accomplir la moindre prouesse érotique. Le monde entra en scène et se fit entendre. J'avais déjà ébahi tout West Belfast en étant le premier élève de l'école du Sacré Cœur à décrocher les notes maximales, les bourses affluaient, les universités américaines me proposaient des conférences. On annonça que j'allais entrer à l'école secondaire des Frères Chrétiens de Glen Road. Cette taule s'appelait St Martha. Ce fut le commencement de la fin de mon enfance. Je passai un dernier été idyllique, allongé dans les champs sous la Montagne Noire, à essayer d'éviter les équipes de télé venues m'interviewer et à rêver langoureusement de liberté ainsi que de la gabardine bordée de lilas de Jeanette.

St Martha ne fut pas amusant du tout. J'étais très impopulaire. Comme d'habitude, j'excellai dans toutes les matières, mais je ne ressentis rien de cette tolérance affectueuse pour mon génie que j'avais remarquée au Sacré Cœur. Même la méfiance respectueuse que l'on m'avait accordée à cause de mon extraordinaire laideur n'était plus de mise. Les autres gamins faisaient la queue pour flanquer un ou deux coups de poing sur ma détestable caboche. Après D. Stark, les bagarres n'éveillaient plus la moindre terreur chez moi et je m'en tirais d'ordinaire très bien, compte tenu du fait que les amis de mes adversaires m'immobilisaient d'habitude pendant la dérouillée.

Je suis seulement resté un an dans cette école de merde, mais une année infernale. Mon père (ou du moins M. Bogle) passa l'arme à gauche cette année-là. Saignant comme un porc au-dessus de l'évier, laissant la vie s'enfuir salement (je vais vous en parler, attendez un peu). Mauvaise année.

Mon séjour à St Martha s'acheva de manière vraiment mémorable. Un après-midi de la fin mai, je rentrais de l'école quand je remarquai une empoignade de gamins sur le terrain qui s'étendait en haut de Kennedy Way. Je jugeai préférable de ne pas m'en mêler, mais la bagarre avait lieu juste sur mon chemin. Je continuai de marcher en arborant, espérais-je, l'expression d'une détermination inébranlable.

En m'approchant, je vis que cinq ou six gamins de mon âge flanquaient une raclée à un autre garçon recroquevillé par terre, les bras serrés autour de la tête pour éviter les coups qu'on lui décochait. Pfft ! Je maudis le hasard et me creusai la tête pour trouver de bonnes raisons d'échapper à l'inévitable et coûteuse galanterie. Mais, bien qu'intelligent, je manquais de subtilité et je n'avais pas vraiment le choix. Je fonçai donc sur le petit groupe en faisant tournoyer ma sacoche et en hurlant avec toute la sauvagerie dont j'étais capable. J'espérais ainsi remporter une victoire psychologique instantanée qui me dispenserait de tout affrontement concret.

Évidemment, ça ne marcha pas et les cinq attaquants se retournèrent pour affronter cet assaut imprévu. Dès qu'ils virent que j'étais seul, ils m'attendirent avec délectation. A ma grande horreur, je m'aperçus que le Destin était de nouveau contre moi : ces garçons fréquentaient la même école que moi. Je ne pouvais rien faire. Même pour un orateur aussi talentueux que moi, se tirer de ce guêpier à force de parlote n'aurait pas été coton, si bien que je continuai ma charge vociférante et suicidaire. Profitant de leur surprise quand ils me reconnurent, je décochai un coup de poing puissant et magnifique vers le nez le plus proche. Le propriétaire dudit organe s'effondra comme une pierre, mesura son corps à l'aune du sol et resta discrètement allongé pendant toute la durée de l'engagement. Mon avantage s'amenuisant, je balançai un coup de pied mirobolant vers le genou d'un grand dadais. Le duduche en question se mit à sautiller sur place, partagé entre la rage et la souffrance, serrant entre ses mains le membre chéri et endolori. Je décidai que, pour une entrée en matière, cela suffisait et je bondis vivement hors de portée, évitant plusieurs mouvements hostiles de l'adversaire, tous dirigés vers mes roustons.

Ripley Bogle 2 — Affreux Jojos 0

Je pensai tout à coup que les trois autres ne me fourniraient peut-être pas des angles d'attaque aussi opportuns. J'avais raison. Ils bondirent sur moi en profitant de cette configuration aussi célèbre qu'efficace : trois contre un. La situation sembla vraiment désespérée pour le jeune Bogle jusqu'au moment où le type qu'ils avaient rossé se remit sur pied et entreprit de me prêter main-forte de la manière la plus vigoureuse qui fût, en employant avec beaucoup d'énergie et une dextérité confirmée la batte de cricket qu'il transportait. Subissant ainsi nos assauts combinés, mes pleutres camarades furent bientôt vaincus.

Ses coups de batte féroces et mes habiles coups de poing les réduisirent en bouillie.

Quand tout fut terminé, j'ahanai comme un bœuf pour apaiser mon cœur palpitant d'intellectuel. J'avais besoin d'une clope. Je regardai mon frère d'armes qui contemplait le massacre catholique avec une sombre satisfaction.

« Ça va ? lui demandai-je avec ma voix de héros modeste.

— Ouais. » Un accent rauque, rancunier. Il découvrit avec surprise ma cravate de l'école. « T'es un Fenian ? De la même école que ces salopards ?

— Oui. » Je me fendis de mon plus beau sourire œcuménique avant de poursuivre. « Plus rien ne compte quand y en a cinq contre un seul. »

Je me sentais dans la peau d'un cow-boy pris dans une sombre épopée. Le garçon au visage dur acquiesça sans la moindre expression.

« Tu ferais mieux de les remettre sur pied avant que les flics se pointent. Moi, je traîne pas ici. »

Souriant de sa gratitude bourrue, je mis un genou en terre pour m'occuper de mes coreligionnaires tombés au combat. Ce fut la seconde bêtise incommensurable que je commis ce jour-là. J'entendis un juron murmuré, puis je m'écroulai de tout mon long quand la batte de cricket s'abattit aimablement sur mon crâne. Fondu au noir.

Je fus viré. Lorsque la police nous ramassa, les autres garçons donnèrent un exemple remarquable de créativité collective et spontanée : ils inventèrent au pied levé un récit merveilleux où figurait une horde innombrable de Protestants sanguinaires guidés et encouragés par votre serviteur, le renégat. Ce compte rendu stupéfiant éveilla le scepticisme des condés. En revanche, les autorités de l'école ne furent guère troublées par ces faux-fuyants. Quand je sortis enfin de l'hôpital, avec une fracture du crâne mal soignée et le front agrémenté d'un impressionnant relief additionnel de bosses et d'angles bizarres, on me convoqua à l'école. Mes cinq camarades étaient entretemps devenus les victimes héroïques de ma trahison diabolique. Je fus banni, mais la direction se montra assez clémente pour me permettre de finir le trimestre. C'était là une mesure d'une subtile perversité qui me permit de goûter les plaisirs violents de plusieurs passages à tabac aux mains de mes pairs outragés.

Viré de cette école avec pertes et fracas, j'imaginais que je ne serais guère une recrue de choix pour d'autres établissements scolaires, mais ce ne fut pas le cas. Par bonheur, on me considérait toujours comme un prodige. Les écoles se bousculaient pour m'avoir. J'incarnais le dessus du panier sur le marché des cerveaux.

St Cecilia fut l'établissement qui eut la chance de s'assurer ma contribution. Je tentai pour la seconde fois cette expérience d'une formation complémentaire. St Cecilia était une école religieuse mixte située au plus profond de l'épicentre du cœur unioniste de Ballymena. La fréquentaient surtout des enfants de paysans, produits des fermes et des villages catholiques environnnants. Avec mon épais accent urbain et mes manières de citadin, je leur fis l'effet d'une goujaterie imposée à la délicatesse de leurs sentiments. Une fois de plus, je fus étonnamment impopulaire. Leur machisme décérébré et vulgaire me poussa à une autre série déprimante de bagarres en tout genre. Plus j'en gagnais, plus je devais me battre ; jusqu'au jour où je perdis toute mesure et réduisis en bouillie un malheureux freluquet. Il fut hospitalisé, le pauvre avorton ; et, moi, on me renvoya pour quinze jours.

Les jeunes dames de cet établissement jouèrent également leur rôle dans ma déchéance. La mixité me fut très néfaste : je tombais sans cesse amoureux, inlassablement. Toujours soucieux de ma propre absence de beauté, j'essayais encore de choisir les filles les plus laides, mais mes avances étaient néanmoins repoussées avec mépris. Une jeune dame révoltante, surnommée La Soupe à cause de son teint grumeleux, alla trouver la Mère supérieure pour se plaindre d'une proposition malhonnête que je lui aurais faite, où figurait notre utilisation commune d'un escalier en colimaçon et d'un pot de confiture de mûres. Je fus de nouveau renvoyé.

Maintenant, place à l'extrémisme protestant de Ballymena. (Ce quartier était plus que loyaliste. Il était Bleu vif et cent pour cent Orange. L'inquisition espagnole y éveillait encore des rancunes. Ici, on considérait presque les méthodistes comme des papistes, et même les anabaptistes n'étaient pas très bien vus. Les jeunes filles punaisaient des posters d'Oliver Cromwell sur les murs de leurs chambres.) A ce moment-là, j'étais parfaitement écœuré et indifférent aux conséquences de mes actes. Las de la cacophonie chauvine des innombrables orchestres de cornemuses de Ballymena, je décidai, sous le coup de l'indignation juvénile, que c'en était trop et que je devais riposter. Dans ce but, je me fis peindre un grossier drapeau tricolore sur le cul par la main hésitante et maladroite de mon frère Declan. Je séchai les cours l'après-midi d'un des plus importants défilés d'Orangistes de l'année, et...

Cette fois, à ma sortie d'hôpital, je découvris avec stupéfaction qu'aucun renvoi temporaire ne sanctionnait mon exhibition fessue de nationalisme. Désespéré, je volai une bouteille de whisky dans une officine clandestine, me saoulai à mort, tentai de séduire l'octogénaire Sœur Mary sans ménager les arguments musclés, après quoi je démolis le car scolaire en essayant d'échapper à la police appelée à la rescousse. J'étais trop petit pour atteindre les pédales, voyez-vous.

On me vira.

Ma scolarité commençait de ressembler à un pétard mouillé lorsqu'on me proposa tout à trac une place dans une école de Belfast (j'étais désormais passablement grillé : on citait mon nom dans le supplément du *Times* consacré à l'éducation, mon cas était évoqué à la Chambre des Communes, etc. C'était donc surprenant). Le collège St Malcolm pour l'Éducation des Garçons Catholiques se trouvait au pied de Crumlin Road. Soit dans le quartier agréable de Carlisle Circus, qui constituait un no man's land loufoque entre le ghetto catholique dur de New Lodge et le non moins dur ghetto protestant de Crumlin Road. D'un côté de l'école il y avait le très controversé couvent Mater, une ruche de nonnes rebelles et désœuvrées ; de l'autre, la prison de Crumlin, si décadente que ses pensionnaires louaient des conduites intérieures pour s'évader en groupes nombreux. Derrière l'école, on trouvait une caserne de l'armée, un terrain de tir et une aire d'atterrissage pour les hélicoptères militaires. Le patron de cette taule était le Très Révérend chanoine Brendan O'Hara. Surnommé Père Pif (ou Pire Paf, au choix) à cause du promontoire démesuré de son tarin, il exerçait un pouvoir inéluctable et terrifiant. Mais presque secret, bon dieu ! (Les supérieurs de la hiérarchie catholique ont toujours ce don. Je me demande d'où il leur vient. Dieu seul le sait.) Le matraqueur de l'école (le surveillant général) était un père, le Père Murphy, " Caoutchouc " pour nous autres. Caoutchouc devait son surnom aux propriétés élastiques qu'il révélait dans le corps de ses victimes lorsqu'il les faisait rebondir contre les vestiaires, les murs, les sols et les plafonds de n'importe quel bâtiment scolaire où il exerçait ses talents. L'un dans l'autre, cette école paraissait taillée sur mesure pour moi.

Une fois encore, mes frasques me mirent en excellente position pour me faire de nouveaux amis. La longue liste de ces nouveaux camarades inclut des personnages aussi hauts en couleurs que " Rétameur " O'Halloran, Sean " Chaînon Manquant " Murphy, Donal " la Caboche " McArdle, " Abdul " McGonagle (un bronzé), " Pustules " Brady, Rob le Zob, Johnson " Chien Fou " et bien sûr mon copain très cher et très proche, l'étrangement nommé Maurice Kelly. Tous fieffés filous et escrocs notoires, mais j'avais soif d'amitié et ils me firent une place parmi eux.

Évidemment, ce fut agréable d'être apprécié à ma juste valeur, mais je rencontrai au début un ou deux problèmes. Surtout d'ordre financier : c'était toujours lié au fric. Ma précieuse source de cigarettes s'était presque tarie. D'un point de vue fiscal, St Malcolm était un marché fermé. Pas question d'y exercer la passion du lucre. Mais j'avais besoin de nicotine. Des mesures draconiennes s'imposaient. Je devais mettre mon grain de sel dans la Bourse malcolmienne. Aucun doute là-dessus. Il me fallait réfléchir... (glups ! brompf !)... Geek !

Geek était le génie financier de l'école. Il vendait ses cigarettes sous le manteau aux morpions du primaire et il s'occupait des marchandises de contrebande jusqu'à la classe de troisième. Il supervisait les paris scolaires et taxait lourdement tous les événements sportifs du collège. Il dirigeait le casino de la classe de troisième et contrôlait tous les rackets de protection, grands ou petits. Bref, il prélevait sa dîme sur tous les coups, trafics et escroqueries de l'école. Certains disaient même qu'il graissait la patte de l'économe. Il avait une voiture à lui et il portait une montre en or. L'école était très douce pour Geek.

Néanmoins, la caractéristique réellement terrifiante de cet étonnant jeune homme était, incroyable mais vrai, sa jambe de bois. Dieu seul sait comment il avait réussi à se glisser avec elle dans un univers de prothèses sophistiquées, high tech, mais elle était là, bien visible de tous — ou, plus précisément, pour que tous l'ignorent avec application. Car le seul malaise apparent de Geek touchait à cette bizarre arborescence physique. Moyennant quoi elle constituait un sujet tabou ; en effet, malgré son aversion pour cet appendice, il le maniait avec une habileté mortelle qui terrifiait tous les garçons et la moitié du corps enseignant. La vie avec Geek était sans doute problématique, ainsi que le suggérait la rotation rapide de ses confidents. Il tenait à jouer au football et à nager avec tout l'entrain possible, comme si son corps n'incluait aucune particularité notable. Ses potes avaient un mal de chien à exhiber en permanence un air dégagé, mais le moindre signe tendant à suggérer, même de loin, une allusion à l'incomplétude de leur champion se révélait souvent presque fatal.

De toute évidence, ce n'était pas un homme avec qui badiner. Moins d'une semaine après mon apparition à l'école, je décidai de tenter ma chance et, à ma manière chétive, de me faire une place au soleil. Croyez-le ou pas, j'entrai un jour en plastronnant dans les gogues de la classe de troisième (un crime majeur en soi) et j'informai le nabab psychopathe que je voulais une part du gâteau ou quelque chose d'aussi américain. Je profitai des huit secondes et demie que j'avais devant moi avant que Geek ne m'arrache la tête pour développer en bredouillant les termes de ma proposition. Il s'arrêta à mi-plongeon, puis son regard de dément fouilla ma tronche terrifiée et ruisselante de sueur. A mon immense joie, aucune violence assassine ne s'ensuivit et sur-le-champ je devins quasiment son associé.

Geek m'offrit douze pour cent, ce qui était foutrement généreux de sa part. Je crois plutôt que j'avais réussi à faire naître une sympathie inhabituelle chez le moghol unijambiste qui semblait voir en moi un émule parfaitement convenable pour occuper le poste vacant de sous-directeur de son empire financier sans cesse croissant. Heureusement pour moi, un pauvre morpion de cinquième, originaire de Lisburn, décrocha ce boulot (il dura trois semaines et demie et finit avec les dents enfoncées si loin au fond de la gorge qu'il devait se coller la brosse dans le cul pour les atteindre).

Au fait, qu'avais-je donc suggéré ? Comment avais-je obtenu un sursis aussi improbable ? Je ne le dirai pas. Je suis socialiste : l'aventurisme commercial équivaut pour moi à un anathème. Et puis je risquerais de me faire arrêter ou quelque chose.

La clope au bec et mes douze pour cent en poche, je poursuivis donc joyeusement un cursus scolaire routinier. C'était tant mieux, car ma très chère mère avait juré de m'arracher les yeux si jamais j'avais d'autres ennuis, et elle n'a jamais pratiqué l'hyperbole. J'avançais donc à grands pas vers l'âge adulte.

Ce fut d'ailleurs mon second problème à St Malcolm. Je ne connus pas l'adolescence. Tout arriva pendant une semaine de ma quatorzième année. Le lundi j'étais comme j'avais toujours été, glabre de visage et de corps, mon embonpoint juvénile nullement souillé ni corrompu par les vulgarités de la maturité. Le mercredi je me sentis tout chose ; le vendredi j'avais commencé de me raser et un cornichon hirsute et surdéveloppé tendait le devant de mon pantalon. Très indécent. Tout cela se passa apparemment en quelques minutes. Clignant des yeux, j'aurais tout manqué. Ce fut ahurissant, légendaire. Le mieux, c'est que je devins tout à coup d'une putain de beauté incroyable. En un clin d'œil. Un coup de génie. Et vlan, mon petit chéri : tu es beau !

Maman fut très irritée par cette transition express vers l'âge adulte. Cette manifestation de changement fut doublement malvenue pour la vieille peau : elle lui rappelait son propre vieillissement implacable et c'était une trahison de ma part. Comme on s'en doute, les problèmes de maman ne m'empêchèrent pas de dormir. Après tout, les miens ne lui ont jamais volé une minute de sommeil.

Je remarquai avec plaisir qu'à l'école je devenais un objet d'envie et de conjectures. On avança plusieurs théories pour expliquer le brusque bourgeonnement de ma virilité épanouie, mais la plupart de ces théories tombaient à plat à cause de leurs invraisemblances personnelles, religieuses ou physiologiques. Je dois dire que mes copains prirent ça assez bien, car jusqu'au dernier ils se battaient bec et ongles contre les pires attaques sébacées de leur propre puberté chaotique et scrofuleuse. Ils me surnommèrent Pubéclair en l'honneur de la célérité de ma croissance ; certains me proposèrent même de coucher avec leur sœur ou avec leur mère, tant leur admiration était zélée.

Bien que ravi d'avoir échappé au carnage de l'acné, j'avoue que mon ancienne laideur me manquait. C'était bien beau d'être mignon, mais mon physique ingrat avait tellement fait partie de cette équation plus vaste constituant Ripley Bogle que, pendant un temps, je ne réussis pas à me considérer comme complet sans lui.

La vache, j'étais devenu autre chose ! Soudain svelte et musclé. Tout bouillonnant de cette énergie fébrile et victorieuse que la jeunesse vous offre. Vous auriez détesté ça. Tout le monde détestait ça.

Bon, si les dernières années de mon enfance n'avaient pas été fastoches, je semblais désormais bien parti pour un avenir plus clément. J'avais mon école. J'avais mes clopes. J'avais mes petits copains. J'avais mes poils pubiens et mon destin en main. Bientôt, pensais-je avec plaisir, l'erreur, le chaos, le désespoir et la catastrophe m'appartiendraient à jamais.

Oui, j'étais fort autrefois et j'avais le corps bien ferme. Bourré de jus vénile, que j'étais. Mais aujourd'hui, mes os sont tout tordus, friables, et j'ai le bide flasque. Mes poumons tremblotent en capilotade quand je respire, mes articulations craquent et grincent au moindre geste. C'est le cadeau de l'hiver au sans-abri. Mon corps est vieux, grognon, maussade. Mon corps semble n'avoir aucun respect pour ma jeunesse. Mon corps ne veut rien savoir.

Le fleuve s'est transformé en une rigole de sueur froide. Je me gèle les meules ici. Faut que je décampe. Je me remets sur pied en chancelant, mes yeux scrutent le ciel obscur. C'est une vraie cochonnerie de ciel ce soir. Un firmament tout à fait répugnant. Ce soir, les cieux ont une dent contre nous. Ils nous observent d'un air sardonique, implacable. Un ciel de spectateur. Sans brume, sans nuage, libre de tout avion, l'œil plonge loin. Le spectacle. C'est-à-dire moi. Ce que nous voulons. Pauvreté et belle étoile. La jeunesse des dieux. Voyons ça de plus près.

Je crois que nous allons maintenant passer à l'Anatomie de la Nuit d'un Sans-abri. Je vous remercie.

Six

Nous abordons maintenant la partie pénible de la nuit. Les ténèbres grouillent de solitude et d'inconfort. Je fatigue. Mes yeux sont secs et lourds, le désespoir palpite sous mon crâne. Le trottoir s'allonge et scintille sombrement sous mes pas ; jusqu'à la perspective du sommeil provoque en moi nausées et vertige. Où, ici, trouver la moindre consolation ? Mes membres sont en grès, mon cerveau en marmelade. Ça commence à être trop pour moi. J'ai besoin de m'arrêter. De cesser. Pas simplement de souffler, de dormir ou de mourir, ni rien de tel. Ces alternatives lugubres sont trop compliquées, elles réclament trop d'efforts et de volonté. Juste m'arrêter — voilà de quoi j'ai besoin, voilà tout ce que je peux faire.

Mais je ne peux pas. Pas vraiment. J'aimerais bien et je finirai bien par le faire, mais je ne dois pas. Le moment est venu de vous faire la visite. De vous parler de la nuit des sans-abri, de la nuit des rues. L'examen, le décor, l'anatomie de l'indigence. Venez.

(Quelques applaudissements. Écoutez. Apprenez.)

Nous commençons avant le crépuscule. En début de soirée. La nuit tombe vite et le ciel pâlit uniformément — une toile de fond pour le coup de pinceau de la nuit. Il fait un froid de canard, tout est glauque. Tu es ici au royaume des mendiants. Des distractions ? Nous verrons. Premier point important, tu es en possession de, disons, trois livres et cinquante pence. Espèce de vieux capitaliste roublard ! Il est maintenant essentiel que tu conserves cette somme sur toi. Ne la dépense pas. Ne la mange pas. Ne la bois pas. Ne va pas, sur un coup de tête, faire des investissements boursiers. Plus tard, tu auras besoin de ce pognon, tu en auras même salement besoin. Tu en as besoin dès maintenant, d'accord, mais mieux vaut te serrer la ceinture pour l'instant. (Tu sais, la plupart des gens ne comprennent pas que les sans-abri ont au moins sur eux deux ou trois billets. Personne n'est jamais complètement fauché. Personne n'est stupide à ce point. Personne ne manque autant de chance.)

Bien joué. Tu as conservé ton pognon. Excellent. La prospérité t'attend sans doute au coin de la rue. Tu regardes autour de toi d'un œil nouveau, bien injecté de sang. Le temps te titille et te taraude. Tu t'ennuies un peu. A cette croisée des chemins, l'ennui est probablement ton principal ennemi. Si tu es dans une capitale, ce n'est pas trop grave. Entre dans une galerie d'art, prends une pose d'esthète. En effet, le tempérament artiste constitue une merveilleuse excuse pour l'excentricité crasseuse de ta tenue. En l'absence de galerie, entre dans le métro. Il y fait chaud, ce n'est pas cher et l'on s'y amuse par intermittence. La ligne circulaire constitue ton meilleur atout. Une vraie bénédiction — bien chauffée, éternelle. Son mouvement répétitif est sa principale joie. Tu peux y rester toute la journée. Les autres usagers finissent toujours par descendre ; ainsi, ils ne voient pas ta dégradation privée de toute destination. Prends tes aises. Allonge-toi un peu. Gratte-toi les couilles (ou ce que tu as d'autre). Il te faudra bientôt déguerpir. Triste mais vrai. Dormir dans le métro donne toujours la migraine — le mouvement perpétuel, l'air confiné, les odeurs des banlieusards, les vibrations des fenêtres dans ton crâne renversé en arrière. Recette imparable pour générer un puissant inconfort. La claustrophobie, l'ennui et la honte te chassent vers l'air libre.

Dehors, la nuit approche, un crépuscule seyant. Tu l'apprécierais volontiers, mais les épreuves t'ont émoussé. Canin par le geste et la pensée, tu traînes lamentablement des pieds à l'heure de pointe en essayant d'ignorer ta conviction croissante : la vie est une grosse merde. Tu contemples avec un ressentiment hagard les vastes détroits de la vie urbaine. Une idée jaillit, parfaitement fortuite. Tu décides d'aller dans une gare de chemins de fer.

(Notre décor vacille soudain sous le poids des déchets et des saletés ; hamburgers à moitié mangés, journaux souillés, seringues et capotes usagées, étrons flottants, individus au rebut, vagabonds, voleurs, putains, fugueurs, violeurs et cinglés. Hommes affalés dans des angles sordides, sanglotant, gémissant et se compissant. Bref, la gare britannique ordinaire.)

Bon, voilà un endroit où tu peux traîner sans trop te faire remarquer. Allez, prends ta pose de gare.

C'est fou le nombre de gens qui attendent dans une gare. On y constate beaucoup d'attente respectable. Pour les arrivées et les départs, pour les rendez-vous, les affaires, les retrouvailles amoureuses et clandestines. D'habitude, ces gens ont de l'argent, ces gens possèdent des maisons, des cuisines, des lits, des oreillers et des draps. Tu te rappelles toutes ces choses, n'est-ce pas ? Et comment, avec grand plaisir ! Voilà... tourne-leur autour. Approche-toi d'eux. Tâche de te glisser dans leur aura captivante de normalité et de santé. Laisse-les se frotter contre toi. Essaie de prendre un air badin — tout comme eux.

Continuant à faire le mariole, tu regardes sans arrêt ton poignet d'un air impatient, même si tu n'as pas de montre. C'est toujours un bon truc. Ce geste évoque l'histoire d'un flirt, à tout le moins, avec les bureaux du temps et de la dépendance. Quel dommage que tu n'aies plus ta montre. Crois-moi, une montre est un accessoire crucial de la déchéance distinguée. Accroche-toi à elle le plus longtemps possible. Les montres sont superflues et relativement chères, elles émettent une bouffée de dilettantisme. Elles sont le sceau de l'argent facile, ou quelque chose d'approchant.

Au bout d'un moment, la gare deviendra ennuyeuse. Ne t'inquiète pas, c'est parfaitement normal. L'esprit de l'individu ordinaire n'a qu'une capacité limitée d'ennui. La première population de la ville ; ces foules d'individus rentrant chez eux après le travail sont reparties et la gare est moins populeuse, plus sinistre qu'avant. Tu décides d'aller faire un tour.

C'est complètement idiot. Plus tard, en effet, tu auras l'occasion de marcher tant et plus. Oui, c'est une grosse erreur, mais tu entames malgré tout ta petite déambulation. Néanmoins, cette balade présente un aspect relativement bénéfique, car elle te donnera un avant-goût du froid que tu vas affronter ce soir. Mais cet avant-goût est toujours trompeur. On sous-estime toujours l'ennemi. Tu vas te peler le jonc. Même si tu as déjà subi ce genre d'épreuve, tu as pourtant oublié à quel point ce putain de froid te transit. Demain, tu l'auras de nouveau oublié. C'est un souvenir détestable. Tu ne lui accordes aucune carte de séjour. Tu lui montres la porte. Personne n'aime se rappeler que, la nuit dernière, il a été à un doigt de mourir d'hypothermie. Je ne suis pas toubib, mais je crois que le manque de sommeil et l'abondance de faim battent tous les records d'efficacité quand il s'agit de te rendre sensible au froid. Une concomitance malheureuse de circonstances adverses. Mais cette salade russe de la guigne est la compagne fidèle du sans-abri. L'habileté avec laquelle le destin et la malchance s'acharnent sur ta pauvre personne est réellement admirable. La manière délicieusement audacieuse qu'ont tes inconforts, douleurs, épreuves et revers de se donner la main pour te détruire le plus efficacement possible te laisse muet d'admiration.

En arpentant Charing Cross Road, le Strand, Long Acre, Oxford Street ou n'importe quelle rue pour la cinquième fois de la journée, tu es vraiment ébahi (ou plutôt, *bêtement* ébahi) de ressentir soudain le violent coup de marteau de la faim. Un imperceptible grattement à l'intérieur de ton ventre vide. (Nous avons déjà parlé de Faim — nous connaissons cette demoiselle.) Fais comme si de rien n'était, vieux ! Garde dans ta poche ce précieux fric, bordel. C'est vital. Essaie d'oublier dans quelle poche il se trouve. Passe d'un pas vif devant les marchands de sandwiches qui ferment. Traverse la rue. Ignore tous ces fast-foods tièdes et odorants. Surtout, ne perds pas les pédales. Bon dieu de merde, montre que tu as un peu de cran, ça changera !

Tu respires de nouveau. Tu pousses un soupir de soulagement à fendre l'âme. Une fois encore, bien joué. Tu as senti le vent du boulet. Félicitations, tu t'en es bien tiré, petit. Tu n'as pas craqué pour une bacchanale à cinq plats au Savoy. Tu es un héros. Continue de marcher. Marche.

Nous accueillons maintenant une digression intéressante. Et indispensable, j'en ai peur. Si le sans-abri en question se trouve être un fumeur (comme par un tour cruel de la pédanterie divine, ils le sont toujours), alors la budgétisation des finances devient une affaire beaucoup moins compliquée. Disons que l'individu en question possède un billet de cinq livres. Disons que vingt Rothmans ou Lambert ou Butler ou Woodbine ou Benson & Hedges ou Embassy Regals coûtent environ cent cinquante pence le paquet. Il achètera donc trois paquets de cigarettes et deux barres chocolatées pour assouvir l'intégralité de ses besoins. Tu ne peux tout simplement pas te payer à manger quand tu as besoin de cigarettes pour calmer les douleurs de la faim. Le petit malin fumera pendant la journée le minimum de clopes autorisées par ses poumons sanguinolents, afin d'en conserver le plus possible pour parer aux épreuves et aux difficultés de la nuit. C'est une des raisons pour lesquelles on voit toujours les sans-abri et les poivrots traîner dans les bibliothèques et les lieux de ce genre. D'accord, c'est aussi pour la chaleur et le sommeil, mais c'est surtout parce qu'on n'a pas le droit de fumer dans ces lieux publics. Telle est l'aide requise par leur ascétisme.

Regarde. La nuit est maintenant tombée et la ville se remplit de sa deuxième population, les Épicuriens, les chercheurs de plaisirs. Plus encore que les travailleurs, les habitants diurnes, ces noctambules sont pour toi une plaie. Tu les regardes dépenser leur grosse ou leur mince liasse de billets pour la gnôle ; de maigres repas de restaurant servis avec mépris ; deux heures de distraction décérébrée parmi les lumières colorées et le bonheur vulgaire d'un cinéma ; ou encore les vociférations égocentriques et sifflantes d'une bande imbécile de médiocrités thespiennes. Tu vois des chauffeurs de taxi empocher des sommes qui pourraient te payer un lit pour la nuit. Tu vois de gros salopards graisseux dépenser leur salaire de la semaine pour une cavalcade de cinq minutes et demie avec une vieille harpie syphilitique dont l'haleine empeste l'oignon.

Oooooh, tu es tellement agacé ! C'est juste, n'est-ce pas ? (L'une des conséquences curieuses de la vie de vagabond, c'est qu'elle rend affreusement, terriblement socialiste.)

Et voici un deuxième écheveau d'ennui à démêler. La pause de la ville. Cette profonde apnée urbaine jusqu'à ce que tous les merdeux visqueux au visage poupin, aux cheveux gominés et aux sous-vêtements proprets jaillissent en meute hors de leurs restaurants, théâtres, cinémas, pubs, boîtes de nuit et autres claques. Pas de problème, tu vas le démêler, cet écheveau. Car tu es plein de ressources. Tu rêves d'argent, de nourriture et de la chaleur de la grande normalité londonienne.

Tiens donc ! Tu viens de repérer un vieil attrape-puces déglingué et bon marché qui passe une série-B décrépite et chiante que tu as déjà vue huit fois sur la télé que tu ne possèdes pas. Attention, vieux ; résiste à cette faible tentation, espèce de salopard sans couilles ! Du calme, de la réflexion. Après ces deux heures de confort tiède, moelleux et odorant, tu auras encore plus froid et tu te sentiras encore plus seul quand tu te retrouveras dehors. Ne fais pas ta mijaurée ! Passe ton chemin. Sans doute que tu t'y ferais violer. Qui sait quel genre de dépravé fréquente un endroit pareil ?

C'est passé : mais après une rebuffade, Tentation revient à la charge. Tu regardes autour de toi à la recherche d'un endroit où aller. Un endroit où emmener ton pauvre esprit pour qu'il oublie tout. Un endroit sans tentation.

(Encore une fois, notre scène est envahie de strates de matières fécales, déchets, ordures, raclures, détritus, bouillasse, vomi, étrons et fragments divers.)

Une autre gare ? Mais oui, c'est ça. Une autre gare. Il y en a tellement. Évite néanmoins les gares modernes. Trop propres et brillamment éclairées. L'éclat et les reflets sadiques du chrome, du plastique et du verre outrepassent tes capacités de résistance. Non. Cherche plutôt l'ombre hospitalière des vieux édifices : St Pancras, Liverpool Street, Charing Cross. Cache-toi là pendant une autre heure.

Pourquoi ne pas t'offrir un café ? Voilà. Il te déleste d'un cinquième de ta fortune, mais qu'est donc la vie sans un petit plaisir de temps à autre ? Savoure sa chaleur amère avec ferveur et tire quelques bouffées en amateur. Mais attention avec les clopes. Tâche de ne pas trop y prendre goût. Bien. Gère consciencieusement ta pauvreté. Vide ta tasse, mon garçon, engloutis tout. Café et tabac. Ça fait du bien, pas vrai ? Mais oui, mais oui.

Ah la vache, sale petit écervelé que tu es, voilà que tu commences à te sentir un peu mieux. Tout à coup, tu baignes dans une modeste mare d'optimiste délirant. Ta situation ne te paraît pas si mauvaise. (Mais on te ment : ta situation est toujours aussi catastrophique.) Pourtant, tu te sens jeune, de nouveau plein de vitalité et de ressort. Cette putain d'adrénaline brise ses chaînes et se met à vagabonder parmi tes organes. Tout pimpant et requinqué, tu commences à zieuter les gonzesses. Quelles nanas ! Sveltes, bourrées aux as, sophistiquées, vadrouilleuses. Peut-être qu'elles vont te remarquer. Malgré ton air miteux, tu fais le plein d'œillades ravageuses. C'est rigolo mais dangereux. Oui, bon dieu... un petit fantasme croustillant te traverse soudain l'esprit. Toute la journée, cette pensée furtive a rôdé à la périphérie de ton portail mental en essayant d'entrer dans le jardin. Ah, la voilà, cette monte-en-l'air rêveuse.

Allez, songes-tu — ravissante petite bombe sexuelle que tu es —, quelqu'un va forcément te draguer. Une pulpeuse professionnelle quadragénaire avec un penchant pour le genre jeune ouvrier... une minute, le genre jeune et déglingué, le genre jeune artiste — n'importe quel genre — la vache, tu réunis tous les genres à toi tout seul ! Une divorcée, peut-être. Avec plein de fric et une jolie frange. Elle t'offre un pieu et un lieu. Hélas, tu rêves. Compte là-dessus et bois de l'eau fraîche.

Alors, crétin, laisse tomber. Tu t'attends à quoi ? C'est pourtant pas à un vieux singe qu'on apprend à faire des grimaces. Tu crois toujours à ces distingués bienfaiteurs victoriens, à des hommes miraculeux et pleurnichards. Où sont partis tous les *dei ex machina* ? C'est de ça dont tu as besoin. Et la Bonne Fée avec son pied-à-terre et ses nichons fabuleux ?

(La voilà, sortant de la cohue et marchant vers toi. Elle sourit.)

LA BONNE FÉE *(aguicheuse)* : Tu es beau. Tu es jeune. Tu es pauvre, tu as faim et froid. Je suis très belle. Je suis riche, je mange à ma faim et j'ai bien chaud. Accompagne-moi jusqu'à ma demeure où je te donnerai le confort, le vivre et le couvert, où je te câlinerai jusqu'à plus soif. Chiche ? *(Exit.)*

Est-ce vraiment le genre de chose que tu cherches ? Est-ce à cela que tu rêves ? Toi, le roi de la fantaisie ! Désires-tu honnêtement cette fadaise ?

Par bonheur, tous ces espoirs, toutes ces hypothèses nébuleuses s'évanouissent bientôt. Retour à la misère. Ce genre de chose n'arrive jamais. Pas à toi. Pas quand tu en as besoin. (C'est bien l'emmerdement avec Chance, cette salope paresseuse. Elle ne se pointe jamais au bon moment, mais toujours quand on n'a pas besoin d'elle. Elle aime le superflu.)

Allons bon, quoi encore ? On s'approche de toi. Bordel de merde ! Une rencontre. Un dialogue, une conversation. *Achtung !*

Clapoteux et sanglotant, le clodo de l'enfer se pointe vers toi. Dans ses yeux brillants, tu discernes l'envie diabolique des morts. Sa bouche se tord en un discours informe. Une puanteur infecte l'entoure, des paroles d'une horreur sans nom dégoulinent de la plaie qui lui tient lieu de bouche. Tu as la chair de poule, tes ongles crissent, tes couilles se rétractent. Non, pas ça !

Ça ne te plaît pas vraiment, on dirait. Te shooter au plâtre dans un passage souterrain. L'homme plaide sa cause, vante sa camelote. Oh, tu commences à prier pour ne jamais en arriver là. La supplique du trouillard provincial. Seigneur, délivrez-moi de la Drogue ; c'est moche, c'est cher, ça corrompt la chair.

Vraoum ! Te voilà lancé au petit trot, ton cœur paniqué cogne dans ta poitrine, la honte et le dégoût griffent ton âme d'occase.

Dehors, Londres est tout noir. Créé hors des ténèbres et de l'ignorance, le ciel arbore son manteau d'augure. Lorsque ta course frénétique s'interrompt dans cette ville palpitante et souillée, tu te sens curieusement engourdi. Ta panique s'évapore en un désespoir rance. Tu es inutile jusqu'à la fin de ta nuit — un zéro. Ces heures s'étendent devant toi comme un obstacle amorphe et menaçant. Les heures d'avant l'aube. Les éons avant la lumière, le jour et leur repos.

Tu t'affaisses lentement contre un mur suintant. Tu allumes une autre cigarette, nourrissant ainsi les caillots de ta poitrine de saltimbanque dépenaillé. Avec la nicotine, tu sens le temps passer avec une lenteur d'escargot sur ta peau à vif. Cette prière musquée de la nuit catholique n'apporte aucune beauté. Son air enténébré frappe ton front avec la dureté du vent. Les façades d'immeubles, illuminées par l'éclairage de scène des lampadaires jaunes, t'éblouissent, accusatrices et malveillantes. Cette ville, bâtie par des protestants, des Anglais et la prospérité, cette ville détourne loin de toi son visage ratatiné. Tu es trop pauvre, trop sale et triste. Tu as péché contre sa lumière.

Tu progresses péniblement sur le trottoir sordide tandis qu'autour de toi le monde bourdonne de nouvelles. Tu es assis, seul, frigorifié, sans ami. Tu te dissous, tu te rabougris, tu t'en vas.

Dans un demi-sommeil balbutiant, tu rêves de drames insubstantiels et nébuleux. Des scènes brouillées basculent devant toi ; une danse endiablée, infernale. Cavernes, chiasmes, tunnels immenses et horribles s'ouvrent sur cet écran vertigineux. Des personnages absurdes, terribles, te marmonnent des messages inaudibles. Dans toute cette vision grotesque, une espèce de sens affreux se fait jour. Mais sa substance t'échappe et tu en perds l'essentiel. Tu rêves de quelqu'un que tu sais être ton père, un personnage obscur en uniforme de l'Armée du Salut ; il parle rapidement en agitant le doigt avec des gestes urgents, incompréhensibles.

Lorsque tu t'éveilles, ton visage blafard et ironique se crispe de douleur. Tu as la bouche toute pâteuse de sommeil, bien que tu aies seulement somnolé quelques minutes. Le froid est incroyable. Tes os semblent gronder et se dilater ; tes muscles s'allongent comme du bacon. Tu ne sens plus tes pieds, tes paumes palpitent vaguement. Il faut bouger.

Ce que tu fais. Avec des souffrances infinies et d'une précision affolante, tu réussis à te lever et tu te mets à marcher. Il est entre minuit et une heure du matin. Et voilà que ça commence… la marche.

Sentant la douleur refluer peu à peu, tu te glisses de King's Cross vers Euston, à gauche dans Gordon Street…

à droite dans Gower Place, où tu injuries brièvement l'université... puis à gauche dans Gower Street où tu sens de nouveau le froid quand la lance du vent remonte cette vallée... luttant contre cette tourmente, tu te hâtes de tourner à gauche dans Torrington Place, rejoignant rapidement Tottenham Court Road... dans un quart d'heure tu seras bien au chaud... descendre Tottenham Court Road vers cette bonne vieille Charing Cross Road... le Strand... Waterloo Bridge...

Tu comprends maintenant que tout cela va être extrêmement lassant et solitaire, mais tu te réconfortes en pensant qu'à Londres ce n'est pas aussi moche qu'ailleurs. Tu as vu pire. Au moins, à cette heure de la nuit, la petite histoire de la ville reprend vie (et seulement à cette heure) et elle te dit bonjour. Londres fait parade de son passé nocturne pour l'exhiber à la vue de tous. Mais il n'y a personne pour regarder, sauf toi et tes semblables. (Au fait, où sont-ils, ces gens, ces types comme toi, où sont-ils tapis ?) Tu t'es toujours senti assez seul dans ton goût du plongeon vers le passé. Petit prétentieux que tu es, tu as l'impression d'être le dernier à t'intéresser à ces choses.

Rappelle-toi que le vaillant Charlie Dickens aimait beaucoup ce genre de choses. Les déambulations nocturnes dans le vieux Londres grotesque. Il s'y baladait même quand il n'avait pas besoin de le faire — même lorsqu'il était célèbre et plein aux as. Pour s'amuser, pour se rappeler le bon vieux temps. Faire revivre les dépôts Blackin' et le reste. Non, ça ne s'oublie pas. Des moments répétables. Ces hommes déchus devenus des esthètes. Orwell itou. Ils retournent sans cesse aux souvenirs des pires moments de leur dèche. Toi comme eux ne perdez jamais cette petite lubie poignante pour l'insécurité. La pauvreté est une crapule. Elle vous hante après qu'elle est morte.

Toi aussi, tu feras la même chose. Même lorsque tu auras retrouvé un semblant de prospérité, tu les imiteras. Tu disparaîtras de temps en temps pour t'offrir une nuit de sans-abri. Curieux syndrome. C'est toujours tellement agréable de retrouver le confort. Ces petits détails anodins qui tout à coup paraissent si merveilleux... draps, oreillers, nourriture et propreté impeccable.

Agréable, non ? La pensée de l'éminente compagnie qui est la tienne en ce moment est très séduisante. Beaucoup de gros bonnets littéraires ont traîné en vagabonds dans les rues de Londres. Dickens, Orwell et le petit grain de sel de ta propre personne.

(Entrent Charles Dickens et George Orwell. Ils ont le visage rayonnant de fraternité. Ils bondissent follement vers toi, leurs bras s'agitent comme des ailes.)

CHARLES DICKENS : C'était une journée lumineuse et froide d'avril et les horloges sonnaient treize heures.

GEORGE ORWELL *(d'une voix de phtisique)* : C'était une nuit sombre et glacée, il soufflait un vent humide...

CHARLES DICKENS *(perdant un peu le fil)* : Oranges et citrons, disent les cloches de St Clement.

GEORGE ORWELL : Pauvre chose ! N'avez-vous donc aucune pitié pour le laisser dehors, dans les rues cruelles, à une heure pareille ? N'avez-vous donc pas d'yeux pour ne pas remarquer sa minceur et sa délicatesse ? *(Il te prend la main.)* N'avez-vous donc aucun bon sens pour ne pas être davantage ému par cette petite menotte toute froide et tremblante ?

CHARLES DICKENS *(beuglant)* : L'Ignorance est la Force. La guerre est la paix. A mort la Police de la Pensée !

GEORGE ORWELL *(sanglotant)* : La honte, l'abandon, la méchanceté et le froid de la grande capitale ; l'humidité, les lentes heures glacées et les nuages rapides de la nuit sinistre.

CHARLES DICKENS : Que la chambre 101 aille se faire foutre ! Je veux une suite avec salle de bains, espèce de couillon d'Irlandais !

(Les deux grands écrivains s'écroulent, en proie au fou rire, et quittent la scène en sautillant.)

Tu souris, vice-roi au calme unanime.

Tu marches toujours, tes semelles indifférentes claquent. Tu clopines à travers la nuit noire si redoutée. Très tôt, tu commences à comprendre la dynamique de ce processus ambulatoire. C'est assez facile. Les données physiques de ce mouvement sont simples et fonctionnent d'elles-mêmes. Profitant de ce mode automatique, tu as le temps et la disponibilité nécessaires pour résoudre d'autres problèmes. Les dilemmes de la distance et de la destination sont facilement résolus. Afin de dissiper l'ennui de cette marche qui te sert de couverture, il te suffit de te donner un but. Tel un forçat, tu tires le meilleur parti de la situation. Divise ta condamnation, morcelle-la pour isoler la suite des années qui la composent. Abrège-la. Tout en lambinant dans Bloomsbury, tu décides de marcher vers Victoria ou Kensington High Street. Lorsque tu atteins ta destination, tu t'en donnes une autre. Ainsi fragmentée, la nuit ne devrait pas être trop effrayante. Pauvre supercherie qui ne te convainc qu'à moitié ; mais si tu réussis à y croire, la nuit te paraîtra moins pesante, moins mortelle.

Cette marche présente des avantages illimités. Elle te tient bien chaud pourvu que tu t'y donnes à fond. Elle t'empêche de fumer tes cigarettes trop vite. Elle chasse l'ennui. Elle te distrait du tocsin affolé qu'est devenue ta santé. Elle t'amuse. Elle te ravit.

Néanmoins, le principal avantage que cette marche te procure est, assez curieusement, un vague air de respectabilité. Mais oui. Bang ! You-hou ! C'est ça. Espèce de pauvre noix ! On dirait que tu te rends quelque part, on dirait que tu as une destination bien définie. Tu sais que les vrais clodos, les authentiques loques humaines se contentent de traîner en essayant de se réchauffer et de ne pas perdre l'esprit, ou alors ils érigent ces grands tubes en carton semblables à des cercueils dans lesquels ils se glissent pour trouver un repos affligeant. Les vagabonds s'écroulent ou volent un somme aviné sur le seuil de quelque pharmacie de High Street. Ils titubent, ils tombent. Ils s'en foutent. Mais toi, tu restes mobile. Ainsi, les flics te fichent la paix. Tu continues de marcher, jusqu'à l'épuisement, au-delà de la douleur ; les jambes oublient, les pieds improvisent. Tu marches parce que... tu atteins ici le cœur du problème... parce que... tu as tellement honte ! Jésus Marie Joseph, quelle dégradation ! L'humiliation, l'amertume et la honte — voici ton lot, et plus encore. Plutôt mourir que de laisser quiconque le découvrir. Maintenant ou plus tard.

Cette honte ne frappe que certains d'entre nous. Les richards comme toi et moi. Nous courons après l'anonymat et la banalité. Les vagabonds plus robustes mènent des existences d'un confort variable. Ils sont bruyants et sans vergogne, ces veinards, ces salopards tellement sûrs d'eux-mêmes ! Nous, toi et moi, nous faisons partie de ceux qui dépérissent et meurent de honte. Nous sommes torturés par les difficultés pathétiques que nous rencontrons en essayant de conserver une apparence décente. Toute la journée, tu te creuses le ciboulot anémié afin d'essayer de passer pour un autre. Afin de te glisser dans la peau d'un étudiant bizarre ou d'un employé excentrique. Ou même du crétin provincial venu passer la journée à la capitale. Tu tentes désespérément de mettre un peu de sobriété dans ton dénuement. Tes vêtements ne sont pas encore des haillons, mais tu ne réussis pas à convaincre. Chacun lit sur toi la tache révélatrice de l'absence de but. Tu ne l'enlèveras jamais, mon ami. N'essaie même pas. Ça te briserait le cœur.

(Incidemment, l'un des pires aspects de la dèche c'est l'arrivée, l'injection de sans-abri tout frais et plus pimpants. Des êtres plus jeunes, plus propres et moins qualifiés pour la cloche que nous autres, les anciens. Ces bleus sont mal préparés pour une déchéance de cette ampleur. Ils occupent votre espace et vous en chassent. Le Londres des sans-abri est surpeuplé. Il n'y a plus aucune place de libre. Bientôt peut-être, ils vont augmenter les loyers. Tu observes ces nouvelles recrues avec de la tristesse dans ton cœur magnanime. Le désordre soudain des chômeurs, des fugueurs ; des virés, des malchanceux. Ces amateurs ont été attirés dans la rue par la méritocratie forcenée des années quatre-vingt. On leur a appris à espérer un emploi, une vie et un toit ; ou au moins un boulot merdique, une vie et un trou. A leur grande surprise, ils obtiennent encore moins que ça. D'ailleurs, la plupart n'obtiennent rien du tout. Un rien précis, chirurgical.

Que peux-tu faire si tu es un jeune chômeur de Liverpool, Glasgow ou Newcastle ? Papa et maman te flanquent à la porte de chez eux. (Ils font toujours ça, les papas et les mamans.) Tu fais le point de ta situation, de tes espoirs, de tes possibilités... ça ne prend pas longtemps, il n'y a pas à chercher très loin. Tu te débrouilles pour aller à Londres. Grâce à tes dernières allocs, tu peux te payer un peu de bon temps dans un *Bed and Breakfast* (de nos jours, ça ne dépasse guère sept minutes et demie).

Ensuite, tu trouveras peut-être un squat accueillant, une espèce de commune hippie ou un truc de ce genre. Tu y pourris brièvement avant de te faire violer, assassiner ou détrousser, et alors… alors c'est la rue. Tu comprends enfin ta destination, tu sais pourquoi tu es là. Tu glisses, tu dégringoles, tu disparais.)

Bon, revenons à toi et à tes problèmes. Après avoir atteint Victoria ou Chelsea et t'être perdu pendant une demi-heure bénie dans Belgravia, tu rebrousses chemin et dérives vers le brouhaha aigre et compact de Trafalgar Square. Sur Parliament Square, tu as remarqué qu'il était seulement une heure et demie du matin. Merde ! Il est trop tôt, beaucoup trop tôt. Le temps se traîne. Le temps s'arrête pour reprendre son souffle.

Tu déambules sans but en suivant le circuit imbécile de Trafalgar Square, tes pieds clip-clop affolent ton cerveau engourdi, tes yeux observent sous le couvert de ton front. La ville scintillante. Le bégaiement des enseignes rouges, jaunes, blanches et vertes. Les oiseaux de nuit accomplissant leurs fonctions dans la ville endormie au milieu des carrés éclairés des fenêtres des bureaux. Des gens à l'abri du jour, dans leur chaleur douillette. Leur sombre univers t'étonne. Tu es de plus en plus hébété et geignard.

Les voitures filent près de toi. Bizarre comme elles paraissent toujours plus paisibles la nuit. Il y en a moins, conclus-tu avec sagacité. A travers le tumulte sordide et les claquements en tous genres, tu cherches la clémence de la solitude. Ton cœur bafouille, affreuse capilotade. L'angoisse t'étreint. La ville incandescente et mouvante palpite tandis que ton cœur de fantôme ambulant se recroqueville devant toute cette vitesse. Désolation, panique, désespoir. Oh, ça se rapproche. Fonçant vers ton nadir, tes yeux bleuvertbrun se ferment lentement. La mort est là. Tu serres tes bras autour de toi pour te protéger du vent glacé. Les voitures font silence, les gens te frôlent absurdement. Tu t'arrêtes et fermes les yeux. Tu prends une profonde inspiration contre tes poumons ennemis. Voilà. Pas de problème. Tu respires.

Tu retrouves l'équilibre urbain et les voitures, ce grondement bourdonnant. Les mains sur les volants, le faisceau des phares, leurs gracieuses arabesques. Tu t'étonnes de ce que la ville ne dorme jamais. A moins qu'elle ne se réveille jamais. Tu es fatigué — toutes ces réflexions te semblent profondes.

Tu t'éloignes peu à peu de la place. Sous le coup d'une inspiration intrépide, tu annules les deux heures suivantes en faisant un saut jusqu'à Barbican, et retour. L'arrière de tes genoux commence à grommeler. Tu seras bientôt trop épuisé pour marcher encore. Mais putain, penses-tu, tu vas bien trouver quelque chose.

Tu te démènes et batailles contre cette gangue de souffrance et d'écœurement. Tu es courageux, tu es solide. Offre-toi un tonnerre d'applaudissements et continue de marcher.

Quand tu retrouves les quais de la Tamise, tu es vidé. Tu as ton compte. Tu as marché toute la journée. Tu n'as plus beaucoup de pas en toi. Le trottoir de l'Embankment oscille faiblement devant toi, irrégulièrement éclairé par des rangées de lampadaires blancs tarabiscotés et des guirlandes d'ampoules qui font briller l'asphalte gris. Tout paraît dur, inconfortable. Ces parures te semblent dépourvues de tact. Tu regardes South Bank. Tu réfléchis. South Bank est un endroit idéal pour ce que tu as en tête. Les escaliers, les promenades et autres passages sont bien abrités et généralement discrets. Paisibles et peu fréquentés, enfin presque. Le calme devient pour toi une exigence de plus en plus cruciale. Il est maintenant très tard et, désormais, tu connais assez bien le troisième groupe des habitants fluctuants de Londres. Tes semblables. Les sans-abri et les parias, les putes et les michetons, les criminels, malfrats, violeurs, cinglés, les gangs, les mauvais garçons et autres bizarreries nocturnes. Oui, c'est vers cette heure-ci que les putains de siphonnés du ciboulot débarquent massivement en ville ! Ils viennent chercher leur tribut. Et tu n'aimes pas ça. Tu n'aimes pas ça du tout.

Bon, tu es un gamin / garçon / fille solide. Tu as roulé ta bosse, si je puis dire. Mais ceux-là sont des putains de cinglés. Ils boiront ton sang, ils dévoreront tes tripes. Tu ne peux simplement pas gagner contre des types pareils. A moins de rejoindre leur camp. Vois-tu, toute cette histoire de violence est très simple (tant de choses le sont, ou semblent l'être). Ce n'est pas un problème de taille, de force ou de technique. C'est un problème de démence pure et simple. Quels sont tes talents de psychopathe ? Si tu peux donner une impression de barjot complet, alors tu es en sécurité, tu peux rigoler. Personne n'a envie d'avoir affaire à ce genre de débile dangereux. Il faut que tu hurles et que tu écumes horriblement en guise d'avertissement — que tes traits se tordent, que ton corps se convulse et rue. Laisse au vestiaire tes derniers vestiges de bon sens. Si tu es capable de ce cinéma-là, voyous et truands te donneront sans doute de l'argent pour que tu décampes. Peu d'individus ont envie de te voir réaliser les atrocités que tu annonces. (Mais n'essaie pas cette petite ruse avec un gars vraiment cinglé... Il ne marchera pas, il ne se laissera pas impressionner.) De plus en plus souvent, ce sont ces cinglés-là qui remportent les célèbres guerres des rues dans toutes nos villes. Ton propre courage, aussi louable soit-il, relève de la politesse dérisoire. Il a besoin d'être cultivé, travaillé. Il a besoin de sonner juste. Mais jamais il ne te sauvera la mise en pareille situation. Ces gens-là te feront tout subir, sans arrêt, sans raison ni scrupule. Peu importe ce que tu leur feras. (De toute façon, tu ne leur feras jamais grand-chose qui risque de les enquiquiner pour de bon.) Ce sont eux qui hantent tes cauchemars et servent d'étalons à tes phobies. Laisse-les entre eux. Tu ne joues pas dans la même catégorie. Du moins je l'espère.

Tu les as regardés cette nuit, n'est-ce pas ? Les yeux exorbités et le cœur dans la bouche, tu as vu leur spectacle. Entendu leurs récits tout sauf picaresques. Un peu plus tôt, près de Holborn Circus, ce cinglé, ce fouet d'euphorie démente, flanquant une volée de coups de pied à ces deux crétins de l'Armée du Salut. Une femme en uniforme allongée sur le trottoir, le nez en sang. Ses cheveux souillés par la boue et la pisse de la rue. Et les deux philanthropes qui se prenaient en pleine poire les coups de pied de M. BruceputaindeLeeluimême tandis que tu rasais le mur et pressais le pas de l'autre côté de la rue.

Et à Charing Cross Bridge. Cette femme. Cette grosse pouffiasse qui s'essuyait nonchalamment le cul par cette nuit glacée. Incroyable. Elle frottait, sondait, astiquait, en mal d'hygiène. Ses pâles fesses de porridge luisant sous le lampadaire contre lequel elle s'appuyait discrètement. Son visage ridé, bougon et douloureux. Tu t'es trouvé souillé, vraiment. Tu as essayé de ne pas regarder. Elle salopait le monde pour les autres. Sa main âgée et pressée, sa peau molle et marbrée, son regard de vieille folle. Pouah !

La fille. Ses cheveux durs, remplis de haine, sa bouche cariée et coléreuse. Sa voix. Insistante et aigrelette. Sa douleur, ton désespoir, tous deux t'accusant. Une transaction commerciale. La puissance et la jactance du commerce érotique. *Caveat emptor.* Non, pas ça, pas avec elle. Pas avec ces cuisses maigres et blafardes, ces seins minuscules et aiguisés. Ses rails, son rachitisme, ses misères et son arsenal létal de maladies vénériennes gargouillantes. Et puis sa tristesse, sa douleur, sa honte, son crime. Sa petite mort. Non, pas avec elle.

(La folie impromptue d'autrui est toujours beaucoup plus incongrue que tes propres petites lubies explicables, excusables.)

Des montages de l'ébriété et du vice investissent toutes les rues, cours et venelles. Les fêtards hurlants de Londres s'ébattent follement. Les briques et les arbres grommellent sous leurs bandes de lumières crues. La nuit est défigurée et obscène. Vacarme. Ténèbres. Enfer. Où que tu ailles, les gens crient, rient, hurlent, pleurent sans la moindre retenue. Les visages que tu croises sont cadavériques et muets, tués par l'alcool et une faible luxure.

(Ces images, ces scènes sont très douces, comparées à l'émeute de démence et d'horreur vigoureuse qu'on découvre par n'importe quelle nuit new-yorkaise. Elles suffisent néanmoins à ébranler ton âme vacillante. Dis-toi que tu ne verras jamais le pire. Ce pire est toujours caché, privé, furtif. En des lieux dont tu ignores tout et, à des gens que tu n'as jamais rencontrés, des choses pires arrivent. Ce que tu découvres maintenant, c'est le côté friqué de l'horreur. Tu as quand même une sacrée chance.)

Oui, je crois que South Bank est une bonne idée. Bouge tes fesses d'ici.

Voilà qui est mieux, pas vrai ? Tu es plus ou moins confortablement assis dans un des escaliers sans joie qui escaladent le cul du National Theatre. Tu fouilles dans ta poche et sauves du désastre tes dernières cigarettes. Toi qui mourais d'envie de fumer une clope, tu t'accordes maintenant un traitement de faveur. Tu l'allumes, c'est charmant. Tu déplaces légèrement la bidoche engourdie de ton postérieur. Le sang, l'oxygène, la douleur et le soulagement affluent dans tes muscles. Tu te rallonges contre les rebords anguleux des marches de pierre. Mais, te voilà au paradis !

Tu sais que, tôt ou tard, on te fera déguerpir ; pourtant, tu t'en bats l'œil. En une époque plus faste — lorsque tu venais ici au théâtre —, tu observais les vigiles de South Bank dans leurs œuvres. Tu connais leurs manières. Ils t'ont toujours fait l'effet d'une bande de clampins assez réglos. Gênés d'avoir à virer tous les vagabonds, d'avoir à garder l'endroit propre et sans culpabilité pour tous les affreux pomponnés qui sirotent leur verre à l'entracte. La politique de la direction, etc. On ne peut pas laisser un vieux sac à puces dégueulasse cracher ses poumons sur les jolis escarpins vernis du gratin. Bonté divine, mais c'est inconcevable ! Alors, bien sûr, ces malheureux gars de la sécurité se font passer un savon par quelque obèse amateur de théâtre merdique qui a sa villa dans le Midi de la France, une catin aux seins laiteux accrochée à son bras et des idées temporairement égalitaires.

Oui, tu les aimes bien, ces types de la sécurité et nul doute qu'ils t'apprécieraient aussi. Mais ils vont se pointer. Ils vont te chasser. C'est comme ça, fiston. Mon boulot l'exige. Tu me comprends, pas vrai ? Bien sûr que tu piges. Tu es assez costaud et assez moche pour accepter ça. Une petite considération affectueuse et, hop, le tour est joué.

La flicaille finira par te mettre la main au collet. Ils t'emmèneront au poste. Ils ne peuvent pas te laisser dormir dehors. C'est illégal. Tu peux rester assis ; tu peux rester debout ; tu peux traîner tant que tu veux, mais dormir dans la rue est une infraction à la loi. Quel genre de loi est-ce là ? Croient-ils vraiment que, si dormir dans la rue devenait légal, on assisterait à un soudain afflux d'habitués de la City, employés et millionnaires confondus, tout excités à l'idée de roupiller à la belle étoile ? Cette hypothèse paraît-elle sérieuse ?

En tout cas, assis sur ces marches qui t'insensibilisent le cul, regardant le fleuve infect couler sous tes yeux tandis que les lumières de Somerset House scintillent à travers tes larmes, tu commences à remarquer le froid. Oui. L'heure de l'épreuve tant attendue a sonné. Bordel, il *gèle* ! Tant que tu marchais, ça ne semblait pas si affreux. Tu te souviens ? Bah, nomduneputaindepipeenboisetenplastique, pensais-tu alors, ce n'est pas si difficile ! Je peux supporter ça. J'ai tout ce qu'il faut pour tenir le coup. Mais tu te trompais, n'est-ce pas ? Tu as beau rigoler, la température de ton corps commence à baisser inexorablement. Tes pieds s'éteignent soudain — sans même dire au revoir —, tes doigts te picotent et s'irritent du sang qui les quitte. Ton nez devient une masse humide, spongieuse ; tes yeux claquent et se gauchissent. Pour la première fois de ta vie, tu fais la connaissance intime de tes entrailles, tripes et boyaux. Tu sens pour de bon ton foie et tes reins et eux aussi peuvent te sentir. (Soit dit en passant, ils n'en sont pas très heureux.) Ta vessie enfle et palpite, requérant toute une succession de minuscules évacuations sans joie contre les murs idoines. Tu entends et tu sens les glissements serpentins de ton gros intestin. Ouah, comme ce gros intestin est un grand garçon grognon !

Mieux. Tes articulations deviennent des ponctuations glacées le long des quatre canaux de tes membres frissonnants et tremblants. Tes genoux, coudes, chevilles et poignets capitulent presque aussitôt, les pleutres. A ta grande surprise, tu découvres qu'il te reste une vague zone de chaleur diffuse juste en dessous du nombril (qui, pour une raison inconnue, est bizarrement moite). Tu glisses tes paumes glacées sous ta ceinture, tu les pelotonnes contre la masse amorphe et tiède de tes parties génitales. C'est une très mauvaise idée. Tes mains sont beaucoup trop engourdies pour tirer le moindre bénéfice de cette opération, et leur température polaire contamine ton pelvis jusqu'à ta vessie. Ce pauvre vieux sac à pisse perd de nouveau la boussole et te revoilà debout à jouer une nouvelle symphonie de mictions fictives et glacées. Tu as déjà pissé tout ton saoul et tu touches le fond du désespoir. Tu commences à comprendre pourquoi, en règle générale, les gens essaient d'éviter ce genre d'expérience.

Pendant que ton corps se distrait sur ce mode édifiant, les dieux de la pauvreté et du sommeil jouent un nouveau tour cruel au pauvre crétin que tu es. Tu allumes une autre cigarette, davantage pour te réchauffer que pour ton seul plaisir. Après les toutes premières bouffées expérimentales, tu remarques, à ton immense horreur sphinctérisée, que tu n'y prends aucun plaisir. Pas le moindre — en aucune façon. C'est toi. M. Nicotine. Le fakir de la clope. Pas ça ! Pas mes cibiches, s'il vous plaît ! Après une bonne quinte de toux bien grasse, tu essaies encore. La vache, c'est encore pire qu'avant ! La fumée arrache ta gorge gelée. Tu sens le martèlement sourd de la migraine du fumeur amateur t'enserrer la nuque. Ah, putain de merde, pas ça ! Tu pries saint Christophe, pas vrai ? Et comment que tu le fais ! Tu implores la clémence de tous les saints des sépulcres. Et certes pas par ordre de préférence. Non. Tu suis scrupuleusement l'ordre alphabétique. Il faut à chaque instant exercer toutes les finesses de la diplomatie dévote. Dans toutes les langues dont tu te souviens, tu demandes un jugement.

Et n'en obtiens point. Pas de réponse. Silence sur toute la ligne. La communication est coupée, vieux. Définitivement coupée.

Vois-tu, il faut être bien au chaud et en bonne santé

pour savourer vraiment une clope. Surtout, il faut avoir chaud. Le moindre frisson gâche tout le plaisir.

Alors, que faire maintenant ? Les cigarettes sont exclues et c'est une sale nouvelle. C'est affreux, horrible, terrifiant. Trouve un flingue. Tire-toi une balle dans la tête. Que ton cerveau éclabousse le pavé et tu pourras te réchauffer les mains au-dessus de sa masse grise et fumante avant de claboter. Ah, si tu pouvais, tu le ferais bien, n'est-ce pas ? Moui. A ta place, n'importe qui n'en ferait-il pas autant ? Et comment donc qu'il le ferait.

Ainsi donc. Vers une fin.

Il n'est même pas quatre heures du matin et tu commences à te dire que, si tu ne trouves pas un peu de chaleur dans les minutes qui viennent, tu vas péter les plombs et faire le grand saut dans cette saleté de Tamise. Au moins, ça ne traînera pas. Tu seras empoisonné avant de te noyer. Tu as oh si froid ! Tes poils pubiens sont tout hérissés, tes yeux se mettent à rouler dans leurs orbites. Allez donc tous vous faire foutre, conclus-tu. Il faut que tu bouges si tu ne veux pas mourir. Te remettre sur pied rapidement, avec des contorsions douloureuses. Quant à marcher, c'est une autre paire de manches maintenant que les semelles de tes chaussures constituent la partie la moins engourdie de ton anatomie. Dieu seul sait comment tu fais, mais tu y arrives. Allez, essaie, pousse, fais un effort. Surtout, ne t'arrête pas. C'est ça. Bien. Gauchedroitegauchedroitegauche. Essaie de ne pas y penser et peut-être que tes jambes flageolantes feront ça toutes seules. Maintenant, elles connaissent par cœur cette routine de la marche. Laisse-leur la bride sur le cou. Apprends à déléguer.

Tu es tombé, le ciel te grommelle de sombres reproches pendant que tu te mesures à l'aune de ces pierres. Tu crois discerner la rumeur de l'aube au fond du ciel bas et fluide, qui répand une lueur fantomatique sur tout ce que tu vois. Mais tu te trompes. Tu comprends que c'est tes yeux : ils sont en train de mourir.

Pourri de malnutrition, les dents cariées et l'haleine fétide, tu te relèves. Rongé par le temps, le froid et le désespoir, tu regardes ta ville de l'autre côté du fleuve. Saturé de fatigue, ton esprit ralentit et s'arrête. Terminus. Tu attends là. Tu pâlis, tu te flétris, tu t'en vas.

Et la ville ?

La ville. Accroupie dans la nuit. Divinité urbaine. Noire comme la mort. Obéis-lui. Adore-la. Les mots assourdis, lointains, les roulements de tonnerre et les marmonnements divins des voitures bourdonnent, perdus dans l'obscurité. Petits phares mouvants aux tableaux de bord brillants et amicaux, aux belles lumières colorées. Rouge, jaune, vert. Il est tard maintenant. Le vaste matin de ténèbres attend sa sentinelle ensoleillée.

Attends.

Sept

(South Bank — au coup de soleil *. *Il est assis, pelotonné, affalé, presque allongé, abrité du vent par Festival Hall. L'humidité et la solitude suintent à travers la pellicule de sueur séchée qui couvre ses membres. Il écoute la rumeur du fleuve en pleurant doucement à part lui, incarnation saisissante de la souffrance nue.)*

Ah ! La nuit s'est brièvement approfondie pour créer une amère enveloppe pourpre. La perfection glacée du givre raidit mes cheveux tandis que les minutes s'acheminent lentement vers l'aube. Cette nuit, le monde est resté lointain, interdit. Il ne m'a pas fait passer un seul bon moment. Une bourrasque incongrue de pluie sale commence à me piqueter le visage et les mains. Mais ça ne vaut pas la peine de bouger. Indolemment, avec toute l'intelligence d'un gourdin, je regarde les gouttes minuscules étinceler dans la lueur des lampes, dégouliner et sécher sur mes mains gelées, aussi insensibles que deux blocs de bois.

Bientôt l'aube. La fissure du petit jour, la solive et l'élan de la lumière. Sur ma gauche, le pont de chemin de fer bourdonne gaiement. Bruissement et gémissement des voies et des traverses. La chanson triste des trains, la douceur engourdie du sommeil. Mais bientôt elle éclate en brinquebalements sonores. C'est amusant. J'aime voir le jour se mettre en branle. Remue-ménage fébrile. Branchements. Alimenter les réseaux électriques, ceux du gaz et de la radio qui créent lumière, chaleur et bruit. Tout ça a quelque chose de très sociable et public. Chauffage, eau, électricité. Le tout courant sous les rues, comme une poignée de serpents sinistres, coincés dans leurs tubes, comme à l'intérieur d'un fromage pourri. Tout se met en place.

L'aube qui point promet faiblement la bénédiction du jour. Une lumière froide filtre à peine au-dessus des arbres, des toits et du fleuve, une aube grise et liquide, ce sont encore les limbes endeuillés du jour. Dans les maisons de toute l'Angleterre, des radios goujates s'allument toutes seules. Les hommes levés de bonne heure se rasent, rideaux ouverts, chacun espérant tirer bénéfice de la tendre beauté de l'aube, augure ubiquite de leurs journées à venir. Des pensées d'universalité m'envahissent et me laissent doux et apaisé. En pleine déliquescence. Je me sens vieux, à ces moments-là. Malgré ma jeunesse, je vois le vide et la banalité de ma nouvelle existence. Le vagabond-dilettante. Elle m'a brisé le cœur.

D'habitude à l'aube, j'abonde en platitudes semi-universelles. Peinant toute la sainte journée, je reste indifférent au monde contemplatif. Néanmoins, la nuit attise mon esprit. Je songe aux fatigues du monde. L'honneur, la justice, la vérité, la charité, la puissance, la force, la mort et Dieu — tous contribuent de leur mieux à ma confusion. Dyspeptique, je mâchonne le repas filandreux qu'ils m'ont concocté. Je ne devrais pas y toucher. Merde alors, je suis à peine sorti de l'adolescence ! Je me passerais volontiers de tout ça.

Ah, écoute. Le matin s'emplit de bruits et perd ce silence puisé au plus profond qui m'a tellement réconforté pendant la nuit. Les oiseaux grognonnent dans l'air froid, j'entends le brouhaha lointain de la ville qui s'éveille. La lumière arrive. L'obscurité présente maintenant un éclat opaque, nébuleux ; mon nez brille, tout rouge et pointu dans les ténèbres. Je jette un coup d'œil maussade au paysage chaotique et grisonnant, aux mornes fenêtres clignotantes, à la fine bruine qui strie le décor de ses douces et tendres hachures.

Bon dieu, j'en ai marre de cette vie. Les heures de mes journées pourries ne disparaissent pas comme devrait le faire le passé récent. Non, elles s'entassent et encombrent les rues. Elles font une manif, ces salopes. Ça ne peut plus durer. Il faut que je fasse fonctionner cette vie qui est la mienne. Il faut que je quitte la ville. Que je revoie ce bon vieux ciel et la mer. Que je rencontre ces femmes dorées que je croise en rêve. Bouger. Changer. Vivre. Avant de m'encroûter, de me rider et de me ratatiner.

La bruine tombe plus dru, le ciel lourd pèse sur la terre. Une lumière grise se répand largement et s'accroupit peu à peu au-dessus de Londres.

J'envisage cette matinée avec beaucoup d'inquiétude.

C'est en ces heures cadavériques que mes pensées se tournent vers mes femmes. Les filles de mon histoire. Toute ma vie durant, les femmes ont constitué ma priorité essentielle, chacune une divine bouffée, un trou de béquille au bord de l'eau. Mes femmes, penser à elles suffit à m'égayer. J'ignore pourquoi — les femmes m'ont presque toujours chié dessus de la plus grande hauteur dont elles étaient capables. Et pourtant c'est ainsi, et c'est bien moi.

Il y a eu deux femmes cruciales dans ma vie. Deux filles incomparables. Aucune ne m'a donné beaucoup de cette chose qu'on appelle le bonheur. D'un autre côté, toutes deux s'entendaient parfaitement à accommoder le malheur à toutes les sauces. Pour cette raison, je ne les remercierai jamais assez. Deirdre et Laura. Mes copines, l'Irlandaise et l'Anglaise. Laura et Deirdre.

De cette piteuse paire, Deirdre Curran fut la première et la pire. Je l'ai rencontrée à quinze ans, par un maudit jeudi après-midi où ma bonne étoile avait sans doute perdu ma trace. Aujourd'hui encore, je n'arrive pas à comprendre comment j'ai pu me mettre dans pareil pétrin. Quand tout va bien, la susceptibilité compte pour du beurre. Dans ma jeune Irlande j'ai voyagé de Killibeg à Dungiven, cherchant la femme, déblatérant tout du long... car j'étais à la fois irlandais et jeune, vois-tu. Cependant, j'avais presque complètement échoué à sombrer dans les âneries désopilantes de l'amour juvénile. Trop vieux et trop teigneux trop tôt, comme j'aimais à l'imaginer. Deirdre mit un terme aux dites âneries. Eh oui ! Sa sonorité et son sang-froid me tranchèrent les ailes d'un coup. Elle me les coupa aimablement. Elle mit un terme à mes élans.

Quand on est jeune, ça te prend comme un réflexe élémentaire. Vlan ! Tu es en plein dedans. Te voilà amoureux, espèce de couillon. La secousse juteuse de la reconnaissance. Elle est pour moi... du moins je le croyais. Tout conspire à accroître l'incontinence de tes jeunes années. Les échos des sirupeuses chansons populaires beuglées par les radios farceuses. La prépondérance de la sentimentalité romantique dans ces opuscules du dix-neuvième siècle que tu aimes tant. L'empathie, la clémence, la joie, le simple poids de ton ego complaisant et boursouflé. Quelqu'un tripote les manettes émotionnelles de ta lucidité. Boum ! L'amour ! Comme nous déguisons volontiers ce stupide stimulus ganglionnaire. L'amour est la cape de soie qui masque la lévitation animale du pénis.

Hé, décharge-moi donc un peu de tout ce cynisme casse-couilles ! Impressionnant, non ? Pour moi, ce n'est qu'un gros tas de merde. Je suis nul en cynisme. Je n'ai pas ce qu'il faut pour ça. C'est une perte de temps, je n'ai jamais été doué pour l'insouciance.

Amour et bénédiction. Bons souhaits et tout le reste. Dispenser le bien sans la moindre sympathie est, paraît-il, tout ce qu'il suffit de faire. Aujourd'hui, les temps sont durs pour le pauvre vieil amour romantique (érotique). Les gens semblent le considérer comme une lubie un peu bizarre, à la David Copperfield, presque une curiosité anthropologique. Moyennant quoi, il arrive loin derrière la luxure, la jalousie, la cupidité, le pornopouls de la modernité et (surtout dans mon cas) les toquades. C'est vrai. Je déteste le reconnaître, mais j'ai un cœur d'artichaut et le béguin presque en permanence. Si jamais tu me rencontrais (O, quelle chance !), tu me trouverais sans doute abîmé dans quelque désir fou et juvénile pour un lointain objet glacé. Nul doute que ma passion te casserait les couilles. Tu y verrais de l'immaturité, une déplorable perte de temps. Assez curieusement, j'ai tendance à être d'accord avec toi. Voilà, comme je l'ai déjà dit, quel genre de type je suis.

Deirdre Curran — cette Deirdre ! Deirdre Curran était petite, boulote, protestante et riche. Ah oui, elle était aussi incroyablement stupide. Je tombai aussitôt amoureux d'elle.

(C'est le problème des autodidactes. Pour moi, comme pour tous ceux qui ont appris par eux-mêmes, les impressions fausses sont souvent tenaces, indéracinables.)

De dieu, comme j'avais envie de cette fille. J'adressais des prières à saint Jude, le patron des causes perdues. Je supputais, je complotais, je rêvais avec frénésie, extravagance. Je concrétisais son image, j'élaborais péniblement des drames violents et improbables d'enlèvement et de sauvetage, moi dans le rôle de Tom Jones et elle se laissant faire. J'anticipai un abject échec, mais je tentai ma chance malgré tout. Je fis le premier pas.

Crois-le si tu veux, mais elle ne me vola pas dans les plumes. En fait, bien loin de me voler dans les plumes, elle me dit (verbatim, je le jure), elle me dit qu'elle ne me pisserait pas dessus. (Lui avais-je demandé cela ?)

Je fus légèrement décontenancé.

Je persistai néanmoins. Je débordais encore d'énergie à cette époque. Je l'invitai à dîner. (Moi, monsieur Cool, qui de ma vie n'avais jamais mis les pieds dans un restaurant — je n'avais même jamais *entendu parler* d'une nappe !) Elle refusa.

J'insistai encore.

MOI *(conquérant)* : A déjeuner alors.

DEIRDRE : Impossible... Désolée.

MOI *(ardent)* : Petit déjeuner ? Thé ? Souper ? Casse-croûte, snack, raid sur le frigo, en-cas de minuit, festin, agapes...

(La vache, j'étais sacrément cool !)

DEIRDRE : Je te l'ai déjà dit : impossible.

MOI *(civil)* : Tu risques de mourir si tu ne manges pas, tu sais.

DEIRDRE : Vraiment ?

MOI *(cajoleur)* : Mais oui. Tu peux me croire, je m'y connais.

DEIRDRE : J'imagine.

(Une pause. Je m'en tire bien, non ?)

MOI *(anxieux)* : C'est moi ou l'idée de manger qui te déplaît ? Il serait tout aussi regrettable de te priver de moi. Sincèrement.

DEIRDRE : Je ne crois pas.

MOI : Ah, cœur froid et dur...

DEIRDRE : Écoute, faut que j'y aille.

(Elle essaie de s'en aller. Je la retiens. Je regrette mon geste, mais trop tard.)

MOI *(avec énergie)* : Qu'est-ce donc ? Mon manque de réserve, mon égoïsme ? Ma grossièreté, ma suffisance, mon immaturité... Regarde-moi : je suis superbe ! Tu ne trouves pas ?

DEIRDRE *(à contrecœur)* : Tu n'es pas mal.

MOI *(avec vigueur)* : Alors qu'est-ce donc ? Je dois avouer que, d'une manière générale, je me considère comme un cadeau des dieux. Tout emballé et à toi offert.

(?)

DEIRDRE : Eh bien, ce n'est pas mon anniversaire.

MOI *(désapprobateur)* : Ta mère ne t'a jamais appris qu'il était impoli de refuser un cadeau ?

DEIRDRE : Si, mais elle m'a également dit de ne jamais accepter le bonbon d'un inconnu.

(Long silence. La seule chose intelligente que Deirdre dira jamais. Sans doute par hasard.)

MOI *(facécieux)* : On dirait que ta mère est une femme comme il faut.

DEIRDRE : Oh oui, elle est... très comme il faut.

MOI *(guilleret) :* Et très attachée à sa fille préférée, aucun doute là-dessus.

DEIRDRE : Elle l'adore. *(Exit.)*

N'étais-je pas magnifique ? Comment se fait-il que les adolescents disent autant de conneries ? Les banalités lamentables étaient certainement mon fort. Je veux dire, j'étais mauvais, mais parfaitement ordinaire. Bon, d'accord, j'étais jeune. Je *suis* jeune. Je plaide fermement la niaiserie immature.

Bref, peu habitué aux rebuffades, je dus pourtant me

rendre à l'évidence. Mais au moins, cette fois-là, elle ne m'avait pas menacé de son urine. Cela me poussa à récidiver. J'essayai encore.

Et encore.

Et devine quoi ? A la fin je réussis ! Deux semaines et une quinzaine de mornes tentatives de séduction plus tard, je décrochai le pompon, si j'ose dire. Je la piégeai à l'arrêt du car scolaire et accomplis mon ultime effort, couronné de succès. Je m'en tirai bien, très bien. Avec toute la modestie qui s'impose, je peux affirmer que je tenais une forme du feu de dieu et que je me suis foutrement arrangé pour le lui faire savoir. A l'intérieur de mon cercle dépourvu de charme, j'ai dansé avec inspiration... et ça a marché.

Elle accepta de m'emmener faire des courses avec elle le samedi suivant. Une balade dans les magasins ! Ah là là... mon cœur se gonfla immodérément : n'étais-je pas un putain de veinard ?

Comme on pouvait s'y attendre, elle me posa un lapin. (J'avais fauché un billet de cinq livres pour l'occasion et fus donc doublement furieux.)

Ce genre de comportement aurait dû me mettre la puce à l'oreille. J'aurais dû être sur mes gardes. Mais de toute évidence, ce ne fut pas le cas. Sur le chapitre de mon propre destin, ma myopie est parfois extraordinaire. Le fiasco complet de mon aventure avec elle était évident pour tout le monde, sauf pour moi. Je m'étais laissé tenter par la futilité. Le désastre fondit sur moi. J'aurais dû m'en douter. J'aurais dû passer en revue mon palmarès et estimer plus lucidement mes chances de succès. (Il semble qu'on oublie toujours ses plus grosses gaffes et omissions.) Bref, j'aurais dû en rester là.

Inutile de dire que ce ne fut pas le cas. Une fois encore, je tentai ma chance. Ses réticences renforçaient ma résolution. A ma grande surprise, elle parut plus amène la fois suivante et elle me retourna mon désir extravagant à sa manière corsetée de presbytérienne endurcie. Je pense sincèrement qu'elle n'avait jamais rencontré un garçon ressemblant, même de loin, au jeune catholique que j'étais. Je la divertis. Je l'amusai, la surpris, la stupéfiai. Et puis, j'étais beaucoup plus beau que tout ce qu'elle aurait pu raisonnablement attendre. Voilà sans doute ce qui emporta le morceau ce jour-là. Ma beauté unique était le seul trait auquel Deirdre pouvait appliquer ses facultés perceptives rudimentaires. Car elle n'était pas faite pour l'amour spirituel ou cérébral, la brave D. Curran.

Je la retrouvai dans Ormeau Park le dimanche suivant. Je recommençai mon numéro. Je me dépassai pour elle. Dans le flamboiement du crépuscule, je fis sonner pour elle les bonnes vieilles cloches de l'église. Je lustrai et cajolai leur métal écaillé. Je les fis chanter et danser. (Le lyrisme me venait aisément à l'époque.) Je peaufinai mes monologues, je tirai la substantifique moelle de mes talents mirifiques. Je me torturai la cervelle pour savoir si, oui ou non, je devais essayer de l'embrasser. Sans manifester autant de scrupules, elle glissa la main à l'intérieur de mon pantalon.

Je lui demandai ce qu'elle faisait.

« A ton avis ? rétorqua-t-elle.

— Quelque chose de très osé », dis-je.

(Bon dieu, aujourd'hui encore je rougis en repensant à l'âne que j'étais alors.)

Eh bien, de toute évidence je n'allais pas supporter pareille atteinte à mon romantisme. Je lui expliquai les errements de son éducation protestante, de sa licence et de sa luxure. J'évoquai les idéaux de pureté, de virginité et de respect mutuel. Elle me demanda quand je comptais la baiser.

J'avais quinze ans. Tu comprends ce que je dis ? Quinze ans. J'essayai de conserver mon innocence. J'essayai de penser à la fidélité et à la continence. J'essayai vraiment, de toutes mes forces. J'avais quinze ans. Depuis presque un an, je bandais en permanence. Quinze ans. Le sexe occupait sans arrêt mes pensées sous des formes plus ou moins aguichantes. Quinze ans. Je sentais l'ombre austère d'Agnes Wickfield darder sur moi son regard implacable. Mais je voyais aussi de charmantes contorsions de fesses, de ventres et de seins. J'avais quinze ans. Je n'avais pas la moindre chance.

Force me fut donc de concéder que, malgré mon souci jaloux de son honneur, j'allais devoir la sauter. Je fis donc mes préparatifs. Je mis mon intégrité au rancart et me talquai le pénis. Impatients et échauffés, nous attendions notre chance.

Oh, il y avait déjà tant de choses à pleurer dans ma décision juvénile, cette solution risible à tous ses principes asphyxiants. C'était son lit que je convoitais maintenant, davantage par nécessité que pour assouvir mon désir, même si à dire vrai il y avait tout de même un peu de ça. J'étais hébété, hésitant. (Jeunesse ! Jeunesse !) J'avais besoin de conseils, mais où les trouver ? J'étais un fils à part entière, mais je ressentais le besoin d'un père, et rudement vite avec ça. La virginité était notre problème commun ; car j'avais beau jouer les fiers-à-bras, je n'avais pas encore trempé ma plume dans cette si précieuse encre de vie. De son côté, Deirdre, bien que volubile avocate, n'avait pas encore trouvé moyen de se lancer dans la carrière de débauche qu'elle envisageait, du moins le disait-elle. Moi, j'étais dans l'incertitude. Benêt, je tremblais à cette idée, et certainement pour nous deux. (Vit-on jamais godelureau faire alors le faraud ?) En tout cas, mes cuisses de jouvenceau étaient en compote, je te l'assure.

Malgré toutes ces peurs et ces scrupules, je me surpassai pour dresser la scène de notre Passion Brûlante. Ce serait risqué. J'étais riche de volonté mais pauvre en expérience. Malgré tout, j'avais confiance en ma détermination. Où donc étaient les pièges et les embûches avec une partenaire aussi ardemment consentante ? Je pensai à sa virginité. Je souris. Rien de tel qu'une tache de défloration pour te donner le sentiment exaltant de ta propre perversité musculaire.

A la fin, en cette ultime coïncidence misérable de l'absence des parents et de l'entrée du don juan, les portes s'ouvrent, la virilité attend, ses yeux se ferment et se préparent, sa poitrine palpite et mon pouls bondit, à la fin — à la fin je n'ai pas pu le faire ! A cause de ses vêtements. Ce spectacle d'improbabilités et de compromis écoliers, guère conçus pour être ainsi éparpillés. Guère conçus pour que je découvre leur face cachée. Ils me fusillaient du regard en quittant ses membres potelés. Ils me réprimandaient. Ils m'éraflaient les phalanges. Ils racontaient toute l'histoire, la sienne. Petite Deirdre. Cette fille, cette enfant. Cet être humain et tout. Hé, pensai-je, tiens bon ! Je ne veux pas de ça. Deirdre est tout nichons, cul et trou. Vas-y, beau Bogle. Plante ton poireau. Fais-lui sentir ton gourdin. Baise sa chatte ! Mais ils gisaient là, ces vêtements tout froissés et informes, le sceau de sa jeunesse. Rien à faire ! criaient-ils. Va-t'en. Au voleur !

Vois-tu, allier rut et tendresse en acte comme en pensée est tâche ardue, seulement réussie à force d'études et d'application (ou bien grâce à l'expérience). Mais parfaitement impossible à mon âge et à mon stade. J'avais regardé le manteau de la cheminée en tisonnant le feu. Erreur fatale. Malgré ma bandaison et mon désespoir, j'essuyais un échec. Tout à coup, Deirdre m'a plu. Grossière erreur quand on désire la sombre indistinction de la baise adolescente. Elle m'a beaucoup trop plu.

J'ai allumé une clope.

Je ne crois pas que Deirdre comprit vraiment. Hormis un problème technique (la déconfiture de mon pieu, tu n'y penses pas ?), elle n'imaginait aucun obstacle à notre objectif. Je lui expliquai mon point de vue. Tu sais, je dois reconnaître qu'à mon avis elle fut contente, touchée, sans doute soulagée. Nous avons bu une tasse de café en parlant de l'abstinence et de ses joies modestes.

Peut-être invraisemblable. Pas vraiment ce que tu aurais pu attendre de Ripley Bogle, le beau play-boy. Le baratineur précoce. C'est pourtant la vérité. Absolument *bona fide*. Rétrospectivement, je ne peux m'empêcher d'avoir une pensée émue pour l'aimable flandrin que je fus. Tout ce désintéressement, tout ce respect. Je me félicite vivement de mes égards. J'étais, fondamentalement, un brave garçon. Compte tenu de ce qui s'est finalement passé avec Deirdre, c'est ironique, tragique, tout simplement triste. Confus ? Tu verras. Tu comprendras.

Ah le voilà. Il arrive. Le matin. Une lumière anémiée macule le ciel, laisse tomber sa brume sur mon être allongé et nostalgique. Le chuchotis et le sifflement du matin palpite sur le fleuve gris soupe. Le jour installe son échoppe miteuse. Les gens commencent à affluer vers la ville, reposés et pleins d'allant. Londres adopte son mode matinal : elle flâne, elle batifole. Londres est béatement impassible.

Je suis fatigué, maintenant je vais dormir. Oui, dormir. Ce sera une expérience inédite. Dormir. Le jour est là. Et bien là. Vendredi est arrivé en force. C'est le jour de mon anniversaire, tu sais. Ou du moins, je crois que c'est aujourd'hui mon anniversaire. Qui pourrait l'assurer ? Pas moi. Je dis que c'est mon anniversaire parce que je n'ai pas la preuve du contraire. Voilà, vingt-deux ans aujourd'hui. Hourrah ! Jour béni ! De toute façon, je n'ai jamais aimé les anniversaires. En termes de chance ou de destin, ils riment toujours avec galères.

Ah, ferme les yeux, Bogle. Dors tout ton saoul.

Soudain, la ville étincelle durement dans un bref rayon de pâleur matinale qui tombe comme un trait de feu du sombre couvercle des nuages flétrissant le ciel cadavérique.

Vendredi

Un

Le gravillon qui crisse sous les chaussures marron foncé de Ripley Bogle trouble le bourdonnement endormi du matin. Bogle, né vingt-deux années plus tôt, scrute attentivement le paysage qui s'éveille autour de lui ; il marche en donnant des coups de bâton dans la longue haie de troènes sans feuille.

Vingt-deux ans. Les fantômes de sa vie défilent dans son esprit en exécutant des numéros sarcastiques. Une mascarade d'anniversaire. Vingt-deux ans. Adieu l'enfance.

Il gravit la longue pente douce jusqu'à la crête, puis découvre l'éclat matinal du fleuve paisible, l'eau léthargique sous le ciel nouveau. Il retient son souffle et s'imprègne diligemment du matin. Telle est sa ruse. Sentir et voler. Il faut prendre le confort là où il se trouve.

Retenant sa respiration, il exhale en un long soupir imperceptible. Une mouette isolée virevolte au-dessus de lui en poussant un cri perçant — cri de mer ou de plage.

Ripley marche lentement au bord du fleuve tout proche de la mer. Bientôt le café, pense-t-il. La chaleur aigre et humide, le confort. Une cigarette, ou plusieurs. Il a un sourire amer. Il prend le temps de réfléchir. Il prend presque toujours son temps. L'exercice de la sensualité exige temps et concentration. Toujours. Il crisse vers le ruban criard du fleuve. L'air est froid et piquant. Un brouillard givrant s'attarde au-dessus des arbres épars et des collines de la ville. Des bancs épais de nuages blanc sale barbouillent le ciel. Il y a peu de vent et les vapeurs ouatées étouffent les sons rares. Les cris feutrés et pointus des mouettes, à la fois perçants et doux.

Il approche des rochers situés au bord de la berge et qui signalent le début d'un sentier moussu aboutissant au fleuve. Il s'y engage en baguenaudant parmi les pierres et les flaques d'eau fétide, en marchant vers le fleuve. Respirer l'air marin lui rappelle l'amertume de l'eau salée. Quel choc lorsqu'un enfant goûte pour la première fois le jus de la mer plate qui semble tellement amicale ! Beurk ! Il s'en souvient encore. La langue brûlante apaisée par une glace tandis que, philosophe, il mettait cette sensation au compte de l'expérience.

Le jeune homme dépenaillé s'approche d'un gros rocher lisse situé à environ quatre mètres du bord du fleuve et juché sur ses frères les rochers inférieurs. Assis sur cette grosse pierre encore sèche, il pose ses yeux verts plissés sur le fleuve tandis que le soleil jaune matinal fait son apparition, vomissant sur Londres comme un laitier sidéral, apportant les fruits de la terre en tintinnabulantes bouteilles. Debout, debout.

Les sens rassasiés, notre héros retourne à ses pensées. Vingt-deux ans plus tôt, il est né. On l'en a informé, il y croit. Ripley Bogle, sans-abri émérite et parfois homme complet, compte vingt-deux années aujourd'hui. Félicitations. Bravo. Des années qu'il n'a pas vu une lettre lui souhaitant un bon anniversaire. Tsk, tsk ! Il reste sur son quant-à-soi depuis que sa vie est morte. Misanthrope. Très capricieusinquiétant.

Garçon anniversaire solitaire Ripley Bogle (Oh, ce

nom, ce nom !) darde des yeux ciel clair sur le fleuve illuminé par les cieux, troué çà et là par les vagues de la marée.

Il pense encore. Bientôt il fumera. Une lueur papillonne brièvement sur son visage qui pâlit. Anticipant sur leur plaisir, ses poumons de mauvais aloi se relâchent. Oh, nobles Benson & Hedges et vos semblables ! Vos jolis petits emballages de cellophane et vos teintes dorées, royales et imposantes. Vos sponsors du cricket et vos affiches publicitaires sophistiquées ! Ah, cerbères du plaisir et du calme, ah !

Entre.

Pas très loin, négociant la courbe des galets, un grand échalas voûté marche avec précaution sur la pierre glissante.

Qui va là * ?

Perry.

Il arrive.

Ripley est assis en compagnie du fleuve sibilant et susurrant. Il lui chuchote ses secrets gargouillants à l'oreille.

Perry marche d'un pas saccadé vers le Roc de Ripley. Lentes béquilles précautionneuses et tâtonnantes sur les pierres de la berge. Clic kick hick scratch scroutch. Comme une tortue. Une tête de tortue aussi. Légèrement penché en avant, les cheveux raides dressés sur la nuque. Poils de tortue.

« Salut, Perry.

— Bonjour, mon gars. T'as l'air en forme. »

Perry manœuvre ses béquilles et sautille comme un gnome pour s'asseoir. Ripley ne propose aucune aide au vieillard et feint de ne pas remarquer sa douleur. Tu vois, Perry aime bien faire comme si de rien n'était. Ripley aussi.

L'ancien parle. Sollicitude. Curiosité.

« Mauvaise nuit ?

— Comme d'habitude, non ?

— C'est vrai. »

Connivence silencieuse dépourvue de sourires. Ripley détourne son regard alléché loin de la sacoche du vieillard. Une paume passe sur le chaume de la barbe.

Le vieil infirme plonge une main tremblante et maussade dans le sac en toile déchiré. Parturition. Blam ! D'abord la flasque. Cylindre recouvert de tartan loqueteux, une promesse désespérée. Puis son jumeau, la tinette à tabac raboteuse. Clink, clink. Petit déjeuner pour les garçons.

« Tu en prendras bien un peu, Ripley ? »

Vieux visage sagace arbore avec une aisance étudiée l'expression diplomatique de la courtoisie.

« Très volontiers. Merci. »

Échangeant force sourires, ils se préparent. On divise les tâches. Le jeune verse un filet de café noir dans le capuchon pour les deux. L'aîné, de ses doigts gourds et noueux, roule des cigarettes d'occasion pour les deux hommes et pour chacun. Quant au soleil, il brille, froid et pâle, à travers la sombre membrane des nuages.

Le récipient est tendu. Perry avale une longue gorgée. De sa vieille bouche en cul de poule, il savoure. Il rend le récipient à son acolyte. A son tour, le garçon boit une bonne gorgée. Son ventre bondit et tressaute d'inquiétude. Une étrange cacophonie, fort peu symphonique, gronde dans son estomac stupéfait, monte de ses viscères négligés. Il rougit. Perry regarde ailleurs. Ils aiment vraiment faire comme si de rien n'était.

De nouveau ils sourient, le vieux et le jeune, à l'autre, pour eux-mêmes.

Ils sirotent encore. Chacun son tour. Il est maintenant

le bienvenu, ce café excellent. Les éclaireurs ont bien préparé le terrain. Cette fois, les intestins de Ripley n'éructent aucune désapprobation. La chose appelée Plaisir exécute sa petite révérence pudique.

« Merci. »

De son bras ridé, Perry balaie le roc rugueux ; la flamme d'une allumette grésille et siffle de colère en naissant. Il allume deux cigarettes minces et tordues, puis se déleste de la plus grosse, de la plus droite.

« Tiens. »

Avec respect, voire dévotion, Ripley Bogle tire une longue et puissante bouffée. Doigts et lèvres se réchauffent. C'est de cela qu'il rêvait au fond de son désespoir. Il sent le vieux frisson du poumon reconnaissant qui s'humecte quand il fait rouler dans sa poitrine placide la boule de fumée moite et acide. Par le ChristnotreSeigneur, ça fait quand même une sacrée différence !

« Tu aimes ça, hein ?

— Et comment.

— Je sais... Moi aussi.

— Oui ? »

Ripley cale. L'interrogation poétique. Utile procédé, qui te laisse le temps d'écouter. Mais surtout tes propres pensées. Dans la fumée aux lèvres bleues, Perry lance la question suivante.

« Ça va pas trop fort, hein ? demande-t-il.

— Pas trop.

— Tu es jeune. Tu as l'avenir devant toi. Tu devrais pas être comme ça.

— Je sais. »

Tous deux regardent le fleuve gris paresseux. Liquide mort franchissant d'un seul bloc les massifs ponts rouillés. La main légère et la lippe béate, Ripley tire sur sa cigarette. Il souille une fois de plus ses poumons saisis d'une tremblote désespérée. Le silence dégoutte comme un brouillard, assourdissant les cris bizarres des mouettes satellites. Les minutes passent. La matinée traîne en longueur. Ils sont silencieux. Des expressions éprouvées leur parlent, sombrement inexcusables. Le vent dans leur cœur.

« Ces hommes, ils sont revenus ? s'enquiert Ripley avec une tendre sollicitude.

— Ils sont venus hier.

— Ils ont dit quoi ? »

Les yeux bienveillants de la tortue brillent doucement vers son ami. Perry attend humblement d'hériter de la terre.

« Ils ont dit que la hutte ne m'appartient pas.

— Mais c'est toi qui as construit cette putain de hutte !

— C'est ce que je leur ai dit.

— Est-ce qu'ils vont te chasser ? Ils n'en ont sans doute pas le droit, tu sais.

— Ils ont le droit de faire tout ce qu'ils veulent. »

Les yeux âgés pleins d'ambre et les gencives prune se ferment lentement. Humblement.

« Que comptes-tu faire ? demande Bogle.

— Attendre.

— Attendre quoi ? »

Le visage ridé et saint de Perry se tourne vers la courbe toute proche du fleuve. Il sourit.

« Je me demande parfois comment il peut y avoir autant de salauds dans ce monde magnifique. »

Ripley réfléchit à la vitesse de sa jeunesse. Ohoh ! Le vieux Perry devient sénile. Il a sans doute pas loin de quatre-vingts balais. Et six fils. Tous des crétins. Des bœufs pétant de santé qui se fichent comme de l'an quarante que leur antique père vagabond fasse le grand saut. Déprimant. Consternant, putain. S'en souvenir. Discourir avec un vieillard engendre des spéculations morbides sur notre condition mortelle.

Il essaie d'entretenir la conversation.

« Ils ne te chasseront jamais. Ils peuvent pas.

— Bah, c'est sans importance. »

Un silence. Ils fument.

Le matin épanouit son sourire blafard. La ville tâtonne avec des mouvements endormis et patauds. Les mouettes égarées, affolées par la faim, tournoient et plongent avec des cris plus violents, plus insistants. Les arbres silencieux qui bordent le fleuve allongent leur maigre ramure dans la fourrure tendre et cotonneuse, comme pour y chercher de la chaleur. Penchés et nus, ils dédaignent leurs congénères à feuilles persistantes et leur prometteuse haleine verte et citadine. Autour d'eux, Londres s'agite dans une confusion humide et grise, assombrie et menacée par le ciel bas.

Pris d'une folle audace, Ripley veut enlever son manteau. Perry s'agite, saisi d'une lente surprise. Il tend la main vers les bancs de brume qui s'épaississent et montent du fleuve boueux.

« Pourquoi que t'enlèves ton manteau ?

— Je porte ce putain de truc depuis des semaines. Il pue comme c'est pas permis.

— L'enlever le fera pas sentir meilleur.

— C'est pour le principe.

— Oh. »

Le jeune homme dépose son vêtement sur un rocher tout proche et fraternel. Une colère soudaine vient de l'enflammer. La conscience de sa propre odeur l'emplit de honte et de fureur. Sa mâchoire se crispe de déplaisir, il se sent tout proche d'un humour grinçant. Il inhale les vapeurs fétides de sa cigarette rabougrie, il tire les dernières bouffées de son sordide mégot de papier et de tabac. Son visage s'empourpre.

« Tu veux une autre cibiche ? propose Perry.

— Volontiers, oui. »

Tout à trac, l'ire du jeune homme se dissout dans les vrilles du brouillard poisseux qui enveloppe sa tête. De nouveau, les mains croûteuses du vieux s'activent dans la réserve à tabac. Ripley lance sa cigarette terminée qui décrit un arc de cercle. Elle tombe dans la boue du fleuve, où elle siffle avant de mourir.

La brume, qui s'est épaissie, les entoure. Un lourd rideau de brouillard diaphane et de bruine subtile. La brume brille sur les cheveux des deux hommes, épais ou clairsemés. Perry parle.

« Pourquoi fais-tu ça ?

— Quoi, ça ?

— Le vagabond, tu sais bien, ce truc-là.

— Ah oui, ça.

— Alors ?

— Mon plan de carrière est un peu flou en ce moment. Tu piges ?

— Très drôle.

— Oui. »

Il gratte une autre allumette et allume les deux misérables clopes.

« Ça te fait pas de bien. T'as une gueule de déterré. »

A la dépouille mortelle de Ripley Bogle, il tend une seconde cigarette. Le cadavre le remercie.

« Tu voudrais pas être comme moi quand tu seras vieux.

— Pourquoi pas ?

— Fais pas le crétin ! »

Les yeux de tortue de Perry scrutent le visage rougissant de notre héros. Satisfait, il poursuit.

« Fais-moi confiance.

— Mais oui, mais oui. »

Le silence. Discorde et malaise s'exhalent avec la fumée fouettée par le vent. Dans ce silence, le froid semble s'aiguiser et mordre plus profond. Ripley observe un cortège de vers trempés se frayer un chemin sinueux au-delà de son rocher vers un gros amas de feuilles flottantes. Lents et silencieux, ces vers ondulent avec des mouvements bizarres. Il rit.

« Tu as peut-être raison. Le moment est peut-être venu que je me la coule un peu douce.

— Trouve-toi un peu de fric. Un endroit où crécher. Tu aurais pas trop de mal, pas vrai ? »

La gaieté de Ripley éclate soudain.

« Oh non. Pas de problème pour ça. »

Son rire s'éteint, le doux amusement du désespoir rend son visage amer. Son avenir ne l'inquiète pas. Il va concocter sa mixture d'espoir, la pétrir et la cuire dans le four de l'expérience.

« Ah, nous nous comprenons, Ripley. Tous les deux, y a des choses qu'on n'a pas besoin de dire. »

Pfff. Un Ripley rougissant se fend d'un sourire gêné. Bon dieu, la métaphysique de si bon matin. Que répondre ? Ne trouves-tu pas, mon bon ami Perry, que Marvell définit admirablement ce concept du désespoir reconnaissant ? Mais tout à fait, mon bien cher Ripley. Où regarde-t-il ? Vers le fleuve, où une vague plus longue et plus haute que les précédentes éclabousse la base de son rocher. Ses doigts de pied se recroquevillent. Ses chaussettes sont trempées. Elles étaient déjà mouillées.

Un très très long silence.

L'eau lappe le bas du rocher. Le pied droit de Ripley, à la chaussette trempée, indifférent à une nouvelle immersion, pend dans l'écume fétide et huileuse. Perry sursaute de surprise. Plus vieux. Plus lent à la détente.

« La marée monte. On ferait mieux de bouger. »

Ripley se lève et remonte le bas de son pantalon. Regarde-le sautiller dans la flotte. Rajeuni. Écoutons cette Cure de Jouvence Spontanée ! Perry clopine au sec. Laissant de profonds trous de béquille dans la vase. Ramasse un minuscule crabe échoué, carapaté. Mort. Ripley regarde les douleurs de l'agonie. Un seul témoin. Perry entraîne tout le monde avec lui.

Infirme et clodo boitent vers la berge, sec et mouillé, chassés par la montée des eaux vert et brun. Le clopinement cacophonique de Perry écorche l'air. Berge entaillée du fleuve et vase à moitié sèche sont atteintes. Hachurées de touffes irrégulières d'herbe chétive dans un affreux fouillis détrempé. Çà et là souillées de merdes de chiens et d'oiseaux, couinant sous le pied et la béquille. Ripley se retourne vers son rocher marin.

« Merde ! Mon manteau ! »

Avec la poignée tremblotante de sa béquille, Perry tend ledit vêtement à Ripley. Le jeune homme le met rapidement, le froid clapoteux lui donne la chair de poule.

« Faut que j'y aille, Perry. Tu rentres à ta cabane ?

— Je crois que je vais rester encore un peu ici », rétorque Perry en montrant, tout proche, un monticule herbeux et mouillé. « J'aime bien regarder le fleuve le matin. »

Ah bon. Les deux hommes restent debout là, embarrassés, sans savoir comment finir. A travers la brume humide de son haleine, Ripley considère le vieux. Son visage cadré serré par les volutes de brouillard et de bruine, ses yeux achetés et troublés.

« Bon... », commence-t-il, avant de s'arrêter net.

Une phrase meurt et gît, sans sépulture. (Jamais une bonne idée — on devient un traître dans l'esprit de l'autre, tous les devoirs filiaux envolés.)

Ripley se débat avec son bégaiement. Il pense trop vite et laisse derrière lui les nécessités dramaturgiques.

« Je te vois demain, alors », hasarde-t-il.

Le vieil infirme sourit.

« Sans aucun doute possible. »

Ripley sait que ce n'est guère certain. Actuellement, chaque matin a une chance énorme d'être le dernier. Pour Perry, s'entend.

Et ils restent là. La corruption de la pluie et du brouillard semble maintenant s'éloigner. Des formes menaçantes se matérialisent soudain. Sur les branches, les oiseaux reprennent leur gazouillis paresseux. Répugnante et lépreuse, la ville exhibe un sourire de sombre satisfaction. Ripley rassemble ses forces. Considération et conviction unanimes. Le dôme en verre de Shelley colorie le sol de sa cathédrale.

« Alors bon vent, Perry. Prends soin de toi, conseille-t-il.

— Au revoir. »

Perry piétine, escalade son siège terrestre.

Sifflement du fleuve. Haleine matinale.

Ripley gravit la pente d'herbe chétive. Se demande s'il reverra le vieux Perry. Difficile à dire. Mais il sait où il va. Pas d'erreur possible. Vers le bas, en roue libre.

Il glisse ses mains gercées au fond de ses poches. Sa dextre sent un curieux froissement à moitié familier, une feuille de papier mince qui rebique. Il s'arrête, tête baissée. L'herbe luit entre ses pieds. Ses doigts tâtonnent, il s'en faut d'un rien qu'il ne lâche sa prise. Lentement, avec un soin infini, il déplie ses doigts gourds et regarde le billet de dix livres au fond de sa paume crasseuse, qui bruisse légèrement dans la brise.

Son truc : ne pas réfléchir. La honte et la culpabilité — deux nains accroupis — engendrent le lugubre regret. Il reprend sa marche, luttant pour retrouver la sécurité de la haie de troènes. Il essaie de s'en empêcher, mais il se retourne pourtant. Il regarde :

Perry sculpté, sur son trône, au milieu de cette matinée qui encercle sa mer. Il attend humblement.

Deux

Putney Bridge Road. J'allume une autre cigarette. Une autre cabotine pour me refaire saigner les poumons. Bon dieu de merde, c'est ça ! Quarante bonnes Benson & Hedges me feront passer la moitié de cette putain de journée. Grâce à ces livres. Ces dix livres craquantes, magnifiques, socialistes !

En route. Le bonheur se pose sur mon visage comme la rosée. De dieu, rien de tel qu'un peu de pèse pour te réchauffer le cœur. Grâce à Perry, la fumée irrigue mes boyaux bouchés, promesse de joie et de détente. La fumée me nettoie, elle m'accorde ses bienfaits, elle lit mon horoscope, elle résoud mes problèmes. Oh, doux Seigneur, comme j'aime fumer !

J'en grillais quatre-vingts par jour quand j'avais de la thune. Souvent plus. Poumonnement parlant, j'étais tout macadam. J'avais l'haleine sulfureuse, ma langue empestait les algues putrescentes et les égouts de la plage, j'avais le ventre plaqué cuivre. La fumée constituait mon habitat naturel et mon principal aliment. L'air frais me faisait vomir, l'oxygène me flanquait une migraine carabinée que seule la nicotine parvenait à calmer. Un quart d'heure sans clope et je grimpais aux murs. Une année, j'ai quasiment financé à moi tout seul l'équipe de cricket d'Essex County !

J'étais un sacré fumeur.

Mais que dire du beau sang rouge que, chaque matin, je crachais hors de mes poumons en toussant, hein ? C'était pas le sang qui m'inquiétait, c'était l'autre truc, le blanc-manger, la colle industrielle, toutes ces créatures mortes. Je pourrissais de l'intérieur, j'étais bourré de pus. Ces glaviots plus ou moins visqueux que je fabriquais quotidiennement étaient de plus en plus sombres et substantiels. Jolies petites mucosités, fièrement installées sur la table, toutes brillantes et frétillantes. Tel un augure, j'examinais leurs entrailles à la recherche de signes. Le marron était de bon aloi, le vert était encore mieux, mais les glaviots sont bientôt devenus jaune et noir, sinon striés de couleurs chimiques. Tout ça, très mauvais signe. Et puis, plus épais, d'une consistance de gelée élastique. Mes cinquante grammes matinaux de poumons pourris.

Chez les gars du marketing de Benson & Hedges, je suis une légende. Ils vont bientôt me citer nominalement dans leurs pubs.

Je bifurque dans Armoury Way, en route vers York Road. Le sud de Londres est particulièrement encrassé ce matin. York Road en est un merveilleux exemple. Sinistre et détrempée. Le pavé défoncé et les saletés en décomposition glissent sous le pied et la débauche locale infeste l'air. La guirlande des boutiques et des tannières plus ou moins louches exhibe sa misère et sa crasse. Les passants marchent courbés sous le poids de la honte et de l'abnégation. C'est exactement le genre d'endroit que j'aime.

Putney présente malgré tout un problème. Cette rue est à des kilomètres. Un vrai trekking à la Tolkien ! Néanmoins, je me pointe chaque matin ici comme une fleur pour voir le courageux Perry. Le vieux Perry est particulièrement en forme, pour un vieux Pollack infirme. Il crèche dans une vieille cabane pleine de vermine, sur un terrain vague pourri au bord du fleuve. Il l'a construite tout seul il y a un siècle. Il y vit. Ce n'est pas très séduisant, mais il habite là. C'est une décharge, un terrier, un putain de chiotte, mais il y vit quand même. Il refuse d'être un vagabond, le Perry. Il est trop fier, poli et pollack pour ça.

Perry est un très beau vieillard. Y a un truc marrant chez tous ces Polonais. Jeunes, ils sont souvent moches comme tout, mais bon dieu qu'est-ce qu'ils deviennent beaux avec l'âge ! Perry est comme ça. Un jour, il m'a montré une photo de lui en jeune homme pendant la guerre. Une véritable horreur, un monstre de laideur. Aujourd'hui, il est magnifique ! C'est un Adonis ridé. Il est tellement sage et distingué. Une espèce de croisement entre James Mason et un portrait de Dieu par William Blake. Tout gris et perspicace. Je jure sur la sainte Bible que j'ai presque le béguin pour le vieux Perry ! Sans blague.

Perry est pollack. Tu ne le devinerais jamais, d'autant qu'il en parle rarement. Il déteste la Pologne et les Polonais. Un peu comme moi et les Irlandais, je suppose. Il croit que la Pologne a toujours chié sur les Polonais. Selon lui, personne ne déteste autant les Polonais que les autres Polonais. Il a été pilote pendant la guerre. (Ne l'ont-ils pas tous été ?) Lorsqu'il a fui vers l'Angleterre, on lui a demandé de rejoindre un escadron de Polonais expatriés que les Britanniques avaient mis sur pied. (Ah, c'est ce que j'aime chez les Britanniques. Ils sont tellement courtois, si hospitaliers.) Perry a refusé. Il n'a rien voulu savoir. Je crois qu'il se serait plutôt engagé dans la Luftwaffe. Pourtant, il a fini par apprendre que les Boches avaient trucidé son papa et sa maman, ses frères, ses sœurs, ses mamies, sa petite amie, ses tantes et ses oncles et tout ce genre de choses. Perry en fut tellement navré qu'il alla contre ses principes et rejoignit la RAF pollack. (Ah, comme les Allemands manquent parfois de tact !) Puis il passa les deux années suivantes à bousiller à lui tout seul la moitié de la machine de guerre nazie. (Quelle race rancunière que ces Polonais.) Vers la fin de la guerre, il s'est retrouvé avec le bassin en compote. (Il réussit malgré tout à poser son zinc. Incroyable, non ?) Il entra à l'hôpital où il attrapa la grippe et perdit un œil. Un chirurgien de l'armée rata son opération au point que le bassin de Perry resta définitivement bloqué. Quand il quitta l'armée, on lui refila une médaille et une paire de béquilles.

Perry a eu une sale vie. C'est ce qui me plaît chez lui. Il ne va jamais te casser les pieds avec ses prouesses.

Perry est mon ami. J'ai tendance à croire que je n'en ai pas d'autre. Drôle d'ami que j'ai là, tu ne trouves pas ? Où sont les expériences partagées, quel terrain d'entente imaginer entre un vagabond irlandais et un vieil infirme polonais ? Pourtant, Perry est mon dernier ami. Le seul. Et d'un jour à l'autre, je n'en aurai plus. Tu vois, la triste vérité c'est que Perry ne va pas tarder à passer l'arme à gauche. Aucun doute là-dessus. C'est une certitude. Réglé comme du papier à musique. Perry va claboter d'ici peu. Je *sais* que Perry va mourir bientôt. Perry *sait* que Perry va mourir bientôt. Tout le monde le sait. Affaire classée. Tuyau crevé.

Ce n'est pas qu'il soit particulièrement malsain. Je veux dire, en dehors du fait que Perry est un vieil infirme à moitié aveugle, il est en assez bonne forme. Il souffre de bronchite chronique et il croupit souvent dans l'hypothermie, mais ce qui le tue est d'une autre nature. Pour te dire la vérité, je ne suis pas vraiment certain de ce qui tue Perry, mais une chose est sûre : il est en train de mourir. Ça paraît complètement con, je sais bien. Pareil que quand je lisais tous ces vieux bouquins à la gomme, bourrés d'images et du pressentiment d'une mort inexplicable, et que je restais perplexe. Je pensais que cette notion victorienne de la marque indubitable d'un décès imminent était de l'esbroufe. Pour moi, cette fadaise était une connerie à cent pour cent. Et tu sais quoi ? Je me gourais. C'est bien comme ça que ça se passe. On peut vraiment le dire. Ça se voit tout simplement, exactement comme dans ces livres. Et voilà qui règle le cas de Perry. Ne me demande pas pourquoi, mais je le sais.

Je redresse la trajectoire sur Battersea Park Road. Plus proche, la ville vrombit dans la brume matinale. Le ciel grisonnant pèse sur le sud de Londres. Sur des toits crasseux et des routes sinueuses. Des églises lèvent un doigt optimiste parmi toute cette grisaille.

Et puis il a de la jugeote, le Perry. Il la ramène pas avec ça, mais c'est un malin, ça se voit. C'est peut-être de là que lui vient toute cette beauté à l'automne de sa vie. Qui sait ? Il était vaguement bougon ce matin, mais il faut bien permettre aux personnes âgées de manifester un peu de rancœur de temps à autre. (Un peu de générosité, que diable... il est en train de mourir, quand même !) Il m'a grondé parce que je suis un vagabond. C'est son snobisme à lui. Il croit que je devrais m'en tirer mieux. Grand bien lui fasse. Ça fait pourtant plaisir de voir quelqu'un s'intéresser à vous. Et puis ça ne doit pas être facile quand on a son âge. Quand on a si peu de biens au soleil. Tu sais, je crois sincèrement que ce vieux bonhomme s'intéresse à moi. C'est larmoyant, je sais, mais les vioques t'ont toujours aux sentiments.

Ils te font le coup de la décence, les vieux. De la décence. Oui oh oui. Ça me tue, cette histoire de décence. Ça me flanque par terre. Difficile à croire, mais vrai. Imagine-moi ici, marchant dans cette rue. Grand, fort, d'une beauté qui se flétrit, aussi dangereux qu'un serpent. J'ai beau être un vagabond, j'incarne la jeunesse et l'énergie triomphantes. Je suis sarcastique. Je suis vicieux, capricieux, je n'aime que moi. Je suis le grand prêtre de l'église de la jeunesse acide. Il n'y a qu'une seule chose qui tue : la décence. Ce calme souverain, cette putain d'équanimité. Colle-moi contre un type vraiment décent, une médiocrité rondouillarde d'âge mûr et au petit cul, doté d'un découvert en banque et de deux filles adolescentes et maigrichonnes, et je me liquéfie littéralement. Je suis massacré par toute cette douce sagesse, cette charité et cette expérience impitoyables. La considération, le tact, l'acceptation placide. Dieu du ciel, la bonté et le désintéressement de ces gens me flanquent par terre ! Plus jeune, je les dérouillais salement, je violais leurs femmes et je pissais sur leurs perruques, ce genre de truc. Mais ça ne m'a jamais avancé à grand-chose. J'avais toujours le sentiment qu'ils remportaient régulièrement le trophée du tournoi. Je trouvais ça répugnant. Avec leur brioche et leur cou flasque, que possédaient-ils donc de plus que moi ?

Ne répondez pas !

Pour toi, c'est l'âge. C'est ça qu'ils avaient de plus que moi. Drôle de truc, l'âge. Tout comme la mort, j'essaie de ne pas trop y penser. Mais, bordel, il va venir vite et que deviendrai-je alors ? Ah, ce fossé. Ce mur infranchissable qui sépare les jeunes et les vieux. Ils nous détestent et nous les détestons. Ils règnent néanmoins sur le monde et sur toute la jeunesse. Tous ces chefs d'État séniles qui font tourner notre petite planète fiévreuse. Que savent-ils du monde moderne ? Ils ont franchi le cap de l'andropause pendant la Seconde Guerre mondiale. Dépassement de la date limite. Produit périmé. Ils sont hors service, putain !

(D'un autre côté, je ne voudrais pas qu'un petit morveux à la gomme dirige le pays en appliquant les recettes de l'expérimentation juvénile. Ce ne serait pas très malin. Problème délicat, sans aucun doute.)

L'emmerdant chez les vieux, c'est qu'ils sont vieux. Ils sont pompeux, intolérants, acariâtres. Ils n'ont ni spontanéité ni vigueur. L'âge les rend très sentimentaux.

L'emmerdant chez les jeunes, c'est qu'ils sont jeunes. Ils sont têtus, prétentieux, insolents. Nous n'avons ni sagesse ni jugement. La jeunesse nous rend très sentimentaux.

Tu sais, je crois qu'au fil du temps j'apprendrai sans doute très bien à devenir vieux. D'ailleurs, je n'ai pas le choix, non ? Pète-sec et distingué, j'espère. Je ne me suis pas encore décidé pour la vieillesse. Je ne suis pas gérontologue. J'y penserai davantage quand je serai un peu plus vieux.

(En passant devant la centrale électrique, je lui adresse un petit salut. Ça ne mange pas de pain.)

Perry m'a donné un peu d'argent ce matin. Un petit billet de dix bien craquant. Il l'a manifestement glissé dans la poche de mon manteau pendant que je regardais ailleurs. (Ah, la diplomatie aux doigts légers... Cet homme est un saint. Sans blague.) Je dois reconnaître que ça m'a fait un choc. Ma dignité en a pris un coup. Et de dignité, il ne m'en reste pas suffisamment pour faire comme si de rien n'était. Comprends-moi bien. Ce pognon ne me gêne pas le moins du monde, mais ce qui reste de ma fierté en a pris un coup. La fierté ! Que je conserve un reste de ce vice véniel, n'est-ce pas là une merveille de ténacité ? Mendigoter auprès d'un infirme miséreux, à mon âge ! Je suis vraiment sur la mauvaise pente. Je devrais peut-être prendre ça avec davantage de fatalisme. Revendiquer le caractère inévitable de ma situation. Honorer mes tribulations.

Sans doute même devrais-je apprendre du sémillant Perry. J'ai besoin d'humilité. Dans ma situation, il s'agit bien sûr d'un accessoire vital. Vrai, j'ai vraiment de quoi être humble. Mais, une fois de plus, je me heurte à ma maxime numéro un : sois fort avant d'être humble. On dirait que je manque de force en ce moment. Autrement dit, ma faiblesse alimente mon *hubris.* Comme toujours. C'est injuste. Question humilité, Perry décroche toujours la pôle position. Il a une veine de cocu. Mon problème, c'est que je cale au mauvais moment.

Nine Elms Lane. La flamme étincelante et crachouillante de mon allumette envoie des jets de soufre anémiés et sifflants vers le bout de ma clope toute froissée. Bouffée et boule de fumée. La petite brume est de retour. Elle fait son dernier effort de la journée. Elle aspire à devenir une couche de vapeur diaphane en fin de matinée. Pour l'instant, elle y réussit assez bien. Mes cheveux crasseux deviennent plus humides encore et la condensation empoisse mes poumons pollués. Le froid, aussi, prépare son retour. L'air est vif et mordant. La poigne d'étrangleur de l'insomnie et de la fatigue étreint mon cœur malade. La vache, ce que je suis fatigué ! Épuisement au stade terminal. Fatigue de rêve. Ma concentration se rebiffe et vacille, mes pensées s'effilochent en filaments cassants. Elles prennent leur envol irraisonné parmi ce manteau cotonneux de ciel et d'air. Un somme s'impose, et vite. Un petit dodo de bébé dans un jardin public. Du fric, des clopes, un pieu et de la bouffe. N'est-ce pas une vie de pacha pour un type *comme moi* * ?

Oui, le vieux Perry est certainement un pote génial. Il a tout ce qu'il faut, l'honneur photogénique du vaurien. Si je lui demande gentiment, il m'en refilera peut-être un peu. Perry n'est pas rapiat.

Maurice aussi était un mec génial. On l'a couvert de plaies béantes, c'est vrai, mais il était jeune. Il a réussi son coup. Tu sais, j'aimais vraiment beaucoup ce vieux Maurice. Touchant, non ? *Agapê.* Un amour d'écolier.

Maurice Kelly était le fils aîné d'une prospère famille d'enseignants qui vivaient dans la splendeur relative de Malone Road. Son père était professeur d'économie à Queen's et sa mère enseignait l'histoire à St Mary, une école de filles à la con qui essaie de frimer à Upper Falls et qui n'y arrive pas, surtout à cause de ce quartier peu propice à l'excellence. Il avait deux sœurs aînées qui, malgré tous mes efforts, ne me fournissaient pas grande inspiration onaniste. La maman et le papa étaient des individus assez raisonnables, presque normaux jusqu'au ridicule, mais toute leur progéniture était nase. Ne crois pas à de la méchanceté de ma part ; simplement, je n'ai rien à faire de ces pimbêches, de leurs simagrées ou de leurs humeurs menstruelles. C'étaient de sales connes. Maurice partageait mon point de vue. Comparé aux autres, il était relativement stable.

Maurice était un catholique bon teint. Quasiment papal. Les dogmes de la sainte Église catholique, apostolique et romaine, jouaient un rôle essentiel dans la constitution de son code moral, un code extrêmement rigoureux. Il était inéluctablement, irrévocablement irlandais.

Ce catholicisme forcené colorait ses lubies politiques. Maurice était un nationaliste et un républicain passionné. Il était capable des bêtises et de la barbarie les plus suffocantes pour soutenir son celtisme catholique, comme tous ses crétins de compatriotes d'ailleurs. L'Église catholique et le nationalisme irlandais. Magnifique. Sujets indivisibles dans leur nature et leur importance.

Je sais que ce n'est pas très chic pour Maurice, mais je suis certain que tu vas lui laisser une chance. Rappelle-toi surtout que notre génération d'Irlandais est née dans ce merdier. Nous n'avons rien connu d'autre. Réfléchis-y. Imagine-toi ça. Le milieu des années soixante, la naissance de Maurice et de moi-même. Il n'y a pas encore trop de bombes ni d'armes dans le secteur — simplement une flopée de chômeurs catholiques qui se font dérouiller à mort et dont les maisons sont incendiées les jours de fêtes protestantes, ce qui ajoute encore à leur stock déjà impressionnant de haine et d'injustice.

Bientôt, néanmoins, viendront les défilés pour les droits civiques. Le clan protestant s'en agacera. Les parpaillots (à juste titre, me semble-t-il) préféreraient que ces droits civiques demeurent leur apanage exclusif. Ainsi l'Armée britannique interviendra-t-elle pour protéger la minorité catholique contre les brutalités de leurs concitoyens protestants. Assez maladroitement, l'Armée britannique massacrera alors un certain nombre de civils catholiques désarmés, ecclésiastiques et nourrissons, un certain Dimanche Sanglant. A leur tour, les catholiques prennent la mouche et décident d'exterminer une pléthore de soldats, policiers, gardiens de prison, hommes de l'UDR, protestants, catholiques, badauds anglais, piliers de pubs de Birmingham, sans oublier ces hommes qui commettaient l'erreur de publier le *Guinness Book of Records*.

Tsk, tsk, tsk ! Quelle chance avons-nous jamais eue de vivre un peu normalement ? Une chance infime, sinon nulle.

Vois-tu, ils ont commis une grossière erreur avec les catholiques. Ils n'auraient vraiment pas dû les harceler ainsi. Il fallait que ça pète. Et ça a pété. Les catholiques d'Ulster constituaient peut-être une bande atterrante de poivrots, de bons à rien et d'analphabètes qui battaient leurs femmes, mais on découvrit bientôt qu'en dehors de mettre en cloque et à répétition leurs horribles harpies au point de pulvériser toutes les limites de la décence obstétrique, et en plus de leur talent stupéfiant pour encaisser les coups, ils avaient une troisième corde à leur arc : leur troisième don consistait bien sûr à tuer les gens. Et comment. Peu de peuples font ça mieux.

Et voilà le travail. Telle était l'Irlande à notre naissance et pendant toute notre enfance. Cette situation nous affecta différemment. Toutes ces conneries gaéliques, nationalistes et de supériorité celte. Parce qu'il n'avait connu rien d'autre, Maurice y vit son héritage personnel et il fit sienne toute cette folie. Parce que je n'avais connu rien d'autre, je repoussai toute notion de faute et ne voulus rien savoir. Je me mis à apprendre par cœur les horaires des ferries pour Holyhead, Stranraer et Liverpool. C'était le crime de quelqu'un d'autre et donc un problème qui ne me concernait pas. Ma seule réponse serait ma sortie de scène. Je suis heureux de dire que ma position rendait Maurice à moitié fou.

Nous avions ces merveilleuses discussions juvéniles sur le sujet intitulé la Politique irlandaise. Ce thème rebattu constitua un magnifique perchoir pour mes serres griffues d'orateur. Je dis à Maurice qu'il racontait des conneries, qu'il était plein de merde et que ses opinions ne valaient pas leur pesant de pisse. (J'ai toujours eu un faible pour la rhétorique.) Maurice se réconfortait en pensant que j'étais d'une grande naïveté politique. Je me réconfortais en pensant que je me contrefichais de ce problème comme de ma première chemise.

Ensuite, nous avons essayé d'éviter la politique.

Malgré toutes ces petites escarmouches, nous étions les meilleurs amis du monde. Maurice était du genre silencieux. Il poursuivait une politique d'isolationnisme taciturne. Néanmoins, il se déridait un peu en ma présence. Ça me flattait. J'étais toujours très fier d'avoir Maurice pour copain. Je me disais que c'était bon pour mon standing et que notre amitié suggérait chez moi une profondeur de caractère dont j'aurais sinon manqué, à cause de toutes mes frasques picaresques.

Le plus merveilleux chez Maurice, c'était son incroyable beauté. Moi-même, je suis assez mignon, mais le jeune Kelly jouait dans une autre catégorie que moi. Il ressemblait à un de ces types sveltes qu'on voit sur les pages en papier glacé des revues féminines et qu'on accuse aussitôt d'être des pédés. Il était comme eux... mais en mieux.

Tous les limiers de l'inconscient vont sans doute se dire que j'avais une espèce de béguin homosexuel adolescent pour le beau Maurice. Eh bien, vous avez probablement raison. Et sans doute que vous auriez ressenti la même chose si vous l'aviez vu. Grand, les yeux bleus, avec ces cheveux noirs, épais et brillants, qui me font cracher mes dernières quenottes. Je crois qu'il te plairait si tu le voyais. J'en suis certain. Mais maintenant, c'est trop tard. Car ils ont descendu le jeune Maurice. Ils l'ont tué. Oui. Ces sales types bestiaux. Ils se sont payé sa tronche et ils lui ont fait sauter la tête. Sales types.

Il y a une certaine ironie là-dedans. Moi, Ripley Bogle, issu des classes pires que laborieuses, enfant de Falls et fils de pute, me cassant mes couilles superfertiles pour me casser d'ici ; et lui, Maurice, fils à papa, élevé dans la soie et bourré aux as, qui essayait d'être Che Guevara.

Il aurait dû laisser la politique au royaume de la théorie, un sujet de discussions polies qui ne menace aucune vie. Mais il n'a pas pu s'empêcher de plonger dans l'aspect concret des choses, l'aspect fatal des choses.

Ils l'ont tué. Je savais qu'ils finiraient par y arriver, mais qu'aurais-je pu faire ? J'étais jeune, un vrai gamin. J'avais mes problèmes à résoudre. Ce n'est pas de ma faute. Je n'ai rien pu faire.

Tout ce qu'il reste de Maurice, ce sont les anecdotes que je choisis de raconter. A quoi bon mourir pour ça ? Et que reste-t-il de quiconque ? Vos morts sont les justifications muettes de vos mensonges, de vos malentendus et de vos erreurs. Très bientôt, Perry rejoindra ce fatras de récits, de souvenirs et d'anecdotes. Oh, mes amis morts et ceux qui vont bientôt mourir ! C'est leur destin. Mon capital de souvenirs. Telles des nouvelles dépourvues de conclusion, ils planeront sur ma mémoire.

Voilà le truc ! Avec les morts de ta vie, constitue un clan, une dynastie. Rends-les importants. Ceux que tu as connus et qui ne sont plus. Remonte le cours du temps, retrace leur histoire. Voilà l'astuce. Remplir son existence à rebours avec la mort des autres.

La thrénodie, le chant funèbre, les lamentations.

*

Maurice et moi étions riches de différends ; innombrables, nos engueulades sur une multitude de sujets. Pourtant, la seule fois où nous en sommes vraiment venus aux poings, ç'a été à cause de Deirdre. Maurice demeurait réfractaire au charme de la jeune Miss Curran. Il prétendait que c'était une emmerdeuse et qu'elle me ferait seulement passer un mauvais moment, qu'elle m'en ferait voir de toutes les couleurs. Bordel, disait-il, cette nana est une chieuse ! Étant doté d'une sensibilité morbide sur ce sujet précis, j'ai bien sûr essayé de lui tordre le cou. Naturellement, Maurice m'a flanqué son pied dans les roustons et j'en suis resté le souffle coupé.

Je n'aurais pas dû gâcher ainsi mon sang et ma sueur. Maurice avait raison (pour une fois). Ainsi qu'il l'avait prévu, ma chère vieille mère commença bientôt à manifester toute l'étendue de ses objections à mon choix romantique et œcuménique. Elle déclara que Deirdre était une protestante (c'est-à-dire une païenne, une infidèle, un être sans Dieu) et qu'elle avait beau être une gentille fille, elle n'en demeurait pas moins une protestante, qui devait donc ficher le camp. Si je persistais dans mes amours blasphématoires, ma mère se trouverait dans la désagréable mais impérieuse obligation de m'arracher les couilles. Il fallait que ça cesse. Toutes ces crétineries d'amour-au-dessus-des-barricades, ça ne marchait qu'au cinéma et dans les chansons populaires. Dans la vraie vie, je me retrouverais bientôt doté d'un orifice crânien qui, techniquement parlant, s'avérerait superflu (le cadeau probable d'un membre rigoriste de ma famille étendue). De toute façon, argumentait maman, ce n'était qu'une petite délurée protestante : pas de quoi fouetter la queue d'un chat.

Tu comprends sans doute parfaitement que je restais de marbre devant tous ces arguments. Mon cœur était plein d'indignation vertueuse ; ma tête, bourrée d'espaces vides. Moyennant quoi, je m'indignai. Rien à foutre, dis-je, la ferme, vos gueules, je devrais... Tais-toi !

Ce fut tout à fait stupide de ma part. Ma bien chère mère demanda à mon très intéressant oncle Joe d'essayer de me mettre un peu de plomb dans la cervelle. Oncle Joe plaida certes sa cause avec enthousiasme : il menaça de me briser les genoux si je refusais de faire ce que ma maman voulait que je fasse. Il me montra le revolver avec lequel il me bousillerait les rotules si je ne me soumettais pas. Ça lui ferait beaucoup plus mal à lui qu'à moi, car je faisais partie de la famille et tout. J'en doutai.

Ainsi, que pouvait faire un pauvre garçon ? J'ai pris mes cliques et mes claques, bien sûr. Je me suis cassé. J'ai taillé la route. Je me suis tiré, André. J'ai dit adieu à cette famille qui était la mienne. Je n'avais nulle part où aller, pas d'argent ni rien, mais ça ne m'a pas brisé le cœur, crois-moi ! La famille c'est la famille, d'accord ; mais d'un autre côté, j'aimais bien mes genoux et je tenais à les garder.

(Je dois reconnaître ça à Maurice. Il les avait vus venir, ces emmerdements deirdriens. Ensuite, pas une fois il ne me dit : « Je t'avais prévenu » ou bien « Tu piges maintenant ? » ou encore « Quel idiot tu es ! » A sa place, j'aurais sans doute plastronné. Mais Maurice n'aurait pas pu être plus sympa avec moi. Il arrêta de me casser les pieds avec Deirdre. Il laissa tomber ce sujet. Bon dieu, pourquoi n'a-t-il pas continué de m'en parler ! Pourquoi a-t-il cessé de me tancer ?)

Trois

(Hyde Park. Un banc de bois non abrité, à la peinture verte écaillée, brille et gondole dans le soleil soudain. Nous voyons la lumière du jour descendre sur la forme allongée de Ripley Bogle. Il dort d'un sommeil lourd et sonore, ponctué de sifflements et de râclements de gorge, étroitement enveloppé dans son épais manteau strié de crasse. Son menton et ses joues sont couverts des traces d'escargot de sa propre morve. Il frissonne et s'agite dans la chaleur ; un pouls palpite visiblement sur ses tempes. Son sommeil est troublé, peuplé d'images monstrueuses et d'horribles souvenirs. Il grogne et pousse de petits cris.)

Non ! *(Il se réveille. Ça commence.)* Aaaggh ! Umph ! Blleeuuuurrghh ! Whoooo ! Hrmth. *(Il remue.)* Whhhuughh ! *(Il interroge. Il cherche.)* Kwwarrgh ? *(Sa faible activité mentale signale le juteux stimulus de la conscience.)* Yynneeaakkttchhk ! *(Et le fruit s'épanouira sur cet arbre cervical.)* Kwaa ? *(Lentement)* Dieu ! *(Il s'assoit.)* Seigneur ! *(Le sacrement divin de la somnolence vertueuse s'éloigne.)* Ooooooh ! *(Il pousse un cri pour obtenir sa bénédiction et le tiède oubli.)* Putain, où donc... ? *(Le trésor de l'amnésie.)* Comment donc... ? *(Quand il ne reste pas grand-chose d'autre.)*

Ach ! *(Il tousse et crache kaléidoscopiquement.)* Acgthk !

(Regarde, écoute. La bouche pleine de mucosités.) Ach ! *(Répugnant. Morve et glaviot.)* Acthk ! *(Comme si je dormais dans l'aspic.)* Athcktk ! *(Il passe une main crasseuse sur son visage crasseux. Il gémit. Il grogne. Il essuie la souffrance. Il la nettoie. Puis il s'assoit prestement.)*

Oh, mon dieu !

(S'éveillant.)

Ooooh. Aow. Aoutch. Merde !

J'ai les yeux qui coulent, la tête lourde et toute cabossée. Je me sens très mal. La pauvreté, dormir à la dure.

Pour savoir si quelqu'un traverse vraiment une sale passe, savoir si sa vie tombe en miettes pour de bon, il suffit de s'intéresser à son sommeil, de se demander s'il tient à son sommeil comme à la prunelle de ses yeux. Comme à un sacrement. Cette douce évasion, cette aimable abdication de la responsabilité. C'est un mauvais signe. Surveille-le. Le trésor de l'oubli. Quand c'est tout ce qu'il te reste.

(Et maintenant, je chante un petit péan à la mort de mon sommeil. La lamentation de l'insomniaque. Comme tu t'en doutes, ça ne va pas fort pour moi. La situation n'est pas très brillante ici à Bogle Mansions.)

Devine quoi ! Il fait chaud maintenant. Peux-tu croire une chose pareille ? J'ai failli en chier dans mon froc, parole ! Après m'être gelé les gonades toute la nuit, découvrir une telle aubaine ! Où est la justice dans tout ça ?

Me voici donc à Hyde Park. Il y a plein de petits marmots dans le coin. Je pense, ému, à la rubéole, à la variole et aux mitraillettes. La vaste étendue du parc sans vie étouffe et palpite sous le soleil de midi qui baigne les allées poussiéreuses, tandis qu'une odeur âcre et prometteuse envahit l'air chaud. (Mais elle n'est pas pour moi.) Les hordes désordonnées des garçons libérés du déjeuner sont apathiques et sporadiques, bientôt absorbées par la couverture moite de chaleur et d'inconfort. A l'extrémité gauche du banc voisin du mien, un garçonnet aux dents bridées par un appareil dentaire tout neuf essaie d'apaiser les souffrances de ses gencives avec une pèche tiède et dégoulinante. Je regarde ses larmes silencieuses rejoindre le fouillis de sa bouche sans appétit. Voilà une des raisons pour lesquelles je déteste l'été.

Cela dit, je dois avouer que je commence à me sentir plutôt bien. J'ai le sentiment d'atteindre une espèce de perfection. Il fait chaud, j'ai dormi, j'ai des cigarettes et de l'argent en quantité relativement abondante, ainsi que la perspective imminente d'un repas. Mais oui, bon dieu, tu me contemples au zénith de ma forme.

Je suis un peu sale peut-être. Bon, d'accord, très sale. Un décrapotage approfondi serait le bienvenu, mais les individus dans ma situation ont quelques difficultés à être aussi scrupuleux qu'ils le désireraient sur le chapitre de leur hygiène personnelle. Par ailleurs, ce que les gens ignorent, c'est qu'au bout d'une courte période de négligence, le petit corps résistant s'habitue parfaitement bien à la crasse. Il se met à riposter. Il s'auto-maintient. Bizarre mais vrai. Regarde-moi, par exemple. Bon, je rougis de penser à quand remonte mon dernier bain ou ma dernière toilette, et pourtant je ne sens pas *si mauvais.* Ma coupe de cheveux ne me vaut aucun prix de beauté, mais elle est vaguement présentable, dans la pénombre et avec un sac en papier sur la tête. Hormis mes aisselles paysannes et mes pieds tourbeux, je suis assez inoffensif. Je reconnais malgré tout qu'un brin de toilette serait le bienvenu.

Tu apprendras avec plaisir que j'ai été très malin. Depuis que j'ai quitté Perry ce matin, j'ai acheté deux paquets de Benson & Hedges et rien d'autre. J'ai réussi à résister à la tentation de claquer mes sept derniers billets sur une Lamborghini ou un partenariat dans un des tout premiers groupes bancaires. Voilà ce que j'appelle la discipline, l'ascétisme. D'ailleurs, ces derniers temps, j'en ai eu ma dose, d'ascétisme.

Ces sept livres magnifiques me réchauffent le cœur. Elles accordent style et audace à mes supputations. L'air dégagé, je pense à tout ce que je pourrais acheter. Pas grand-chose, certes, mais tous les détails comptent. L'une des précieuses conséquences de ces jolies enfances démunies est qu'elles vous accordent une capacité presque illimitée à faire d'un rien une joie. Je ne suis pas difficile. Le plaisir rôde dans les recoins les plus humbles de mon existence. Je suis un verni. C'est une des choses que j'aime chez moi.

Malgré mon apprentissage de la cloche, je suis tout à fait certain qu'il faut que je mange bientôt. Je trouve cette idée très judicieuse, parfaitement sensée. Mon haleine empeste comme celle d'un dragon, j'ai les boyaux tout enduits de goudron râpeux. Coma et béribéri menacent : l'immolation par le jeûne n'est plus à l'ordre du jour. Il faut pourtant que je fasse gaffe. Suite à l'inactivité, mon système digestif est un peu rouillé. Trop de précipitation nuirait, la dysenterie rappliquerait au grand galop. Mon appareil digestif a besoin d'une petite révision avant que je ne puisse lui proposer quelque chose d'aussi ambitieux que des aliments solides. Il a besoin d'un léger rodage.

(Je connaissais jadis un vagabond nommé Frappeur Grossac ou quelque chose de similaire. Un vieux grigou puant, originaire de Glasgow, qui avait les dents complètement noires et une étonnante variété de maladies de peau. Je détestais absolument ce type. Bref, lors d'une période de vaches maigres, il n'a rien bouffé pendant huit jours. Le neuvième jour, il s'est trouvé à court de diesel ou du machin bizarre qu'il éclusait et il a mangé une bonne moitié de sandwich au fromage rance trouvé dans la corbeille d'un parc. Mort sur le coup. Cette mésaventure, je préférerais l'éviter.)

Une soupe. Voilà ce qu'il me faut : une soupe. Ou un peu de café avec un petit sandwich.

Je me lève. Je me félicite sur ce coup-là. Ça me paraît vraiment être la chose à faire. Quand je me retrouve tout là-haut au-dessus de mes pieds, le feu de la journée est encore plus violent et il me fusille à bout portant. L'envie de fumer fond sur moi comme la pauvreté sur le monde.

Aussitôt, j'allume une cigarette.

Je me rassois. J'ai surestimé mes forces. Je suis toujours épuisé. Je me déçois. Je devrais faire davantage d'efforts. Je perds tout sens de la différence. De cette différence entre ce que je suis et un vrai vagabond. Je glisse lentement vers le statut d'authentique vagabond. De vrai essedéèfe. Mais je n'en suis pas vraiment un. J'ai encore beaucoup trop d'allure pour ça. Je reconnais volontiers que les gens paraissent m'éviter dans la rue, mais c'est une répulsion d'ordre général, sans commune mesure avec la peur fiévreuse du vagabond. Mes vêtements font au moins l'effort de la respectabilité et je n'ai jamais mendié pour de bon.

Certains naissent dans la misère, d'autres voient la misère leur tomber dessus. Je ne sais pas très bien dans quelle catégorie je me situe. Les deux, je crois. Du point de vue social, je suis un papillon. Je suis sans-abri, mais je ne fraie pas avec le premier venu. Je n'ai pas la moindre envie de déchoir. Il faut que je fasse attention. Je suis différent. Je ne suis pas comme ces autres vagabonds. Non.

Je m'adosse, puis m'allonge. Je laisse descendre mon corps douloureux vers l'étreinte du bois dur et des cloques de peinture. Je me sens beaucoup mieux à l'horizontale. Le soleil caresse le chaume de ma barbe et je marine gentiment dans ma sueur odorante. Voilà ce que j'appelle le luxe animal ! Quand je ferme mes yeux léthargiques, mes paupières se transforment en deux kaléidoscopes au soleil — un jeu que nous connaissons et aimons tous. Éclaboussures et rayons de pourpre oculaire, de jaune, d'orange, d'ambre et de noir. Je me tortille et m'agite pour calmer ces visions. Les bruits du jardin augmentent de volume mais leur importance décroît. Mon esprit s'apaise. Mes pieds me sont terriblement reconnaissants et mon cher ventre choisit la patience. Après si longtemps, il peut encore attendre son tour. Très bien. J'en profite tant que je peux.

Manifestement, nous manquons d'action ici, nous perdons notre élan, notre rythme. Je scrute mes réserves de théorie et de réminiscences. Je m'aperçois que j'ai survolé beaucoup trop rapidement mon enfance. J'ai négligé le génie de l'épiphanie et du détail. Laissant tomber la théorie, je saute sur les réminiscences.

Deux incidents de l'enfance. Futiles et indépendants, mais néanmoins intéressants. J'espère qu'ils te plairont.

Je me souviens que, gamin, j'ai vu un jour un soldat se faire tuer à Falls. J'avais une dizaine d'années. Ça a été mon premier mort et je m'y suis de plus en plus attaché.

Ma cinglée de mère me traînait à l'hôpital pour consulter les divers psys vampiriques qui devaient m'examiner. C'était une journée typique sur Falls Road. La misère sordide de cette rue baignait dans une brume froide de fin d'année. Le spectacle classique de Falls : arrestations à vue, fouilles approfondies en public, émeutes molles. Un peu d'animation pour ma pomme.

Alors que ma mère et moi approchions du vieil hôpital, nous avons entendu plusieurs rafales d'armes à feu. Obéissant à une tradition désormais bien établie, tous les passants se mirent à l'abri. Une patrouille de l'armée qui déambulait sur Grosvenor Road se dispersait en tout sens, paniquée. Deux soldats massifs se planquèrent sous le mur de la clinique O.R.L., tout près de ma mère et de moi. Il y avait un tireur embusqué sur le toit des Divis Flats, au bout de la rue. C'était une position parfaite, idéale, qui accordait à ce salopard une vue imprenable sur toute la longueur de Lower Falls. Une brève pause s'ensuivit, pendant laquelle ma mère engueula les deux troufions qui, par leur proximité, mettaient sa propre vie en danger. Saisie d'un brusque accès de patriotisme, elle leur fit valoir qu'ils auraient dû offrir une cible moins compromettante pour sa propre sécurité (et la mienne, sans aucun doute). Quelques balles tirées au petit bonheur ricochèrent, inoffensives, en sifflant contre les briques du mur et trompèrent agréablement l'ennui de l'attente. Les Brits avaient réclamé un hélicoptère par radio et semblaient parfaitement contents de l'attendre. Plusieurs minutes s'écoulèrent dans un silence béni, seulement troublé par les rafales têtues du tireur embusqué. Je passais un moment merveilleux et j'attendais avec impatience un carnage quelconque.

Soudain, une infirmière obèse arriva en bicyclette dans Springfield Road. La circulation s'était arrêtée, il y avait des dizaines de piétons allongés à plat ventre le long des murs et sur le seuil des maisons, mais cette grosse vache d'infirmière s'en battait apparemment l'œil !

Les soldats lui crièrent de se planquer, mais la connasse portait d'énormes protège-oreilles fourrés et n'entendait rien. Ils crièrent encore, les crétins. Cette fois, elle les entendit, mais elle paniqua et elle pila soudainement au beau milieu du carrefour. Il y eut d'autres cris frénétiques, puis quelques balles s'enfoncèrent dans le macadam tout près du vélo. Le tireur nous aurait rendu un fier service à tous en la dégommant.

L'un des troufions prépubères qui se trouvait près de nous se débarrassa de son arme, puis il s'élança à grandes enjambées vers l'infirmière terrifiée. Une autre rafale éclata et le voilà projeté en arrière à travers les airs, soulevé à une hauteur stupéfiante. Il retomba sur la chaussée, à plusieurs mètres de l'endroit où il avait été touché. Il hurlait de douleur, il ne voulait pas mourir, le bougre. J'étais surpris et cruellement déçu de n'apercevoir aucune goutte de sang, aucun organe. Ce tireur embusqué était sans doute une espèce de putain de génie de la carabine à lunette. Quel tir ! A un bon kilomètre de là, sur une cible mouvante. De dieu, j'en suis resté baba !

L'infirmière suffocante se mit à ramper, fort peu éthiquement, loin du mourant, les yeux écarquillés, incrédules. Les autres soldats ne pouvaient pas porter secours au blessé. Ils étaient toujours cloués sur place par le tireur invisible et ils se disaient sans doute que pour l'instant il avait parfaitement bien prouvé ses talents. Nous attendions donc la suite des événements. Bientôt, nous avons entendu le halètement gras des hélicoptères lointains. Les soldats ont repris courage et ont conseillé à leur pote de se la couler douce, de ne pas bouger d'un poil, et autres crétineries dépourvues de tact.

Le tireur aussi avait remarqué l'arrivée des hélicos : d'autres rafales ricochèrent contre les murs. Un gargouillement profond et bref monta de la poitrine du soldat touché, qui tenta de se relever. Un autre coup de feu éclata, son corps retomba sur le macadam et y resta.

Il aurait dû rester où il était, le con.

J'appris plus tard qu'ils avaient descendu le tireur embusqué alors qu'il essayait de s'échapper. Les Forces de

Sécurité constatèrent avec une certaine gêne qu'il avait seulement treize ans. Un gamin plein de talent.

Tu sais, j'ai toujours eu pitié des Britanniques en Irlande. Ils ne voulaient pas être là. Les protestants leur avaient certes demandé de venir, mais ils en eurent bientôt marre quand leur présence se mit à interférer avec les rites loyalistes des massacres traditionnels de catholiques. Ce n'était pas strictement le problème de la Grande-Bretagne, même si, pour être juste, ils avaient commis quelques belles atrocités en quatre siècles, même si le Dimanche Sanglant avait bel et bien été une preuve flagrante de manque de tact. Néanmoins, ce n'était pas une raison pour être obligé de mourir tout le temps.

Les Britanniques étaient vraiment mal barrés en Ulster. Ils ne pouvaient pas gagner : s'ils partaient, c'était la guerre civile ; et s'ils restaient, ils se faisaient avoir de tous les côtés. Résultat des courses : ça n'était pas très rigolo.

Ils avaient le don de se mettre dans ce genre de guêpier, les Brits. En Inde, les Indiens et les Pakistanais se flanquaient toujours des raclées mémorables, tandis que les chers vieux Brits essayaient de s'en aller sur la pointe des pieds. On leur demanda de rester encore un peu. Ils acceptèrent et en prirent plein la gueule de tous les côtés. Même scénario en Palestine après la guerre. Les Juifs et les Arabes n'ont jamais vraiment été les meilleurs copains du monde. Et qui en pâtit ? En essayant de maintenir la paix. En essayant de jouer le jeu.

Regardons les choses en face. La plupart des pays européens ont eu leur empire à un moment ou à un autre. Finalement, ils s'écroulent et un autre pays prend le dessus. Voilà ce que sont les interrègnes : autant de parenthèses de l'histoire. Mais les Britanniques se sont gourés, ils sont devenus philanthropes et nobles. Ils ont créé la seule puissance impériale qui ait jamais essayé de céder son empire. Ce fut leur erreur. Nous autres métèques, nous n'avons pas apprécié. Mais pas du tout.

Naturellement, les petites bavures comme Amritsar, le Dimanche Sanglant et les camps du Velt n'ont rien fait pour arranger les choses. Personne n'est parfait. Aimer les Britanniques est difficile, mais j'essaie.

J'ai aussi vu quelqu'un se faire enduire de goudron et couvrir de plumes. C'était vers la même époque et, malgré les plaques d'acier qui me blindaient l'estomac, j'ai trouvé ça un peu fort de café. Mon voyeurisme adolescent n'allait pas jusque-là. La victime de ce passage au goudron et aux plumes fut une fille. (C'était très souvent le cas.) Mary Sharkey. Apparemment, Mary avait un polichinelle dans le tiroir, suite aux bons et fructueux offices de certain caporal des Ingénieurs Royaux. Les habitants de Turf Lodge étaient joliment scandalisés. (J'ai sans doute été un petit merdeux rudement malin pour lever ce lièvre strictement réservé aux adultes.)

Quelques jeunes patriotes excités décidèrent une action punitive. Ils coincèrent la jeune Mary et la ligotèrent à un lampadaire au fond de notre cul-de-sac. Ils la déshabillèrent et lui rasèrent la tête. A ma grande surprise, je ne m'amusais pas du tout. Mary avait de tout petits seins et ce détail semblait rendre les choses pires encore. Je n'étais pas préparé à ça. C'était dimanche et j'avais lu Trollope pendant tout l'après-midi ! Ces salauds firent bouillir le goudron devant elle. Même moi, je comprenais que ça n'était pas très diplomate.

Les gens du quartier pensaient que cette affaire était allée assez loin et c'était tout à l'honneur de leur philanthropie. L'humiliation publique suffisait. Les brutalités étaient superflues. Les voisins se tenaient debout sur leur seuil, en costumes et robes du dimanche, en proie au malaise et à l'hésitation. Bien sûr, aucun n'avait assez de couilles pour essayer d'arrêter le processus, mais au moins ils y songeaient. Les femmes pleuraient amèrement et les hommes se tenaient là, marmonnant en petits groupes inquiets. Mary était parfaitement immobile et muette.

Bientôt le goudron fut prêt et deux hommes renversèrent tout simplement cette saleté sur elle. Les cris humains sont parfois horribles. Sans commune mesure avec les piaillements cinégéniques qu'on entend au cinéma. Une vraie gueulante de chat étranglé, voilà de quoi je parle. Mary occupait une place de choix dans le championnat de la beuglante. Elle jouait en première division et briguait de toute évidence le titre national. Les gémissements mortels qu'elle poussa eurent un très mauvais effet sur ma sensibilité juvénile et je piquai une crise. Ma mère m'enferma, tout griffant et étouffant, dans le jardin de derrière pour que je me calme un peu.

Pendant dix minutes, je piquai ma petite crise, pénard.

Quand je revins sur les lieux de la punition, un événement inattendu s'était produit. Bobby Bogle, mon père en titre et authentique bourreau, avait décidé de s'en mêler. Il fit son entrée en scène.

Bon dieu, incroyable mais vrai, mon vieux couillon de papa, ce gros Gallois graveleux semblait sur le point de prendre parti pour la Mary qui grésillait à présent. Ma mère, saisie d'une fureur méprisante, l'invectivait, mais il allait de l'avant, le paternel, à la stupéfaction générale et, sans nul doute, à la sienne propre.

Dans un sursaut de fierté filiale, j'échappai à la main osseuse de ma mère indigne et je m'élançai vers lui.

Mary était maintenant dans un sale état. De ses cheveux, tout visqueux et imprégnés de goudron, ne restaient que quelques touffes hirsutes. Sur les rares parties de peau visibles entre les grandes coulées fumantes de goudron, j'aperçus des ampoules et des plaies horribles. Elle ne criait plus, elle sanglotait en silence. Les plumes déchiquetées qui couronnaient encore sa tête dissimulaient son visage, mais je voyais bien qu'elle passait un sale quart d'heure.

Je regardais mon père s'approcher du petit groupe des hommes jeunes qui entouraient Mary. La colère et une fierté rageuse enflammaient mon cœur adolescent. L'un des jeunes cria quelque chose à mon père, qui s'arrêta net tout près de leur groupe. Je ne voyais pas son visage, mais je remarquai que ses grandes épaules paresseuses tremblaient de manière incontrôlée, comme s'il essayait de contenir un rire secret, inextinguible. Le même jeune reprit la parole. Agé d'une vingtaine d'années, il semblait élégant et sournois. Contrairement aux autres, il était bien habillé, mais avec vulgarité, et il avait soigneusement coiffé en arrière ses cheveux noirs et lustrés qui recouvraient ses petites oreilles aux contours précis. Une fine moustache défigurait sa lèvre supérieure comme une petite bande de peluche ou de morve. Il la touchait souvent, comme pour s'assurer qu'elle était toujours là.

« Allons, Bobby. Tu vas retourner bien gentiment à la maison. Tu n'as rien à faire avec ce qui se passe ici. »

Bogle ne répondit pas. M'avançant encore, je remarquai qu'il tenait une courte latte massive, comme une batte de base-ball. Je le vis resserrer son étreinte autour du manche et dominer enfin le tremblement de ses épaules.

« Écoute, Bobby, tu sais très bien que nous n'avons rien à te reprocher. Retourne donc chez toi, comme le type intelligent que tu es. »

De nouveau, pas de réponse. Je me conchiais presque de terreur, mais c'était indéniablement excitant.

Bientôt, les autres hommes entrèrent dans le chœur des

avis amicaux destinés à mon père. L'un d'eux, un gros salopard affligé d'un bec de lièvre, fut aussitôt dans son élément. Huileux et répugnant, il semblait avoir une dent contre mon pauvre paternel et juger l'occasion idéale pour exercer sa vengeance.

« Tire-toi, Bogle, fous-moi le camp d'ici ! Qu'est-ce tu crois que tu vas faire avec ton petit bâton ? Mmm ? Fous le camp, tu voudrais tout de même pas qu'on te flanque une bonne raclée ? »

Mon père parla pour la première fois en se rapprochant lentement de la fille qui sanglotait toujours.

« Je le jure devant Jésus, si jamais tu ouvres encore la bouche, petit, je te casse ton putain de dos, aussi gros sois-tu. »

Tout excité par l'aura nouvelle et dangereuse de mon géniteur, je constatai l'irruption bilieuse de la peur dans les yeux chafouins de Bec-de-lièvre. Les hommes échangèrent des regards hésitants. Le jeune qui avait parlé en premier barra la route à mon père. Bobby s'arrêta de nouveau. Ce jeune était différent. Il menaçait moins, mais promettait davantage. J'eus l'impression (correcte, comme les événements le prouvèrent) qu'il était dangereux. Il parlait doucement, presque raisonnablement.

« Écoute, Bobby, arrête ces bêtises. Tu sais ce qu'elle a fait. Ne t'attire pas des ennuis à cause d'elle ! Elle n'en vaut pas le coup, Bobby. »

Serrant toujours son bout de bois, mon père dépassa l'homme et entreprit lentement de détacher Mary. Doucement, délicatement, il effleurait la chair goudronneuse et meurtrie, luttant désespérément contre la chaleur et l'odeur. Silence. Peur paralysante. Son dos plié d'homme affairé était aveugle et sans protection contre les éventuelles attaques des autres. Il semblait conscient de cette évidence, prêt à se défendre. Soudain, le salopard arrogant à la lippe torve fit un brusque mouvement vers lui. Je poussai un cri d'avertissement filial. Vif et rapide comme l'éclair, mon père pivota pour affronter l'agresseur et sa batte fendit l'air. Ajustant son coup, il frappa de plein fouet Bec-de-lièvre sur la nuque. (Il aurait pu être champion de cricket, mon papa !) Inutile d'ajouter que le jeune s'écroula. Obéissant à un signe de tête de leur généralissime moustachu, les autres restèrent où ils étaient. Mon père tourna vers moi son visage apoplectique.

« A la maison ! Tout de suite ! » beugla-t-il.

(Alors, que dis-tu de ça, hein ? Qui l'eût-cru de mon père puant ? Du courage. Du dévouement. Du panache. Il a certainement grandi dans mon estime ce jour-là. J'étais sur le cul. C'est agréable de pouvoir admirer son père de temps à autre. Après tout, il n'était peut-être pas aussi nul que ça.)

Donc.

Spectacle inoubliable et maintes fois remémoré, admiré derrière le portail branlant de notre jardinet timbre-poste, je regardai avec une immense fierté filiale mon père traverser lentement la pénombre du cul-de-sac. Vers son foyer il marchait, en portant la jeune fille en larmes dans ses bras musclés de père. Parmi l'immobilité lâche de ses voisins passifs, couards et parfaitement irlandais.

Naturellement, Bobby Bogle finit par payer pour cet épisode poétique. Il ne pouvait en être autrement. Le type au bec-de-lièvre et le mauvais garçon moustachu étaient tous deux dans les Provies. Ils en voulaient à mort à mon père et ils reçurent satisfaction en lui tirant deux balles dans le ventre, un soir qu'il rentrait du pub. Une vraie saloperie. Un endroit dégueulasse pour buter quelqu'un. Mon père mit un temps affreusement long à mourir et son agonie eut pour décor le sol de la cuisine. Tiède et poisseux, il s'en alla tout bonnement en eau de boudin. Bon dieu, il y en avait des tonnes de ce truc-là. Des flaques épaisses et gluantes de cette saleté écarlate se formaient sur le linoléum craquelé, maculé de traces de bottes et de chaussures boueuses. L'ambulance mit trois heures pour arriver et à ce moment-là sa chair était jaune et froide. Il était mort.

C'est bizarre de regarder quelqu'un mourir... surtout quand c'est son père. Savoir que les secondes qui passent épèlent sa fin. Le regarder faire ses adieux à lui-même. Difficile de donner un peu de joie à ses derniers instants. On ne peut pas vraiment improviser une gigue.

Aujourd'hui je suis plus calme, mais sur le moment j'étais fou d'horreur et de douleur. Je n'étais qu'un gosse et c'était mon père après tout.

Chaleur. Confort. Paix. Banc de parc. Soleil. Odeurs fraîches et odeurs rances. Lassitude. Mélancolie. Tumulte et charivari. Yeux clos, levés vers les ténèbres. Légèreté. Dormir. Somnoler. Ronfler. Sommeiller. Dormir.

Quatre

Oui, elle me chassa. Qui donc ? Ma famille. Je fus promptement éjecté hors du sein maternel, tout desséché et ratatiné fût-il. Mon crime fut un attachement érotique pour une femme de confession hérétique. Deirdre était protestante et ma mère désapprouva. J'avais seize ans. Je quittai mon foyer avec trois livres et quatorze pence en poche, un sac en toile verte contenant trois sous-vêtements sporadiquement sales, une brosse à dents, un livre judicieusement intitulé *A la dure* et un petit morceau non emballé de cheddar d'Ulster.

Ma première nuit, je la passai sur un banc d'Ormeau Park. Comme c'était le moins d'août, je riais de mon confort. Malgré tout, ma première nuit de sans-abri ébranla ma nature sensible. Le lendemain matin, j'essayai de rassembler les forces vives de ma jeunesse. A ma grande surprise, j'y réussis. Grâce à l'épicurien résolu que j'étais.

Je compris ce jour-là que j'avais intérêt à commencer de m'occuper de moi, car personne ne le ferait désormais à ma place. Je sais qu'en définitive c'est la même chose pour tout le monde, mais j'étais jeune et cette idée me perturba. Je me remontai donc le moral en passant toute la journée à la bibliothèque municipale pour lire les discours hilarants de Winston Churchill.

Ma deuxième nuit fut beaucoup plus froide et longue. Je découvris que la musculature de la déchéance vieillit et se met à craquer et je fus submergé par la solitude et la souffrance du banc. Je chassais l'obscurité en fumant et en pensant à Deirdre, bien au chaud dans son lit douillet, confortablement engourdie et inconsciente de mes épreuves. Des larmes puériles ruisselèrent abondamment. Je ne ressentais ni envie ni jalousie. J'étais navré qu'elle ne sût rien. Elle aurait été scandalisée. Je dois pourtant avouer que mes souffrances ont toujours offusqué Deirdre. Elle débusquait mes tracas comme s'il s'agissait de crimes sordides. Néanmoins, j'étais fermement décidé à ne pas lui avouer que j'étais sans foyer. Du moins, pas tout de suite. Il valait mieux la laisser dans l'ignorance. Car tel est le secret du bonheur. Pour elle, je veux dire.

Ces cogitations m'aidèrent à passer ma deuxième nuit. Ma conscience solitaire de la distance qui nous séparait m'enveloppait d'une sombre joie. L'invraisemblance de notre liaison ne me peinait plus. A quoi bon s'en faire ? Tout ça me remontait plutôt le moral que l'inverse.

Le lendemain, je me baladai sur Botanic Avenue en essayant de jouer à l'étudiant et je claquai mes cinquante derniers cents en m'offrant une tasse de café et trois biscuits à la cafétéria du musée.

Ce soir-là, je ne réussis pas à entrer dans le parc. Je dormis dans une ruelle infestée par les émanations d'égout, non loin de Newtonards Road et je m'endormis à force de pleurer. Le lendemain matin, à mon réveil, je m'aperçus que j'avais pissé dans mon pantalon.

Ensuite, je ne cessai de décliner.

Tout ça était un peu tragique. Je veux dire que je méritais mieux. Je ne pouvais m'empêcher de me plaindre tant et plus. J'étais un brave gars. Un génie en herbe. Tellement poli, attentif, charmant comme pas deux, malléable et facile à vivre. Je pensais à tous ces parents de la bourgeoisie, affligés de fils camés, pervertis, ramollis et qui ne mettaient plus les pieds au lycée. Ils auraient donné leurs incisives et leurs molaires pour avoir un rejeton premier choix et aussi brillant que mon humble personne. Je me serais tenu pénard, j'aurais fait mes devoirs, charmé les tantines, lavé la vaisselle, épluché les patates et essuyé le vieux cul de mamy Nora. J'aurais constitué un atout de choix. Le bijou idéal pour n'importe quel œil doué du moindre discernement.

Je suis bon avec les familles. J'ai été conçu pour être un chef de clan. N'importe quelle famille m'aurait accueilli à bras ouverts.

Mais il a fallu que je tombe sur cette bande de criminels lycanthropes ! C'est trop injuste. Toute cette dureté, cette absence de tendresse et de reconnaissance. Personne ne mérite ça et surtout pas moi.

Ah, vers cette époque l'existence est devenue une suite de tribulations hilarantes. Trouver un boulot et un endroit où me loger, retourner à l'école, tout ça posait des problèmes énormes. Impossible de décrocher un emploi à moins d'avoir une adresse permanente. Et tout aussi impossible d'avoir une adresse permanente avant d'avoir un emploi. Je n'avais pas droit à la moindre allocation si j'allais à l'école, car je ne pouvais pas alors être « chômeur ». J'étais trop âgé pour relever de l'assistance sociale et trop jeune pour être classé parmi les adultes en difficulté. Ma mère touchait toujours ses putains d'allocations familiales pendant que je bouffais de la vache enragée et sombrais dans le désespoir. Le règlement de l'école interdisait aux élèves d'avoir même un emploi à mi-temps en période scolaire et, de toute manière, ils ne voulaient plus de moi sans parent ou tuteur. J'étais trop jeune pour aller au YMCA et j'avais trop de testostérone pour le YWCA *. Je ne pouvais recevoir ni aumônes, ni assistance de l'État, ni salaire ni la moindre expression de pitié.

J'étais donc dans une merde noire. Dans la tache aveugle des organismes sociaux. J'étais entouré d'une espèce de grisaille juridique. Je n'avais aucun des droits des adultes et je ne bénéficiais plus de la moindre protection des mineurs. J'étais dans un no man's land, et rudement estomaqué de me découvrir là.

Bon, je tirais bel et bien le diable par la queue et je bouffais un bon ragoût de vache enragée. Je devenais belsenien et mes pauvres poumons se comportaient de la façon la plus révoltante. En deux mots comme en cent, je croyais toucher le fond.

Mais le pire était encore à venir. J'avais été banni par la perversité familiale. Je pataugeais et mijotais dans le jus répugnant de la dégradation et de la pauvreté. Ma mère m'avait menacé de me faire sauter les rotules si jamais je repointais mon nez morveux à la maison. J'avais enduré toutes ces avanies à cause de mon refus de mettre un terme à mon absurde, à ma honteuse liaison amoureuse avec la très presbytérienne miss Curran. Après tous ces déboires, je fus très ennuyé de découvrir qu'elle aussi me répudiait suite à un ultimatum à peu près similaire (bien que moins dommageable pour l'existence et les membres) de sa propre famille.

Ce fut un coup terrible. En fieffé écervelé, je m'étais vanté de la noblesse de mon geste et je fus atterré de le voir ainsi dévalué. Ce ne furent ni sa duplicité ni sa

---

* *Young Men Christian Association* et *Young Women Christian Association*, sortes d'auberges de jeunesse réservées respectivement aux garçons et aux filles. (*N.d.T.*)

lâcheté qui me blessèrent le plus ; honnêtement, je ne pouvais pas m'attendre à autre chose, car elle avait beaucoup plus à perdre que moi. Non, ce n'était pas cela qui m'ennuyait. C'était le fait désolant que je passais pour un blanc-bec. Mon zèle et mon ardeur s'avéraient inutiles. Le geste de la jeunesse naïve.

Ainsi, lamentablement, je dus affronter tout seul l'écheveau de mes problèmes. Mon enthousiasme inexpérimenté et ma confiance en moi s'évaporèrent sans laisser la moindre trace. Il n'y avait rien à faire. D'une main ferme je me ressaisis et tournai mon visage esseulé vers la solution. Je me mis au travail : je me démenai, tirai des plans sur la comète, crachai écume et sang. Je fanfaronnai, harcelai, bossai, gémis, mendiai et passai en force. Plein d'amertume, j'engrangeai mes haines et mes échecs dérisoires pour accumuler références et vengeances.

J'allai donc de l'avant, à seize ans, sans le sou mais avec toute ma naïveté. Élaguant le feuillage du doute, de la raison et des hésitations avec la machette de la résolution, en imitant de mon mieux Davy Copperfield, je fonçai.

Deirdre et moi avons fini par nous remettre ensemble. Il lui suffit de lever momentanément l'embargo bogléen imposé par son père, et nous voilà repartis. Ils n'eurent pas assez de couilles pour défier leur précieuse fille unique, ces Curran.

(Pas une seconde, Deirdre ne pensa qu'elle aurait pu essayer de défier un peu plus tôt l'injonction parentale. Mais que dis-je ? Moi non plus, je n'y avais pas pensé.)

Avec le soutien (éloigné) de Deirdre, j'entrepris pendant deux ans une exploration des pires tannières de la vieille ville lépreuse de Belfast. Je ne pouvais pas rester très longtemps au même endroit. Je fus alternativement dévalisé, attaqué ou persécuté par une longue succession de tauliers psychotiques et salaces. Dans une piaule que j'avais près du début d'Indiana Avenue, le proprio Raymond Murphy m'informa calmement qu'il était un agent secret de la *Special Branch* qui travaillait à infiltrer l'IRA. J'acquiesçai avec précaution tout en prenant un air très impressionné. (Belfast est bourré de tels mythomanes, de ces cinglés.) Lorsqu'il se mit à dégommer les mouches posées sur le mur au-dessus de ma tête avec son Smith and Wesson pour me prouver ses talents de Guillaume Tell, je décidai de décamper.

La pauvreté, la solitude et la crasse ne font pas un mélange savoureux dans le meilleur des cas, mais quand on y ajoute les condiments de l'épuisement et du désespoir, leur effet est presque vertigineux. Je retournais à l'école (j'avais graissé la patte de l'économe pour qu'il me laisse suivre les cours), je travaillais dans trois pubs différents (pour payer mon loyer, pour rembourser ma dette à l'économe et, de temps à autre, pour m'acheter quelques aliments), je me rongeais les sangs, je dormais, je me rongeais les sangs et jeûnais. Je n'avais pas d'argent et peu d'amis. Mes amis, des écoliers, pouvaient difficilement m'aider en dehors du cadeau de leur bonne volonté embarrassée. Mais la bonne volonté n'est pas une si mauvaise chose, et j'en reçus à profusion.

Ai-je glissé sur la pente savonneuse, me suis-je laissé disparaître, anéantir ? Certes pas. En fait, toute cette indignation narrative demeure sans objet réel, car malgré les distractions de la pauvreté et de la malnutrition, malgré les rencontres inopinées avec d'anciens flics schizophrènes et amateurs d'armes, je fus, assez perversement, plus heureux qu'à n'importe quel autre moment de mon existence. La jeunesse est chose merveilleuse. L'espoir n'est pas mal non plus et le parfait compagnon de ces deux attributs est l'optimisme à l'imperturbable aveuglement. Je vivais Rue du Bonheur.

Pour ne pas être injuste, je dirai que Deirdre fut impressionnée par l'étendue du sacrifice que j'avais consenti pour elle. Elle comprenait ces gestes et elle se considérait comme le réceptacle adéquat d'un tel hommage adolescent. Elle prélevait son octroi sur mes souffrances et mes humiliations, qui constituaient son tribut et dont elle tirait le meilleur parti.

Néanmoins, si l'une de mes tribulations contrecarrait ses projets, si par exemple je ne pouvais l'accompagner pour voir un film médiocre parce que je travaillais ce soir-là comme tous les autres soirs, eh bien elle prenait la mouche. Je n'avais pas besoin d'avoir autant d'emplois, selon elle. J'essayais de souligner le caractère indispensable de futilités telles qu'un loyer, des vêtements et des repas, mais Deirdre m'accusait alors de complaisance et de transformer mes problèmes en « querelle ». Elle jugeait que je me laissais entraîner dans une pernicieuse spirale descendante et elle me faisait comprendre qu'elle n'avait nullement l'intention de se laisser couler avec moi. Je comprenais parfaitement son point de vue. Que veux-tu, je suis comme ça.

Bon dieu, je l'aimais toujours. Plus que jamais. Au milieu de toute cette misère, elle constituait mon réconfort et mon aspiration. Je lui achetais des cadeaux coûteux (Dieu seul sait avec quel argent !) pour lui prouver mon amour, en espérant avoir une chance sur cent d'être digne d'elle. Deirdre trouvait tout cela parfaitement louable. Mais elle s'irritait de mes réticences obstinées à coucher avec elle. Cela, elle ne le comprenait pas. Elle avait dix-sept ans, les joies de la libido ensoleillaient sa vie. Elle soupçonnait mon étrange chasteté d'être la preuve de quelque sinistre prohibition larvaire et catholique touchant l'acte de l'amour érotique. Elle n'aurait pu imaginer qu'il s'agissait seulement d'un respect naïf pour sa personne et sa pureté. Elle aurait trouvé ça foutrement stupide, je suppose. Et elle aurait sans doute eu raison, cette fille raisonnable. J'étais simplement un garçon incapable de dire oui.

Ainsi, avec toutes mes difficultés, mes désastres et mes dépressions, cette partie de ma vie était légèrement chaotique. J'avais raté le coche de la Puberté (accomplie en un seul jour) et l'Adolescence me fila sous le nez.

Cinq

Je mange sans plaisir. Mon récent épuisement pèse sur mon ventre et mes boyaux. La faim et les bruits indécents des autres sans-abri me nouent les tripes. Chaque fois que je les regarde engloutir les lugubres patates grisâtres, j'ai un haut-le-cœur. L'une après l'autre, les bouchées de rata sont avalées. Certains manient leur fourchette comme une pelle, d'autres neutralisent tout intermédiaire et mangent avec leurs doigts infects. La sauce clairette éclabousse la table tandis que doigts et fourchettes pataugent et tintent parmi l'affreuse bouillie qui refroidit dans les assiettes.

Certains employés se restaurent ostensiblement avec nous. Geste extravagant et imbécile. L'un d'eux semble partager mes réticences. Ce jeune homme bilieux à la calvitie naissante mange à grandes bouchées, tout pâle, les larmes aux yeux, le visage grisâtre. Il feint l'indifférence et se débat joliment avec ses couverts. Malgré la température assez fraîche de la salle, il transpire et une patine glacée macule son front et sa lèvre supérieure. Ses convictions égalitaires ne vont certainement pas aussi loin. Il regarde le vagabond devant son auge, bavant, bâfrant, grommelant, rotant et pétant. Le dégoût l'étouffe. Je l'observe en attendant le borborygme du vomissement. Bleurk ! Chplaf ! Retour à l'envoyeur. Mais ça ne vient pas.

Je suis dans une hideuse boutique de la honte. Une petite salle bigotière de Charité et Fraternité. Triste, non ? Nous prions en monologues tendancieux, puis on nous sert une bouffe gerbasse. Pathétique. Une bande de vagabonds et de déchets humains dégoulinants de honte bavent au-dessus de leur platée grâce au Seigneur Dieu Tout-Puissant et à l'Église d'Angleterre. Sinistre spectacle. Les composants actifs des manifestations extrêmes de la charité constituent toujours un spectacle sinistre. Les vicaires assemblés, ou quel que soit leur nom, le savent. Ils mènent un combat perdu d'avance contre leur propre dégoût. Je ne devrais pas t'emmener dans ce genre d'endroit, je le sais. Mais je veux te montrer l'intégralité de mon nouvel univers. Mon legs, mon héritage et mes déserts. Dans l'intérêt de la profondeur narrative, comprends-tu ?

Abrupt, le silence descend sur ce réfectoire au plafond bas, aux aspirations élevées. Nom de dieu, encore des prières ! D'habitude, on n'a sûrement pas droit à tout ça. Il n'y a pas autant de dévotions. On leur a sûrement dit que j'étais catholique. Ils se sont servis de leurs antennes œcuméniques ou quelque chose. J'ai déjà eu droit à plusieurs coups d'œil bizarres. Bon dieu, peut-être qu'ils ont saupoudré ma bouffe avec de la strychnine, de la merde de chien ou une autre cochonnerie ! Il faut s'attendre à tout de la part de ces païens.

Ravalant mes objections à ces rites hérétiques (c'est-à-dire non catholiques), j'incline la tête en une sympathie mystifiée. La table noircie, raclée et tachée me renvoie un regard indifférent. Fermant les yeux, j'entends les vieilles énigmes chuchotées remplir le silence saturé de bouffe. Au-dehors, je sais que l'arrivée de l'été bourdonne dans le torpide air londonien. Les arbres bourgeonnants s'alourdissent de feuilles. La ville sèche son manteau de poussière, elle se prépare en vue des bourrasques soudaines et aveuglantes de l'été et moi je suce des os de chien dans une cuisine infecte !

En fait… je n'ai pas trouvé le courage d'aller dans un café, un magasin ou même un sale boui-boui de hot-dogs. Ce n'est pas l'argent qui me manque, mais un minimum de confiance en moi. Je pense sans arrêt qu'il vont se demander où un type comme moi a bien pu trouver cet argent. Je ne pourrais pas jouer mon rôle dans cette transaction. Je ne pourrais pas entrer dans ce monde ordinaire et me plier à ses valeurs tellement normales. J'avais trop honte pour même dépenser mon argent. Quelle horreur : pour la première fois je me considérais comme un vrai vagabond.

Cet échec me hante. Je suis ici. Les autres vagabonds et moi. Je ne crois plus désormais à la moindre différence entre nous. Je ne veux pas me voiler les yeux. Nous venons ici recevoir notre obole, notre humiliation, notre bouffe pour chat de gouttière. Ç'a été follement facile de venir ici. Je me suis contenté de faire la queue. J'ai ravalé ma fierté et elle m'a enlevé tout appétit.

Je regarde autour de moi les visages baissés des ecclésiastiques qui prient toujours. Leur teint de porridge blafard me rappelle les visages de tous les prêtres et de tous les moines que j'aie jamais connus. Leur piété jalouse me révolte. Une sécrétion malsaine de l'âme mesquine d'individus inaptes à autre chose.

Je regarde mon assiette. Elle nage gaiement dans son jus de lavasse graisseux. La bouillie viandehachéeharicotsblancs se stabilise et trône confortablement. Elle paraît tellement heureuse que je n'ai pas le cœur de la troubler. Reconnaissant, j'achève mon repas.

Au bon moment, une brève lueur tiède vrille les fenêtres rondes et basses de cette vieille pièce bizarre. Elle transfigure les humbles formes de l'homme et du vagabond qui se lèvent de table. Le réfectoire s'emplit de nouveau d'un brouhaha discret. Les prêtres guident gentiment et bien proprement leur troupeau de sans-abri vers une pièce voisine. (Une bergerie mitoyenne conviendrait mieux, compte tenu de notre puanteur globale.)

Nous traînons les pieds, nous les vagabonds, nous lambinons vers notre destination. Disant adieu aux tables bourdonnantes où nous avons soupé, nous nous retrouvons dans une salle plus vaste peuplée de bancs et de tables supportant des piles bien nettes de couvertures beiges et des vêtements d'occasion, peuplée aussi de groupes nerveux de Jeunes Chrétiens. Maintenant, c'est à eux de jouer. C'est ici qu'on nous propose entretiens individuels, soutien moral et conseils bibliques. C'est ici qu'on nous donne nos manteaux de rebut, nos vieilles godasses bulbeuses, nos sous-vêtements en crin de cheval. Cette pièce est censée nous faire du bien, tant émotionellement que du point de vue vestimentaire. Nous, les vagabonds, nous acceptons sans ronchonner ce genre de chose. Il y a toujours une chance pour qu'on nous refile quelques clopes en fin de parcours.

Instinctivement, les déclassés se regroupent au milieu de la pièce. Un noyau rotant et pétant, entouré par une nuée de satellites : vicaires, étudiants, équipes de télévision et jeunes travailleurs chrétiens. Près de moi, l'un des sans-abri les plus rigolos chuchote que la guerre des gangs va éclater. Nous pouffons de rire, gloussons ou caquetons, selon notre âge, notre santé mentale et l'état de notre dentition.

Les pasteurs de cette église à la con passent à l'attaque et dissolvent l'épicentre du dénuement. Ils se dispersent pour former des petits groupes compacts autour des tables chargées. Les étudiants se mettent à distribuer ces hideux haillons. Qui a bien pu faire don de ces saloperies ? La caractéristique des fripes des sans-abri c'est qu'elles ne ressemblent pas à celles des autres gens. Les frusques du vagabond ne sont pas fabriquées — elles poussent sur lui. La culture plutôt que le tailleur. C'est un étrange procédé agricole de fermentation et d'assimilation avec les humeurs et les fluides naturels de l'individu. Les vêtements du vagabond proviennent d'une région bizarre où l'on ne rencontre aucun drapier, d'une région qu'on ne peut pas localiser. Vraiment, c'est un fait.

Je reste en arrière avec un noyau dur de sans-abri fiers et indifférents. Je meurs d'envie de partir, mais une rumeur pleine d'espoir s'est mise à circuler sur ces fameuses cigarettes. Je suis bien sûr sceptique, mais je m'en voudrais de rater le coche. Je suis prêt à sacrifier n'importe quelle portion de ma dignité pour des clopes et de toute manière, comme je l'ai déjà dit, mes sept billets ne me suffiront pas pour prendre ma retraite.

Il fait chaud et étouffant dans cette pièce, j'essaie de trouver le courage d'allumer une cigarette. Qui sait ? L'allusion portera peut-être ses fruits. Je raidis mes tendons, me racle la gorge et allume une B&H. Les autres vagabonds me reluquent d'un œil jaloux tandis que la fumée odorante tourbillonne autour de ma tête égoïste. Ils ne m'en demandent pas une. Ils savent qu'ils n'ont pas la moindre putain de chance.

Soudain, je me sens mieux. Les lèvres serrées autour du filtre, les doigts tripotant mes biftons, je plane sur un nuage, imperturbable. Pour passer le temps, j'observe l'assemblée de ces culs-bénis. Des visages jeunes pour la plupart. De gentils garçons, des filles appliquées. La plupart ont mon âge. Leur visage propret, sans péché, est illuminé par la lueur très chrétienne et anglaise d'un zèle imbécile et d'une innocence banale. Les filles avec leurs cheveux ostensiblement longs et leur visage dépourvu de tout maquillage ; les garçons avec leur chandail en laine couvert de reprises et leur barbe floconneuse et clairsemée qui signifie leur grande sensibilité. Ils s'activent d'un air supérieur, leurs traits inexpressifs chassant obstinément toute possibilité d'un dégoût fort peu chrétien.

(Ouah ! Comme je suis cynique et misanthrope aujourd'hui ! Après tout, quel mal font-ils... sauf à mon orgueil ?)

Ah, leur tolérance, leur sagesse, leur largeur de vue tellement précoce !

Oh ! Mmmmmm. Oui. Hum. Ah, oui. Qu'est-ce donc ? Une nana, une poule, une gonzesse, un joli petit lot. Dans le coin gauche, je viens de remarquer une vraie fille parmi toute cette féminité chrétienne et stérile, sans seins et aux cheveux bien plaqués sur le crâne. Dieu qu'elle est mignonne ! Mais que fait-elle au milieu de toutes ces grenouilles de bénitier ? Elle est sacrément bien foutue, vachement chouette. Oui. Vraiment. Hum hum. Tiens, elle m'a vu. Oui, sacré choc, pas vrai ? Elle me regarde encore. Ouh là ! Déclaration réciproque. Elle panique et pâlit violemment. La pauvre n'a manifestement pas l'habitude de trouver séduisants les sans-abri. Elle essaie de m'oublier en posant un habit presque médiéval sur un vagabond incroyablement humide et luisant qui se trouve à portée de sa main.

C'est néanmoins inutile. Mon regard impitoyable et habité attire inexorablement ses yeux vers moi. D'étranges rides suppliantes lui barrent tout à coup le front. Elle implore ma pitié. Elle a de la chance. Ma clémence est infinie.

Nom de dieu, tomber amoureux ici ! Comme je l'ai dit, c'est très facile quand on est jeune. L'émotion me suffoque, bordel. Des larmes clownesques envahissent mes yeux. J'oublie ma position de débris humain et j'entame aussitôt la construction des échafaudages compliqués de la séduction.

Non. Arrête tes conneries. Ne fais pas l'andouille. Ne t'humilie pas davantage que nécessaire.

Je la regarde encore. Elle est belle, cette fille. Des mèches sombres de cheveux soigneusement coiffés encadrent deux yeux marron au regard grave. Une bouche serrée, mince, sombre et impassible. Toute cette retenue pudique et irréelle. Cette gravité que j'aimais tant. Elle me fait craquer. Son regard franc et mélancolique pour répondre à mes airs de poseur, son doux bouclier de vêtements luxueux, recouvrant ce murmure hérétique de nudité et de désir. En crétin patenté, je lui offre le tribut malhonnête de mes yeux. J'aimerais lui sourire, mais je devine avec une rare sensibilité qu'une telle avance détruirait l'écheveau fragile de tristesse et de nostalgie qui nous unit à présent. Il est encore moins question de lui parler. Je ne peux violer la soumission silencieuse de ces yeux.

Je m'étouffe quasiment sur mes débilités au lyrisme mièvre. Quelle blague ! Un sans-abri tout visqueux et puant de la bite tente sa chance avec une très respectable et jeune beauté chrétienne ! Vive le grand style érotique ! Moque-toi de moi. J'adore ça et je le mérite.

Me voilà rendu plus humble. Mon bref accès d'euphorie gratuite cherche maintenant un voisinage plus agréable. La passion bizarre, invraisemblable, n'était pas une trop mauvaise chose quand j'étais plus jeune, mais elle est désormais synonyme de désastre. Je sens une heureuse confusion d'acrimonie et d'apitoiement débouler gentiment dans mon esprit. A bas les clopes, pensé-je, j'arrête.

Je m'éloigne en me frayant un chemin furtif à travers des groupes de vagabonds marmonnants. J'essaie de ne pas attirer son attention. Je ne veux pas qu'elle remarque l'ignominie de ma retraite. Je sors de la pièce en catimini et me retrouve dans un hall à l'odeur sainte et moisie. Au bout, par une porte ouverte, j'aperçois la rue, hachurée de lumière et ponctuée de stridences. D'un pas triste, je marche vers la sortie.

« Excusez-moi... attendez, s'il vous plaît ! »

Une voix féminine. Je pivote lentement sur mes talons. Et devine quoi, voici miss Yeuxbruns et Bouchemince en personne ! Elle est là, toute hésitante dans la pénombre ocre du petit hall. Les lèvres entrouvertes et le souffle court. Sa nervosité ne me surprend pas, je dois le dire. Au nom du Christ, où a-t-elle trouvé le courage de faire ça ?

Têtu, dans un silence d'esclave, j'attends qu'elle parle encore.

Elle sourit ingénument, dents blanches et parfaites brillant au milieu de sa peau éclatante de santé. Sa voix est claire et classe. Bon sang, comme j'aime ces saintes nitouches. Sa gêne devient contagieuse. Mon cerveau, peu habitué à ces ronds de jambe, se met à bourdonner et à bouillonner. Vise un peu la luminosité liquide de sa chair ! Dorlotée et follement belle. L'histoire des gentils parents et de la fille unique. Le temps et l'argent investis sur elle. Crois et prospère. Une adorable maman et un adorable papa. Leur adorable fille. Leur espoir et leur plaisir. Écoles et vacances l'ont formée. Et qui suis-je pour pinailler ?

Le silence se prolonge et grince aux limites de son élasticité. Elle parle.

« Vous partez ? »

Elle regrette aussitôt cette légère bévue, dieu la bénisse. Quand elle me regarde, sa beauté plaide souffrance et confusion.

Je suis un vrai salopard dans ce genre de situation.

« Eh bien oui... J'allais partir. »

Pas très glorieux peut-être, mais c'est ma manière à moi

d'être gentil. A cette fin, il faut mettre une sourdine à son intelligence et aux fleurs de la rhétorique. Question de politesse.

Elle sourit. Je préférerais qu'elle s'en abstienne, mais elle sourit. Pour ajouter à mon désir et à mon désespoir. Je me laisse couler discrètement : son inaccessibilité m'abandonne à ma souffrance.

« C'est plutôt moche, n'est-ce pas ? dit-elle.

— Oui, c'est moche. »

Elle baisse les yeux vers ma main occupée à serrer une cigarette.

« Ils offrent quelques cigarettes un peu plus tard. Vous ne voulez pas attendre ? »

Elle rougit heureusement de son audace. Son anxiété revient au galop.

« Je peux me débrouiller seul, merci. »

En pleine détresse, elle cherche l'insulte dans mes paroles.

« Je suis désolée. Ça ne me regarde sans doute pas.

— Non, sans doute que non.

— Je suis désolée, murmure-t-elle. Je ne voulais pas vous déranger. »

Comme toujours méfiant, je me maudis d'être un tel crétin. Un ange passe, gêné, puis elle sourit.

Je me sens un peu bête, figé dans ce hall obscur où le soleil n'entre pas, à échanger des inanités avec cette femme fabuleuse. De toute évidence, elle ne se sent pas très brillante non plus. Elle parle sans la moindre confiance.

« Je ne peux m'empêcher de penser que je vous ai déjà vu quelque part.

— J'en doute. Vous fréquentez beaucoup les sans-abri ? »

Embarrassée, elle s'interrompt, une lueur d'incompréhension passe dans ses yeux bruns. On devrait me pendre pour les conneries que je sors.

« Non. Mais je suis presque certaine de vous avoir déjà vu quelque part. »

Elle poursuit avec maladresse. Son visage crispé trahit ses efforts.

« Que faisiez-vous… avant… ah, avant de… ?

— Avant de devenir un vagabond, c'est ça ? »

Doux Jésus ! Cette fille est peut-être d'une rare beauté, mais le tact n'est pas son fort.

« Je suis désolée, je ne voulais pas dire…

— Certains naissent dans la misère, d'autres voient la misère leur tomber dessus.

— Pardon ?

— Euh… Rien.

— Je déteste que quelqu'un dise ça.

— Quoi donc ? “ Rien ” ?

— Quelque chose, puis rien.

— Vraiment, ce n'était rien d'important. »

Bon dieu, Oscar Wilde aurait été fier de moi ! Quel séducteur je fais ! Nous nous regardons avec l'expression de parfaits imbéciles. Son sourire papillonne brièvement, ma faim revient à la charge.

« Vous êtes donc de Londres ? demande-t-elle en désespoir de cause.

— Eh bien, j'ai vécu un moment à Tooting Bec, inventé-je au pied levé.

— Tooting Bec ?

— Oui.

— C'est bien.

— Pas vraiment. »

Ma réponse la scie, elle cafouille horriblement.

« Oh, je croyais que les pubs de Tooting Bec étaient pleins de poètes et de peintres.

— En fait, ils sont surtout bourrés de Noirs complètement défoncés.

— Oh. »

La pauvre chérie tente de remettre ce dialogue de fous sur les rails du bon sens et de la compréhension.

« De quelle région êtes-vous originaire ?

— Du nord. C'est pour ça que même Tooting Bec me fascinait.

— Vraiment.

— Bah, c'est assez tragique de vivre à Worksop.

— Worksop ?

— Oui, Worksop. »

Silence.

Je ne suis pas mauvais à ce petit jeu, tu ne trouves pas ?

A mon immense surprise, elle sort maintenant un paquet de Silk Cut King Size. Qui aurait pensé que ces chochotes chrétiennes fumaient ?

« Je meurs d'envie de fumer depuis le début de l'après-midi », dit-elle en poussant un soupir de conspiratrice.

Toujours sur mes gardes, je lui souris et elle m'offre une cigarette. Je jette mon mégot rabougri dans un vase tout proche contenant des fleurs séchées. Courtoisement, j'accepte son offre. Elle m'allume ma clope avant de me la tendre. Cette fille a manifestement vu tous les mauvais films. Néanmoins, son geste me fait tourner la tête. Ses splendides lèvres bien propres sur ma clope bientôt souillée. Mon odeur et mon aspect doivent être moins répugnants que je ne le pensais.

« Que faites-vous dans ce putain d'endroit sinistre ? Vous ne ressemblez pas à ces autres intrépides philanthropes. »

Je dis ça pour l'impressionner avec mon vocabulaire qui détonne sur les autres sans-abri. J'espère que ça marche.

« Je pourrais dire la même chose de vous et de vos camarades odorants restés là-bas.

— Peut-être. »

N'est-ce pas la limite ? « Peut-être. » Je suis cool, je suis chic. Je suis subtil, énigmatique. Et je patauge dans une mer de merde.

Elle aspire doucement la fumée dans ses poumons. Une fumeuse occasionnelle, de toute évidence. Je l'observe. J'ai rarement vu une femme fumer avec élégance auparavant et je n'en reviens pas. Je me rappelle les harpies aux ongles rongés de Belfast avec leur mégot de Regal tout taché pendouillant de leur lippe en forme d'arceau de croquet. A présent, c'est vraiment un autre sexe.

Soudain, un rayon de soleil très cinématographique franchit l'arche du seuil et se met à danser dans ses yeux. La lumière entre à flots dans le hall, la fumée brune se met à tourbillonner et à onduler autour d'elle. Je sens une brève larme de souffrance à l'extrémité de sa beauté. Sein mouillé !

« Je suis seulement ici parce qu'un ami m'a demandé de venir et que je suis curieuse, voilà tout. »

Je passe ma langue décapante sur mes dents cariées et je souris soigneusement avant de dire :

« Je suis venu ici parce que j'avais faim.

— Oui. »

Elle sourit à son tour, les yeux nimbés de l'indifférence de la beauté.

« Je suppose que j'ai encore gaffé. Désolée.

— Ne vous excusez pas. »

Mon sourire et mon charme conscient, affable. Je prends des habitudes de luxe.

« C'est Boggy ou Bogey, quelque chose comme ça, n'est-ce pas ? Je me rappelle que c'était un nom inhabituel. »

Son front se plisse sous le coup d'une concentration feinte.

« Je vous demande pardon ? couiné-je aussitôt.

— Votre nom. C'était quelque chose comme ça. Oh, je me souviens — Bogle. C'est ça. Votre nom est Bogle. »

Sa voix s'éteint, son visage rayonne.

C'est la meilleure ! Maîtrisant l'émeute de mon cœur attristé, je souris avec une urbanité étudiée.

« Non, je crains que non. »

Elle me lance un regard dubitatif.

« Vous êtes sûr ?

— Mais oui, comment en douterais-je ?

— Oui, évidemment... »

Un nouveau silence, pendant lequel elle doute et je flanche. Le soupçon généreux de la belle fait s'emballer mon cœur de rustre. Elle réclame son bien. Vous êtes en pleine confusion mentale, n'est-ce pas ? Moi aussi. Mon inconfort m'inquiète et sème la panique parmi mes pensées désordonnées. Peut-être travaille-t-elle pour le KGB... ou la CIA. Aujourd'hui ces salopards sont partout, ils recrutent n'importe qui.

Me voilà en train de mijoter dans mon jus répugnant tandis qu'elle m'observe avec une certitude croissante. A ma grande honte. Je ne veux pas que tu voies ça. Encore mes sales caprices d'auteur. Je me résouds, comme toujours, à précipiter ma sortie.

« Comment pourriez-vous me connaître ? Regardez-moi et regardez-vous. Mmmmm ? Vous voyez ? Nos chemins sont très loin de se croiser... » — je me reprends avec toute la célérité d'un rédacteur en chef — « ... sinon par la combinaison grotesque de générosité et de besoin que nous constatons ici. Vous ne connaissez rien aux délicatesses de la société des sans-abri et je parcours rarement les quartiers huppés de la ville. » Je marque une pause en savourant mes effets de manche. « Il n'est donc guère probable que nous nous soyons déjà rencontrés, n'est-ce pas ? »

Je suis très calme. Impavide, impressionnant. Je crois avoir réussi mon coup, du moins temporairement. Maintenant, la balle de l'embarras est indéniablement dans l'autre camp. Je regarde ses yeux à la beauté stérile. Un léger frémissement d'incertitude leur évite d'être glacés. Sur ce minuscule papillonnement, je fonde mes boniments juvéniles.

La fille pique un fard terrible qui lui sied à ravir.

« Vous avez peut-être raison », acquiesce-t-elle.

(Pfft !)

Ses mots provoquent en moi un brusque et violent accès de joie et de terreur incontrôlée. Cette rencontre aussi étrange qu'improbable me grise d'une soudaine bouffée de puissance profane. Sous les mille feux de son regard, je déborde d'un élan juvénile. Mes poumons se gorgent de son aura dorée. Moment d'extase et de virtuosité. Je suis comme ça. C'est une histoire de jeunesse.

Je regarde ses cheveux nimbés de lumière, ses yeux épiques, sa bouche de tragédienne. J'en reste pantois. J'aspire absurdement l'air entre mes dents pour inspirer les émanations fades et insatisfaisantes de sa cigarette ultralight. Mon visage baigne dans une brume vague et ocre. Je suis conscient de ma propre énigme naissante.

Je souris.

Six

L'homme insiste, exige. Dur et sûr de ses doléances, il la harangue sans relâche. Elle lutte pour ne pas pleurer et rester de marbre. Mais en vain. Elle lance des coups d'œil hagards aux spectateurs, moi compris. Elle a honte. Les jérémiades grinçantes de l'homme se font de plus en plus stridentes.

« Tu m'avais pourtant promis ! Tu m'avais donné ta parole ! »

Les larmes ruissellent maintenant sur les joues de la femme, bulles de sel silencieux. Pourquoi ne lui répond-elle pas ? Écrase ce salaud. Flanque-lui ton pied dans les roubignoles. Mais non. En tout cas pas en public. Je m'en mêlerais bien si je pouvais. Je jouerais pour elle au preux chevalier. Je frotterais bien les oreilles de ce connard. Je le ferais si je n'étais pas un sans-abri. Mais les choses étant ce qu'elles sont, je ne peux rien pour elle.

« Alors ? » exige-t-il, son costume luisant d'indignation.

Il semble être dans son bon droit, ce type. Il paraît sûr de ce qu'il avance. Il ne me plaît pas. Je n'aime pas ses joues bronzées rasées de près, sa chemise blanche impeccable, son argent bien visible, ses complications romantiques. Mais elle l'aime bien, ça se voit. Ses grosses larmes me le disent, son silence me le confirme.

« Alors ? » répète-t-il.

Elle fait un geste minuscule, une petite moue ridicule de mécontentement et de compromis. Un groupe de jeunes qui attendent le téléphone se mettent à ricaner ouvertement. L'homme hésite. Allez, je pense, ne gâche pas tout. Tu as gagné, vous le savez tous les deux. Souris. Laisse tomber l'indignation vertueuse et l'esprit de discorde. Tu n'auras pas besoin de faire un grand effort. Elle acceptera n'importe quelle excuse de ta part. Elle est à toi, l'admiration et le remords lui arrachent des soupirs. Ne gâche pas tout.

Tout à trac, l'homme se détourne d'elle et s'éloigne, ses talons agacés résonnant sur le pavé. Les jeunes ricanent encore, plus fort cette fois. La femme reste clouée au sol par la perte et le regret. Elle regarde autour d'elle, les joues luisantes de larmes. Ses cheveux dégringolent sur ses épaules voûtées et la dissimulent de leur mieux. Ses yeux rencontrent les miens, son regard est vide et épuisé. Sa bouche tremble convulsivement et révèle une faiblesse terrible. Mon pauvre cœur bondit dans ma poitrine et je détourne les yeux. Oh misère, il a tout gâché. J'ai essayé de lui dire, mais il a tout gâché.

Quand je me retourne vers l'endroit où cette scène vient de se passer, la femme a disparu. Je scrute toute la vulgarité de Leicester Square, mais je ne la repère nulle part au milieu de la foule changeante des badauds.

Leicester Square. Ce lieu est d'une excentricité monstrueuse. Partout, les cinémas avancent leurs formes anguleuses et des affiches géantes agressent l'œil. Le minuscule rectangle d'herbe et d'arbres est délimité par des piquets au centre de ce capharnaüm, tel un patient attendant son lavement sur le trottoir. Des centaines d'étourneaux se réunissent au milieu des airs dans un tumulte tapageur ;

les arbres filiformes ainsi que les bancs sont partout enduits de leur omniprésence noire et virevoltante. Il y a de la merde d'oiseau dans tout le secteur. Cette place est toute mouchetée d'excréments d'oiseaux britanniques et de culture yankee. Je crois que je préfère la contribution des volatiles.

Le soleil couchant darde de grands pans de lumière et d'ombre sur les obstacles des toits et des murs. Le froid revient une fois de plus. Badauds désœuvrés et citoyens pressés paradent d'un même pas traînant sur cette place — avec une lenteur sinueuse. Sur Leicester Square, personne n'a l'air à son avantage. Cette place n'est pas flatteuse. Ici, tout le monde ressemble plus ou moins à un déchet.

Beaucoup de gens très crasseux habitent Leicester Square. Pas tant des vagabonds confirmés que des jeunes sans-abri, des pickpockets en herbe, des prostituées amateurs et divers groupes scabreux de délinquants. Ils veulent apparemment ce que Leicester Square peut leur offrir.

Je ne suis pas un inconditionnel de cette place, mais l'endroit me convient pour souffler un peu. Je vais à Leicester Square parce que là même moi j'ai l'air respectable. Selon les critères en vigueur là-bas, je suis prospère, respectable et très chic. Il est parfois agréable de briller en société. Si l'étang est suffisamment petit, j'y fais volontiers une pêche miraculeuse. Ça n'a rien d'admirable, mais je pense que j'ai droit à mes petits plaisirs, à mes humbles satisfactions.

Après avoir décrit hier l'expérience nocturne du vagabond, j'ai maintenant quelques modestes choses à dire sur sa vie diurne.

Les heures du jour sont relativement simples pour le vagabond vivant parmi nous. Elles se réduisent aux conforts du sommeil, de l'alimentation et de la sociabilité. Les heures nocturnes, en revanche, ne sont que souffrance. Voilà donc une inversion édifiante de la pratique courante, quand c'est le soir qui apporte le bon repas, le délassement et les rapports sexuels, tandis que la journée est consacrée aux diverses formes du travail. Le travail est l'épreuve de l'homme, sa souffrance, l'équivalent le plus proche des horreurs nocturnes vécues par le vagabond. Inévitables, de rigueur, mais dépourvues du moindre charme.

Les journées du sans-abri sont surtout consacrées au sommeil. Siestes et sommes sont volés avec libéralité. (Curieusement, la journée la plus froide est toujours plus chaude que la nuit ordinaire.) On se sustente aussi pendant la journée. Par bonheur, les exigences culinaires du vagabond sont d'habitude fort modestes et directement liées à la quantité d'alcool qu'il ingère. Plus il boit, moins il a besoin de manger. Il y a toujours à Londres un bel échantillon d'institutions charitables désireuses d'apporter aux vagabonds le réconfort d'un repas. Un peu plus tôt aujourd'hui, tu m'as vu dans l'une d'elles. La bouffe n'est pas terrible, mais je n'ai pas les moyens de faire la fine bouche.

La sociabilité est un trait moins tangible des affaires quotidiennes du vagabond. Comme tu sais, ma connaissance du milieu n'est pas si ancienne que je sois vraiment qualifié pour m'étendre beaucoup sur ce sujet, mais je suis à peu près sûr que la compagnie de leurs pairs est un soulagement pour tous les sans-abri, un garde-fou contre leur isolement et leur rejet. Malgré tout, je ne pense pas qu'on y fasse ou qu'on y dise de grandes choses.

Le principal inconvénient de la journée du vagabond, ce sont ses problèmes de santé. Pendant la rigueur de la nuit, il est trop occupé à simplement survivre pour prêter beaucoup d'attention à ses dérèglements physiologiques ; mais lorsque arrive le confort relatif de la journée, il se retrouve à la merci de ses maladies innombrables. Les maux du sans-abri sont divertissants et rempliraient toute une encyclopédie. Je t'en parlerais volontiers, mais c'est vraiment trop dégoûtant.

Moi-même, je souffre de tout un ensemble de maladies. Je suis vieux, épuisé, perclus d'infections et d'incapacités. Mon état n'est guère brillant, mais je m'en moque. J'ai un problème de santé bien plus important, qui me prend tout mon temps.

Le cancer me fascine. J'ai une véritable admiration pour le cancer. J'en chie de trouille, mais je le respecte. C'est un maître exigeant et je crois bien le connaître. J'ai beaucoup réfléchi au cancer. On ne l'a pas diagnostiqué chez moi, mais avec ma toux et tout ce que j'expulse de mon pauvre corps, j'ai mes soupçons.

Simplement, le cancer est une vraie saloperie. Il ne ressemble pas aux autres maladies. Il n'obéit pas aux règles des médecins. Il triche. Les cellules normales sont de petites choses sans prétention. Elles ne foutent pas le bordel, elles ne cherchent pas la célébrité. Les cellules normales sont toutes semblables, bien obéissantes et démocratiques. Elles s'inclinent devant la bureaucratie du corps. Elles ressemblent aux Suédois. Mais les cellules néoplasiques constituent une espèce différente de microorganismes. Elles sont particulières, méchantes, laides et cruelles. Ce sont des vandales. Des cinglées psychopathes. Elles conviennent admirablement au désordre, à l'anarchie, au pillage éhonté du cancer.

Personne ne sait comment réagir à ces terroristes du corps. Personne ne sait pourquoi elles détestent si violemment la vie. Personne ne sait comment s'en débarrasser. Ce sont des guerilleros sans pitié, implacables et toujours victorieux. Elles font la nique à l'humanité. Elles nous acculent, le dos au mur.

Tu vas dire que je suis paranoïaque, mais ça m'inquiète. Depuis douze ou treize ans que je fume, j'ai réussi à griller pas loin d'un quart de million de cigarettes. Et je suis à peu près certain que toute cette tabagie ne m'a pas fait beaucoup de bien. Le cancer aime l'inattendu, il aime laisser un type qui en est à quatre-vingts par jour vivre jusqu'à quatre-vingt-dix ans. Mais je suis sûr qu'il ne résistera pas à une aubaine aussi mirifique que mon organisme.

J'ai des prémonitions bizarres sur le cancer. Je suis à peu près certain que, même si je ne fumais pas, il me choisirait quand même. J'ai toujours eu le sentiment d'être inscrit dans l'énorme livre des doléances et des objectifs du cancer. Avec une histoire autant marquée par la déveine que la mienne, la conclusion est inévitable.

Autrefois, le cancer me terrifiait. Ce n'est plus le cas aujourd'hui. De l'intimité ne naît pas le mépris, mais elle aide à dissiper l'horreur superstitieuse. Mon taux de pessimisme est élevé, celui de mes lymphocytes bas. Je rêve d'adénome, de leucémie et d'irritations rectales. Ma thyroïde me donne des palpitations, j'essaie d'oublier mon larynx. Spongioblastome, carcinome des cellules squameuses, pourrissement de la langue et de la mâchoire. Tout ça me fait frissonner et défaillir. Moi, ma moelle osseuse et mes tissus fibreux, nous nous barrons en couilles.

Le chrome, le goudron de cobalt, la suie, l'asphalte et les moutardes à l'azote m'inquiètent. Les hydrocarbones des Benson & Hedges, la fibre de verre des Marlboro et la fiente de vache des Woodbines me font également souci. Où que mes yeux se posent, rôde un agent cancérigène. Une rôtie grillée, pour l'amour du Christ ! Une putain de rôtie grillée ! Nous n'avons pas une chance sur mille de nous en tirer.

En rêve, je vois d'interminables rangées de néoplasmes skinheads, bourrés au cidre, beuglant des chansons et bousillant des cabines téléphoniques. Ils connaissent mon nom et ils veulent ma peau. Je constitue une arène séduisante pour les gladiateurs forcenés qu'ils désirent être. Ils sont là pour m'avoir et ils ne vont peut-être pas tarder à réussir.

Oh, les voilà qui arrivent, ces néoplasmes.

LES NÉOPLASMES
(d'une voix avinée)

Nous sommes les gars de Villemort
Originaires de Cancer Avenue
Contre les cellules nous sommes venus
Nous battre et les occire.

Les rayons nous font marrer
La chimio nous laisse de glace
Nous sommes les Fiers Incurables
Nous sommes Cancer, Pourri & Moisi.

Il y a la rage et le spina bifida,
L'épatante Hépatite et Parkinson ;
Nous régnons sur les vagues endocrines
Donnons des leçons à la médecine.

Nous sommes la plus grande maladie,
Notre taux de mortalité est imbattable.
La Polio vous rend infirme
Avec nous, c'est la mort garantie !

Fumez vos petites cibiches,
Mâchez vos rôties cramées.
Vivent les cancérigènes !
Ils vous auront à la sauce gribiche.

Alors faites gaffe au Mélanome,
Gare au Kyste Dermoïde.
Si vous rencontrez le Carcinome,
La mort arrivera rapide.

(Tu vois ce que je veux dire ? Ces gars-là sont des crapules.)

Quand on est hypocondriaque, autant être bien informé.

Comme tu l'as sans doute deviné, la mort et la décrépitude me hantent — toutes les deux. Chacune dans son attitude raide et dépourvue d'amour. Leur séduction nécrosée de cosse vide m'attire et me révulse. De tous les vices et de tous les pièges de la vie, je crois que la Mort est le plus gratuit et le plus immérité.

Tout près de moi, la cohorte des oiseaux du quartier se disperse subitement en piaillant de colère. De leur mêlée virevoltante en expansion soudaine, surgit un petit chat noir et blanc, impérieux, indifférent. Luisant et moucheté, il se dirige vers mon banc sur ses coussinets moelleux et élastiques. Il bondit sur mon siège et s'approche de moi sans peur. Je tends la main pour le caresser. L'animal marque un léger temps d'arrêt avant de décider de m'autoriser cette liberté. Il frotte son front au poil rêche contre ma paume. Il espère de la nourriture. Les chats m'aiment bien. J'aime bien les chats. Gentils chats. Minous malins. Pas comme les chiens. Sales cabots stupides.

Le chat ronronne régulièrement, son corps menu vibre avec un son rauque sous ma main. Je n'ai rien à lui donner à manger. Ses manifestations amicales n'en continuent pas moins et il frotte ses glandes faciales contre mon pouce. C'est un animal heureux, qui semble bien nourri. Je me demande comment il fait.

Houp là ! Je bondis sur mes pieds. Tout frissonnant, je m'éloigne rapidement du banc. Le chat noir et blanc saute à terre, sans trop se soucier de mon départ précipité. Je fonce comme un fou vers les toilettes pour hommes, à l'angle de la place. Je me hâte à travers les obstacles humains, je descends quatre à quatre les marches peu élevées qui mènent aux W.C. souterrains. Merde ! Des chiottes payants ! Je fouille frénétiquement dans ma poche de pantalon et en sors une pièce de dix pence que je donne au vioque obèse qui surveille l'entrée des gogues. Il lève sa barrière minuscule, la route des cuvettes de porcelaine est enfin libre. Évitant pédés en maraude et flics en civil, je réussis à pénétrer dans un chiotte inoccupé et puant. Enfin en sécurité dans mon réduit rance, je me penche et me prépare. Je jette un bref coup d'œil au papier toilette souillé et aux cigarettes détrempées qui nagent dans la cuvette crasseuse, puis je me mets à gerber.

Oh Dieu ! Voilà que ça vient. (Bleurgkh ! Splitch.)

Seigneur ! (Hrrnnggnnhh ! Splatch.)

Oh non ! Arrêtez, par pitié. (Whynjjcklth ! Splotch.)

Sur un ultime spasme de vomi splatché, je finis mon affaire et crache un gros glaviot brunâtre. Mes dernières sécrétions pendouillent de mes lèvres au bout d'un filament robuste et visqueux. Je crache encore et siffle et souffle. Je me passe la main sur la bouche, puis dépose sur le mur morve et glaires résiduels.

Ça va mieux. J'examine le contenu de la cuvette à la recherche de fragments d'intestins avant de tirer la chasse avec reconnaissance. Quand je ressors, la souffrance et le dégoût martèlent mon crâne. Un grotesque habitué des lieux me mate d'un air excité. Il croit sans doute que j'ai l'air suffisamment atteint pour m'intéresser à ce qu'il peut me proposer. Mais il se fourre le doigt dans l'œil. Je ressors à l'air libre, ravi de ne pas avoir fait trop de tapage et de ne pas m'être fait arrêter sous prétexte de baise pédérastique dans les gogues.

Une fois au grand air, je ne vois aucune utilité à cette fin de journée. La foule s'écoule autour du minuscule barrage de mon corps sur le trottoir. Je me retourne vers mon ancien banc. Il est déjà occupé. Un duo de vagabonds sacs à puces le squatte avec un sac en papier plein de chips molles posé entre eux. Ils se passent sans cesse une bouteille sans étiquette, remplie d'un liquide bleu, tandis qu'assis près de leurs pieds répugnants, le petit chat noir et blanc les observe avec attention.

Je pars d'un pas traînant vers Charing Cross Road. C'est un coin pourri, mais là-bas il y a au moins quelques librairies et leur atmosphère contrefaite d'érudition et de loisir. Je me satisferais volontiers de cette brève illusion de respectabilité. J'en ai marre de Leicester Square.

Je préfère ne pas te dire ce que je viens de vomir. Ce n'était pas très agréable. Ça fait mal. C'était horrible. Peut-être que ces néoplasmes effectuent déjà leur sale besogne en moi. En tout cas, ça en a bien l'air — et l'odeur.

Je crois que je suis peut-être en train de mourir. En un sens, je l'espère. Je veux dire, si j'ai survécu à ce genre de chose, alors la mort doit être fichtrement pire. Cette pensée m'inquiète. Je préfère me débarrasser du pire dès le début. Je n'aime pas les mauvaises surprises.

Toutes ces souffrances. Toute cette immolation intransigeante. Comment vois-tu ça ? Est-ce convaincant ? Séduisant ou irritant ? A quoi bon poursuivre mes épreuves ? Pour m'endurcir ? Pourquoi ne pas me la couler douce, au moins un moment ? Me mettre les doigts de pied en éventail ? Prendre un bain, mettre mes chaussons, tirer un fauteuil près du feu et piquer un petit roupillon ? Pourquoi ruer dans les brancards et bouder les plaisirs d'une existence confortable ?

Mais je ne les boude pas. Absolument pas. En fait, j'étais autrefois un champion vigoureux des plaisirs de la vie. Cela me semblait être la chose sensée, démocratique, à faire. Je ne crachais pas dans la soupe. Je ne recherchais pas l'excitation malsaine ni la souffrance pédagogique. Je voulais que mes progrès s'effectuent dans la soie, loin de toute douleur, loin de l'essoreuse draconienne des contingences de la vie.

Rien ne me dégoûtait autant que ces épisodes d'épreuves et de désintégrations auto-infligées (ou du moins subies) qui définissent les progrès personnels au vingtième siècle. Cette auto-destruction sans égale me semblait factice. Toutes ces contraintes pour aboutir à son propre désarroi et à sa capitulation. Poser des pièges dans ses propres tranchées. Cette fierté dans l'humiliation et les théories fumeuses. J'abhorrais la virtuosité de ces gens. La nouvelle noblesse de la dégénérescence : leur affreuse et inexplicable satisfaction. Ces conneries me flanquaient par terre.

Naturellement, je me trompais du tout au tout. Mes opinions vigoureuses se fondaient, comme d'habitude, sur des informations erronées. La souffrance, quand elle a la bonne fortune de vous épuiser, de vous lessiver et de vous réduire en chair à pâté, alors la souffrance se justifie. Elle devient sa propre raison d'être. Elle assume une certaine fonction, une forme particulière d'existence. Bizarrement, elle amuse et distrait. C'est un rôle comme un autre et, d'un point de vue dramatique, meilleur que certains.

Autrement dit, quand on touche le fond, la moindre consolation, aussi floue ou folle soit-elle, est la bienvenue.

*

Je suppose que je devrais te mettre au parfum sur ce qui s'est passé là-bas avec cette fille, cette gonzesse de l'organisme charitable. Impossible de m'en tirer avec une telle omission. Elle répétait qu'elle me connaissait. Chose évidemment impossible, compte tenu de ma dégradation scrupuleuse et du reste. Elle avait sans doute entendu l'un des vagabonds prononcer mon nom. Ou alors, c'était le hasard. Et sans doute était-ce un hasard particulièrement heureux ! Bogle, ce n'est pas Smith ; elle n'a pas pu deviner ça toute seule. Bon, je ne peux pas expliquer comment elle connaissait mon nom, mais qu'aucun soupçon ne naisse dans ton esprit. Jamais je ne te mentirais.

Bref, elle trouvait tragique que j'en sois arrivé là. Elle était atterrée, la pauvre chérie. Il lui semblait qu'elle devait faire quelque chose. De fil en aiguille, j'ai envisagé d'essayer de lui soutirer un peu de pognon. Mais je ne l'ai pas fait. Ç'aurait été gênant.

Elle dit qu'elle allait essayer de me trouver un endroit où crécher. L'une de ses amies avait une maison inoccupée à Enfield. Elle dit qu'elle tenterait de me l'obtenir. Elle me donna son numéro de téléphone et me dit de l'appeler lundi. Je n'étais pas obligé d'être un sans-abri, argumenta-t-elle. Je n'étais pas à ma place dans la rue. Et dès que j'aurais un endroit où habiter, je me remettrais bientôt sur les rails, quoi que cela veuille dire.

Alors, qu'en penses-tu ? Personnellement, j'ai mes doutes. Je veux dire, c'était très gentil de sa part de se décarcasser pour moi, mais j'ai la nette impression qu'elle en avait après mon joli petit cul, la coquine ! Il est hors de question de me prostituer. Je crois que je vais passer mon tour. Je peux très bien m'occuper de moi, merci beaucoup. Ouarf, ouarf !

Sept

Extérieur. Début de soirée. Sordides échoppes boueuses nichées dans le berceau inférieur de Covent Garden et de Southampton Street. Hordes de jeunes touristes déboulant des arcades vers la devanture du marché, bruyants et étrangers. La soirée pluvieuse ne semble pas diluer leur vivacité ; les teintes sombres du ciel brouillé, le brusque engorgement des caniveaux et les trottoirs inondés restent sans influence sur leurs singeries.

Comme tu vois, le temps est devenu merdique. Je le sentais venir.

Je regarde ce paysage noyé, bien au sec sur une des innombrables petites terrasses surfaites de Covent Garden. J'adore ce spectacle. Je savoure le fléau de ce ciel si bas. J'adore la pluie.

C'est complètement idiot. Quand il pleut, je dois en effet m'improviser un abri parmi les déchets et les détritus de la ville. La pluie n'est pas mon amie. La pluie ne me fait aucun bien. Néanmoins, en toute impartialité, j'admire la pluie. J'aime la manière dont elle emmerde tout le monde.

Cette sale petite averse me fournit un bon exemple. Il tombe des hallebardes, qui perforent la poussière et n'épargnent rien. Le ciel est obstiné, inhospitalier. Il dégonfle la baudruche trompeuse de ce crépuscule urbain en toc.

De nouveau, j'ai dormi. Le sommeil m'a pris sur ma chaise. Aucun doute : je me suis mis à ronfler et à gargouiller dans le remugle autonome de mon catarrhe, mais curieusement personne n'a eu le courage de me déranger. Les gens peuvent être gentils quand ils prennent le temps de réfléchir. Je me suis réveillé, brisé et triste. La douleur vrille mon dos brûlant. C'est la seule partie de mon pauvre corps qui reste à l'abri du gel, mais elle se rattrape sur le chapitre de l'inconfort.

Je change prudemment de position. Comme je ne remarque aucune hémorragie visible ni aucune partie de mon anatomie chue à mes pieds, je me félicite de la robustesse de ma santé. Je pêche une clope amicale parmi la saleté innommable de mon vieux manteau. Le paquet est tout déchiqueté, inutile. Il me reste deux cigarettes. L'une, déchirée au niveau du filtre, en pendouille grâce à un bout de papier têtu. Je retire le filtre et fume le restant. D'une certaine manière, c'est plus agréable sans filtre. Éliminer l'intermédiaire et tout le saint-frusquin. J'aspire l'âcre fumée du tabac frais et sens dans mon corps pétrifié cette vieille réaction de gratitude.

Assis à Covent Garden parmi la foule des bouffeurs de sandwiches, je suis au paradis. J'ai une table et deux chaises pour moi tout seul. Quatre tasses à café vides, souillées de traces de sucre, sont posées sur la table comme les stigmates du désespoir. Je les ai toutes vidées et la serveuse les laisse là pour me tenir compagnie.

La terrasse délabrée de cet estaminet vulgaire sert de cadre propice à la misère ocre et sordide qui flatte mon regard ravi. La pluie de plus en plus violente tambourine avec un cynisme savoureux sur les affreuses marquises de ce marché improvisé. Les gens se recroquevillent, s'emmitouflent, courent ou attendent. Leurs parapluies pâtissent de l'humeur blagueuse du vent et maintes coiffures alambiquées se voient défoliées en un instant cruel. Tout ça aurait pu être très agréable sans ce putain de froid. Je me frotte les mains pour produire un peu de chaleur. Saloperie de juin !

Quatre tasses de café ! Cette folie m'a coûté une livre soixante. Mais j'en avais besoin. Ce café était soudain vital. J'ai paniqué. Brusquement, après avoir vomi tripes et boyaux, il m'a semblé que j'allais mourir si je ne pouvais pas boire précisément quatre tasses de café. Et j'ai commandé très exactement quatre tasses de café. Une orgie de café. Que j'ai engloutie d'un trait. Avec délectation. Maintenant, je revis. Une fausse alerte.

Elles trônent là sous mes yeux, mes quatre tasses de café. Que j'ai reluquées. Mort de trouille. Les noms et les nombres sont tous mes péchés. Mon châtiment. Mon jour des tasses de café. Mon jour du jugement dernier. L'heure de vérité. Ensuite, après une brève euphorie, mes yeux se sont ouverts et j'ai compris ma bêtise, dans quel merdier j'étais.

La saleté et la misère clownesque de ma petite existence minable. Je lis ça dans le marc de café. Aujourd'hui, je ponds des formules profondes treize à la douzaine. Tout ça dans un quartet de tasses de café.

(Tout le monde a ses jours de congé.)

Le ciel crache. Le trottoir est tapissé de la bouillasse dégueulassoglissante d'un jour d'école pluvieux sillonné par un gamin. La patine de crasse et de graisse est si traîtresse qu'un gros flic en vadrouille glisse et manque de se ramasser. Il n'y a pas de rires, ni furtifs ni autres.

Pluie. Pluie, dure et froide. Des flocons de boue grise et sale maculent trottoirs et murs. Tout est huileux et mobile, fluide et ruisselant.

Comme tu l'as peut-être déjà deviné, c'est le temps idéal pour relater mon histoire. La boue est parfaite, la pluie tombe à point, l'intempérie reflète mon humeur. C'est le trucage sinistre, dans toute sa splendeur lamentable et merdique !

Parce que.

Voici le morceau que j'ai du mal à digérer. Voici le moment de la tristesse. Le moment de peaufiner ma petite tragédie. L'instant crucial où je dois éveiller ta sympathie. Le passage à l'eau de rose. Le problème romantique. Le Dilemme de Deirdre. Mon plus sale moment.

Surmontant l'absence de mon adolescence, je continuais donc à trimer, à me décarcasser, à maigrir et à improviser. Les temps étaient durs, mais j'étais plus dur encore. J'admirais ma ténacité. Avec des mains attentives de jardinier, j'entretenais résolument les diverses plaies qui entamaient mes épaules. Dès qu'un grief me manquait, je le cultivais. J'essayais de toutes mes forces d'être amer, humilié et rancunier. Dans une certaine mesure et non sans quelque raison, je réussis. J'empilais mes doléances comme autant de pièces de monnaie, je comptais et recomptais mon magot d'infortunes durant maintes soirées avaricieuses. Je souffrais comme un damné ; un jour, quelqu'un paierait pour tout cela, et jusqu'au dernier sou. Cette pensée me ravissait littéralement. Elle me poussait vers l'obstination, la méfiance et la survie. La vengeance est excellente pour l'auto-discipline.

Mon problème était que mes griefs et mes ressentiments restaient pour l'essentiel sans objet. De toute évidence, quelqu'un me voulait du mal, mais c'était un être désincarné, un être qui n'avait ni numéro de téléphone ni une fille que j'aurais pu violer. Le destin était mon ennemi juré et je n'avais aucun espoir de riposter. Quand je lançais un coup de pied contre cette crapule, elle me le renvoyait aussitôt. J'étais les latrines privées et réservées d'un Malheur atteint de dysenterie. Les coups de malchance, les cruautés, les terreurs, les épreuves et les désastres s'abattaient de toutes parts sur moi. J'étais assailli en permanence par les calamités d'un film burlesque. Mes mésaventures étaient alternativement insouciantes, audacieuses, complexes, prévisibles, étonnantes, misérables, pathétiques, épiques, invraisemblables, recherchées, improvisées, nécessaires, futiles, sournoises ou virtuoses. Mon portefeuille était dégarni, ma cote en chute libre.

D'habitude, je me réconfortais en me disant que ça ne pouvait pas être pire. Mais je me trompais à chaque fois. On aurait parié sans risque sur la ponctualité obscène de mes déboires. J'avais des crises de fou rire en constatant que mes réserves de malchance étaient inépuisables. Je m'allongeais et jetais l'éponge. Je me relevais et repartais au combat. J'acceptais humblement, je résistais sauvagement. Je consultai une assistante sociale et un exorciste. Tous deux considérèrent mon cas comme désespéré. Le malheur se trouva bientôt à court de coups durs à m'infliger. Brièvement, je devins optimiste. Le malheur retourna à la case départ et recommença son œuvre. Je devins chauve, ridé, impuissant. Les amis s'enfuyaient en hurlant dès qu'ils m'apercevaient dans la rue. Mes revers défiaient jusqu'aux lois des probabilités, ainsi que le prouvèrent plusieurs éminents mathématiciens. Des humanistes firent des dépressions nerveuses à cause de moi ; des théologiens citèrent mon cas comme une preuve de l'existence de Dieu, même si j'en incarnais une assez paradoxale. Je devins incontinent, nihiliste, perclus de tics.

Ma situation empira.

Non que je fusse entièrement privé de personnages en chair et en os que je pouvais remercier chaleureusement et sans raison. Tauliers et gérants de pubs étaient pour moi synonymes d'exploitation et d'humiliation. Les parents de Deirdre firent aussi l'impossible pour m'écraser et me détruire. Ils engagèrent des détectives privés, envoyèrent des lettres de dénonciation anonymes à mon école et posèrent des bombes dans ma salle de bains. Les trucs classiques des beaux-parents. Oui, ils se montrèrent absolument infatigables dans leur haine, mais jamais ils ne me causèrent beaucoup de soucis, ces pauvres gens laids et vulgaires.

Les coups bas inconscients de leur adorable fille furent infiniment plus cuisants. Son intolérance désinvolte et sa prospérité inconsidérée me flagellaient en douceur. Pendant que je mourais de faim et perdais mes forces, elle devint potelée, dodue, rondouillarde. Alors que mes chaussures se virtualisaient, elle recouvrait son anatomie banale de vêtements sans cesse plus luxueux. Elle avait un joli petit compte en banque bien rondelet tandis que je classais dans un mince album les photographies de tous les billets de cinq livres que j'avais jamais vus. Petit hiatus douloureux. (Ne le sont-ils pas toujours ?)

Le panier-repas quotidien de Deirdre contenait davantage de calories que l'une de mes meilleures semaines, mais elle ne trahissait jamais la moindre conscience de cette disparité gênante et s'attendait de toute évidence à ce que je lui retourne sa discrétion. En parfait crétin que j'étais, je gardais bel et bien un silence diplomatique absolu sur les horreurs grotesques que j'endurais. Ni l'indignation ni la controverse ne faisaient frémir mes lèvres agréables. Quand je m'évanouissais ou que je vomissais accidentellement l'herbe que je venais de mâchonner, j'expliquais ce contretemps comme un trou supplémentaire dans la misérable chaussure de mon existence.

Lorsqu'on mène une vie confortable, prospère et satisfaite, les mésaventures atroces d'autrui engendrent le pire embarras. Je ne le savais que trop. Je ne voulais pas jouer les rabat-joie.

Deirdre était mon amour, ma vie, mon tout. Elle incarnait mon réconfort, mon espoir et mon pire handicap. En écervelé sentimental, je me noyais dans une passion aveugle. Pour la romance j'étais encore immature, mais je refusais de croire que Deirdre pût être autre chose pour moi que la fin de toute quête érotique. J'étais un veinard. Tout me paraissait possible avec elle à mes côtés. Sa silhouette corpulente me bouchait toute perspective d'un avenir indépendant. Si jamais mes pensées rebelles s'attardaient sur sa bêtise, son avarice ou son égoïsme, cela ne durait qu'un instant d'égarement. L'ordre régnait bientôt. Ma petite chérie ne pouvait mériter pareille calomnie — du moins de ma part. A mes yeux elle était la lumière, la beauté, la force et le repos. Jamais je ne pensais qu'elle pouvait être une calamité, une plaie, une peste.

(Le satiriste doit connaître la folie et les vices qu'il vilipende, mais il doit éviter l'hypocrisie et la supériorité morale. La satire a une fonction : enrayer la folie et le mal, stimuler l'esprit de réforme. Elle doit être corrective et non vindicative. C'est une arme qui dégonfle et qu'il faudrait seulement utiliser contre la sphère mondaine.

Mais est-ce bien vrai ? Est-ce vraiment tout ? Je ne le crois pas.

Nous sommes tous victimes de la satire. Nous souffrons des piques, des sarcasmes, des remarques ironiques et du ridicule. Le cynisme, l'invective et l'esprit sardonique empoisonnent nos actes. Le problème de nos épreuves, c'est qu'elles sont malicieuses, moqueuses, et qu'elles frisent la parodie. Un drame ou une tragédie nous mettrait au moins dans un état agréable, le temps que nous l'endurerions. Mais non, l'ignoble satire ne nous lâche pas. Elle nous éclabousse dans tous nos actes et, sur nos désastres, appose le sceau de son opprobre farcesque. L'ironie et le ridicule mordent profond et souvent. Nous sommes un plat de choix pour dame Moquerie.

Ce qui revient à dire ceci : au pire, nous sommes une blague ; au mieux, une litote.)

Ma dix-huitième année ne fut pas une bonne année. Toute une série de coups durs s'abattirent sur moi cette année-là. (Pour Maurice non plus, ce ne fut pas une année éblouissante, car cette année-là il passa de vie à trépas.) La mort de Maurice fut seulement l'une des tuiles de cette saleté d'année. Toute une pluie de calamités diverses s'étaient déjà abattues sur moi, mais l'une d'elles dépasse de la tête et des épaules toutes les autres épreuves que j'ai endurées cette année-là. Écoute.

Le 17 février de ma dix-huitième année, je travaillais comme d'habitude derrière le bar de la Shannon Inn pendant la pause du déjeuner à l'école. Cette heure de la journée au Shannon était mon cours le plus intéressant. Un spectacle superbe. Vieillards couverts de vermine et de loques, commençant tout juste à se sentir de nouveau humains après les premières heures de leur journée au biberon du pub. Brouhaha lointain de voix déprimées, planquées et étouffées dans la pénombre des box. Terne enveloppe de fumée et d'émanations délétères pesant lourdement dans l'atmosphère rancie du pub. Quelle rigolade !

Tom Mullen, mon employeur répugnant et hargneux, me dit qu'il y avait quelqu'un dehors qui voulait me voir. Mullen était furieux. Il ajouta qu'il ne me payait pas en espèces sonnantes et trébuchantes pour que je traîne dehors avec mes potes. Évitant ses imprécations maladroites, je filai dehors. Je constatai alors que c'était le père de Deirdre qui m'avait mandé. J'en restai coi. Ce n'était pas un grand copain, encore moins l'un de mes fans. Il avait l'air renfrogné. Quand il se tourna vers moi, je vis que son visage n'annonçait aucune bonne nouvelle.

Il me dit une chose affreuse. Il m'apprit une nouvelle vraiment très désagréable. Elle me frappa de plein fouet, avec la rapidité de l'éclair. Je craquai. Mais l'intelligence et la chance me firent trouver aussitôt la parade idéale. Je me saoulai — sur-le-champ. Je me saoulai à mort.

Apparemment, Maurice me retrouva plus tard le même jour, endormi sur l'autel de la chapelle de l'école, de manière assez sacrilège. J'avais sur moi deux bouteilles de whisky en renfort, au cas où Sobriété aurait tenté une contre-attaque. J'étais rond comme une queue de pelle, mais je ne voulais rien savoir. Il y avait beaucoup de choses auxquelles je préférais ne pas penser.

Maurice s'étonna de découvrir en un tel lieu son copain à la sobriété jadis proverbiale, mais à présent saoul comme un Polonais. Il tenta de découvrir ce qui m'ennuyait à ce point. Beaucoup de temps et de patience furent nécessaires, ainsi que quelques panégyriques de ma personne intolérante avant qu'il n'apprenne la vérité. Je dois porter à son crédit que même Maurice fut choqué. Ce fut du moins ce qu'il me dit ensuite. Il ne s'était pas attendu à une chose pareille. Et ce fut sans doute très gênant pour lui.

Le père de Deirdre m'avait annoncé que sa fille venait de faire une fausse-couche. C'était, selon toute vraisemblance, la conséquence d'un avortement clandestin bâclé qui avait eu lieu quelques semaines plus tôt. Deirdre, semblait-il, avait bien failli mourir. Elle était restée longtemps dans un état critique, comme on dit. La saloperie habituelle — la fausse-couche, j'entends. Autrement dit, on avait expulsé le fœtus non désiré et haché menu avant de le déposer dans la cuvette des toilettes familiales. Pas très joli, tout ça. Je crois que tel fut sans doute le petit détail affreux qui me fit basculer. Je vis l'ignoble avorton en train de mourir dans les toilettes, s'accrochant aux parois en porcelaine de son cercueil de pisse diluée d'eau, membres et membranes précieuses tout de guingois. Comme un billet de cinéma. Pauvre gosse, pensai-je. Même si je me dis aussitôt que ce terme ne convenait pas. Pauvre machin-chose, donc. Ce point, je m'en souviens, me frappa comme étant digne d'intérêt. Une difficulté sémantique.

Oh, ça m'a bien abattu. Attristé et déprimé, que j'étais. La douleur, le désespoir et la honte m'ont tenu compagnie pendant tout le week-end. J'étais tellement effondré et bourré que j'en ai oublié de dire au père de Deirdre que je ne portais nullement la responsabilité de cette obscénité. Je n'avais pas fait la moindre tentative pour la baiser après mon échec initial dû à mes scrupules. J'ai tout bonnement oublié de lui dire que c'était la faute d'un autre, et non la mienne. Je n'y ai pas pensé et, comme il m'avait accusé de cette fertile incartade, Deirdre avait bien évidemment omis d'évoquer mon innocence.

Je fus affreusement triste ; car, si je ne l'avais pas sautée, c'était par considération mirifique pour sa chasteté et à cause de mon respect juvénile pour sa virginité. Je dois dire, rétrospectivement, que je me suis vraiment fait avoir jusqu'à l'os sur ce coup-là !

C'étaient ses souffrances qui me torturaient la plupart du temps. Elles me coûtèrent très cher. Horrifié, j'étais. Toute cette stupéfiante affaire me fit vomir et, à cette fin, mon ébriété m'aida considérablement. Maurice, mon splendide camarade, fut très secoué lui aussi. Pour une raison grotesque, l'humour de ma situation me frappa tout à coup et très violemment. Mon abjection était criante, ridicule. Mon acceptation de la faute ; mon ignorance de cocu ; la faiblesse de mes bonnes intentions et ma pitoyable casuistique. Je m'offris une bonne crise de fou rire, crois-moi. Mais ma joie était maigre et forcée tandis que mon rire retentissait dans la petite chapelle. Maurice fut bien entendu révolté par mon comportement. Il ne voyait pas ce qu'il y avait de si drôle.

J'aimerais pouvoir décrire avec précision l'horreur de mon état (et peut-être aussi l'horreur que Deirdre traversait sans doute à ce moment-là). Mais c'est difficile. Je ne suis pas vraiment à la hauteur de la tâche. Je me suis tout simplement écroulé. Désintégré. Effondré pour tout l'été. Ma tête se réduisait à une éponge gorgée de morve et de douleur sanglotante ; d'énormes gouttes de sang et de désespoir suintaient de mon cœur. Menacé par les larmes et la souffrance, je capitulai devant la haine insurmontable de mon destin. Je bus comme un trou. Sans soulagement ni joie. Le seul désespoir constituait mon ordre du jour. En pareils moments, il est difficile de trouver le ton juste. Je glissais, je sombrais, je disparaissais.

(Ah, la satire est une salope ! J'espère qu'un de ces quatre, la satire va en prendre pour son grade.)

Le week-end qui suivit ma découverte des ennuis gynécologiques de Deirdre fut tout sauf une partie de plaisir.

Je consacrai mon vendredi soir à écluser les deux grandes bouteilles de Pernod que j'avais réussi à ajouter à ma récente collection d'alcoolique. Je consacrai le plus clair de mon samedi à essayer de repêcher mes organes vitaux les plus indispensables dans le vomi pourpre qui jaillissait de manière incontrôlable hors de ma gorge en feu. Le dimanche, je tentai de me trancher cette même gorge avec un coupe-papier émoussé, mais j'étais trop saoul pour réussir même cela. Néanmoins, je m'entaillai copieusement la chair. J'étais hagard, horrifié, atterré. Je versai des larmes amères et brillantes sur la fenêtre sale de mon affreux gourbi. Je versai aussi de pleins bols d'un sang âcre. Oh, l'un dans l'autre, ce fut un mauvais moment.

Eh oui, tout s'était sacrément barré en couilles. Ma vie filait un mauvais coton. La vie est ainsi : elle aime manifester sa versatilité. C'est ce que j'aime dans la vie : sa frime ostentatoire et sans scrupules.

Je traversais une mauvaise passe. J'habitais un terrier microscopique bourré de tous les éléments intéressants et voraces du monde des insectes et des bactéries. Je travaillais trente heures par semaine à récurer des planchers de pub pour quelques pièces de cuivre qui payaient mon loyer exorbitant, et ma petite amie venait de faire une fausse-couche, dont la semence n'avait été ni mon labeur ni ma joie. Pauvre vieux Bogle, il a toujours eu les souffrances avec le plaisir.

Et n'ai-je pas supplié les dieux à grands cris pour qu'ils m'accordent un minimum de justice et d'indulgence ? J'avais à peine dix-huit ans, je sentais que je méritais une considération particulière. Tout en bavant, bafouillant et saignant de la bouche, je plaidais mon innocence, mon caractère inoffensif, ma pauvreté, ma jeunesse, ma mortalité. Tout ça en vain, putain ! Je gaspillais ma salive. Je n'aurais jamais dû m'emmerder avec ça.

A partir de ces débuts peu brillants, ma situation ne cessa de se dégrader. Deirdre se mura dans son silence, refusant de reconnaître que je n'avais nullement contribué à sa grossesse malheureuse. J'avais peu de chances de redorer mon blason, mais curieusement je ne me souciais guère de prendre sur mes épaules cette culpabilité. En comparaison des autres calamités qui envahissaient mon existence, la culpabilité et la honte restaient des broutilles. L'alcoolisme envahit ma vie. J'achetai un maillet en caoutchouc pour enfoncer les bouchons et je me mis à la bouteille. Cela m'aidait quand je perdais les pédales. C'est-à-dire en permanence. Picoler et encore picoler. Ma misère s'exprimait sous forme liquide.

Travailler dans des pubs constituait un grand avantage. Mes réserves d'alcool étaient quasiment illimitées et, à mesure que mon goût et ma tolérance augmentaient, mes beuveries devinrent plus audacieuses. Je quittais mon travail, des bouteilles plein mes bras roublards, et je me préparais joyeusement à affronter les terreurs de mes nuits d'insomnie. Comme je glissais toujours plus bas vers la fange de ma dégradation, mon ébriété et mes vols de plus en plus fréquents pendant mes heures de travail devinrent difficiles à ignorer. Je fus bientôt viré de tous les pubs où j'officiais (une quarantaine, désormais). Comme il se doit, Tom Mullen fut le premier à me donner mon congé. Il m'accorda aussi la bénédiction de son cœur généreux et convainquit ses deux énormes malabars de fils de me flanquer une raclée maison. Ces deux engins décérébrés s'en donnèrent à cœur joie. Ils me piétinèrent le crâne avec vigueur et virtuosité, m'occasionnant dix-huit points de suture dans le cuir chevelu, une clavicule cassée, un traumatisme et trois côtes enfoncées. (Tu sais, je n'ai jamais aimé cette famille Mullen.)

Aucun de ces incidents ne me fit renoncer à picoler. Je

vendis les quelques bricoles encombrantes que je pouvais vendre. J'empruntais aux amis comme aux ennemis. Je me décarcassais pour trouver l'argent nécessaire afin d'assouvir ma soif fébrile d'alcool.

A son tour, mon logement devint problématique. Je ne prenais même plus la peine de déguiser les tristes effets de mon intempérance. Alors que je dégringolais l'escalier vicié et nauséabond, ma dernière harpie de proprio me flanqua à la porte. Une fois encore, je me fis rosser — par les fils de la proprio, cette fois-ci. Bien que moins corpulents que les rejetons Mullen, ils étaient infiniment plus inventifs et ils me firent vraiment passer un sale quart d'heure. (Pourquoi ces gens paraissent-ils toujours avoir une progéniture mutante et psychopathe ?) La palette kaléidoscopique de mes contusions, luxations, dislocations et autres hémorragies s'enrichit de nuances inédites. Mes os fracturés et attristés offraient toutes sortes de dégâts et de souffrances. (Ah, mes os pimpants, mes os poignants !) Ils étaient simples, composés, partiels, complets ou linéaires, longitudinaux, obliques, spiralés, déplacés, concassés, transversaux, articulés, inter- et extra-capsulaires, et ils me faisaient un mal de chien ! Cette harpie hommasse à voix de stentor s'appropria le restant de mes biens pour récupérer un loyer que j'avais bu. Je ne me souciai même pas de me plaindre, et puis j'avais trop mal aux os.

Terrifiant, non ?

*

Pendant environ un mois, je continuai d'aller à l'école pour quelque obscure raison. Je ne vois pas quel avantage j'aurais pu en tirer, car mon apprentissage respectueux de la dipsomanie me prenait le plus clair de mon temps ;

mais le fait est que je continuai d'aller à l'école. L'impulsion pédagogique était sans doute toujours très forte dans mon cœur défaillant. Mes excès déroutaient la plupart de mes camarades, qui adoptaient néanmoins envers moi une attitude de sympathie. Seul Maurice connaissait la cause de ma détérioration progressive et il gardait ce secret bien caché. (A cette époque, lui-même connaissait quelques petits ennuis gratinés, largement liés à sa mort imminente.) Spotty McGonagle ouvrit des paris sur mes chances de durer jusqu'à la fin du trimestre. Bien que coté à cinq contre un, je recevais beaucoup de soutien moral. McGonagle se fit des couilles en or. (Il me refila en douce plusieurs bouteilles de gin pour améliorer encore ses chances. J'avais toujours su que McGonagle irait loin.)

Ce n'était pas facile pour eux. La plupart étaient les fils de la prospérité catholique et je me transformais à vue d'œil en vagabond et en pochetron. Ils se sentaient évidemment dans une position inférieure et ils étaient désireux de me plaire. A leur manière limitée et stéréotypée, ils se mettaient en quatre pour m'aider, mais je persistais apparemment à leur dire d'aller se faire foutre. Je me bagarrai même contre un ou deux d'entre eux, dont Maurice. J'étais au mieux un crétin buté et mon ébriété nourrissait mon obstination. Je ne pouvais pas ou je ne voulais pas être aidé, mais mes camarades charitables insistaient, les fieffés imbéciles !

Je m'évanouissais pendant les cours, je passais un temps prodigieux de chaque journée d'école à essayer de vomir mes intestins dans les urinoirs pestilentiels des chiottes des sixièmes. « Rétameur » O'Halloran piqua un seau en ferblanc chez le croquemort et ils se le passaient pour me suivre avec ce réceptacle destiné à mon dégueulis bestial.

Au début, le corps enseignant ignora furieusement mon comportement et, malgré mon hostilité, mes pairs réussirent fort bien à dissimuler mes folies les plus spectaculaires. Ils me confisquaient la kyrielle de bouteilles et de flasques que j'apportais d'habitude à l'école. (Malin comme je suis, je réussissais toujours à en planquer une ou deux en sécurité. Elles étaient trop grosses pour que je me les fourre dans le cul — je le sais, j'ai essayé —, mais j'avais plusieurs cachettes secrètes dans les vestiaires de l'équipe d'athlétisme, que je réapprovisionnais régulièrement en prévision de mes urgences.)

Quand j'étais trop ivre pour tenir debout, quelques-uns de mes condisciples me traînaient dans les douches et, après avoir encaissé plusieurs coups de poing bien sentis, ils me remettaient un peu de plomb dans la cervelle. Un jour, ils me rasèrent même une barbe de trois semaines, tout asssombrie de crasse... en me coupant méchamment dans l'affaire, mais leur intention était bonne.

Ces types m'ont quasiment remis sur pied ! A la réflexion, je suis presque ému par leur ralliement unanime autour de moi. Car à l'époque, leur attitude me déplaisait profondément.

Inutile de le dire, je devins bientôt beaucoup trop répugnant pour qu'on continue de m'ignorer. Le collège ne pouvait plus fermer les yeux sur mes frasques de plus en plus outrées. Le vieux Pire Paf fut mis au parfum. Avant même qu'il n'ait eu le temps d'exercer sa sagesse canonique, j'avais déjà franchi le stade où j'étais trop rétamé pour me rappeler à quelle école j'étais supposé me rendre. Un problème de moins.

Eh bien, messieurs dames, que puis-je ajouter ? Ce fut une époque sombre. Très sombre. Mon déclin ne s'arrêta pas en si bon chemin. Mon déclin prospéra, mon déclin fit des petits, il proliféra et se mit à exécuter des pompes pour rester en forme. Sans argent ni foyer, j'élus domicile dans les rues (mes amies espéciales). Mes yeux s'obscurcirent et toute fierté m'abandonna. Je n'essayai pas de faire semblant, cette fois. Je me fichais de savoir qui contemplait ma dégradation et je dormais où je pouvais. Fantôme, je hantais les rues infectes et puantes de Belfast et je détournais mes yeux pâlissants du moindre espoir. D'autres vagabonds et d'autres poivrots se mirent à composer ma société exclusive, mon corps à la peau soyeuse se mit à accueillir la crasse et la vermine. Mes dents pourrirent et s'encroûtèrent et, bien qu'aiguisé par l'amertume et la souffrance, mon cerveau pourrissait lui aussi. Mes plaies restaient à demi soignées et ma santé piqua du nez à une vitesse affolante. Deirdre ne me hantait plus désormais. Dieu que j'en bavais, malgré ma jeunesse ! Ma vie semblait déjà terminée et, à ma façon crétine et sans joie, je me vautrais dans la misère infecte de mon avenir. Tout était foutu. Moi, Ripley Bogle. Bogle la Blague. Monsieur Incomplet. Foutu jusqu'à l'os !

Un autre instantané ; une autre image pour mon album. Afin d'extraire la substantifique moelle de toutes ces années. C'était moi. En polaroïd. Dans la dèche :

Voûté, tordu, les genoux couverts de pièces, il patauge dans les flaques d'eau. Un mackintosh en plastic toc, trop grand de trois tailles et au dos recousu, drape sa silhouette informe et bossuée. Il porte un haut de pyjama bleu tout froissé en guise de chemise et de veston. Un pantalon d'écolier, déchiré et taché de boue, dissimule ses jambes étiques. Ses chaussures bâillent. La semelle détrempée bat contre ses pieds, répugnants et sans chaussettes, et ses orteils incrustés de crasse. Ses mains sont tout engluées de saleté. Ses cheveux sont hirsutes et gras, son menton défiguré par un chaume piquant et des filets de bave à moitié secs. Son visage est ravagé et tendu. Son nez couvert de morve, ses joues creuses, son front ridé et ses yeux ternes. Tout est taché, en voie de décomposition. La puanteur de sa propre pisse clairette l'entoure. Il gueule et défie le monde. Malgré sa tête engourdie et son cœur pétrifié, il est heureux, saisi d'une joie soudaine, certaine. Il sent l'amitié du soleil et de la lune, il rit en compagnie des étoiles.

Maurice me découvrit environ quatre mois plus tard, endormi sous un banc du Jardin botanique. A force de me promettre grande abondance d'alcool si j'acceptais son offre, il réussit à me convaincre de m'installer dans une pension relativement saine de University Street. Là, il me nettoya de son mieux. Je suis enclin à penser que ce ne fut pas une tâche aisée. Selon le jeune Maurice, j'étais horriblement sale, incrusté dans mes propres détritus, assaisonné des obscénités innommables des rues et de tout ce que vous pouvez imaginer. J'ai sans doute constitué un authentique papier-tournesol pour la philanthropie de M. Kelly. En tout cas, il m'offrit et me refila une pleine bouteille de Bells (La Mecque, le ciel, White Hart Lane !) et ainsi amolli, je m'endormis bientôt.

Maurice resta avec moi cette nuit-là. Il pouvait difficilement me ramener chez ses parents dans cet état. Je suppose que ses parents s'attendaient d'habitude à ce que les camarades d'école de leur fils se comportent à peu près comme ce dernier. Il ne pouvait pas davantage me laisser tout seul, au cas où j'aurais pris la poudre d'escampette ; il resta donc. Il eut le bonheur de dormir par terre et de m'entendre gargouiller, gémir et péter pendant toute la nuit.

Naturellement, la proprio manifesta violemment son désaccord dès le lendemain matin. Elle nous soupçonnait bien sûr de la pire espèce de débauche. Ce pauvre vieux Maurice dut affronter la harpie volubile et supporter une longue tirade vertueuse entrecoupée d'injures, avant de pouvoir me faire sortir de la chambre. J'étais évidemment en pleine forme et je proposai généreusement de sauter cette vieille peau pour lui prouver l'excellence de mon hétérosexualité.

Maurice finit par m'arracher à ses griffes et il m'entraîna (bouteille en main) vers St Malcolm. Il me dit que c'était jour d'examen et que nous devions nous soumettre à des « contrôles ». Apparemment, cela ne me fit ni chaud ni froid. Néanmoins, pour manifester ma détermination, je m'allongeai aussitôt à plat ventre sur le trottoir et refusai carrément de faire un pas de plus. Les « contrôles » pouvaient bien aller se faire voir.

Ici, Maurice commit l'erreur de héler un taxi, dont je souillai bientôt la banquette arrière avec mon vomi incolore de whisky pur. Naturellement, le chauffeur protesta et Maurice dut se séparer d'un billet de dix pour que le mécontent accepte ses excuses. Nous avons marché pendant le restant de la journée.

Ce n'est pas sans une certaine fierté juvénile que j'affirme que mon apparition à l'école pour la première fois depuis des mois fut l'un des événements les plus marquants des dernières années. Un véritable coup de théâtre. On me traita avec délicatesse, avec un respect légèrement terrifié. Quelques sixièmes perspicaces me demandèrent même un autographe.

Ce fut une belle surprise quand, malgré mon état aussi lamentable que méprisable, on me permit de participer aux examens. Père Pif oublia plusieurs articles du règlement et me fit le cadeau somptueux de pouvoir entrer dans la salle d'examens. J'y allai. Je m'assis. Je pris un stylo emprunté et finalement, après un somme d'une heure, je me mis à écrire. Maurice n'en revenait pas. Il croyait m'avoir sauvé de moi-même ou quelque chose comme ça. Il se trompait. Je rédigeai un essai étonnamment brillant, une critique vitriolesque des examinateurs de tout poil, puis je m'éclipsai promptement pour rejoindre l'état de vagabond, au grand désespoir de Maurice. Triste, certes, mais guère étonnant.

La pluie décroît et s'éloigne. Le crépitement rapide, les filets d'eau et les éclaboussures diminuent lentement. La lumière revient, les objets retrouvent leur définition. Le froid est mobile, il souffle et oscille parmi les couloirs d'air sec. Covent Garden frissonne et se pelotonne dans tout ce froid. Le ciel lâche ses derniers paquets de pluie sifflante et les trottoirs détrempés luisent d'un éclat dur et brillant. Très loin, les lumières sanguines et clignotantes d'un avion glissent sans bruit. Là-haut, il y a chaleur et confort, gin et hôtesses. Des gens transportés dans l'allégresse et le repos à travers les airs.

Marre ! J'ai un coup de cafard. Tout ceci me rend mélancolique. La solitude me tombe dessus, je regarde les derniers piétinements des citadins découragés. Ils se hâtent de rejoindre diverses chaleurs. Je ne trouve aucun réconfort. Tellement triste. Misère. J'ai soudain envie de la sonorité et de l'oubli facile de l'alcool. J'ai besoin d'un verre.

Je suis triste. Si triste.

Huit

Une pièce sombre, au plafond bas ; des miroirs muraux reflètent d'autres pièces fictives, créent de vastes espaces privés de tout charme et qui troublent la vision. L'atmosphère dense et confinée est remplie de longs pans de fumée qui s'entortillent et montent en spirales autour des groupes d'hommes qui boivent, tel un feuillage fantomatique jaillissant des minces mégots déchiquetés de cigarettes roulées à la main et coincées entre d'affreux doigts jaunes. Il règne un tohu-bohu constant — le vacarme alcoolisé d'Irlandais qui discutent, hurlent, chantent et s'esclaffent en une disharmonie rationnelle et nationale. L'odeur du lieu est un mélange écœurant et vermineux d'âcres vapeurs de whisky, de bière éventée et renversée, de tapis putrescents. Parfum tiède et enivrant, odeur fade. La confusion est reine ; les estomacs clapotent ; les papotages font rage.

Un jeune homme fait son entrée sur la gauche de cette scène divertissante, il franchit discrètement la plus petite et la plus basse des deux portes donnant sur la rue. Il est hagard et dépenaillé, son visage blême n'est pas rasé. La crasse auréole ses chaussures sur le point de rendre l'âme, ses yeux sans joie sont enfoncés dans leurs orbites. Ripley Bogle, tel est son nom. Marchant sur des pieds engourdis, il se traîne à travers cette mêlée celte, qu'il traverse en diagonale vers le bar. Se dissolvant imperceptiblement dans la cohue, il lève les yeux et parle d'une voix lente et amère.

« Alors, que faire ? demande-t-il. Trouver du boulot ? Un endroit où dormir ? Empêcher ma vie de partir à vau-l'eau ? Non, bien sûr que non, je suis à Kilburn pour essayer de soutirer quelques verres à un Irlandais aussi crétin que moi ! »

Suit un bref silence. Les yeux se détournent de lui, déjà pleins d'ennui. La cohorte des clients du pub ont écouté et écarté. Maintenant, ils caquettent et explosent d'un rire méchant, en proie à une vraie joie d'idiots. Un son horrible. La cacophonie abrutie des poivrots. Rires avinés et blagues pâteuses. Le jeune homme reprend la parole, d'une voix plombée par une faible ironie.

« Un pub de Kilburn ! Bon dieu, je suis déjà de retour au bercail ! Un petit bout d'Irlande. Même dans le trou du cul du monde, on dégote toujours un coin de l'Irlande éternelle. »

Le proprio-barman tourne son énorme buste luisant vers Ripley. C'est Martin Malone, petite tête et gros corps. Le don de Dieu à l'Irlande.

« Que puis-je faire pour toi ? » demande-t-il avec l'accent grinçant de Derry, les yeux brillants de cupidité et d'excitation.

Le jeune homme, confus, marmonne des paroles inaudibles. Malone l'encourage de son plus gracieux sourire de taulier.

« Tu sais pas quoi choisir ? » D'un large geste du bras, il balaie la fière géographie des bouteilles alignées derrière lui. « Tout ce que tu peux désirer, nous l'avons. Une abondance de richesses. Regarde et instruis-toi. Tu auras tout ce que tu veux... dans les limites de tes finances, bien sûr. »

Il sourit encore, ravi de sa courtoisie et de sa rhétorique. Le jeune homme, toujours aussi troublé, continue de tergiverser. Monsieur Loyal, arbitre, sergent recruteur, Martin Malone passe au registre autoritaire.

« Permettez-moi, mon jeune ami. »

Il plastronne et lance des œillades à son public croissant de piliers de pub et de buveurs notoires.

« L'alcool ! Qu'y aurait-il d'autre ? Voilà une chose simple, banale. De la joie pour tous. Le pur esprit de vin. Catégorie de corps composés de carbone, d'hydrogène et d'oxygène... dont certains sont solides (quels enquiquineurs !)... et d'autres liquides (O jour de chance !). »

Il éclate d'un grand rire cabotin, puis ses compagnons de beuverie, assez étonnés, l'applaudissent brièvement. Ses yeux chafouins remarquent le visage hésitant de son jeune client. Sa main vive et entraînée présente quelques bouteilles. Elle propose, aguicheuse.

« Gin ? Le gin. Presque le meilleur produit de l'Angleterre. Entre les femmes et le cricket — chacun est libre de les classer dans l'ordre qu'il préfère. Le genièvre bouillonne sous ton crâne, une légèreté fugace. Qu'en dis-tu ? »

Au milieu du vacarme général du pub, un petit groupe s'est formé pour observer la scène. Assister à cette vente et à cette reddition. Ils observent attentivement Ripley. Son visage reprend des couleurs sous leurs regards et il parle enfin, avec un soin maladroit.

« La tristesse est mon lot. Entièrement par ma faute, à cause de ma longue et sinistre histoire. Tout vient d'hier. Que puis-je faire ? Mon passé, je viens ici le noyer, mais mon présent ne sait pas nager. » Il pouffe de rire. « Bon dieu, j'espère que mon avenir flotte ! »

Un léger amusement parcourt les spectateurs. Ils ne s'attendaient pas à cela. Ils grommellent entre eux, confus et mécontents de la réponse du jeune homme. Malone intervient aussitôt en brandissant la bouteille suivante.

« Whisky, peut-être ? Dégueulis de fontaine. Le casse-couilles des contemplatifs et des discrets. Inutile de parler ici d'une chose aussi nébuleuse que le parfum. Le whisky te colle de la fourrure sur les amygdales. Ce n'est pas une boisson pour hygiénistes ou gens heureux. Alors, un peu de whisky ?

— Ma petite tragédie à la gomme. Où sont le discernement et les anecdotes charmantes dans les sales passes de mon existence ? Mauvaise fiction yankee. Ah, pour un peu d'originalité et un zeste de style ! »

Il regarde autour de lui les visages où se lit l'incompréhension. Malone revient à la charge. Il ahane sous l'effort. Il ressent le besoin de vendre, de recevoir sa pièce.

« Vodka ? Mmmm ? La vengeance russki contre la paroi de l'estomac ? Volatile, inflammable, toxique. La boisson du connaisseur. De plus, très utile pour exterminer les rongeurs. Alors, ça te dit ? »

Bogle ne répond pas. Il se tourne vers le petit groupe de bons à rien et de pochards. Il s'explique d'un air sombre.

« Son amour a été le bouquet. Pour ce qu'il valait... beaucoup moins que je n'avais espéré. Si triste ! J'essaierais bien encore, mais je suis jeune et je peux repousser ça en toute confiance. »

Une fois encore, les paroles du blanc-bec sont loin de plaire à l'assistance. La tension et l'énervement montent vite chez les auditeurs. Désireux à la fois d'apaiser et de séduire, Martin Malone poursuit son boniment.

« Du porto, alors ? Oui, bien sûr, le porto. Mon préféré, en ce qui me concerne. Le seul truc que j'aime vraiment. Mmmm miam miam ! Le goût des choses mortes, c'est tellement chic. Comme le faisan. Du vin, peut-être ? J'espère bien que non. Pas assez viril. Pas assez irlandais.

Seulement pour les pédés et les pétasses. Ça donne mal aux cheveux. Vraiment pas recommandé. La bière ! Bien sûr, la bière ! *Bier.* Une bonne bière blonde. Gottilagear. Lottabottill. La bière. Eau et gaz colorés. Ne jamais oublier houblon tout blond et levure de soleil. Côté pisse, elle est imbattable. Relativement peu létale et toujours pratique quand on a besoin de régurgiter en toute hâte. Retour aux sources avec les marques eau-de-vaisselle. La pisse de chat yankee et la lavasse autralienne. La Guinness fait chier des étrons noirs. L'Abbott fait pisser des morceaux de sucre. »

Il s'arrête, hors d'haleine, les yeux exorbités. Ses narines palpitent. Tous les regards convergent maintenant sur Ripley Bogle. Le silence est lourd de menaces. Il parle.

« Vieillir, c'est découvrir ce dernier résidu de tendresse. On n'est plus un vilain garnement. Ici, j'abandonne derrière moi ma jeunesse d'imbécile auto-engendré... Ou du moins, j'espère le faire. »

Il se tourne vers Malone, qu'il regarde en face pour la première fois. Il fronce les sourcils en découvrant les yeux suppliants du cabaretier roublard.

« L'alcool. La gnôle. La boisson révélatrice. Bêtises. Il n'y a rien de tel. Arrêtez ça. »

Des tables jaillit un cri général :

« Pourquoi ne t'en vas-tu pas alors ?

— Fous le camp d'ici, connard ! »

Navrés, les spectateurs se mettent à marmonner à voix haute. Malone fait sa dernière tentative têtue.

« Que prendrez-vous, monsieur ?

— L'inhabituel, s'il te plaît, Martin, répond le garçon.

— Certainement, monsieur. »

Bogle a droit à quelques applaudissements retenus. Mais tous sont de nouveau heureux et satisfaits. Il fait partie de la bande. Le massif Malone remplit un verre de bière sale, l'inimitié et la méfiance se lisent sur son visage larvaire. Ripley, le mercenaire, attend le bon plaisir de son maître. Il échange pièce contre mousse et bulles, puis écluse à grandes gorgées assoiffées et terrifiées. Une flamme aussi brève que faible éclaire son jeune visage blême et barbu. Il leur parle d'une voix triste :

« Et le Roi Finn dit : " Que la lumière soit "... et les ténèbres furent. »

Il se vautre parmi son public désormais amadoué. Martin Malone se dirige lourdement vers d'autres tâches et le petit groupe se disperse avec la lassitude d'un lendemain de fête. Malone rameute l'ensemble de sa clientèle, son visage charnu défiguré par la cupidité et le vice.

« Rincez-vous le gosier et crachez au bassinet, vous, impécunieux rustres hiberniens ! La meilleure lager de Londres. La plus belle bière britannique. Videz vos verres du Rhin. Engloutissez-moi ça, mes agneaux ! La pisse dans votre pot c'est autant de pognon pour ma paume. »

Il glousse de rire, se fend d'une cabriole. Les sacs à puces l'ovationnent.

« Hip hip hip, hourrah !

— Deux autres ici Marty et un seau pour mon frère !

— Continue comme ça, Malone le malin !

— Car c'est le roi des roublards et personne ne dira le contraire ! »

(Hilarité croissante)

Martin Malone saisit toute une brassée de verres à bière embrumés. Il plonge derrière le bar, reste quelques instants invisible, puis entonne d'une voix courtoise.

« Bon dieu, j'adore cracher,
Ça me requinque vraiment.
Et comme je déteste le gâchis,
Je garde tout dans une tasse. »

Il tousse, se racle la gorge et crache ses poumons dans les verres à bière. Ils se remplissent lentement de ses glaviots répugnants couleur de bière. Puis il se relève et se met à vendre sa camelote à ses soiffards de clients, un éclat diabolique illuminant son œil écarquillé.

Une femme mûre, flétrie et lourdement maquillée, s'approche de Ripley. Elle arbore une tenue spectaculaire, dont une fourrure de renard toute tachée et mitée. Elle marche d'un pas vacillant, plombée par la métamorphose liquide de son dernier chèque de chômage. Elle s'installe en tanguant à côté du jeune homme, puis lui lance des œillades ravageuses et imbéciles, telle une femme-enfant.

« Comment t'appelles-tu, mon beau ? demande-t-elle.

— Armand.

— Armand quoi ?

— Lefevre. Armand Lefevre.

— Drôle de nom.

— C'est français.

— Tu ne m'as pas l'air français. »

Ripley boit une longue gorgée et approche de la fin de sa bière. Les détails autobiographiques ont troublé l'esprit de la vieille harpie. Elle tente d'y voir un peu plus clair dans ses pensées brumeuses, avant de poursuivre brillamment :

« Eh bien, Armand, pourquoi qu'un beau gars comme toi vient perdre son temps dans un bouge miteux comme çui-ci ?

— Je cherche l'amour.

— Oh. »

Un sourire à lui donner le bon dieu sans confession éclaire le visage mensonger du jeune homme. La vieille dame en est très affectée. Un regard de tendresse incohérente se fraie un chemin boueux sur ses traits épais et lourds.

« Y a donc personne qui t'aime ? s'enquiert-elle en laissant percer de sombres sous-entendus.

— On peut dire ça. Je n'ai personne pour me payer un verre quand j'en ai besoin d'un. »

Suit un silence pendant lequel elle l'observe avec une expression ressemblant à un dégoût madré.

« Tu voudrais que je t'en offre un, mon chéri ? »

Le visage de Bogle est prudent et triste. Il vit parfois grâce à sa fourberie.

« C'est très gentil de votre part. Je ne dis pas non. »

Penchée vers lui, la femme serre le jeune visage de Bogle entre ses mains fripées. Le triomphe ride ses traits, son rire est glacé. Elle tourne vers lui son propre visage effondré et peinturluré, puis l'embrasse de ses lèvres mouillées, tandis que sur son cou les plis de chair tremblotent. Ripley Bogle ne ressent aucun dégoût. Après tout, c'est un homme du peuple.

« Je m'absente une toute petite minute, chéri », dit-elle en se levant.

Elle chancelle vers le bar, excitée et comme assommée. Quelques instants plus tard, Ripley essuie sa bouche couverte de bave, puis contemple sa récompense liquide, le fruit de son imagination. Les piliers de bar rassemblés sur leurs tabourets le considèrent avec mépris et il meurt plusieurs fois de honte tandis que sa nouvelle amie marchande au bar. Il se sent lourd et malheureux. Oh, il touche le fond de la misère ! Sa barbe infecte est un bon guide pour l'écheveau de ses nombreuses souffrances.

Autour d'une table installée dans un angle sombre et éloigné du pub, les sept frères Murphy tiennent une conférence bigleuse. Ils ont remarqué la nouvelle présence de Ripley Bogle ; une mélancolie avinée brille dans leurs yeux fraternels et interchangeables. Ils le connaissent par cœur. Ils se souviennent de Ripley Bogle en Ulster. Tous. Paddy Murphy, Billy Murphy, Frankie Murphy, Danny Murphy, Mickey Murphy, Marty Murphy et Mobadingwe Murphy. Ils le connaissent par cœur.

Paddy prend la parole en regardant Bogle avec une conviction croissante.

« Ach, visez là-bas, c'est-y pas machin-truc ? Vous savez... ce mec... trucmuche... Ikey Moses... lui.

— Quoi ? Le clodo barbu qui picole là-bas avec la vieille pouffiasse ?

— Moui.

— Je sais pas.

— Si, c'est lui. Tu sais qui je veux dire. »

Billy acquiesce aussitôt.

« Tête-de-nœud numéro trois, comme l'appelaient tous ceux qui l'aimaient. Qu'est-ce qu'il fout là, je me le demande.

— Rien de bon pour aucun de nous, ça c'est sûr. »

Danny Murphy les interrompt. Il est beaucoup plus saoul que les autres. Il est grossier, querelleur, son faciès belliqueux est décoré d'une constellation de coups. Et il y va de sa petite contribution.

« Ah, fermez donc vos sales gueules, bande d'enfoirés — ça fait des courants d'air. Et si qu'on allait lui tordre un peu les couilles ! »

Paddy Murphy, l'aîné, l'augure, le prophète s'attrape les gonades et les tord de manière audible, en guise d'avertissement. Marty Murphy, conteur et viveur, blagueur extraordinaire, entame une devinette. (Avec un brio époustouflant.)

« 'Coutez, 'coutez, 'coutez... combien de temps que met une Anglaise pour chier ? »

Consternation générale. Marmonnements vagues — « J'en sais rien, moi », « Difficile à dire ».

« Ah, ça c'est chiant », répond Marty à sa propre question.

Puis :

« Neuf mois... Et après elle lui donne un nom ! Ah ah ah hi hii ! »

(Rires)

Mobadingwe en reste comme deux ronds de flan. Ses yeux foncés se plissent quand il dévisage ses frères hilares à la peau blanche. Son front se creuse de rides lugubres.

« Ba zan ci dankali ko doya ba !

— Qu'est-ce qu'il dit ?

— Il dit qu'il ne mangera ni ignames ni patates douces.

— Oh.

— Et voilà le travail. »

Dans son coin, avec sa gueuse, ce bon vieux Bogle lève le coude. Madame Bibine fait son œuvre et l'ambiance est au beau fixe. De ses mains avides, il fait descendre la gnôle dans sa pauvre gorge. Elle y déboule à fond de train. Elle y déplace des montagnes. La vioque de Bogle ne le quitte pas d'une semelle. Elle le travaille en se fondant sur le principe que, si elle le saoule suffisamment et assez vite, elle a une bonne chance de pouvoir poser ses vieilles mains sur une jeune bite. Elle se trompe. Sans doute.

« Que réserve maman pour son petit trésor chéri ? demande-t-elle, le regard pétillant et son visage flasque tout tremblotant de joie.

— Un truc très désagréable, j'imagine, répond Bogle avec un mépris croissant.

— Maman a un petit poutou pour son bébé.

— Ah bon.

— Allez allez ; fais donc pas ton bébé grincheux. » Elle

prend alors une voix plus sérieuse — pleine de confiance et d'intimidation : « Un câlin contre un verre, c'est juste, non ? »

Ils s'embrassent.

« Il n'y a de beauté qu'en acte », dit Bogle en laissant son regard dériver vers le bar.

Prenant cette remarque pour elle-même, sa compagne vulgaire bondit vers Martin Malone et sa Légion de Bouteilles. Un cri de mépris et de colère fuse de l'angle des Murphy.

« Muffle ! »

Bogle fait résolument la sourde oreille. Il excelle à ce jeu. Il s'est beaucoup entraîné.

Les frères Murphy retournent au problème de Bogle. Paddy s'exprime avec une amertume très digne.

« Vous vous rappelez de lui quand il se pavanait sur Dungannon avec, accrochée à son bras, cette pétasse toute plate de Proddie... il a jamais été un vrai Irlandais.

— Et tu veux bien le regarder, en ce moment, faire semblant de ne pas nous avoir vus, ce connard, ajoute Billy avec tout le venin de l'alcoolique.

— Il pète tellement plus haut que son cul qu'il en a la vue brouillée, pour sûr », renchérit Marty, le rigolo de la bande.

Billy tente de se rappeler la dame en question.

« Elle était réglo, non ?

— Comment qu'elle s'appelait déjà ? » demande Paddy en lançant cette question à la cantonade.

Les réponses fusent aussitôt, enthousiastes.

« Médor.

— Choupette.

— Lassie. »

(Grands éclats de rire.)

Bogle, maintenant rejoint par sa dulcinée ridée et chargée de boisson, regarde de leur côté. Un souvenir détestable lui fait plisser le front. Comme la vieille bave sur lui, il murmure tristement pour lui-même, les yeux tout vitreux d'un désespoir sec.

« Deirdre Curran. L'École secondaire modèle pour filles. Le haut du panier. Gros cul et grosse tête. La source de mon ancienne passion. »

Il est ironique, il est sarcastique, il est vindicatif ; il descend sa bière et pince le sein gauche de la vioque, doucement.

« Curran ! C'est ça. Salope païenne ! L'Ulster va en chier, l'Ulster va trinquer.

— Oh, ces deux-là, y en avait pas un pour racheter l'autre. La nigaude orangiste gâtée et le Fenian feignant, un crétin fini », dit Billy sans aménité.

Les yeux noirs de Mobadingwe semblent rivés à la silhouette de Bogle. Puis son regard change et se tourne vers ses frères, il a un geste de rejet méprisant.

« A bar kaza cikin gashinta », suggère-t-il.

La réponse de Paddy est aimable, sage.

« Ah, tu as donc entendu, fils. Je ne doute pas de toi. »

Frankie Murphy rote et pète en même temps, avec une grande vigueur. Il pousse un cri de triomphe.

« Ah, viens donc humer celui-là, Bogle, espèce de salaud ! »

Les autres clients du pub reprennent ce cri et entonnent une bordée d'injures adressées à Bogle. Les propos orduriers fusent de partout.

« Vas-y, tête de nœud !

— Tache de sperme !

— Fils de bite de singe ! »

Bogle sourit d'un air dégagé et, d'un geste de la main, congédie leurs compliments. Maintenant, il est presque nu et tout occupé à essayer de repousser les avances les plus audacieuses de son affreuse concubine. Il fait un geste provocateur vers le clan Murphy. Ils le couvrent alors de quolibets et augmentent le volume de leurs horions.

« Bogle et sa sale pute protestante ! Mais il se prenait pour qui ?

— Moui, miss Discernement en personne ! Et son papa un boutiquier de mes deux originaire de Shankill Road. Bordel, quelle ascension sociale pour lui ! »

Danny, une sorte d'expert dans le domaine de la sexualité, énonce alors sa contribution allusive.

« Il paraît que cette petite salope adorait regarder le cricket.

— Ah bon ? » fait Paddy.

Danny est vif comme l'argent, précis comme la flèche.

« On a beaucoup jasé sur la position qu'elle a adoptée à l'extrémité des membres... je l'ai entendu dire et j'ai bien entendu. »

(Rires.)

« Il dit qu'elle l'a aidé quand il était dans la mouise, ricane Marty.

— Tu n'as jamais parlé plus vrai, rétorque son frère. Elle lui a donné un sacré coup de main où je pense, si je t'entends correctement, et elle a joué de ses grosses lèvres à l'endroit qu'il faut, si tu vois ce que je veux dire. »

Tous entonnent d'une seule voix :

« Nous voyons ! »

Tous adorent la lame aiguisée de leur esprit cinglant. L'intolérance dégouline de leurs lèvres, la xénophobie chauffe à blanc leurs yeux. Danny continue.

« La fellation était son talent, sa vocation et son passe-temps préféré. Cette fille adorait tout bonnement son boulot. Elle était comme un lave-voiture.

— Mais moins chère », dit Billy.

Ils hurlent de rire.

Paddy regarde Bogle avec une haine violente et affichée.

« Voici le fils pourri d'un père pourri. »

Il agite le bras vers sa victime dont la bouche est maintenant collée contre les énormes tétons flasques de la vieille catin. Bogle, aveuglé par ce sein, se met à réclamer sa mère avec force pleurnicheries et sanglots. Les Murphy reprennent son cri.

« Oh, ma petite maman adorée ! s'écrie Paddy d'une voix venimeuse. Quelle infecte salope était sa mère. Betty la bêtise, la Crétine de Tuppeny. Vieille peau incontinente et syphilitique ! »

Billy acquiesce d'un signe de tête.

« Baratin et conneries... », renchérit-il, « ...rouge à lèvres et mascara. Pute de sous-sol pour un bifton. La moitié de Turf Lodge a connu gratis l'intérieur de sa cuisse.

— Tu parles d'une mère ! Bogle la pro, deux sous la passe ; ça vaut à peine le coup, Joe ! »

Paddy arbore son spirituel sourire irlandais. Les applaudissements envahissent la salle. Soudain jaloux du succès de son frère, Marty bondit sur leur table et prend une pose classique. Il tonne d'une voix mélancolique.

« Écoutez Caruso ! L'étron têtu qui flotte toujours à la surface de l'eau ! »

(Cris, piaulements, sifflets.)

Déçu, Marty vomit copieusement. Les autres frères reculent de dégoût et la table tangue. Les verres se renversent, la bière coule. Paddy, Billy et Frankie se serrent autour de leur frère trempé et le bourrent de coups de poing joviaux et tolérants. Marty écarte leurs aimables coups et, la bouche souillée, se remet sur pied. Il parle :

« Bon, gardez le fort, les gars. Je vais aux latrines couler un bronze. Défécation est le nom de ma mission. »

Marty s'éloigne avec son ballonnement pour accomplir sa tâche. Démarche pesante de rotondité gênante.

Paddy *(fier de son frère, admiratif)* : Il passe son temps à chier, ce garçon.

Billy : Cet homme est une pure merveille. Une curiosité biologique.

(Divers groupes satellites chantent les louanges de la mobilité épique des intestins de Marty Murphy.)

Bogle retourne dans la mêlée. Il arrache ses lèvres ratatinées au sein de la vieille et bondit vers le bar, mû par la puissance limitée de ses chevaux fiscaux. Sa catin abandonnée pousse des cris d'orfraie avant de se mettre en quête d'une proie plus accommodante. Rajustant ses vêtements autour de son corps flétri, elle se dirige d'un pas vacillant vers le centre de la salle. Martin Malone voit aussitôt l'ouverture :

Martin Malone *(commissaire-priseur) :* Qui ouvrira les enchères sur ce spécimen éprouvé de fatuité féminine ? J'ai un prix de réserve de quarante sicles. Qui dit mieux ? Lequel d'entre vous, distingués enchérisseurs, dira cinquante ? Elle est décatie, mais bon marché. Allez, milords !

Mickey Murphy : Quarante-cinq et deux chameaux !

Martin Malone *(encourageant)* : Quarante-cinq sicles et une paire de mammifères du désert. Qui dit mieux ? Messieurs, s'il vous plaît ? Un exemple rarissime de tout ce qui était à la mode chez la femme. Regardez-la, mes amis. Imbécile, docile, reconnaissante — quel Irlandais voudrait davantage ? Deux fois plus chère, c'est toujours une affaire.

Mobadingwe *(voix de stentor)* : Dare rigar mugu !

Martin Malone : Merci, monsieur. *(Ses yeux avaricieux de fouine madrée fixent son public sans cligner.)* Une fois… Deux fois… Adjugé ! Vendue à l'Éthiopien irlandais pour la somme qu'il vient de dire. Décampez !

(Applaudissements et quelques rares grognements de mécontentement. La harpie pivote vers la table des Murphy. Elle semble désespérée.)

LA HARPIE *(regardant tristement Bogle)* : Qui m'aimera donc ? Qui ? Personne en vue, tous bavent. Les trois extrémités du même bâton pointu.

(Confusion)

FRANKIE *(aimable)* : La ferme et bois.

(Soudain, après les enchères, des obscénités réconfortantes et des suggestions grivoises jaillissent de la foule houleuse et catholique du pub. Elles arrachent un sanglot à Bogle. Il s'est effondré dans un coin répugnant, puant l'urine, sa bière posée sur le ventre. Il se lamente presque sur son ingratitude et son manque d'ardeur. Mais pas tout à fait. De retour de son évacuation, Marty Murphy arbore avec fierté l'aplatissement de ses récentes rotondités. Il avise la table couleur de vomi, le chaos des verres, la bière répandue. Étouffant un amer sanglot, il appelle Martin Malone d'une voix brisée.)

MARTY *(désolé)* : Hé, Malone, on a besoin de toi ici, espèce d'ignoble crapule !

(Il bascule en arrière, bousculant les chaises et renversant le restant de bière de ses frères. Il s'écroule parmi le désastre et ses propres fluides. D'où il rote et vomit par intermittence. Le Mécontent.)

PADDY *(insistant)* : Honorez-nous de votre attention, monsieur Malone. La même chose serait une bonne chose.

(Soudain, de manière inattendue et miraculeuse, un plateau chargé de bières se matérialise, planant à plus d'un mètre au-dessus du dégueulis et des flaques de bière de la table des Murphy. Tous s'emparent d'un verre et boivent à longs traits. Les esprits s'échauffent, les pantalons se souillent,

les cerveaux s'humidifient agréablement. Le plateau vide oscille doucement, puis s'éloigne en chandelle. Il vole vers son aéroport, fendant fumée, vapeurs et brusques tirs anti-aériens. Le bruit lointain des incantations cabalistiques de Martin Malone dérive dans l'air tumultueux.)

MARTIN MALONE *(œil malicieux et sourire aguicheur, le barman vampirique)* :

> Ces livres nécromantiques sont lignes, cercles,
> Scènes, lettres et caractères célestes :
> Oui, voilà ce que Malone désire avant tout.
> Oh, quel monde de profit et de délices,
> De puissance, d'honneur, d'omnipotence
> Est promis au studieux artisan !

(Entre-temps, Frankie Murphy, alias le mioche des loches, s'est glissé près de l'acquisition de Mobadingwe, alias la vieille peau. Le vieux visage rondouillard de Frankie se fend d'un sourire uxorieux. Ses yeux brillent, sa voix frétille.)

FRANKIE *(érotique)* : Chérie, laissez-moi être votre chevalier servant sur le site de construction de vos émotions !

(Elle sanglote, non sans reconnaissance.)

FRANKIE : Ah, vous ne vous seriez guère amusée avec le ci-devant gros Ballocky de Bogle. C'est de moi que vous avez besoin.

(Bogle crie une objection. Frankie fait la sourde oreille, pendant que tous les autres Murphy se lancent dans un concert d'injures.)

LES AUTRES MURPHY : Tête de nœud ! Bouffe-merde ! Bogle bigleux ! Raclure !

FRANKIE *(audacieux, à la vioque)* : Montre-moi tes lèvres. Je paie. Vas-y, vis dangereusement, pourquoi pas ? Fourgue-moi le grand jeu. File-moi un petit aperçu. Cinq billets pour voir tes glandes. Dix pour les nénés. Un pour ton périnée. Fais-moi confiance. Mon intérêt est uniquement scientifique.

(Ayant ainsi conclu son opération de séduction, Frankie fourre la main sous la jupe de la femme. Poing et pudenda entrent en contact avec un coup sourd et velu. Elle a un sourire béat.)

LA HARPIE :

Tu sais, j'aime mes petits fripons
Et mes petits fripons sont mes bonbons,
On est joueurs et romantiques
Sans jamais rien de pathétique.

(Ils tombent à la renverse et se mettent à forniquer avec vigueur. Ripley Bogle observe la scène avec une jalousie consciente, ignorée. Mobadingwe arbore un dangereux sourire africain et des gestes identiques vers Bogle. Il voit quelque chose qu'il n'aime pas, ses yeux blancs brillent dans sa peau d'ébène.)

MOBADINGWE : Ga Ripley Bogle can !

(Bogle bondit sur ses pieds, son regard s'allume tout à coup parmi le chaume de sa barbe. Applaudissements et cris frénétiques.)

PADDY *(astucieusement)* : Oyez, un tumulte sur les montagnes. Le Dieu des armées se prépare à batailler...

(Paddy Murphy et Ripley Bogle se font face au-dessus du couple en pleine fornication. Les heures ont passé, Bogle est maintenant très imbibé. Son visage boursouflé par la bière arbore le sourire supérieur de l'imbécile heureux. Il a perdu le scénario en cours de route et il redoute d'improviser.)

RIPLEY BOGLE *(Triste. Explicatif.) :*

J'étais jadis étudiant.
Et gentleman avenant.

J'avais un joli carnet de chèques
Et payais mon loyer comme un cheik.

Mais maintenant je dors sur les bancs
Je fais la manche aux passants,
Je pue l'ordure et la pisse
Un parfait gibier de police.

Oui, j'aimerais bien avoir un peu d'argent,
De quoi bouffer, un toit et une brosse à dents ;
J'aimerais dormir dans des draps de soie
Mais c'est le banc qui me déçoit.

(Pas le moindre applaudissement.)

BILLY *(parodique)* :

Je mouillais mon lit tout le temps
Ça me rendait rudement mécontent
Mais maintenant mon pipi est maîtrisé
Il me sort même plus par le nez.

(Rires ironiques.)

PADDY *(brillant)* :

Il bouffe de la vache enragée
Il a les dents tout endommagées
La pauvreté est sa mission
Le jeûne son absolution.

(Hourras assourdissants, sanglots de gratitude. Des cris de joie et des félicitations éclatent spontanément.)

LES SOIFFARDS *(tous en pleurs)* : Bravo ! Encore !

(Les Murphy s'inclinent avec une modestie joviale. Leur public chahuteur et reconnaissant leur lance fleurs, émeraudes, lingots d'or et pièces de grande valeur. Frankie et la harpie finissent leur affaire avec des résultats mitigés et le clan Murphy se retrouve debout comme un seul homme. Leur puissance collective et vindicative concentrée pour affronter un Bogle triste et solitaire.)

LES MURPHY :

> Bogle est une tête de nœud
> Il est con comme un vieux pneu
> Il adore jouer les perdants
> Et bientôt il perdra toutes ses dents.

(Les Murphy lèvent leur verre en direction de la rumeur et des applaudissements croissants qui éclatent dans la salle. Ils sourient pour eux-mêmes, pour leur famille et leurs traditions. Paddy s'avance à travers une véritable avenue d'acclamations et de félicitations. Son sourcil gauche se lève et frémit d'un air menaçant, ses yeux irlandais scintillent et sa bouche affiche une moue de mauvais garçon. Il marque un temps d'arrêt subtil. C'est son grand moment. Le moment de délivrer son message de porte-parole. Il parle.)

PADDY *(profond)* : Si nous fendions la face du monde, sourirait-il ?

(Brouhaha général. Les Soiffards le huent joyeusement.)

PADDY *(modeste)* : Oh, s'il vous plaît ! Vraiment, les gars, c'était rien. Merci. Vous avez tous été merveilleux.

Une sacrée troupe pour le groupe. Merci. Vous êtes tous géniaux. Merci.

(Les Murphy se dispersent en dispensant conseils et autographes à tous ceux qui en réclament. La harpie reste à la traîne ; un bras passé autour des épaules de Frankie, elle lisse sa jupe. Triomphante, elle fait des grimaces à Bogle. Les autres Murphy reçoivent des propositions de mariage, des polices d'assurance, des crosses canadiennes, du chocolat noir, des albums de reggae, des revues porno, des maquettes d'avion, des cigarettes achetées en détaxe, des petites îles dans le Pacifique, des ânes, des Oscars, des prix Nobel et Pulitzer, toutes sortes d'ustensiles de cuisine et toute une kyrielle de maladies gastriques subtropicales. On entend le Chant des Murphy qui s'éloigne tandis qu'ils se mêlent à la myriade des Soiffards déjantés.)

LE CHANT DES MURPHY *(déclinant vers le silence)* :

Nous sommes les Frères Murphy
Nos talents sont infinis
Nous dénigrons en mètres
Et fustigeons en vers.

(Ils sortent.)

Sans les Murphy, le tohu-bohu devient général, inesthétique. Les Soiffards sont contraints d'accélérer leur consommation, tant ils ressentent douloureusement cette perte. Martin Malone se démène comme un beau diable pour étancher leurs soifs immenses et douloureuses. Bogle se remet non sans mal sur ses pieds engourdis et rejoint d'un pas chancelant le centre de la scène. Il se balance d'un air désespéré. Toutes ses fenêtres sont brisées, la pluie entre chez lui. Il concentre toute la sobriété de son attention sur Martin Malone.

« Ah, monsieur Malone. A boire, s'il vous plaît. Je suis désargenté, mais mon nom vaut bien un billet de cinq dans la moitié de la ville. L'autre moitié ? Eh bien, je reconnais que c'est un peu tangent. Mais allez-y, prenez le risque. Il faut cultiver la vue dystopienne. »

Malone lève les yeux au-dessus de ses torchons et de ses pièces. Sa réponse est brève, concise, un condensé de son esprit supérieur, bourré de doubles sens.

« Gare à tes paroles, mon garçon, si tu ne veux pas que je ternisse sérieusement ta réputation ! »

L'échec cinglant de Bogle est unanimement moqué. Les Soiffards croassent et triomphent.

« Le fil d'or de la poésie, rétorque alors le jeune Ripley, que connaissez-vous à cela ? »

Quelques Soiffards s'offusquent de cette question. Une grande clameur monte de la foule, le sentiment général anti-Bogle augmente notablement. Mais Bogle tient bon contre la tourmente.

« La froide magie de l'ignorance, dit-il. Oh, ça marche à tous les coups. »

La foule lui répond par un cri, que Bogle ignore à ses risques et périls. Les Soiffards sont mécontents. Ils n'apprécient guère sa performance après le tour de force murphien auquel ils viennent d'assister. Ceci, pensent-ils, est tout sauf irlandais. Des huées cadencées s'élèvent. Bogle réunit ses forces et essaie encore d'obtenir une boisson gratuite. Martin Malone est impassible, impérieux. Une bataille silencieuse des volontés commence. Malone et Bogle en chiens de faïence. Quelques heures s'écoulent ainsi, la nuit suit lentement son cours. C'est inutile. Bogle ne peut pas gagner. Sous le regard implacable de Malone, il baragouine comme un pochard imbécile, interrompu par les quolibets et les sifflets. Il est battu. Il jette l'éponge. Il l'avait autrefois, cette rage de vaincre, mais c'est fini depuis longtemps. En grandissant, il l'a perdue de vue et il n'en conserve désormais que des bribes.

Une cloche résonne. Sonore et impérieuse. Un silence descend sur la foule, certains clients fondent en sanglots, tous ont l'air inquiet. Alors, les regards unanimes se tournent vers la silhouette vacillante et charismatique de Martin Malone. Tous attendent son ultimatum terrible et menaçant. Les serveurs font des gestes vagues vers les portes. Hommes et femmes de ménage arrivent et se mettent au travail. Quelques clients s'en vont, mais le noyau dur des soiffards s'incruste, peu d'entre eux en définitive désertent leurs rangs têtus. Ils se sentent en sécurité. Jusqu'à nouvel ordre, Malone n'a jamais renoncé à gagner un seul penny.

« C'est l'heure, messieurs ? demande Malone pour les taquiner. Je ne crois pas. Je ne le pense absolument pas. Le temps n'est pas un absolu. Je veux bien qu'on me grille les roubignoles, mais je ne suis pas homme à interrompre une soirée de festivités aussi joyeuses ! »

(Cris de joie, gratitude chevaleresque.)

Malone poursuit dans la même veine héroïque.

« Et maintenant, si vous le voulez bien, passons à la Réunion des Fantômes ! Je conseille à mes clients de garder leur siège, car des boissons leur seront servies pendant toute la séance spirite. Merci. Un ban pour le surnaturel ! »

Applaudissements. Les Soiffards s'installent confortablement et attendent leur spectacle avec impatience. Bogle se dresse sur ses pieds. Il lève les bras au-dessus de la tête et plie les genoux. Il entame une danse gréco-turque. Première extension, voici les Fantômes de ses Anciennes Amours. La pièce s'emplit de leur présence spectrale. Il y en a des centaines. Toutes mortes, toutes disparues. Bogle sourit, très à l'aise. Il se met à égrener leurs noms. Il accueille, il charme, il danse.

« Tiens, bonjour Catherine, ah, Carol, comment va, ma chérie ? Seigneur, Judy ! Sarah, ça me fait plaisir de te voir. Salut, Maggie, Diane ? Oh, Marion, Tess ma chérie, Lesley, Vicky, Siobhan — *cad e mar ta tu ?* Tina, bonjour. Beryl, Emma, Fiona, Jane, Elizabeth, Georgina, Mary, Alice, Julia, Susan, Debbie, Claire, Celia, Jenny, Anne, Annie, Annette, Anna, ça va ? Charlotte, Rachel, Thérèse, Frances, Iris, Natacha, Suzy, Muire, Norma, Queenie chérie ! Philippa, Lucy, Miranda, Olive, Lisa, Tania, Sally, Samantha, Susannah, Sonia, Madeleine, Geraldine, Les, Tes, Justine, oh Erica, *how are you* Henriette ? Roisin, Matilda, Joanne, Vanessa, Nicole, Helen, Jocasta, Kimberley, Harriet, Josephine, Yvonne, Zana, Ingrid, Jodie, Wendy, Ursula, Thomasin, Rosemary et Agnes, les deux sœurs, Roberta, douce Victoria ! Maria, Lucinda, Patricia, Paula, Pamela, Amanda, Quita, Christine, Karen, Rhoda ! Valerie, Denise, Melissa, Camilla, Joan, Laura, Hermione... bonjour. Comment allez-vous, les filles ? Vous avez toujours été merveilleuses pour moi. »

Les spectateurs le huent. Ils n'y croient pas du tout. Bogle sourit d'un air impartial. Il considère leurs rangs fantomatiques. Son visage se trouble. Il parle.

« Les filles qui me plaisent et que j'aime
Ne doivent jamais voir
Cette somme arithmétique
Qui réunit toutes leurs gemmes.

Les voici alignées en rangs heureux
Le visage assombri par l'espoir.
Tout jugement ne pourrait que décevoir
Et le discernement resterait trop peureux.

J'essaie d'inventer des maths pleines de tact
Je tente de rester juste.
Mais à les coucher sur mon lit de Procuste,
Mes belles n'en demeurent pas intactes. »

Il sourit tandis que le déplaisir des Soiffards bourgeonne.

« Ou alors... comme diraient certains — du fair play et pas de favoritisme. »

Il a un sourire rusé, il applaudit doucement dans ses mains. Les Fantômes de ses Anciennes Amours commencent à se lamenter et à gémir en signe de protestation. L'injustice rougoie dans leurs sauvages yeux féminins, elles réclament vengeance. Bogle reste très calme, très professoral.

« Et qui, me demanderez-vous, est la femme que j'aime encore ? dit-il. Eh bien, c'est évidemment la belle Louisa... attendez, qu'est-ce que je viens de dire ? La cruelle Laura est l'élue de mon cœur. Bonté divine, qui est Louisa lorsqu'elle est à la maison ? »

Un silence nostalgique et triste. Puis la réponse.

« Oh... juste une fille qui a dessiné des étoiles sur mon cœur... »

Tout le pub explose de rire. Grands croassements de corbeaux moqueurs et injurieux. Les Fantômes de ses Anciennes Amours s'éloignent en trottinant et en riant comme des folles. Malone et ses acolytes circulent rapidement, dispensant de l'alcool à tous (mais certes pas gratuitement), les Soiffards picolent, se moquent et se gaussent. Ils attendent le deuxième acte. Les habitués du cauchemar.

Entre Maurice Kelly en boitant grotesquement vers Ripley. Silence soudain. Bogle se fige au centre de la salle, paralysé, terrifié. Le Fantôme de Maurice est répugnant. D'affreux trous béants et noircis ponctuent sa tempe et son cou. Un œil suppurant pend hors de son orbite mutilée, attaché par un filament visqueux de nerf et de tendon. Ses vêtements de spectre sont raidis et tout noirs de sang liquide ou séché. De sombres débris innommables dégoulinent de son corps et marquent son sillage. Il se fraie un chemin à travers la foule heureuse des Soiffards intéressés, son œil-pendeloque implacable et sévère. Le regard plein de souffrance et de ressentiment, il s'adresse à Ripley.

« Toi ! »

Bogle est terrifié, mais il essaie de bluffer.

« Oui, c'est bien ça : moi. Et alors ? »

La colère de Maurice devient terrible.

« Je suis mort pour toi, prosélyte ! Tu m'as laissé mourir dans la fange. Tu m'as laissé pourrir dans la mort et l'ignorance. Crois-tu que toi-même tu aimerais goûter à ce destin ? Ça ne te plairait pas, j'en suis certain. »

Dans sa rage, des fragments moisis de son visage et de son cou se mettent à tomber par terre, où ils font des taches glissantes. Bogle nie tout en bloc.

« Arrête tes conneries, abruti !

— Traître ! Couard ! C'est toi ! Toi qui m'as tué !

— Oh, ferme-la, parles-en à tes vers ! »

Marmonnements scandalisés du public. Les Soiffards deviennent une fois de plus hostiles. Ils sont choqués par la manière cavalière dont Bogle traite ce fantôme. L'un des plus gros buveurs flanque un coup de poing sur le nez du jeune vagabond. Il saigne. Le spectre de Maurice prend une pause classique.

« O Ripley, commence-t-il d'une voix pompeuse, quelle déconvenue fut la mienne ! Dans le pavillon des miennes oreilles, ils déversèrent un lépreux distillat sous la forme de trois cartouches à base de plomb, tirées à la vitesse de

1398 kilomètres à l'heure à la sortie du canon, diminuant à raison de 16 Km/h tous les 70 mètres, à partir d'un revolver Webley calibre .38 à répétition, modèle 1925 de l'Armée, au barillet éraflé et au percuteur rouillé. Le crâne se fendit, le cerveau éclata, le sang coula. Blessé à mort, que j'étais ! La prochaine fois que tu as cinq minutes devant toi, pourquoi n'essaies-tu pas ce petit divertissement ?

— Ah, va raconter tes sornettes aux Marines », se moque Bogle.

Le Fantôme s'éloigne en traînant des pieds et en ramassant à mesure les morceaux qu'il avait perdus à l'aller. Quelques Soiffards l'aident. Entre Bobby Bogle, père de Ripley, la bouteille à la main et le pancréas à l'air. Lui aussi est assez moche à voir, mais il affecte une allure décontractée, allègre. Dès qu'il apparaît, les Soiffards reprennent du poil de la bête et ils se préparent dans la bonne humeur à écouter le dialogue imminent. Bobby Bogle est déprimé, lugubre.

« Qu'es-tu donc devenu, chair de ma chair ? Tu as souillé ma mémoire. Il n'y avait personne pour m'accueillir dans les collines. C'était de ta faute. Comment veux-tu que je crée une impression favorable si tu es mon garant ? Mmmm ? Petite merde tu es né, petite merde tu mourras.

— Ferme ton clapet, coco, dit Bogle d'une voix assurée et confiante. Je ne suis ton fils que pour ma honte. »

Bobby Bogle se tourne vers la foule.

« Je vous prends à témoin : quelle injure est-ce là ? Voyez-vous de quel fils ingrat je suis affligé ? »

Les Soiffards compatissent, mais Bogle n'en démord pas.

« Allez, du vent ! »

Feu Bobby Bogle commence à s'éloigner d'un pas désespéré. Il se retourne et glisse.

« Tu me le paieras, mon garçon ! Tu regretteras tes erreurs. Je te connais, petit. Ton secret n'est pas en sécurité avec moi. »

Bien que brièvement inquiet, Ripley part d'un grand rire moqueur, tandis que le second spectre sanglote de douleur. Sa bouteille bondit alors de sa main et saute sur le bar. Elle fait face à Ripley, capuchon ouvert, étiquette flamboyante.

LA BOUTEILLE DE WHISKY *(malicieuse)* : Ripley, je suis l'esprit de ton père !

Rires bruyants et tonnerre d'applaudissements. Un peu d'humour est le bienvenu. La Bouteille de Whisky reçoit des propositions téléphoniques de diverses agences théâtrales londoniennes. Elle part cahin-caha pour donner une conférence de presse. Place à l'acte suivant. Deirdre Curran arrive d'un pas confiant, assuré. Bogle est surpris de la voir. Elle a peu changé, elle ne s'est pas arrangée. Elle parle d'une voix vulgaire et contrariée. Sa colère évidente met Ripley mal à l'aise. Il la défie d'un air hautain.

« Et toi, que veux-tu ? Tu n'es pas morte. Tu ne mourras jamais. Et je ne t'ai jamais aimée. Ce n'était pas de l'amour. Ne te méprends pas ! C'était autre chose.

— Tu sais ce que je sais, répond-elle avec amertume, d'une voix mystérieuse. Tu sais ce que je puis dire. »

Maintenant, Bogle a peur. Il pâlit, pince les lèvres et se détourne. Les quolibets jaillissent une fois de plus. Tous attendent le clou du spectacle et ils ne sont guère impressionnés par les protestations vertueuses de Bogle. Ils veulent de l'action. A cor et à cris ils encouragent Deirdre. Néanmoins, Bogle la chasse d'un ton péremptoire.

« Va-t'en. Ta place n'est pas ici. Dehors ! »

A la grande surprise et à l'immense déception des Soiffards, Deirdre obtempère sans ronchonner, un petit sourire pervers en guise de seule protestation. Suit une brève pause. Tous les regards convergent sur la silhouette ensanglantée mais victorieuse de Ripley Bogle. Un silence plein d'attente emplit la salle infecte et nauséabonde. Place à la dernière apparition. Place au Dernier Fantôme. La tension et l'angoisse planent parmi les nuages de fumée qui souillent l'air. Soudain, une cuvette de toilette à la porcelaine immaculée apparaît au milieu de la salle. Ripley sursaute sous le coup de l'horreur et tous s'inquiètent. La sueur se met à ruisseler et à dégouliner sur le visage du jeune homme. On entend de minuscules éclaboussures désespérées en provenance de l'intérieur de l'objet sanitaire. Quelques femmes se mettent à gémir, en proie à une peur inconnue. D'autres clapotements liquides, plus frénétiques, puis une minuscule et horrible main rouge sort de la cuvette des toilettes. Elle s'accroche désespérément au bord. On entend une voix fluette pousser des cris sauvages, affolée par la souffrance et la peur de la mort.

« Papa, au secours ! Père, aide-moi, par pitié... ! »

Ultimes trémolos grinçants d'un affreux sanglot, d'un étouffement désespéré, puis la petite main ensanglantée retombe dans l'eau avec un bruit d'éclaboussures. Le chaos se déchaîne soudain dans la salle. Les Soiffards, hommes et femmes, hurlent de terreur. Ils se ruent paniqués vers la porte. Maints corps se trouvent piétinés dans cette course folle pour échapper à l'horreur. Plusieurs vieilles harpies, prises de folie, se tranchent la gorge avec des morceaux de verre à bière. Le tumulte est affreux, infernal, obscène. La mort rassemble ses menus troupeaux quand des pieds frénétiques écrasent, fendent et font éclater les têtes. Les hurlements atteignent une intensité inouïe. Puis, subitement, tout est de nouveau calme. Les Soiffards sont partis et la salle est paisible, ou presque. La poussière redescend lentement vers les tables et les chaises renversées, au-dessus des cadavres des victimes de l'émeute. Ripley Bogle est allongé par terre, sa tête sanglante oscille dans une flaque de sombre Porter écumante. Il gémit et marmonne à part lui ; il revit apparemment une expérience intime et hautement désagréable, son secret. Martin Malone, vanné, bon pour le lit, s'approche du jeune homme d'un air irrité. Il lui décoche un bon coup de pied. C'est un homme très occupé. Ripley a fait son temps. Pris d'une colère croissante, le taulier lui flanque un autre coup de pied.

MARTIN MALONE *(avec impatience)* : Allez, espèce de sale flemmard. Tu ne peux pas dormir ici. Dehors ! Rentre chez toi et cuve tes excès. Allez, fous-moi le camp. Décampe d'ici fissa avant que je t'enfonce ma grole dans les reins. Tire-toi !

(Il lui donne un autre coup de pied.)

Samedi

Un

Ici, une grande courbe du fleuve. Passer maintenant sous l'effritement de Putney Bridge. De Putney à Barnes. Oui. Je m'éloigne de la ville. J'avise le palais de Fulham sur l'autre rive. Il oscille et vibre dans les vagues de chaleur. Ainsi, Parsons Green et Brompton reposent. Mais ils ne sont pas pour moi.

Sacrée journée en perspective. Brûlante. Le soleil bouillonnant et aveuglant me rôtit dans ma sueur et dans ma crasse. J'ahane et je peine pour inhaler cet air rance, citadin, torride. Compte tenu des circonstances, je trouve que le jeu n'en vaut quasiment pas la chandelle.

L'état de Perry empire. Ce matin a été moche, vraiment moche. Je ne suis pas d'humeur à subir la confusion stupéfaite du vieux bon à rien. Après toutes les perversités de la nuit dernière, j'ai bien du mal à manifester ma sympathie. Mais l'état de Perry empire. Vraiment.

En ce moment, il fait si chaud que la brume de chaleur fait environ deux mètres de haut et plus d'un mètre d'épaisseur. Mais c'est peut-être parce que mes paupières sont toutes collées. Alternativement encroûtées, suppurantes et constamment douloureuses. Ce sont peut-être des mucosités, et non la brume de chaleur, que je vois à présent. Curieusement, j'ai beaucoup de mal à en décider.

Je devrais me nettoyer un peu les yeux, je sais bien, mais je ne trouve pas le courage de le faire.

Quoi qu'il en soit, il fait très, très chaud. Que se passe-t-il ici ? Je ne sais pas ce qu'a le temps ces jours-ci. On dirait qu'il entretient contre moi quelque obscure rancune météorologique. Ça paraît idiot, je sais bien, mais j'en suis presque certain. Je connais mon sujet sur le bout des doigts. Je sais tout du temps. Je suis au courant de la physique et de la chimie des couches supérieures de l'atmosphère, sa température, sa densité, ses mouvements, sa composition, ses réactions chimiques, son comportement face aux radiations solaires et cosmiques, etc. J'ai bien appris ma leçon.

Le temps idéal pour le vagabond est cette douce mollesse automnale dont nous jouissons en septembre et début octobre. Ni froid ni chaud, pas de pluie et peu de vent. Il faut profiter tant qu'on peut de cet intermède agréable. Quiétude et tranquillité, voilà ce que nous aimons surtout. L'été est trop chaud, trop sec, trop sale. Nous marinons dans la crasse et la corruption physique. Nous mourons de soif, nous coassons, nous attrapons des maladies vraiment inhabituelles. L'hiver est, comme on s'en doute, beaucoup trop froid. Nous gelons et dégelons et regelons sans cesse. L'hypothermie, la bronchite, la pneumonie, les engelures et la gangrène sont nos inséparables compagnes. Les vessies sont en capilotade, les morts miséreuses défigurent les quartiers les plus chics de la ville. Le printemps est trop humide. Tirer le diable par la queue devient déprimant au bout d'un moment. C'est la saison des pieds gelés, des coups de froid, des frissons, de la polio, des kystes et des putains de fibroses, sans parler de la peste bubonique ! (Ce matin, en découvrant ce bubon monstrueux sur mon cou, j'ai failli chier dans mon froc ! Putain, j'ai pensé, ça y est ! Le *big* B. La peste, pas moins.

Bien sûr, c'était seulement un très gros bouton, presque un furoncle. Un mamelon de vagabond. Mais il était énorme, vraiment enthousiaste, ce gros haricot à tête jaune, un astroblème !)

Comme je disais à propos du temps : en ce moment, les saisons sont toutes chamboulées. Quand je ne me bats pas contre les engelures, je me bagarre contre les coups de soleil. Il n'y a pas de stade intermédiaire : on passe directement des souffrances polaires aux abominations tropicales. A chaque heure, le temps me réserve une inclémence inédite pour me faire souffrir. C'est peut-être à cause de cette nouvelle Ère Glaciaire dont tous les jobards nous rebattent les oreilles. Oui, c'est peut-être ça. Malgré tout, je ne peux pas m'empêcher de penser qu'il s'agit tout bonnement d'une malice surnaturelle. Il y a là-haut quelqu'un qui n'est pas avec moi à cent pour cent.

Seigneur tout-puissant ! La nuit dernière a été infernale ! Bon dieu, je me suis torché et j'ai claqué les tristes reliques de mes chères finances. Je suis un sombre crétin, je jure devant Dieu que je le suis. Mes six ultimes et indispensables billets, envolés en fumée, transformés en gnôle infecte ! Et qu'ai-je obtenu en échange ? Une livre de souffrances dans mon os cervical et je me suis fait claquer la gueule par un salopard de cinglé d'Irlandais qui prétendait me connaître. Plus de cinq biftons disparus pour ces conneries ! Mais où ai-je donc la tête ces jours-ci ?

Moyennant quoi, j'aurais beaucoup de mal à décrire comme une gueule de bois ce que je vis par cette belle matinée de juin. Seigneur, non. L'abus d'alcool n'est qu'un des Vassaux dans la Tragédie de la Revanche que joue mon corps chaotique. Emphysème Chronique joue le premier rôle, inexorable et virulent, parfaitement épaulé par le très maigre Scorbut dans le rôle de l'usurpateur anorexique qui convoite la luxurieuse Gynécomastie, Reine des Dérèglements Hormonaux. Mélanome fait un tabac dans le rôle de Chorus au frais minois, tandis qu'Endocarditebactériennesubaiguë déçoit franchement dans son rôle romantique.

Je sens une migraine majeure dotée d'une volonté de fer. Mon cou me fait beaucoup souffrir et j'ai la moelle épinière qui grince et qui craque. C'est le Temps de la Migraine. Elle va me flanquer par terre. Mon cerveau torturé s'arque et se crispe. (Vous ne pouvez pas imaginer mon élasticité cranienne, aiguillonnée par la douleur !) Le ciel bout déjà et l'air lourd pèse atrocement sur les souffrances croissantes de mon crâne. L'atmosphère est tendue, attentive. Imminence de l'orage. Pendant que ma propre tempête intime fait rage sans mollir.

Aïïïïïe ! Je sens la boule rêche de la nausée s'épanouir au fond de ma gorge, je suis pris d'une envie soudaine et irrépressible de déféquer. Mon abdomen est tout gonflé et distendu. Dissimulant des viscosités obscènes, grommelantes et gargouillantes. Il faut que je bouge. Sac à purin aux latrines. Entre frères. J'ai besoin de chier. Voilà tout. Rien d'exceptionnel. Couler un bronze. Avec la migraine. Pousser et peiner. Nausée. Œufs-dans-le-thorax. Lugubre.

Sans le sou, fécal, nauséeux, je m'éloigne de la berge du fleuve vers Richmond Road. Pourquoi prendre ainsi mes distances avec la ville, me demanderas-tu à juste titre. Quelle joie puis-je espérer trouver dans les clairières feuillues de Roehampton ou de Mortlake ? Aucune, je le reconnais volontiers. Je fuis la ville parce que aujourd'hui c'est samedi et que Londres le samedi me court singulièrement sur le haricot. Tous ces tralalas du week-end. Les chalands, l'Armée du Salut, les ménagères qui se retrouvent pour leur visite mensuelle aux bordels des enfants de chœur, les adolescents qui se curent nez-œil-esgourde, les écolières libres le samedi et qui exhibent leurs machins précoces prépubères, les provinciaux ringards venus en ville pour la journée écarquillant les yeux devant le capharnaüm métropolitain, les joyeux policiers en manches de chemise, les familles jouant dans les jardins publics, les couples juvéniles (salauds !), les sportifs, les gras du bide, les promeneurs, les gens, les gens !

Les pires : vagabonds, mendiants et infirmes. Les parias, les rejetés, les camés, les tragiques. Le samedi est leur meilleur jour de manche. La période juteuse de la mendicité carabinée. Spectacle affreux, que j'essaie d'éviter. Le samedi, tout le monde est de bonne humeur. Les gens deviennent charitables. Ils offrent un pactole de leur pactole. C'est bien gentil, mais ça me déprime.

Voilà pourquoi je préfère me tenir à la lisière de la capitale le samedi. Cela paraît peut-être une coquetterie de ma part mais, comme je dis, je déteste voir mes collègues sans-abri perdre la face.

(En fait, la vraie raison pour laquelle j'évite le populo du samedi, c'est parce que je suis terrifié à l'idée de rencontrer quelqu'un que je connais. Un souvenir de mon passé. Quelqu'un qui ne sait pas que je suis un vagabond. A cette seule pensée, je frémis de terreur. Affligeant, hein ?)

Jeune et sans souci, je me prélasse et baye aux corneilles. Mais je sens les humeurs fétides clapoter mollement dans mon ventre et mes intestins contractés. Merde !

Oui, le vieux Perry décline. (Culotté, venant de ma part...) Ce matin, il sanglotait quasiment. D'habitude, c'est un vieux dur à cuire. Je ne sais pas très bien ce qui clochait chez lui, mais je suppose que le seul fait d'être archivieux et sur le point de claboter constitue un assez bon point de départ. Il avait le visage tout gris et figé ; avec ses larmes furtives et sa misère si fière, il m'a foutu par terre. Je crois que Perry en a marre de se bagarrer et de se débattre contre les revers et les coups du sort. Il est trop vieux. Il s'en fiche désormais royalement. C'est fatal. On ne peut pas repousser indéfiniment la date du décès de Perry. Dans le courant du vagabondage, seule la jeunesse engendre l'insouciance. Quand on est un jeune sans-abri, ce genre de désespoir te flanque une bonne migraine ; mais quand on est un vieux sans-abri, il te tue.

Ce matin, très mauvais signe : il ne m'a apporté ni café ni cigarette discrète. C'est la première fois qu'il omet cette petite politesse. Cela augure mal de l'avenir, et puis ça me prive de l'un de mes rares moments de confort quotidiens.

> Mon égoïsme et moi
> En vadrouille et sans peine ;
> Le plus séduisant des couples,
> Le boulet sans la chaîne

J'ai essayé de réconforter le pauvre vieux, mais je me suis trouvé à court de sagesse et nanti d'un trop-plein de platitudes. Tu aurais adoré ça. Perry poussant les derniers sanglots de sa vie gâchée, moi débitant mon monologue de série télé, le tout généreusement saupoudré des conneries typiques de la jeunesse. Je devrais entrer à l'hôpital : j'ai besoin de soigner mon script.

J'étais sec. Complètement sec. Ce fut indéniablement gênant et, dans mon état présent, je me serais bien passé de cette épreuve, mais il me semblait que je devais ce petit coup de main au courageux Perry. Pour quelqu'un de si jeune et d'aussi insensible, j'ai un cœur en or, n'est-ce pas ?

Quoi qu'il en soit, comment peut-on aider un homme qui a eu une vie aussi merdique que Perry ? Mmmm ? Assez problématique, pas vrai ? Pas grand-chose à dire pour couronner une existence d'épreuves et de malheurs hilarants... Je suis bien placé pour le savoir.

Comme je l'ai dit, il sera bientôt mort et tout ça relèvera alors de l'insipide querelle d'école. D'un jour à l'autre, la Camarde viendra rendre visite à Perry. Il me manquera. Bon dieu, il me manque déjà. Adieu, Perry. Vaste était sa générosité ; sincère, son âme. La mélancolie ne le lâchait pas d'une semelle. Adieu, Perry...

(Tout comme Perry, j'arrive à un carrefour, à une croisée des chemins. Perry a le choix entre une mort imminente et le désespoir présent. Quant à moi, je dois choisir entre Mill Hill et Rocks Lane. Le pire reste à faire. Je regarde autour de moi l'herbe et les arbres de la guérilla urbaine, les murs rouge brique, les terrains de cricket et les cimetières et... je choisis... Mill Hill ! Pfft !)

Il me reste douze cigarettes. Douze bonnes clopes bien réelles. Il faut que je fasse gaffe. Que je gamberge. La frugalité est une qualité que je dois développer. Malgré tout, j'en allume une dès maintenant, pour me récompenser de ma perspicacité. Voilà qui est bien. Voilà qui est mieux. Fume.

J'aimerais que cette vague de chaleur me lâche un peu le mollet, que la douleur lancinante quitte mon crâne, me laisse tranquille. J'aimerais que la saleté liquide qui barbote dans mes boyaux se solidifie. Mais surtout, j'aimerais foutrement avoir un peu de fric !

(Ce matin, Perry ne m'a pas refilé en douce le moindre bifton de dix. Difficile à croire, mais vrai. Je n'ai pas eu le culot de lui demander, alors qu'il est sur le point de claboter.)

Je marche. Oui, je vais de l'avant.

Tu veux donc que je te parle de la nuit dernière ? Une liste de verres, une enquête de régurgitations ? Le passé répétitif de toutes les apparitions liquides de ma famille ? Mes parents ranimés, isovatiollés. Big Bobby Bogle, par exemple. Cher père mort, arraché à la vie. Tu veux me voir faire le Bogle ? Prouver mes talents culturels et biologiques sur le chapitre de la gnôle ? Une mise à jour de mon héritage. Quelques allusions mal informées à ce clan que tu connais peu et méprise grandement.

Très bien, allons-y ! J'ai été massacré. Buté, battu, bousillé. Telle fut mon histoire. Ma triste vie ! Ma mémoire !

(Enfin quoi, permets-moi quelques mièvreries sentimentales. Ça ne mange pas de pain, ça ne fait de mal à personne.)

Mais tu n'as pas vraiment envie d'en entendre parler. Tout ça te raserait. Toutes ces beuglantes hilares, ce désespoir gaélique noyé dans des flots de bière. Ces palabres superflues ! Qui en voudrait ? !

C'est mon histoire qui importe, retournons-y daredare. Place au pitre pitoyable.

Lorsque nous avons quitté le jeune Ripley, il était en très fâcheuse posture. Vagabond, poivrot et nihiliste, tout cela avant d'avoir atteint l'âge de dix-huit ans. Il faisait partie de ces robustes jeunes alcooliques que l'on voit vautrés sur le trottoir des villes de province. Avec leur visage ravagé, fouetté par le vent, leurs cris déments, leurs yeux injectés de sang. C'était une épave. Une loque. Le fin fond de la lie du dernier tonneau.

Je m'en suis sorti, par miracle. J'ai réussi à me tirer de là avant que mon billet pour l'iniquité ne soit irrévocablement poinçonné. J'aurais pu passer dans cet état les trois ou quatre années qui me restaient à vivre ainsi. J'aurais dû m'éteindre de la sorte avant de finir, cadavre grotesque, dans une conférence sur la cirrhose destinée aux étudiants en médecine ayant le cœur bien accroché. Mais j'ai eu de la chance. Je m'en suis tiré de justesse. J'ai eu un bol incroyable, putain.

Une nuit de la fin de l'été, quatre policiers arrêtèrent un jeune vagabond qui essayait d'entrer par effraction dans un magasin d'alcools de Lisburn Road. Après avoir proféré plusieurs remarques sarcastiques et alambiquées sur l'amour qui n'ose pas dire son nom parmi les rangs de la police britannique, il se mit en tête d'essayer de leur flanquer une raclée — à tous les quatre. Quand ils lui eurent un peu chauffé les oreilles, ils réussirent à lui extorquer quelques vagues détails autobiographiques.

Ils l'emmenèrent en voiture à St Malcolm et tirèrent de son lit le bon vieux Père Pif. Le jeune gars avait marmonné le nom de cet éminent gentleman. Les flics proposèrent une alternative charitable au chanoine O'Hara. Soit il acceptait d'accueillir ce garçon, soit eux-mêmes l'arrêtaient et l'accusaient de vol avec effraction. Par chance, Pire Paf céda à un accès de générosité.

Tu sais, j'ai eu une veine de cocu — car c'était moi le vagabond —, j'ai eu une veine de cocu que les quatre flics ne me dérouillent pas. Des êtres dépourvus de conscience auraient pu me réduire en chair à pâté sans me poser trop de questions. J'ai eu de la chance. De temps à autre, les gens peuvent vraiment être gentils.

Il a dû s'amuser comme un petit fou, le révérend O'Hara. Qu'est-ce qu'il a dû se marrer... Moi puant comme un putois, lui essayant de surmonter sa nausée et le manque de sommeil. J'aurais bien aimé voir ça, si je puis dire.

Le lendemain, à ma grande honte, Père Pif me donna un bon paquet de fric et m'expédia dans un monastère cistercien de Portglenone pour un sevrage parmi les moines. Vêtu d'un costume gris monacal et de gros godillots ecclésiastiques, j'ai rejoint Portglenone et je suis entré dans la vie monastique.

Lorsque je suis retourné à Belfast trois mois plus tard, je portais toujours mon saint costume et mes chaussures bénies, mais j'avais laissé mon alcoolisme derrière moi. Ainsi qu'un certain nombre d'autres choses. Je n'étais plus Ripley Bogle le raté magnifique, son courage dans l'adversité, ses hurlements amusés et courroucés contre les vicissitudes de l'existence. Maintenant, j'étais fort et plein de haine. Et j'avais une sorte de but.

Empruntant de l'argent à un prêteur aigrefin dont je connaissais le fils à l'école, je trouvai un affreux gourbi tout près de Downview. Un endroit vraiment crade. La taularde, Mme Collins, était une vieille pocharde répugnante qui n'avait pas vu l'intérieur d'une baignoire depuis des années, du moins sa puanteur le laissait-elle croire. Bourrée, elle se lançait invariablement dans l'éternelle et interminable histoire de la vie et de la mort de son mari. Je devais rester assis et écouter ce compte rendu affligeant de la chimiothérapie, de la perte des cheveux, de la chair putrescente, si je ne voulais pas me faire virer avec pertes et fracas. Mais en vérité, mon expulsion n'aurait pas été un mal. Car cet endroit était incroyablement malsain. Il suintait la crasse et la vermine ; l'odeur vous convainquait de la présence de cadavres syphilitiques enfouis sous les planchers. La cuisine en particulier était d'une saleté incroyable, baignant dans la graisse et d'étranges formes de vie innommables. J'étais déjà passablement ratiboisé après mes privations récentes mais, face à toutes ces salmonelloses potentielles, je gravis joyeusement quelques échelons supplémentaires dans la hiérarchie de l'épuisement. Plutôt jeûner que combattre les champignons dans ta nourriture. Mon attitude convenait parfaitement à cette vieille harpie madrée. Un jeune champion de jeûne constituait un pensionnaire très économique.

J'avais maintenant besoin d'une adresse. Mon but exigeait un minimum de stabilité géographique. J'épurai mes finances et réglai mes dilemmes scolaires. Je réussis à convaincre la sécu de m'aider en la menaçant d'écrire directement au Président des États-Unis ou quelque chose de similaire ; en même temps, alliant mon charme juvénile et une profonde humilité, je caressai dans le sens du poil le courageux Père Pif, qui m'autorisa à retourner à l'école. J'avais un but. Lorsque je lui en fis part, je m'étonnai qu'il n'éclate pas de rire, ne me flanque pas dehors à grands coups de pied dans le cul, ou qu'il n'appelle pas le samu psychiatrique. Il me laissa retourner à l'école pendant un petit moment — tout le temps que j'en aurais besoin. Cet homme était un saint. Un pape potentiel, pensai-je.

Et quel était donc ce but, me demanderas-tu ? Qu'allais-je donc bien pouvoir faire ? Eh bien, il faut comprendre que j'étais à ce moment-là la lie de l'humanité. Je n'avais pas d'argent, pas de famille, pas d'amis, pas de boulot, aucune qualification, pas la moindre chance et aucun espoir. Les plus pauvres prolétaires me regardaient de haut, vagabonds et mendiants m'évitaient dans la rue, les parias de tout poil me battaient froid. J'étais une vermine, un avorton, un débris.

Assez naturellement, je décidai d'aller à Cambridge. J'allais fréquenter l'université !

Ne ricanez pas, bande de cyniques ! Je me suis dit que, quitte à me hisser hors de la fange, autant faire un grand bond vers le haut. Passer d'un seul coup des bas-fonds de Belfast aux chambres douillettes de Cambridge ! D'un extrême à l'autre. Cette idée me plaisait ; elle titillait mon sens de l'absurde. *Quel arriviste* * !

Voilà ce qui mit fin à mon alcoolisme. Ce ne furent pas

les moines avec leurs platitudes humanistes et leurs humbles aspirations. Ce fut le comble de l'ambition. La loque alcoolique bondissant tout à trac jusqu'à la première université d'Europe. J'aimais cette image.

Je m'y attelai avec ardeur. Je voulais réussir à tout prix. Même si je n'imaginais jamais que mes pieds répugnants fouleraient un jour le pavé de Cambridge, j'étais relativement confiant. D'ailleurs je n'avais pas le choix, car c'était ma seule chance. L'éventualité d'un échec était impensable.

Après la fausse-couche de Deirdre, ses parents l'avaient envoyée se mettre au vert en Allemagne chez sa grosse tante. A son retour, elle menaça de se suicider si on ne lui permettait pas de me revoir. Comme d'habitude, ses parents cédèrent. Ils méritaient bien leur fille, M. et Mme Curran.

(Je tiens à souligner que Deirdre négligeait toujours de dire à ses parents que je ne l'avais pas sautée et que j'étais par conséquent innocent de toute turpitude coïtale liée aux regrettables conséquences que l'on sait. Distrait, je n'avais pas davantage réglé ce petit malentendu. Ça ne m'était tout simplement pas venu à l'idée.)

Quand je la revis, toute ma haine et ma belle amertume flambant neuve me quittèrent — au moment précis où j'en avais le plus besoin ! Elles m'avaient bien servi, elles étaient désormais superflues. Peut-être grandis-je un peu à cette occasion. Je vis ce qu'était un homme, ce qu'est un homme. Mais peut-être que non, finalement. Deirdre avait changé — en pire. Renonçant à tout faux-semblant de normalité, elle était de toute évidence parfaitement cinglée. J'ai alors couché avec elle. Il a bien fallu. Un refus aurait entraîné des crises d'hystérie encore plus extrêmes et puis j'entretenais l'illusion furtive d'aimer cette fille. Je croyais cet amour d'autant plus grand qu'il était trempé dans les flammes de l'adversité. Très joli. Très charmant.

Malgré tout, il devenait difficile d'ignorer la folie furieuse de Deirdre. Son plaisir érotique semblait dépendre de la douleur qu'elle infligeait et je fus très troublé par la violence de ses goûts. Un jour, au beau milieu de la chose, près de l'apogée du rut, elle se mit à raconter l'histoire de sa fausse-couche avec un sens étonnamment aigu du détail narratif. Au moment du joyeux abandon, elle conclut son récit en disant que le « bébé » ressemblait exactement au bébé que nous aurions pu avoir. Bogle le diplomate essaya de dissimuler le bruit de son éructation tandis qu'il vomissait dans la nuit.

Elle m'attaquait avec ma propre batte de cricket ; elle me crachait dessus, elle m'injuriait, me frappait, m'égratignait et m'étranglait dans les transports de son extase licencieuse. Rudement moche. Elle prit l'habitude amusante de se pointer devant ma porte, à moitié comateuse, déclarant qu'elle était en train de faire une overdose mortelle. Je devais alors l'emmener à l'hôpital dans sa propre voiture. (Elle avait maintenant une voiture personnelle, la pauvre fille.) C'était extrêmement divertissant. Les voitures et moi n'avons jamais fait bon ménage. Nous formons même une combinaison désastreuse. Ma conduite très originale de son véhicule faisait courir davantage de dangers à Deirdre que n'importe lequel de ses cocktails narcotiques.

Une fois, alors que les parents de Deirdre étaient partis pour le week-end, elle et moi avons passé notre première et dernière nuit ensemble. Après avoir copulé avec beaucoup de vigueur mais sans joie dans le grand lit de ses parents, nous nous sommes tous deux endormis, chose banale. Après deux ou trois heures somnolentes, je pris vaguement conscience d'un étrange picotement sur mon dos et mes épaules nues. La surface paisible de mon sommeil se froissa à peine et je retombais déjà vers une inconscience plus profonde encore lorsque j'entendis une succession de légers cliquetis métalliques. Doux et discrets. Je me débattis longtemps contre la lassitude de mon corps. Je me sentais merveilleusement bien au chaud, voyez-vous, dans cet énorme lit bien propre. Et tellement, tellement fatigué. Au prix d'un effort colossal, je finis par me réveiller. Et je fis foutrement bien.

Après avoir confisqué les ciseaux à mon intéressante jeune maîtresse, j'ai filé à la salle de bains pour laver le sang de mon dos. Les entailles n'étaient pas très profondes dans ma chair — par chance, elle s'était contentée de s'amuser avec son idée macabre. Mais elles étaient longues, nombreuses et elles me faisaient un mal de chien. J'ai soigné mes blessures, je suis parti sur la pointe des pieds et j'ai parcouru à pied les vingt kilomètres qui me séparaient de la ville. J'ai ensuite décidé qu'il valait mieux ne pas revoir cette bonne vieille Deirdre pendant un moment.

Ce qui ne veut pas dire que je renonçais enfin à toute tentative d'amour et de tendresse. Je l'aimais encore. Son déséquilibre était compréhensible, excusable — son épreuve avait été terrible. Je réussis curieusement à ignorer les protestations vibrantes et de plus en plus virulentes de mon égoïsme. Mon héritage de culpabilité, suite à la grossesse de Deirdre, aurait dû me mettre la puce à l'oreille, par exemple. Je voulais ignorer la paternité réelle qui avait entraîné son avortement catastrophique. Je ne me résolvais apparemment jamais à l'interroger sur l'identité du responsable. L'idée que ma prétendue maîtresse avait manifesté son incontinence sexuelle de cette désagréable manière ne me hantait pas assez. Du début à la fin, je restais un pauvre crétin incapable de manifester la moindre colère.

Ainsi continuai-je malgré tout d'aimer Deirdre et dans mon esprit son image n'était que très légèrement ternie. Une tache imperceptible, mais au moins c'était un début.

Au mois de novembre de la même année, je me présentai devant la Commission d'Admission à l'Université de Cambridge. Trois bombes de cinquante livres explosèrent dans un garage situé un peu plus loin dans la rue, pendant que j'écrivais. Très agréable. Je me demandai combien d'autres anciennes loques alcooliques espérant entrer à Cambridge passaient ces mêmes examens au son des explosions toutes proches. Pensée futile, mais qui me requinqua.

Je passai donc ces examens. Plein d'espoir et d'excitation, je noircis des pages. Je priai pour que la sympathie joue en ma faveur. J'écrivis tout ce que je savais, et plus encore.

Et bien sûr, je réussis ! Vous vous en doutiez depuis longtemps, n'est-ce pas ? Je trouvai la lettre en regagnant ma tannière aux premières heures du dernier vendredi avant Noël.

Cher monsieur Bogle,
Nous avons le plaisir de vous informer...

Une authentique, une stupéfiante extase s'insinua dans mes veines. Seigneur Tout-Puissant ! Pensez à ce que j'avais accompli. A ce que je venais de réussir. Dans cette petite bicoque minable à la sordide taularde poivrote, je m'étais frayé mon chemin jusqu'à Cambridge. Je n'arrivais pas à croire à ma réussite. Deirdre et tous ses semblables, avec leurs parents aimants, leur argent si utile et leurs écoles si onéreuses — eux, malgré tout ces avantages, ils avaient échoué. Et moi, le vaurien, le va-nu-pieds, la victime véridique, je les avais tous battus — sans rien devoir à personne d'autre que moi-même et une poignée de prêtres charitables.

Ces connards de Curran ! Ces salauds qui avaient méprisé ma pauvreté, ma religion et ma classe sociale. J'étais maintenant supérieur à eux, en vertu même de leur propre système pourri d'évaluation. Un étudiant de Cambridge, aussi impécunieux soit-il, était fichtrement plus chic qu'un boutiquier arriviste et sa progéniture, aussi riche soit-il ! La suave bénédiction de la vengeance enflamma mon esprit : je passai en revue le long défilé des ennemis et des oppresseurs. Je leur dédiai mon récent succès. Je vis avec ravissement le fiel et l'absinthe inonder le cœur de tous ceux qui me détestaient.

L'aube pointait déjà quand je me remis de la lecture de cette plaisante épître. Un bonheur vertigineux obnubilait toujours mon esprit et je ne parvenais pas à aller me coucher. Je sortis donc marcher.

Au-dehors, la nuit scintillait doucement, elle m'accueillait et chuchotait l'incroyable nouvelle parmi les maisons endormies et les grands arbres dénudés par l'hiver. Antrim Road, cette vieille amie, serpentait avec majesté et beauté devant mes pieds mal chaussés ; le tapis noir des félicitations. Cavehill annonça son approbation lointaine à travers la brise noire électrique. Mon aller simple pour la prospérité m'emplissait d'une joie folle.

J'entrai dans Alexandra Park, ouvert et somnolent sous le ciel noir du petit matin. Un laitier tôt levé passa devant moi, une douce chanson de l'aube. Je lançai un salut non entendu. Je traversai cette charmille d'arbres nus, un toit inégal sur fond obscur, vers le petit lac à l'eau sombre. Des cygnes gris sale glissaient, royaux, à sa surface, sans accorder un seul regard au garçon heureux qui observait leurs évolutions. Rien d'intéressant selon eux.

Alors le jour se leva pour de bon, nimbant lentement le parc hivernal d'une froide lumière grise. Mes yeux brillaient dans la pénombre comme deux lueurs de bonheur. Je rebroussai chemin. Adieu, l'Irlande. Alors que je marchais une fois encore sur Antrim Road, il me sembla que les façades familières de ces maisons délabrées se réveillaient et me vénéraient, moi leur fils prodigue. Je rentrai chez moi dans l'avenue de leurs applaudissements silencieux, en rougissant modestement tout du long.

J'étais excité. J'étais heureux. Mon bonheur me paraissait mérité. Je commençai à faire mes plans.

(Lorsque j'appelai Deirdre pour lui annoncer la magnifique nouvelle, elle se mit en colère et me raccrocha au nez. Elle me trouvait incapable d'affronter le monde réel, elle pensa que je filais à l'anglaise. Deirdre, elle, était capable d'affronter le monde réel parce que son vieux salaud de père lui avait payé les frais d'inscription en première année d'une école d'art privée de Leeds.)

La seule chose qui me gâcha les quelques mois suivants fut la nouvelle de l'assassinat de Maurice. Sa mort me toucha au vif, mais Cambridge fut une consolation. Cette mort affreuse me confirma dans mon désir de partir. Je ne voulais pas me faire avoir à mon tour. Je ne voulais pas mourir. Et pas davantage connaître l'agonie de mon père. Ni celle de Maurice.

Ainsi approchait la fin de ma période irlandaise. Tout joyeux (hormis ma peine mauricienne), je me préparai au départ, à l'embarquement. Mes yeux étaient redevenus verts, j'avais rajeuni. Une fois de plus, je me sentais plein d'allant et d'énergie. Tout était prêt. Ma ville était bouclée, étiquetée. Plus rien à y faire. Tout était prêt maintenant. Départ. Adieu, Irlande.

Seigneur, ce que j'aimerais me sentir plein d'allant et d'énergie en ce moment même. Ces obscures rues londoniennes ont rétréci, passant d'un ordre terne à une confusion anonyme. Je ne sais pas où aller. Un peu perdu, que je suis. Je regarde autour de moi les rues chauffées et fumantes, l'air marmoréen et impalpable. Sur un mur tout proche, j'avise un graffiti moqueur. Un travail compétent, soigné. Voici ce qu'il dit :

D.H. LAWRENCE ENCULE LES CHIENS !

Je constate avec plaisir que les courants jumeaux de l'esprit et du discernement n'ont pas entièrement abandonné le sud de Londres. Mes lèvres ébauchent donc un sourire secret, mes souffrances s'en trouvent légèrement soulagées. Voilà la touche d'humour dont j'avais besoin. Un rythme moins cruel palpite désormais sous mon pauvre crâne. Mes boyaux s'apaisent un peu, mes yeux y voient plus clair à travers leurs croûtes et la chaleur. Il suffirait que je dégueule un petit peu pour me retrouver frais comme un gardon. Je vais bientôt me reposer. J'arrive à la partie la plus agréable de mon récit. Aux passages que j'apprécie tout particulièrement. Mes années d'université vont vous remonter le moral, à vous aussi. Épreuves et tribulations ne sont pas tout. J'ai connu quelques épisodes euphoriques. Laura. Vous allez bientôt entendre parler d'elle. Un peu de lyrisme, de la romance. Mais donnez-moi d'abord le temps de gerber en paix.

Deux

Et l'Irlande ? Et cette bonne vieille Irlande, alors ? Je ne peux pas la laisser tomber comme ça, tout de même. Avant de fuir mon affreux lieu de naissance, où diable aurais-je pu poursuivre mon existence ?

Nous autres Irlandais, nous sommes tous des putains d'imbéciles. Aucun autre peuple ne rivalise avec nous pour l'absurde sentimentalité dans laquelle nous nous vautrons. Nous et l'Ulster. Putains d'Irlandais chouchoutés par Dieu, ainsi qu'ils aimeraient le croire. Comme peuple, nous sommes une catastrophe ; comme nation, une honte ; comme culture, des casse-pieds... et pris individuellement, nous sommes souvent repoussants.

Mais nous aimons tout ça, nous autres Irlandais. C'est pour nous un vrai régal. Pires nous sommes, plus nous aimons ça. Nous adorons la vieille Irlande et elle nous adore.

Oh oui, palsambleu ! Belfastidieuse ! Villes à investir avec nos insignes vocaux d'accent non irlandais. Les habitants de l'Ulster ulcéreux parlent en tonalités écossaises. Pas grand-chose d'irlandais chez eux. La voix de mes compatriotes me fait l'effet d'un aiguillon. Leur signe d'appartenance au pays. Toutes ces vieilles âneries irlandaises promues par les Américains et les professeurs de littérature anglaise... La menace et la cupidité. Pure connerie. L'Irlande et ses joies. Cracher sur le visage le plus saint qu'on puisse trouver. La sauvagerie affectionne la démesure. Le sang répandu dans les rues. Une bizarrerie, mon pays. Avec son drapeau, hissé et collé à des hampes. Le Dégouttant. Le vert, le blanc et tout le clinquant. Chantons :

Notre Irlande est un endroit charmant,
Une superchouette nation.
La bigoterie est son passe-temps,
La mort son occupation.

Pourquoi les Irlandais ont-ils un tel béguin pour l'Irlande ? Qu'est-ce qui les fait déblatérer autant sur leur cher pays ? Sont-ce la souffrance et la pauvreté, la mort et ses dangers ? Sont-ce le mépris, la haine, la traîtrise, la stupidité, le vice, l'inhumanité ou l'inconfortable désespoir ? En tout cas, nous constatons sans mal que les Irlandais ont de quoi être reconnaissants.

Que puis-je dire de l'Irlande que les Irlandais ne nieront pas ? Qu'ajouter à la longue liste des évocations assommantes de ce gros tas de merde gaélique ?

J'ai trouvé : je vais vous raconter une histoire. Une histoire vraie. Une histoire irlandaise. C'est arrivé pendant que je fréquentais encore l'école et c'est devenu une sorte de *cause célèbre* * dans la salle de classe des troisièmes.

Par une méchante soirée d'octobre, deux garçons de mon école commettent la gaffe étonnante de descendre Crumlin Road. (Un sale coin. Un no man's land. Shankill d'un côté, New Lodge de l'autre. Lieu de réunion de dieux variés, entre la merde et l'urine marine.) Bien évidemment, mes deux camarades de classe sont un peu inquiets. C'est le territoire du Boucher de Shankill, un gentleman férocement anti-œcuménique doté d'un fort penchant à décapiter les papistes. Ici sévit le chasseur de têtes. Les deux lascars marchent donc, en enjambant avec adresse les fils tendus par leur peur.

Ils sont alors arrêtés par trois hommes qui exhibent de grosses armes menaçantes. Forcément. Inévitable. Comme vous pouvez l'imaginer, nos deux héros se compissent de terreur. Tout est fichu, pensent-ils paniqués. Bonjour la balle, adieu la vie ! Les vigiles armés demandent à nos garçons s'ils sont catholiques ou protestants. L'ombre pâlotte d'une chance infime se profile à l'horizon de leur trouille. Microscopique espoir de fuite. Catholiques ou protestants. Faut tomber juste dès le premier coup. Pas d'examen de rattrapage. Nos garçons gambergent comme jamais. Le lieu ne fournit aucun indice, pas plus que les hommes armés. L'un des garçons tire mentalement à pile ou face et, tremblant de terreur, hasarde qu'ils sont catholiques. Les hommes armés échangent un regard perplexe.

« Prouvez-le », dit l'un d'eux.

Jésus putain de Marie, pensent les deux Malcolmiens, on a gagné ! On s'en est tiré, bordel ! Le soulagement étreint leurs deux cœurs, les séraphins chantent à leurs oreilles.

Ils récitent un *Je Vous Salue Marie* et se prennent chacun une balle en pleine tête. Ho ho ho ho ho.

Vous aviez deviné, pas vrai ? Magnifique, non ? ! Ces salauds ont vérifié. Pour être sûrs de leur coup, putain ! La parfaite cruauté cyclique de ce moment d'espoir et de prière fervente. L'intelligence froide de cette parenthèse d'incantations ravies. Des salopards intelligents, il faut bien l'avouer.

(Si je connais cette histoire, c'est grâce à l'un des deux garçons, qui a survécu. Survécu à une balle tirée en pleine tête ! Pas en parfait état, naturellement. Paralysé et tout ce genre de choses. La vie en fauteuil roulant n'est pas une partie de plaisir, mais le plus bizarre, c'était qu'il restait obsédé par ce moment. Et ça l'a rendu cinglé. Cette prière... cette réponse.)

Oui, j'ai vécu dans une ville merdique, lépreuse et pas très jolie.

Pense que tu vas tuer quelqu'un. Vas-y. Un type. Un pauvre gars minable. N'importe qui. Pense que tu vas le trucider. Prends ton temps. Penses-y bien. Pense à sa vie, à sa maman et à son papa. Pense à ses enfants. Pense à toutes les femmes qu'il a eues, aux seins qu'il a embrassés, aux cuisses qu'il a écartées, à tout ça. Pense à ses rages de dents, à ses constipations, à sa bedaine de buveur de bière. Pense aux livres qu'il n'a pas lus, aux gens qu'il n'a pas connus, aux endroits qu'il n'a pas vus. Pense à sa vanité et à son ignorance, à sa cupidité et à son égoïsme. Pense à son énergie et à sa gentillesse, à sa clémence et à sa tendresse. Pense à lui en train d'acheter ses chaussures ternes et ses vestons douloureusement vulgaires. Pense à ses mauvaises blagues et à ses instants gênés. Pense à son babil de bébé et à ses dents de lait, à sa flasque et à ses sandwiches, à ses photographies, à son découvert bancaire, ses meubles, son écriture manuscrite, sa calvitie naissante, ses plats préférés, ses cigarettes, son équipe de foot, ses chaussettes sales, son visage et les années derrière lui. Pense à lui. Pense à sa vie.

Pense que tu vas le tuer. Penses-y.

A quoi bon, hein ? Qui a besoin de ça ?

Adieu, Belfast.

*

Oh oui, notre histoire à Deirdre et à moi a bientôt fait long feu. Notre petite romance s'est achevée juste avant mon départ pour Cambridge. De la belle ouvrage, ça aussi. Deirdre déjantait de plus en plus pendant les derniers jours affligeants de notre relation. Ses exigences et ses caprices étaient sans cesse plus extravagants et aberrants. Elle finit par me dire qui l'avait tringlée avant sa petite fausse-couche. (Je ne lui avais rien demandé.) C'était un plombier chargé d'effectuer des travaux dans leur salle de bains. Il lui sortit le grand jeu, apparemment — sur le carrelage de la salle de bains, pas moins ! Répugnant, n'est-ce pas ? Eh bien, ce plombier n'avait manifestement aucun gant en caoutchouc pour l'amour, moyennant quoi la Grosse Deirdre reçut la giclée droit au but. Ce sont ces petits détails déprimants qui ôtent tout tragique à mon existence. La présence constante de l'absurde, les turpitudes hilarantes du hasard.

Je vis Deirdre pour la dernière fois à une table de café souillée de Robinson and Clever's. Sur ce terrain extrêmement neutre. Je m'étais très bien préparé en vue de cette grande scène. J'avais répété une kyrielle de cris et de vociférations. Le truc habituel : le problème avec toi, c'est que... etc. Bon dieu, j'allais vraiment lui faire passer un sale quart d'heure ! Bien sûr, une fois au pied du mur, j'ai complètement foiré mon coup. Brusquement, le jeu m'a semblé ne pas en valoir la chandelle. J'étais libre désormais. Libre. Cette évidence me frappa, provoquant une euphorie soudaine et bienvenue. Vous savez, j'avais oublié combien j'étais jeune. Bizarre... J'ai donc souri et je l'ai plantée là. A mon avis, ce fut sans doute plus humiliant pour elle que n'importe quelle bordée d'injures que j'aurais pu lui jeter à la face. Je me suis tout bonnement tiré. Dieu, ce que c'était drôle !

Je suis dur avec Deirdre, n'est-ce pas ? Pour rejeter la faute sur elle, je n'y vais pas de main morte. Mais selon moi, Deirdre était un monstre. Cruelle, égoïste, d'une bêtise sans nom. Il y a une certaine part de vérité dans ce que je dis là, mais je ne revendique pour moi aucune innocence. Elle était mauvaise, mais guère pire que moi. J'étais un bouquet garni de casuistique, de mépris, d'arrogance et d'insensibilité. Curieusement, avant d'atteindre l'âge de vingt-cinq ans, on a tendance à s'accorder une généreuse franchise d'égoïsme et d'irresponsabilité lucides et répugnants. La fourbe excuse des tendres années et du manque d'expérience est bien pratique. Mais elle ne fait pas de nous des oies blanches. En tout cas, ça ne marche pas avec moi. Je n'étais qu'une petite merde pure et simple. Un salaud entre les salauds.

(Ma parole, toute cette impitoyable lucidité n'est-elle pas touchante ?)

Comment en sommes-nous arrivés à cette séparation définitive ? Vous voulez connaître l'explication du cessez-le-feu ? Vous voulez savoir quelle goutte d'eau a finalement fait déborder le vase ? Évidemment, vous êtes curieux.

*Deirdre m'a largué, mais oui. Elle m'a plaqué et rendu ma liberté. Elle baisait avec un autre (*comme d'habitude **). Elle m'a dit de sortir de son orbite.*

Pas mal, non ?

Trois

Barn Elms. Les caresses généreuses d'un soleil tiède ondulent paresseusement sur le terrain de sport. D'impeccables rangées de peupliers polis s'inclinent courtoisement dans la brise légère aux parfums d'été. On entend le vague bourdonnement de l'ennui citadin en ce début d'été. Chaud et paisible. Le bruit de pas lourds et lointains ponctue le silence désert. Le lanceur arrive en courant, les narines follement dilatées, les pieds martelant l'herbe sèche. Un claquement doux et satisfait quand le batteur frappe adroitement la balle à côté de ses jambes. Le plaisir profond, radieux, de la batte de cricket percutant la balle de cricket avec une force égale mais opposée. La petite balle file vers les cordes frontalières, très haut dans l'air, avec un léger sifflement, puis elle tombe *ploc* pile à mes pieds.

Gêné, je la renvoie à un chasseur émerveillé.

Oui, je regarde un match de cricket. Vous vous rendez compte, un match de cricket ! Comment imaginer une occupation plus idyllique pour un après-midi oisif de juin ? Le soleil est moins brûlant qu'un peu plus tôt et cette petite brise agréable entraîne les pires relents de ma puanteur. Ma migraine s'est calmée, mes intestins se tiennent relativement tranquilles. Et je regarde un match de cricket. Ça me distrait.

Le cricket est un jeu étonnamment important. Il compte énormément, même pour un sans-abri irlandais comme moi. De tous les sports, c'est le plus cohérent, le plus cohésif. Le cricket est audacieux, élégant, profond, amical et encyclopédique. Le cricket resplendit en été et vibre selon son rythme lent de sieste. C'est un jeu de l'esprit, de l'imagination. Bien sûr, la caractéristique la plus importante du cricket, c'est que les Américains n'y jouent pas.

Le lanceur démarre de nouveau et accélère sur l'herbe aplatie par tant de piétinements. La balle rapide et rectiligne quitte une masse tournoyante de bras et de jambes. Les genoux du batteur entrent en action, s'avancent. Les piquets du guichet s'envolent bruyamment. Des applaudissements assourdis jaillissent d'une équipe, le lanceur lointain prend un air modeste. Une mélodie tiède de lumière et d'attente imprègne l'air tandis que le batteur s'éloigne du guichet. Zut alors, j'aimerais bien avoir le droit de lancer impunément des trucs sur les gens.

J'ai accompli ma longue marche et elle m'a fait du bien. Pendant un moment, je me suis senti un peu perdu là-bas. Je ne savais plus très bien quoi faire. Je me sentais fatigué, malade, idiot et même légèrement cinglé. Je me suis laissé aller. Juste quelques instants. Il ne faut pas que ça se reproduise. Il ne faut pas que je pense trop à des solutions alternatives et autres cruautés importunes du même tonneau. Je ne m'en suis pas trop mal tiré jusqu'ici et je détesterais mettre les bouts après être déjà allé si loin. Sans parler de laisser en plan ma triste histoire. Je suis donc reparti deux fois plus vite. Ça, je sais faire. (Parfois.)

Je suis maintenant allongé sur le talus herbeux tandis que le nouveau batteur fait son entrée. La terre paraît soupirer, exhaler une léthargie moite et chaude. Répondant à cet appel, mon esprit et mes sens commencent à rouler et tanguer dans l'abstraction. La sueur me chatouille les oreilles, je parcours des géographies rêveuses de paix et de repos. Je me sens terriblement européen.

A première vue, l'Angleterre me fit l'effet d'un pays tempéré, d'un levain de beauté affable. Une odeur de bon pain pour moi, l'enfant inexpérimenté de Turf Lodge. Une chanson invisible de célébrité et de richesse. Du train qui m'emmenait de Stranraer à Londres, je regardai par la fenêtre les noms des gares qui indiquaient les villes, grandes ou petites, rêves de mon enfance. Un endroit où voir mes livres. Du contraste. *Vive la différence* *. L'Irlande et ses joies misérables. L'Angleterre et ses distractions minables.

Je multipliais singeries et clowneries. Dans la merveilleuse ville de Londres, mon cœur bondit, en proie à un puissant délire, tandis que j'arpentais les rues de tous mes souvenirs livresques. Covent Garden exhalait pour moi des parfums enivrants de la Restauration ; le pont de Westminster, où des foules nombreuses s'écoulaient toujours en flots inédits ; Bloomsbury, un musée nommé village... et le fleuve, l'ami et l'ennemi de Lizzie Hexam. Les rêves d'autres hommes.

Bon, pour dire les choses comme elles sont, Londres m'a d'abord fait l'effet d'un gros tas de merde. Londres, puante et répugnante. Où donc était passé Dickens ? Je n'avais jamais vu de vraie pute. Ni de sex-shop. La fange anglaise était différente du bourbier irlandais. Visqueuse et snob à la fois. La vache, j'ai pris tout ça avec sang-froid ! (Mais non, pas du tout.) J'étais un homme. J'avais un but.

J'étais complètement terrifié. Cette ville était beaucoup

trop vaste pour ma boussole provinciale. Je me perdis dans le métro et atterris à Hampstead Heath. Vue de là-haut, la ville semblait s'offrir, inerte, avec une perversité grise et engourdie. Les femmes que je croisais à Londres étaient lascives et mal habillées dans la chaleur automnale ; elles revenaient, le buste bronzé, de plages où elles se dénudaient jusqu'à la taille. Rien à voir avec les femmes de Belfast ou d'Irlande. Elles étaient superbes, fabuleuses, magnifiques. Leurs visages arboraient l'éclat de la richesse et de l'artifice. Jamais auparavant je n'avais admiré pareille beauté. Je me sentais indécrottablement provincial lorsque leurs regards généreux exploraient mes traits avec une insouciance merveilleuse, affolante. Emblèmes du désir et de l'inaccessibilité.

Le métro était splendide. J'y passai des heures de bonheur. Curieux monstre serpentin de l'indifférence populeuse. Je m'asseyais dans des wagons à moitié pleins et changeais de ligne à volonté. Les noms des stations avaient tout le mystère séduisant d'anciennes connaissances récemment retrouvées. Ils me submergeaient de plaisir et d'une excitation furtive. J'essayais de prendre un air dégagé. Tout comme un vrai Londonien. Mais j'avais conscience de ma grossièreté rustique. Je regardais avec une admiration envieuse les autres passagers qui descendaient d'un pas léger et assuré sans même jeter un coup d'œil au nom des stations.

Je me perdis encore et réussis enfin à m'arracher à cette étreinte souterraine à Turnham Green. Jetant toute prudence aux orties, je pris un taxi jusqu'à la gare de Liverpool Street. Je devais absorber Londres à petites doses.

L'après-midi touchait à sa fin lorsque j'atteignis Cambridge et le jour tombait rapidement. La première vue qu'on a de lieux comme Cambridge est toujours la meilleure et la plus agréable. Je découvris le jouet parfait qu'est cette ville. Le parfum léger du passé bourdonnait à travers la grandeur minuscule de ses étroites rues respectables et de ses lugubres passages sanctifiés. Le crépuscule gris souris s'accordait parfaitement à l'exiguïté moisie des cours et des pelouses centenaires. Les bâtiments universitaires se dressaient au centre de ce village avec une indifférence gracieuse et vieillote. Mon cœur se gonfla davantage. Tout était si vieux. Tellement bien conservé, propre, parfait. L'adorable beauté laboura mon grossier terreau bogléen. Cambridge. Ma victoire.

Non sans difficulté, je trouvai mon collège et bavardai avec le portier-chef, un Irlandais sans chapeau, aux cheveux gris, nommé Sepulchre. (Je vous jure !) Très sympa. Un condensé de respectabilité, d'humilité et de discrétion. Je lui sortis mon numéro de l'homme-du-peuple-faisant-ami-ami-avec-le-jeune-Paddy-bosseur et il m'adora. Je lui ai adressé mon sourire le plus large, le plus avenant, et nous avons rigolé et déblatéré de concert. J'ai toujours su m'y prendre avec mes congénères.

Mon nom était déjà peint sur le mur au-dessus de ma porte : R. BOGLE. Dans ce contexte, mon vieux nom marrant acquérait une nuance aristocratique dont il avait toujours manqué jusque-là. Pour la première fois de ma vie, j'eus l'impression que mon nom était davantage qu'un salmigondis de consonnes ridicules. Tout là-haut sur le mur, il paraissait grave et pesant. Il me ravissait. (Mon nom constitue parfois un handicap dont vous n'avez pas idée. Ripley Bogle. Des fois, c'est difficile à porter. Dieu seul sait à quoi ces bons vieux Betty et Bobby pensaient quand ils me donnèrent ce prénom. Sans doute aux inconvénients de l'allitération.)

Ma chambre était super. Sombre et lambrissée. Longtemps je n'en crus pas mes yeux : ses fenêtres donnaient sur la rivière. C'était merveilleux, invraisemblable. J'éteignis la lumière, m'assis et regardai la rivière en fumant une cigarette. Les yeux ainsi fixés sur ce plan d'eau assombri par la nuit au-delà des arbres et de l'herbe obscurs, je me convainquais difficilement de l'étendue de ma propre joie. C'était pourtant bien moi, Bogle, le sans-abri, le perdant, l'alcoolo, le glissant, le disparaissant, l'évanescent. Que faisais-je ici ?

Me voilà donc assis dans cette chambre obscure du collège, en train de fumer pensivement. Mon ascension dans la vie avait enfin commencé ; toutes sortes d'espoirs et de douces espérances se levaient dans mon cœur incertain.

« ... et voici maintenant la réponse à la Grande Énigme de samedi dernier, quand vous pouviez encore gagner le dernier album de Kim Wilde... ah, quels veinards vous êtes... et cette réponse était... " Le comte Borulawski, le nain polonais qui prétendait être amoureux de la plus belle baronne de la cour de Dresde. "... eh oui, je sais — un peu duraille, celle-là ! »

Une radio éructe ses vulgarités irritantes. Deux jeunes femmes se sont installées non loin de moi sur l'herbe du talus. Leur radio gueule, leurs vêtements sont pires. Elles jettent des coups d'œil en direction de mon inoffensive et avenante personne, puis elles rient sous cape. Leur rire est perçant, insistant. Ces filles ne sont pas jolies. Ce sont des chiennes, des brutes, des harpies. Quelques joueurs ont remarqué cette clameur malvenue et ils font des gestes vagues et ineptes de protestation. Les filles pouffent de plus belle, ravies de se faire ainsi remarquer.

« Est-ce que c'était pas superextra ? Rodney va nous rejoindre dans le studio pour nous parler de son nouveau single intitulé *My mother used to beat me* (" Autre-

fois, ma mère me battait. ") Je me demande s'il a encore des marques de coups pour le prouver, hein ? Ha ha ha ha ha ha hi hi. C'est fou ce qu'on s'amuse en ce samedi midi. Nous venons de recevoir un appel d'un auditeur de Bletchley qui prétend qu'un peu plus tôt dans l'émission j'ai cité de travers Emmanuel Kant. Eh bien, monsieur Jenkins, je suis vraiment navré, nous allons rectifier ça dès que possible, mais en attendant retour à la régie pour un flash d'infos... »

Les filles commencent à ôter leurs habits criards. Elles ne gardent sur elles que leurs sous-vêtements hideux, tout en ricanant à mon intention. Quelques joueurs de cricket leur jettent des regards furtifs et désapprobateurs. Je ne les blâme pas. A défaut d'autre chose, la chair de ces lourdaudes devrait se cantonner au royaume de l'imagination. Je regrette leur ostentation. Une collecte générale permettrait de leur acheter une lampe solaire ou quelque chose. Ce serait un excellent investissement.

(Oh, quel coup splendide ! Une vraie merveille. Un coup que je ne pourrais jamais maîtriser. J'aime beaucoup le cricket, mais suis incapable d'y jouer.)

L'une des deux filles m'adresse un geste provocant et me crie quelques mots incompréhensibles. Ces deux cageots ont évidemment l'impression que leur exhibition en sous-vêtements hideux me procure un grand plaisir. Mais elles se fourrent le doigt dans l'œil. J'envisage un instant d'aller le leur expliquer. Mais préfère m'abstenir.

« Merci, Rob. Nous allons maintenant annoncer les résultats de notre dernier sondage d'auditeurs. Rappelez-vous, nous avons demandé à nos auditeurs de nous parler de leurs fantasmes sexuels préférés. C'est notre premier sondage coquin de l'année. Je suis très heureux de vous dire que nous avons reçu quelques réponses très intéressantes et nous sommes en mesure d'annoncer ha

ha ha ha ha hiii que le fantasme sexuel ha ha hi hi le plus commun des auditeurs de cette ha ha ha station est... »

Voilà maintenant les deux filles allongées à plat ventre, pour exposer leur chair pâle et surabondante à l'éclat inamical du soleil. Quelle journée ! Elles sont stupides, moches et impolies. Ces deux pouffiasses sont vraiment bien loties, question handicap social. Grand bien leur fasse. Tout le pouvoir à leur troglodytisme.

Dehors. Forcément dehors ! D'un bon kilomètre. Le batteur s'éloigne, sans attendre davantage la décision de l'arbitre. Ce genre de chose fait plaisir à voir. Les joueurs l'acclament. Deux d'entre eux s'éloignent vers le bord du terrain où les deux fiancées de Dracula se dorent la pilule. Ils ont l'air réfléchi, optimiste. Oh, allez, les gars ! Pas ces deux-là. Faut vraiment que vous soyez en manque. Ouvrez donc les yeux ! Regardez !

Mais ils ont pris leur décision et les voilà qui trottinent et franchissent la corde. Ils se dirigent vers les filles selon une trajectoire torve, peu convaincante. Ils sont plutôt mignons, ces deux types. Ils pourraient trouver cent fois mieux que ça. C'est peut-être un pari ou un truc de ce genre. Oui, j'espère pour eux.

« ... et maintenant nous avons en ligne Dave, de Reigate — bonjour, Dave de Reigate, tu m'entends ?... bonjour... bonjour... ha ha ha ha ha ha ha, on dirait que nous avons un problème avec Dave à Reigate — bon on essaiera de recontacter Dave un peu plus tard. Eh bien, ha ha ha ha hah ha ha ha ha ha hi hi. (Le D.J. cherche fébrilement quelque chose pour meubler le silence soudain...) Voici le nouveau tube de Mick Jagger et Frank Sinatra... écoutez-moi ça mes cocos... ha ha ha ho ho ho ho hé hé... »

Les filles se sont assises et elles parlent à présent avec les joueurs de cricket errants. Ce spectacle me navre. Les autres joueurs appellent leurs copains. Le jeu va reprendre, mais ces deux-là n'ont pas l'air très intéressé. Ils s'installent tout près des filles et font signe à leurs camarades de continuer la partie sans eux. Des marmonnements ulcérés éclatent sur le terrain. Leur abdication a été mal reçue. La démocratie s'écroule, l'ordre disparaît. Les sportifs romantiques semblent assez heureux de leur affaire et progresser rapidement auprès de leurs conquêtes. Les filles rigolent de plus belle et me montrent du doigt. L'un des deux hommes éclate d'un grand rire vulgaire, tandis que l'autre, manifestement socialiste, hasarde une espèce de commentaire égalitaire, compatissant. Apparemment, ils me trouvent drôle. Je me demande ce que je peux bien avoir de tellement comique.

Les deux joueurs de cricket finissent par retourner sur le terrain, après avoir filé un rencard aux deux pétasses bronzantes. L'hilarité de ces dames croît de manière notable, en intensité comme en hauteur, et on les comprend aisément : compte tenu de leur laideur et du reste, elles n'auraient jamais pu s'attendre à ce genre de flatterie. Elles augmentent le volume de leur radio crachouillante, pour rappeler continûment leur présence tonitruante. Elles sont vraiment aux anges, bordel ! Leur victoire érotique semble aiguiser leur mépris envers moi ; leur campagne d'injures feutrées et de gestes équivoques reprend de plus belle. On dirait que maintenant je suis désopilant. Elles échangent leurs blagues cruelles avec les deux apollons du stade qui traînent, oisifs, dans les parages et pour elles le monde est merveilleux.

« ... passons maintenant à quelques lettres qui nous ont été envoyées cette semaine, l'une par Gillian Crawley, à Slough — merci de nous avoir écrit, Gillian — elle dit ha ha ha ha “ je trouve que tu as la voix la plus sexy

de tous les D.J. et je veux que tu me remplisses avec tes bébés "... hi hi hii hii — c'est la folie ici à votre station de radio préférée. Quelle fille, hein ? ! Eh bien, Gillian, vilaine petite fifille, ça me paraît une bonne idée ha ha ha ha ha ha hi ho ho ! Mais en attendant voici le nouveau UB40 ha ha ha ha ha ha ha ha hi hi hiiii... »

Les filles se mettent à chanter. Leurs voix fluettes, éraillées par les cigarettes, gueulent avec énergie. Les joueurs de cricket lancent des clins d'œil, des sourires, matent, opinent du chef, ricanent et se moquent. Oh, je me sens déprimé, je me sens misérable. Donnez-moi un pistolet. Laissez-moi accomplir cet acte noble. Mais pas contre moi-même.

Vous imaginez ça ? Moi à Cambridge ! Ma parole, un engouement pour les livres. Quel retournement. Venez avec moi. Visitez l'endroit.

Cambridge, plate ville ocre d'octobre. Trinity Street serpentant étroite jusqu'à Great Saint Mary's sur le large boulevard de King's Parade, flanquée de boutiques et universités ; vitrine minuscule. Une pâle lueur studieuse dans l'après-midi pesant, un soupçon de bibliothèque et de lampes de lecture brillant au loin. De jeunes étudiants désœuvrés arpentent les rues de la ville, évitant les hordes touristiques de l'arrière-saison. Quand ils se rencontrent, ils échangent des récits embellis de vacances solitaires. La nouvelle année universitaire se mettait lentement en branle, selon un compte à rebours léthargique. L'air s'enrubannait dans la vieille étreinte humide du ciel et de la terre. Cambridge s'ébrouait, façades des collèges et citadins également indifférents aux générations successives de jeunes prometteurs. Froids envers le sang neuf des nouveaux et envers les autres, plus âgés mais guère plus sages.

Au milieu de tout cela, Ripley Bogle, le héros, marche pesamment dans l'obscurité étouffante du haut et très étroit passage de Senate House en tenant près de son flanc palpitant son vieux biclou noir. Le tapotement des talons et le cliquetis régulier des roues sont sa seule chanson, tandis que la faible lueur du jour filtre et blondit la pâleur du héros.

Magnifique, n'est-ce pas ? Tellement émouvant... Le troisième et dernier de mes petits instantanés. A l'époque où je m'en tirais bien. A l'apogée de ma gloire.

En gris anthracite, ample mais suave, costume Oxfam 1950, une espèce en voie de disparition, prix : quinze livres en beaux billets bien craquants. Chemise blanche souple. Col non amidonné se détachant entre les revers sombres et coupé par le gris passé de sa vieille cravate toute tachée. Pimpant, il sort dans ces élégantes rues crépusculaires. C'est la mi-octobre, mais le vent est encore chaud. Rêves de rois et de fanfares. Un progrès triomphal et viril, et toutes ces vieilles choses. Il sort en chaussures marron, une faute de goût à cause de la couleur sombre de ses vêtements. Il sifflote au rythme de ses pas. A la lisière de ce second crépuscule à la lune basse et rouge, son visage et sa main vont irradier. Et tout ce qu'il attend ne viendra jamais.

C'était le bon temps, indubitablement. Et de loin. J'avais ce que je désirais, je pouvais enfin souffler après l'angoisse, la pauvreté, la honte et la nécessité de prévoir l'avenir. J'étais alors au sommet de ma forme ; de mon charme, de ma vivacité, de mon allant. Vous auriez pu me ramener chez vous pour me présenter à votre mère, parole. Même que ça m'arrache une larme. Toutes ces promesses et ces espoirs faciles. Moi qui me croyais bien parti pour un bonheur sans fin. J'avais fait le plus dur. Quelles épreuves pouvais-je encore subir ?

Pourtant, je devais bientôt découvrir que Cambridge était une déception. Sa beauté avait commencé par me tourner la tête, mais même ce plaisir s'évanouit rapidement pour faire place à l'habitude. S'adressant seulement aux yeux, il lui manquait cette odeur de dureté et de théâtre impitoyable qu'on trouve à Belfast. Brève et superficielle, cette séduction. Une aimable confiserie.

Les Anglais me firent l'effet de gens étranges. Ceux de Cambridge en tout cas. Ils étaient polis, charmants, prêts à accepter et désireux d'assimiler mais, malgré toutes ces qualités estimables, ils me déroutaient. Paranoïaque comme je suis, je soupçonnais qu'ils cachaient une sorte de secret, quelque menace muette qui unifiait les fils de leur race, de leur classe et de leur culture.

Mais les Anglais n'abritaient bien sûr aucun secret. Ils partageaient une caractéristique bien cachée, mais pas le moindre secret. J'observais mes contemporains se rallier à une série interminable de sociétés, de clubs et de factions. Je constatais leur adhésion rapide à n'importe quel courant en vogue, dans la sphère politique, en art, dans la mode ou pour l'érudition, ainsi que le désespoir avec lequel ils s'attachaient à de vastes groupes de leurs semblables. Pour être eux-mêmes, ils avaient besoin des autres. L'exclusion était leur plus grande terreur. La peur de la solitude était partout, ou, plutôt, la peur d'être vu tout seul. Impopulaires, les jeunes inventaient des récits compliqués de leurs activités extra-scolaires ; et les étudiants populaires se lançaient dans un circuit frénétique de soirées lugubres, soignant leur succès d'une main attentive. Sans discontinuer, ils évoquaient leurs relations innombrables et décoraient leurs murs nus avec des invitations périmées.

Insensibles à toute autre forme d'amour, ils régnaient sur leur propre stérilité. L'égoïsme et l'égotisme aride prospéraient. Ils ne se croyaient pas égoïstes. Ils jouaient les arapèdes auprès de n'importe quel groupe plus vaste que le leur. Il y avait peu de personnalité et aucune âme. Ces gens étaient presque parfaitement interchangeables. Ils préféraient obstinément la nébulosité impalpable des idées et des tendances à l'empirisme brutal de l'humanité. La zone dangereuse de la personnalité était traitée avec fougue, mais l'individualité était rare et soigneusement ignorée. Ils redoutaient le congrès intérieur, humain. Ils n'aimaient pas penser que d'autres gens différaient d'eux. Dans l'un de mes moments épiques, universels, je conclus avec une intelligence rare que le manque d'intérêt de l'Anglais pour lui-même l'empêchait évidemment de s'intéresser aux autres. Lointain, impersonnel, désengagé. Des proies faciles pour la sombre et complexe vitalité du Celte (c'est-à-dire moi).

Cambridge me réserva néanmoins une surprise. M'étant immergé dans les récits fleuris de l'homocommunisme idéaliste de Cambridge pendant les années trente et les faux accents prolétaires des années soixante et soixante-dix, je fus stupéfait par l'étendue des bouleversements idéologiques qui avaient eu lieu. Le doux manteau du fascisme imbécile s'étendait désormais sur la vieille ville. Dickens en aurait craché ses molaires. Pour dire les choses crûment, des hordes écumantes de connards et de têtes de nœud rivalisaient de bêtise et d'ambition. L'Union Society était tombée aux mains d'une bande de cinglés complets et les groupes conservateurs de l'Université passaient leur temps à démasquer le rôle du KGB dans le syndicalisme britannique et à suggérer le rapatriement ethnique comme seule solution viable au déclin économique de la nation. Privés d'empire, en pleine déconfiture, c'étaient de bien tristes quidams.

Pour couronner le tout, le snobisme et les privilèges

aristocratiques étaient de nouveau en vogue. Moi, Moi-même, Ripley Bogle, le premier dans le duché de la nature, j'avais bien du mal à comprendre la dynamique de l'aristocratie. Calmement, je regardais les Sainsbury, les Cadbury, les McVity ainsi que les fils de marchands grecs inclus dans cette confrérie. Des petits malins, parvenus et arrivistes notoires. Dans mon innocence provinciale, je m'étais attendu à ce que les bastions plus anciens des classes supérieures britanniques les renient, mais non. Ils jouaient sur du velours et furent assimilés en douceur. Car ils possédaient ce qui, de tout temps, avait toujours suffi. Du fric, du pouvoir et encore du fric. L'aristocratie ? *Qu'est-ce que c'est* * ? Rien. Ça n'existe pas. Empiriquement, conceptuellement ou autrement. Qu'est-ce qui fait de quelqu'un un aristocrate ? Des années plus tôt, un ancêtre a tabassé de malheureux paysans avant de leur piquer tous leurs cochons et leurs poulets. Ou bien un domestique pédéraste a été fait chevalier parce qu'il nettoyait la merde des chevaux du roi. Tout commence avec le commerce et la servilité. La noblesse n'existe pas et n'a jamais existé. Fils de voleurs et d'intendants. Même chose pour les rois.

Création fortuite. Fils de rétameurs hémophiles armés de grandes épées. Tuer pour régner. La puissance se fondait alors sur la puissance réelle. Qui et combien de gens peux-tu occire ? La force du bras et de l'épée. Aujourd'hui, la puissance n'est qu'une revendication, un code de comportement qui distingue différents groupes de gens. Mal prononcer *Magdalene* et ne pas avoir de fente derrière vos vestons. Stupéfiant ! Une seule petite différence et le tour est joué. Qui dira ce qui vaut mieux ? Un merdaillon à une fête royale. Mais un mignon de Cambridge serait tout aussi déplacé à Falls Road. Au moins pendant un petit moment. Jusqu'à l'instant où il se ferait trouer la peau. Des aristocraties différentes. Tout aussi jalousement gardée était l'aristocratie de Turf Lodge. Au large ! Pas d'interlopes, s'il vous plaît... Je possédais moi-même tous les attributs pour cette autre noblesse anglaise. L'intelligence, le charme, la souplesse. (Mais oui. Je les avais. Tous.) La confiance et l'aplomb. Je me demandais souvent quelle était au juste cette chose qui permettait à un crétin patenté, puant du bec, âgé de dix-huit ans, mesurant un mètre cinquante-quatre et à la gueule ravagée par l'acné de se sentir en quoi que ce soit supérieur à une forme épique comme celle de votre ci-devant serviteur. Rien du tout, sinon un vestige superstitieux du passé ; et mesuré à l'aune de la vérité, ce vestige s'envole en fumée. Ce n'est que trop vrai.

Pour Webster et moi-même, il semblait bien qu'en Angleterre seulement on pouvait fonder la valeur et la puissance d'un homme sur une chose aussi impondérable que le snobisme et la classe. (Nous avions tort, Webster et moi, mais au moins nous avons essayé.)

A cette construction complexe et fragile, le bon vieux Ripley Bogle posa un ou deux problèmes. La difficulté était la suivante : gâté comme je l'étais, je ne craignais ni le mépris ni les mauvaises opinions. Tous ces faiblards redoutaient mon opiniâtreté et ma force d'étranger. Ma solitude et mon dédain hautain des flatteries. Ma grandiloquence suffocante et mon assurance imperturbable les laissaient pantois. Mais d'où me venaient donc cet aplomb et ce pouvoir ? Cette confiance absolue qui engendre l'autorité. Après tout, je n'avais pas fréquenté leurs écoles. D'où me venaient ces talents ? Comment étaient-ils possibles ?

Ils se servirent contre moi de leur arme la plus dévastatrice — l'inclusion. Ils essayèrent de faire de moi l'un d'eux. J'étais invité en permanence dans leur sérail confidentiel et mesquin. Ils tentèrent de m'arracher mes petites griffes pointues. Je devins la coqueluche du Gotha. Quelle pitié ! J'aurais mille fois préféré endurer leurs regards méprisants et participer aux échauffourrées qui en auraient résulté.

Mais les filles — les filles étaient différentes. Elles valaient le détour, croyez-moi — surtout parce qu'elles étaient plus jolies et qu'elles avaient de plus gros seins que les garçons. En tout cas, j'avais ce que désiraient la plupart d'entre elles. Un passeport pour le désir. Bogle Belle Gueule, le chouchou de ces dames. Quand j'habitais Belfast, mes origines irlandaises ne constituaient pas un trait vraiment distinctif, mais à Cambridge j'appris bientôt à l'exploiter avec efficacité. Ces jolies femmes, fatiguées de la jeunesse aride de leur race et de leur classe, voyaient en votre serviteur prosélyte un splendide spécimen de rudesse irlandaise. Mais très poli avec ça, doté de manières exquises. Un bon point, ça aussi, j'imagine. Le vrai truc aurait sans doute été un peu trop robuste à leur goût.

Je n'étais pas individu à discuter. Cette farce irlandaise était de toute évidence si drôle que je l'entretenais avec amour. J'imitais ces clowneries estampillées celtes. (Mais j'étais à mille lieues de toutes ces simagrées. D'autant que je suis parti. Pourquoi serais-je donc resté ? Pour l'école, pour la prêtrise, pour la carrière des armes ? Je choisis les délices d'Albion : un choix audacieux. Après tout, l'Angleterre me devait quelques bienfaits après avoir pris ma terre splendide, ma dîme et ma langue. De Cromwell et des protestants écossais jusqu'à Long Kesh et le Complot des Menteurs. Ne possédant aucune patrie, je me dis que j'allais m'emparer de la leur. Cela me paraissait juste : œil pour œil.) Ainsi moi, déserteur de ces ruines dépourvues de serpents, j'entrepris d'améliorer mes effets gaéliques. Je me mis à prendre des airs de héros de la classe ouvrière celte... mais j'étais fichtrement heureux de faire mon numéro à Cambridge plutôt qu'à Belfast. C'était bien sûr la pire connerie qui soit. Je n'avais aucune affection particulière pour la classe ouvrière. (Et elle me le rendait bien.) Mais bon dieu, ça semblait le truc à faire et ça me convenait admirablement.

Quelques exemples du Cambridge que j'ai connu. Quelques croquis de personnages. Des gens que j'ai côtoyés.

Benedict Sparrow enseignait le droit à Trinity Hall. Rien que ça... C'était un extraverti qui compensait sa petite taille — un mètre cinquante-cinq — et son visage semblable à un sac plastique rempli de merde molle par la vigueur de ses convictions morales, politiques et judiciaires. C'était aussi un ancien élève d'Eton qui attachait une énorme importance compensatoire à sa formation universitaire.

Entre autres choses, ce prodige défendait le rétablissement de la peine de mort, le démantèlement complet des assurances sociales, le rapatriement des groupes ethniques, le rejet de la CEE par la Grande-Bretagne et — tout à fait sérieusement — l'invasion immédiate de la France. Toutes ces idées n'avaient rien d'inhabituel à Cambridge à cette époque (sinon, peut-être, cette curieuse xénophobie finale) et au début elles ne firent sur moi que peu d'impression. Ce fut seulement lorsque je découvris que le grand-père de Sparrow était Grand Chancelier, que son arrière-grand-père avait été maître des rôles, que son père était procureur général, qu'ils avaient tous enseigné le droit à Trinity Hall et que cette famille considérait le jeune Benedict comme le plus prometteur du lot, que je commençai de m'inquiéter. Je n'étais absolument pas socialiste, mais je constatais avec horreur que je rencontrais de futurs chefs de gouvernement, capitaines d'industrie, responsables du droit et du commerce et que, presque tous sans exception, ils pédalaient somptueusement dans la semoule.

Une autre facette de Cambridge était incarnée par un jeune homme nommé Joshua Swinnington-Booth. Joshua était lui aussi ancien élève d'Eton, mais il avait changé de nom pour adopter celui de Bazza Wilkins, qui lui semblait mieux indiquer sa nature authentique. Bien que le père de Bazza fût un véritable pair du royaume siégeant à la chambre des Lords, Bazza arborait une coupe de cheveux skinhead et portait d'énormes godillots noirs dont les gros lacets labyrinthiques semblaient toujours essayer de remonter vers ses cuisses. Il ne supportait que la toile de jean et avait un extraordinaire accent East End. Bref, sa présence n'aurait pas été déplacée dans une bagarre entre les gangs du sud de Londres, même si en pareilles circonstances ses compétences pugilistiques auraient sans doute relevé de la pure théorie. Sa conversation se réduisait presque entièrement à des évocations de combats de rue, de crimes atroces, du fondamentalisme islamique et des brutalités de divers groupes paramilitaires ; mais je soupçonnais qu'il n'avait pas la moindre expérience de première main d'aucune de ces activités. Ceux qui désirent oublier tout cela ne s'en vantent pas d'habitude devant leurs camarades de promotion. A l'inverse, ce jeune homme adorait parler de la haine, du sang et de la mort. Il exhibait aussi une confiance en lui-même époustouflante ainsi qu'une bonne connaissance de l'IRA.

Ma fréquentation de cet intéressant individu prit abruptement fin le jour où, après avoir éclusé toutes mes réserves de spiritueux, l'Honorable Bazza m'informa que j'étais « une saloperie de faux-cul » qui trahissait ses compatriotes par ses efforts pathétiques d'ascension sociale. Certaines parmi ces accusations firent mouche et je perdis presque entièrement mon sang-froid. Malheureusement, l'intrépide Bazza ne pouvait pas rester debout suffisamment longtemps pour que je puisse lui expédier les dents au fond de la gorge.

Art Likely était une autre perle locale : l'étudiant américain crétinoïde, doté d'un accent de Brooklyn garanti années cinquante. Et qui n'arrêtait pas de déblatérer à propos des avantages incommensurables de New York sur Londres. Un ramassis de conneries sur Central Park, Times Square, Broadway, Madison Avenue, Greenwich Village et tout le saint-frusquin. Comme il pérorait et se pavanait ! Avec son orthodontie et ses semelles compensées. J'ai bien sûr fini par apprendre qu'il était originaire d'Albuquerque et qu'il avait seulement mis les pieds deux fois à New York, la seconde afin de prendre l'avion pour Londres. Un Yankee d'opérette. (Je dois néanmoins ajouter que ce fut lui qui me fit connaître le sandwich au pastrami, moyennant quoi il n'était pas aussi nul que je le décris.)

Oh, il y en avait d'autres, une flopée d'autres, tous aussi détestables les uns que les autres. Sandra (Sandra pour les intimes) Whitsun, snobinarde zézéyante et obèse, dont l'incontinence sexuelle et la voracité flasque terrorisaient tous les jolis messieurs de la ville ; Vanessa Hampton, la géante anorexique qui, pendant deux années stériles et déprimantes, me poursuivit de ses assiduités ; Roger Markham, le sioniste d'école privée qui se décolorait les cheveux en blond et tentait d'entrer au Monday Club ; Sebastian, le séduisant artiste homosexuel qui remplissait sa baignoire de peinture puis écumait Milton Road à la recherche de michetons acceptant d'y plonger leur corps dodu. Ils dépassaient vraiment la mesure. Et pas un pour racheter l'autre. Comment se fait-il, je me le demande, que ce sont les plus intelligents d'entre nous qui, dans leur jeunesse, commettent les bêtises les plus affligeantes ? Profond, hein ?

Il y a un aspect de mes années à Cambridge que j'ai négligé de mentionner : l'ennui. Bon dieu, ce que j'ai pu m'ennuyer ! La plupart d'entre nous nous cassions les pieds du matin au soir, même si personne ne voulait le reconnaître. Que cette pensée aille au diable ! Nous étions tous fourrés dans nos minuscules chambrettes identiques et déprimantes, loin de la famille et de la chaleur. Dans la candeur esseulée de nos dix-neuf ans. A des degrés variés, nous souffrions tous d'une solitude insupportable. Pendant nos soirées le plus souvent passées en solo, nous désirions tellement un peu de chaleur, de sentimentalité, un simple contact humain. Pouvez-vous imaginer ces soirées solitaires ? Engoncées dans l'absence de toute festivité, bruitées dans l'escalier par les pas d'individus plus occupés, plus heureux que nous. Notre société était cassante, frénétique, dénuée d'intimité et de plaisir. Nous ressemblions à des oisillons quittant le nid, pleins de doute et sans grand talent utile.

(La solitude est gênante. Surtout à Cambridge. Nous n'en parlions jamais, nous ne l'avouions jamais. Mais elle était là — en grosses lettres rouges. Pour presque tous. Sauf moi, bien sûr.)

Cette bonne ville de Cambridge ! Qu'on l'aime ou qu'on la déteste, on ne peut jamais l'ignorer pour de bon. Elle ne vous laisse jamais tranquille. Dès qu'elle a planté ses vilains crocs en vous, elle ne vous lâche plus. C'est peut-être l'aspect de Cambridge que je préfère. Son obstination bornée.

Au bout d'un moment, le soleil devient agaçant. Nous avons dépassé ce stade il y a quelques heures déjà et maintenant la chaleur étouffante, insupportable, exagère. Mes cheveux barbotent dans une mer de transpiration scalpesque, mes yeux s'embrument d'une humidité salée. Je marche de moins en moins loin, de plus en plus lentement. Mes pas sont las, incertains. J'ai le dos voûté, la tête basse, la vie foutue.

Le match de cricket me plaisait bien, mais j'ai dû m'éclipser fissa car ces deux pétasses avec leur radio se comportaient de la manière la plus insupportable qui soit. Je dois avouer que je ne comprends pas très bien ce qui chez moi leur déplaisait autant. C'est très humiliant d'être méprisé par des nigaudes pareilles. Mon apparence doit être pire que je ne le pensais. Je me suis évidemment illusionné. J'ai dégringolé. Très bas. Plus bas que je n'aurais cru possible. Merde.

Je me retourne vers cette scène touchante. Les deux filles sont toujours vautrées de tout leur long dans l'herbe et je distingue à peine les deux silhouettes blanches de leurs admirateurs. Ça paraît réglé comme du papier à musique. J'entends encore vaguement le crachotement métallique de leur poste. La canicule, la lumière aveuglante, le bruit têtu, tout ça crée un petit tableau excessivement vulgaire. Je ne sais pas pourquoi, mais je trouve ça très déprimant.

Puisant dans mes réserves de gaieté, je vais de l'avant avec une vigueur renouvelée. J'ai conscience de dégager une odeur assez puissante et d'exhiber de curieuses taches de sueur chaude à la périphérie de ma difformité. Mon visage ruisselle, mes chaussures qui bâillent émettent un nuage presque visible de pourriture et de décrépitude. Je plisse les yeux dans le soleil oblique et ma bouche se tord en diverses grimaces à la recherche pantelante d'oxygène brûlant. Non loin de moi, une vieille dame promène son chien et je dois passer devant elle. Mon cœur se brise de honte quand l'animal bondit vers ce joyeux concentré de toutes les subtilités mystérieuses du monde de l'odorat : moi. D'un ordre cassant, la vieille rappelle son chien. Elle craint sans doute que le clébard n'attrape une maladie. Avec ma triste mine et ma puanteur féroce, je suis soudain submergé par l'humiliation. La vieille passe devant moi et, malgré tous mes efforts, je ne peux empêcher mes yeux chassieux de croiser son regard.

Et devinez quoi ? Elle me sourit. Oui, elle sourit. Devant ma crasse putride et mon halo de mouches, elle sourit. Pour moi, ma saleté, ma déprime. Elle me fait un petit sourire. Incroyable, non ?

Drôle de chose, la vie, et drôles de gens qui la vivent.

Quatre

En temps normal, je serais passé à côté d'une beauté si extrême — le visage de marbre, l'œil adouci par l'amabilité. Laura était belle, splendide, affolante, d'une beauté invraisemblable. J'en pinçais pour Laura. Je l'avais dans la peau, dans le sang et dans la tête. Laura. J'étais amoureux, comprenez-vous. Fou d'amour pour elle.

Laura est cette fille qui me trouble toujours. Je brame pour Laura, je me lamente sur sa disparition, elle me manque. C'est dans mes rêves qu'elle vient à moi et me prend par surprise. A travers le miroir du sommeil elle me parle, elle aime mon décor, elle est mon émanation et mon bouffon. Si, ces derniers temps, elle ne m'a pas beaucoup aimé, c'est à travers ces fantasmes qu'elle me fait son gringue. Elle m'aime de part en part. En rêve, elle est gentille. Je dirais même très gentille.

Comme je l'ai déjà expliqué, les faits ne justifient pas vraiment ces débordements extravagants de mon inconscient. Notre rapport était quadrillé par la vie. Rayé comme un emballage de sucrerie, semé de pois bien réguliers ! C'est bizarre, mais j'ai toujours été magnifique avec les femmes que je ne désirais pas vraiment. J'ai été charmant, débonnaire, sensible, érotique, viril, énigmatique. Mais quand entre en scène une femme que je désire vraiment, je multiplie les gaucheries, les maladresses, les signes de mépris et les échecs cuisants. On dirait bien que je ne fascine jamais les filles que je devrais fasciner. Je me fraie un chemin laborieux à travers la multitude défaillante des adoratrices de Bogle, pour rejoindre la fille que j'aime, et je me comporte promptement en vraie tête de nœud. C'est vexant, très vexant.

A mon arrivée à Cambridge, j'étais prêt et enclin à me disséminer, à engendrer des millions d'êtres, à imprimer ma marque généalogique sur l'Angleterre tout entière. Je découvris avec grand plaisir que les Anglaises étaient beaucoup plus jolies que les harpies de l'Ulster auxquelles j'étais habitué. Elles me terrifiaient. J'envisageai échec et abstinence. Surpris, je constatai que je plaisais. Et j'ai eu mes copines. Mes femmes. Ces filles étaient somptueuses, très chic et fermement pro-Bogle. J'étais comme un coq en plusieurs pâtes. Elles étaient toutes tellement intelligentes, putain ! Venant d'où je venais, la notion d'une femme intelligente m'était parfaitement étrangère et je m'enivrais de tout ce génie féminin sophistiqué ainsi mis à ma disposition. Désireux d'apprendre, j'étudiais d'arrache-pied. Je leur suis reconnaissant. Elles m'ont beaucoup donné. Un troc impec. J'avais leur beauté, leur humour, leur tolérance. Elles avaient moi. J'ai vraiment tiré le maximum de cette petite transaction. Où était le partage égal des tâches et des bénéfices dans tout ça ? J'ai toujours été dur en affaires.

Après mes épreuves juvéniles avec la chère Deirdre, je pensais connaître sur le bout des doigts le sujet des femmes. Mon attitude sur ce chapitre confirmait parfaitement l'aveuglement bogléen sur ce qu'il croit posséder à fond — je suis venu, j'ai vu, j'ai fait et j'ai tout oublié. L'engagement et la monogamie avaient échappé à mon top ten. J'étais prêt pour la séduction tout azimut. Moi, l'œil rieur et le pénis pointu. La gaudriole, je cherchais. Rien ni personne ne méritait de briser mon pauvre petit cœur.

Laura brisa presque aussitôt mon pauvre petit cœur. Ça me pendait au nez et à mes incapacités face à la beauté. Laura était une fille qui suscitait le besoin et le désir vigoureux. Pour miser sur la case de l'Indifférence, je n'avais pas la baraka. Vous savez, c'est difficile, très difficile de ne pas tomber amoureux d'une belle femme. J'essaie par principe et j'y réussis d'habitude, mais Laura me prit sans peine dans ses rets. Je fus ligoté, livré pieds et poings liés. Coincé.

Ce n'était pas ce qu'elle disait ni ce qu'elle faisait ; ce n'était même pas sa manière de le dire ni de le faire. Je ne sais vraiment pas ce que c'était... mais c'était — de cela je suis certain. Cela, je le sais. Notre première rencontre fut un vrai bijou, une réussite parfaite. Vous auriez adoré ça. Imaginez un peu. Voici une *party* du début octobre à Cambridge, une *party* de l'espèce *garden.* Voici la verte jeunesse exhibant son désespoir, sa gaieté enivrante, son babil solitaire. Voici Bogle forçant un peu son numéro d'Irlandais libre buveur et grand penseur. Voici cette fille merveilleuse. Voici cette beauté. Voici Laura la glacée. Elle est courtisée, la pauvre. Il tourne autour d'elle, avec les yeux écarquillés et le sourire pesant du menteur satisfait.

BOGLE *(fantôme effrayant)* : Épousez-moi.
LAURA : Pardon ?
BOGLE *(en syllabes ardentes)* : L'unique mal de ce monde est la cruauté.
LAURA *(étonnée)* : Je vous demande pardon ? !
BOGLE *(mystérieux)* : Si j'étais une mouche, m'arracheriez-vous les ailes ? *(Un silence. La fille est amusée, confuse, mais guère séduite.)* Je veux dire... salut, comment allez-vous ?

LAURA : Ah... salut.
BOGLE : Je suis irlandais.
LAURA : Oh.
BOGLE : Alors que vous ne l'êtes pas.
LAURA : Non, en effet.
BOGLE : Vous voyez, je vous l'ai dit.
(Un silence — guère étonnant.)
LAURA : Est-ce un point essentiel ?
BOGLE : Une différence.
LAURA : Oui.
BOGLE : Au moins, c'est quelque chose.
LAURA : Oh.
(Un silence. Bref et fragile. Bogle ne peut pas le laisser durer. Il repart laborieusement.)
BOGLE *(après moult cogitations)* : Hé, tu veux venir chez moi pour tâter de ma cafetière ? *(La fille part d'un grand rire.)* C'était drôle ? *(Elle continue de rire.)* Dites-moi. Pourquoi riez-vous ?
LAURA : C'est comme ça qu'on drague en Irlande ?
BOGLE : Je ne drague pas en Irlande.
LAURA : Et pourquoi pas ?
BOGLE : Avez-vous rencontré beaucoup de filles irlandaises ?
LAURA : Pas beaucoup, non.
BOGLE : Vous ne comprendriez pas. *(Un silence. Il sourit, le charmeur.)* C'était agréable.
LAURA : Quoi donc ?
BOGLE : Quand vous avez ri. C'était agréable.
LAURA : Merci. *(Elle sourit, hésite, puis décide de rester.)* Vous êtes un drôle de type.
BOGLE *(enflammé)* : Je vous plais ?
LAURA *(surprise)* : Eh bien...
BOGLE *(passionné)* : Accepteriez-vous de mourir pour moi ?

(Elle est reprise par le fou rire.) Alors, vous accepteriez de mourir pour moi ?

LAURA : Assurément, oui... mais je ne serais pas aussi désireuse de vivre pour vous.

BOGLE : Ah, voici la gelée de lait caillé !

(Un autre silence. Tous les charmes de Laura conspirent contre la vigueur rationnelle de Bogle. Les yeux de la fille explorent la folie du garçon.)

LAURA : Tu n'es pas très bon à ce jeu-là, n'est-ce pas ?

BOGLE *(avec une moue)* : Oh là là... Moi qui croyais m'en tirer magnifiquement. Je me trompais donc ?

LAURA : Pas complètement.

BOGLE : Tant mieux. J'ai tellement envie de briller devant toi.

LAURA *(amusée)* : Mais je suis positivement éblouie.

BOGLE *(insistant)* : Non, je veux dire, vraiment. Comme tu brilles pour moi. Dis-moi, suis-je brillant ?

LAURA : Eh bien...

BOGLE : Les événements et la narration doivent constituer une sorte de collation froide. Si le calme règne, on peut atteindre la plupart des objectifs sans trop de maux de tête. Aie pitié de moi. J'ai eu une mauvaise vie — pleine d'épreuves.

LAURA : Je ne comprends pas.

BOGLE *(jouant tout à coup les grands sages)* : Ah, il y a tant d'intolérance dans le monde ! Tu es beaucoup trop jolie, beaucoup trop jeune pour tout ça.

(Un silence.)

LAURA : Littérature anglaise. Vrai ou faux ?

BOGLE : Vrai.

LAURA : Tu n'as pas l'air du genre polar.

BOGLE *(il a trouvé son rythme)* : Ma littérature guide mon existence. Elle est vide et stérile d'un point de vue féminin. Triste, très.

LAURA : Très.
(Elle sourit et s'éloigne, non conquise. Le garçon reste en plan, toute inspiration envolée, le désespoir pointe son nez.)

Médiocre, hein ? Mes répliques ne s'étaient pas améliorées depuis l'époque de Deirdre. J'excellais seulement dans les *non sequitur.* J'étais bon pour les mots jonchés de mégots de significations obscures et de demi-souvenirs. Je m'essayais aux joliesses incompréhensibles. Embarqué pour la croisière amoureuse, je ratais le virage du charme. Mes singeries avaient embrasé le cerveau inepte et bestial de Deirdre, mais Laura était intelligente. Elle ne fut pas impressionnée.

Mes premières semaines à Cambridge, je les passai à essayer d'organiser une rencontre de hasard avec ma douce ensorceleuse. Malgré son insuccès, cette triste occupation était parfaitement visible. Nous ne fréquentions pas encore les mêmes cercles. Nos très rares rencontres étaient des monuments d'hilarité navrante. Je gâchais constamment mes chances. La langue paralysée, les membres gourds, l'esprit asthénique, je me vautrais dans l'échec. Elle m'échappait sans cesse. Seul la nuit, j'agitais les pauvres vestiges du désir jusqu'à ce qu'ils partent en lambeaux. Je buvais trop et disais trop peu de choses dignes d'intérêt. Je n'avais pas l'ombre d'une chance. Quelle bizarrerie... Moi qui désirais follement sa présence, je multipliais misérables maladresses et inconvenances notoires lorsque j'étais avec elle.

Par-dessus le marché, elle avait un copain, un petit ami. Greg, qu'il s'appelait. Greg la grosse crapule. Greg le petit rat au regard chafouin. Greg ne m'appréciait pas plus que ça. Il me trouvait outré, je ne cadrais pas avec ses vues mesquines. Il croyait que je voulais sauter sa copine. Il ne se trompait pas de beaucoup. C'était sa meilleure perception des choses.

A vrai dire, je ne désirais pas vraiment sauter cette brave Laura. J'étais en proie à l'une de mes violentes crises de mal d'amour. Merde alors, je n'avais même pas essayé de me faire une idée de ses pare-chocs ! C'était l'amour que je désirais, et non la touffeur ou les distractions du rut. J'avais besoin des échanges intangibles entre deux âmes nouvellement liées par un désir poli. Laura me semblait parfaitement conçue à cette fin.

Oh, je l'avais vraiment dans la peau ! Elle dominait tous les aspects de mon existence. Son image pâle m'obsédait. Il est difficile de croire à la beauté de certaines femmes. Son image se répétait partout, elle se reflétait chez toutes les femmes que je voyais. Je décelais partout ses traces. Le cœur battant, je l'apercevais au loin. Mais ce n'était jamais elle. Tout le temps, je respirais le doux parfum de ses vêtements et de ses cheveux. Son halo de pâles cheveux laiteux. Familiers et redoutés. A contretemps de mon cœur instable. Je la désirais et mon pauvre besoin improbable colorait tout ce que je faisais et surtout ce que je ne faisais pas. Je n'étais plus qu'une pauvre loque transie d'amour.

Ma confiance disparut et ma résolution s'évanouit sans laisser de trace. J'avais le visage en feu et mon pauvre petit palpitant ravagé s'emballait au gré d'une panique alimentée par Laura. Sa beauté paisible, indescriptible, illuminait mes ténèbres. J'essayai de feindre une sorte d'insouciance, mais ma route n'était jamais celle du juste milieu. La joie et l'adrénaline de mon désir étaient écrasées par ma conviction de son impossibilité. Ç'allait être une passion sans retour. Elle était infiniment en dehors de ma portée.

Désespéré, lesté du poids de mon secret sirupeux, j'errais en ville. Je me liquéfiais. A un certain moment, je réunis un peu de courage et décidai, jetant toute prudence aux orties, de faire une déclaration ! Elle en serait sûrement flattée. Elles le sont presque toujours. Je gravis donc l'escalier qui menait à sa chambre, devant laquelle je m'arrêtai pour rassembler mon courage. J'en manquais absolument et je me jetai violemment dans la cage d'escalier en espérant me casser une jambe. (État bien connu pour son potentiel érotique.) Je volai le long de deux étages avant de m'écraser ! Bah, souris-je, que ne ferais-je pas pour obtenir un peu de pitié ? Et qu'ai-je gagné dans tout ça ? Un traumatisme et une cheville foulée, alors qu'elle s'était barrée à Londres pour le week-end ! Il me fallait soit capituler, soit entreprendre une action cohérente... mais le mieux que je pus trouver fut de fantasmer.

Non que je fusse entièrement privé d'encouragements. Un jour, au début du deuxième trimestre, au cœur de l'hiver, j'entrevis l'ombre d'un espoir. Pour conjurer l'absence d'amour, ma désespérance et mon état juvénile ordinairement abattu. J'étais abject, déprimé, confit de sperme, mal aimé. J'avais besoin de passer une bonne journée et je l'obtins. C'était l'un de ces après-midi typiques de Cambridge, noyés de ténèbres et de solitude. Toute la journée il avait fait froid et gris. La pluie, diluvienne, s'était brièvement interrompue. L'après-midi palpitait d'un ennui très prosaïque dans chaque piaule d'étudiant, chassant la population universitaire vers les rues détrempées et impraticables. Tous cherchaient de quoi colorer leur solitude et leur tourment monochromes. Bibliothèques, matinées, répétitions et réunions de toutes sortes. Les marées inégales d'une jeunesse hébétée et désespérée cherchaient leur dérivatif. Leur ciel gris était tavelé d'affreuses taches qui lâchèrent de nouveau une morne pluie froide sur les rues amollies. Pour ma part, j'errai gaiement sur Castle Hill. J'aimais cette espèce d'amertume beige et mouillée.

Une bourrasque furieuse de pluie explosa soudain dans le ciel, inondant l'atmosphère et noyant rues et pavés fumants. Les voitures roulaient bruyamment dans les flaques et se hâtaient sous l'averse incrustée de diamants, projetant derrière elles des gerbes d'eau en sifflant. Je plongeai à l'abri dans Kettle's Yard pour me reposer et fumer au sec. Je secouai ma tête trempée et regardai autour de moi. Cossue, la petite cour couverte dégouttait et ruisselait. Sous l'un des porches prétentieux, une affiche attirait le regard, clamant une exposition d'œuvres d'étudiantes. Oh, quelle aubaine, pensai-je, quelle putain d'aubaine ! Mais je me sentais désœuvré, pas très chaud pour affronter de nouveau la brusque colère du ciel. J'entrai donc.

Ça me coûta une livre cinquante, pas moins ! Pour cette somme, je reçus un catalogue sur papier recyclé et l'autorisation de me balader librement dans l'enceinte. Ce que je fis, d'un pas distrait. C'était assez déprimant dans l'ensemble, genre humeurs de tampax et mères salariées. Le tout très chic, venant de ces donzelles privilégiées et sans progéniture. J'étais sur le point de rejoindre le royaume des hommes quand je remarquai une chose dans ce petit catalogue qui fit sursauter mon cœur de pierre. Je lus que Laura avait trois pièces dans cette exposition. Je pivotai aussi sec sur mes talons et me mis à la recherche des dites œuvres.

Je regardai d'abord ses deux tableaux. Avec une bouffée écœurante de jalousie, je constatai que l'un d'eux était un autoportrait. Foncé, dans des nuances brunes, *très sombre* *. Elle semblait néanmoins incandescente malgré le fond travaillé à la Rembrandt. Un pâle éclat au travers de l'ocre ingrat. Beau, très beau. J'étais furieux. D'autres verraient cela. Je contemplai lugubrement l'évocation sans vie de ma lubricité clownesque. L'autre toile était un paysage. Académique et vaniteuse. Cet exemple d'imperfection me déçut et me soulagea. Je passai au dessin, la dernière pièce de Laura.

Tout à coup, le sang quitta mon visage et mon cœur se mit à battre la chamade dans ma poitrine oppressée. C'était un grand portrait, extrêmement travaillé, d'un jeune homme. Cadré au-dessus de la taille, torse nu. Il avait de longs cheveux foncés ainsi qu'un regard franc, saisissant, qui engendrait l'inconfort. C'était encore plus ouvert et évident que l'autoportrait. Surtout, et voici ce qui figea de manière si inquiétante le sang de mon héros... c'était moi ! Moi. Ripley ! Je n'avais jamais eu cette apparence, mais c'était bien moi. De toute évidence. Sans aucun doute possible.

Je restai donc là, paralysé par la surprise et un espoir fou, tandis qu'un couple de touristes d'âge moyen, venant du Middle West, s'approchait des œuvres de Laura. Oui ! C'est ça. Un test. Ils allaient me donner raison. Les Américains excellaient dans ce genre de choses. J'attendis qu'ils arrivent au dessin, puis je me campai légèrement de biais tandis qu'ils l'observaient attentivement. Au milieu d'un silence pesant, leurs regards soucieux parcouraient l'œuvre, puis se posaient parfois sur mon visage souriant. Je discernai une minuscule récidive yankee. Ils scrutèrent de nouveau le dessin, avec davantage de minutie que précédemment. Il y eut un long silence avant que leurs yeux ne repassent à moi. Je faillis pouffer de rire, mais réussis à me contenir, et je les regardai se débattre avec leur confusion si compréhensible. Suivit un bref épisode de réflexions coupables avant que je ne voie la surprise de la découverte enflammer leurs joues. Ils eurent un sourire gauche, puis ils se regardèrent pour avoir confirmation de leur malaise. Ils me murmurèrent quelque chose. Je leur renvoyai un sourire désarmant et ils poursuivirent leur visite, tout abasourdis par ces bizarreries anglaises.

J'avais raison. Je n'en doutais plus désormais. M. et Mme Magoo avaient eux aussi constaté l'évidence. Ils m'avaient reconnu. L'emblème secret de mon être tissait des guirlandes d'espoir dans mon esprit. Je regardai encore le jeune homme dénudé et une profonde rougeur inonda ma joue de manière fort seyante. A vrai dire, j'étais un peu gêné par la nudité de cet autre moi-même crayonné. Grave, il se tenait là avec cette étrange séduction muette. Laura l'avait créé. De toutes pièces. Sans aucun doute. Elle ne possédait aucune photographie de moi. Elle avait certainement fait appel à sa mémoire. M'avait imaginé. Le buste et le ventre gris, à coups de crayon. Son propre esprit m'avait incarné. Matérialisé hors de ses mains immaculées.

Je sortis d'un pas vacillant hors de la petite galerie, ébloui, en extase. Ma journée venait de basculer. Tout effort avait quitté la lente glissade vers le soir. La cour rouillée et détrempée semblait soudain pleine de vie, grosse d'espoirs. Plus heureux qu'auparavant, je traversai Magdalene Bridge, épaisse liasse de pavé et de trottoir enjambant le salut vert poivron de la rivière bordée de murs. Je décidai de la trouver, de lui parler. Pour lui dire quoi ? Oh, n'importe quoi. Ce qui me passerait par la tête.

Curieusement, je la croisai par hasard au cours de cette même soirée. Je venais de somnoler pendant deux heures dans la bibliothèque de Trinity lorsque je tombai sur elle à côté de la loge du concierge. Le ciel était sombre et dur. Ce fut l'une de ces affreuses rencontres de Cambridge où les deux parties concernées s'arrêtent pour échanger quelques mots, davantage à cause de la surprise que pour toute autre raison. Quand la question de savoir combien de temps il faut encore pérorer avant de repartir se transforme en un inextricable dilemme diplomatique. Il était toujours très vexant de rester là debout près de votre interlocuteur.

Dans la pénombre, je sentis que ces pensées lui traversaient l'esprit. Son accueil fut hésitant et cassant. Le mien fut accompagné d'une hilarité nerveuse. Timidement, je lui demandai comment elle allait.

« Bien. Et toi ?

— Oui, à peu près pareil. »

Suivit un silence horrible. Je me hâtai de poursuivre avant qu'elle n'ait saisi l'occasion de partir.

« Vanessa m'a dit que tu exposais quelques tableaux à Kettle's Yard », mentis-je sans vergogne.

L'audace, je connaissais.

Elle sourit brièvement, machinalement, sans le moindre encouragement.

« C'est vrai. »

Sa réponse était d'une franchise déconcertante. Suivit un autre silence incompréhensible, pendant lequel je me demandai quoi faire. Je regardais la balle monter au large de mon guichet. Attends une seconde, pensai-je alors, la politesse est sans doute une belle chose, mais nous poussons un peu loin le bouchon du sang-froid. Nom de dieu, cette fille avait dessiné mes seins dénudés ! Les yeux de Laura étincelèrent soudain quand elle me demanda d'une voix inquiète :

« Tu ne les as pas vus, n'est-ce pas ? »

Une pause infime. Angoisse, gêne, espoir. Je lui répondis d'un sourire et par lâcheté ratai le coche.

« Non, je ne les ai pas vus. Mais je veux les voir. Peut-être demain. »

Allons bon, pourquoi ai-je donc dit ça ? Laura restait

calmement négative, toute nimbée de beauté et de séduction.

« Oh, à ta place je ne me donnerais pas cette peine. Ils ne sont pas très bons. Sincèrement.

— Ah », fis-je sans joie.

Malgré le triste gâchis qui venait de couronner mon ouverture osée, elle restait là. Sa présence me réconforta. Manifestement, elle ne rechignait pas à me parler. Sinon, pourquoi serait-elle restée ? Je dardai sur elle un de mes sourires juvéniles.

« Oui, dis-je avec emphase, c'est vraiment drôle que... »

A cet instant précis, Greg le nabot émergea de la loge du concierge. Il ne ralentit pas en me voyant.

« Salut, Bogle. Je suis pressé », couina-t-il.

Il posa son bras injuste et rabougri sur son adorable trésor et s'éloigna d'un pas nettement triomphal. C'était peut-être un nain, mais il n'était pas né de la dernière pluie. Mon regard attristé les vit se fondre dans l'obscurité. Elle ne se retourna pas. D'ailleurs, ce geste aurait été entravé par l'étreinte implacable du bras odieux et possessif du jeune Greg. Ennemi, salopard, sale petit poltron !

Ripley l'affligé regarda toute cette beauté s'évanouir parmi les ténèbres piquetées de la lueur des lampadaires de Great Court. Je me sentais déprimé, humilié. Merde alors ! Ma grande chance. Ma seule vraie ouverture, et paf ! Ordure !

Je me retrouvai à me féliciter de l'avoir retenue. Formidable ! Gros malin, va. Pourquoi n'ai-je pas pensé qu'elle attendait tout bonnement son Greg chéri ? Bogle l'aveugle. Perdant et navrant. Leur risée. Sans doute se moquaient-ils carrément de moi. Elle remerciait sans doute son amoureux rasé de près pour l'avoir tirée des pattes de ce drôle d'Irlandais. Elle se moquait de mon ardeur. Et puis, elle n'avait rien compris à mes allusions au dessin. Une simple illusion. Une coïncidence. Des conneries. Je m'étais ridiculisé. Devant elle. Ah, qu'elle aille donc se faire foutre, pensai-je pour compenser ma déconvenue. Ou plutôt non, qu'elle n'aille surtout pas se faire foutre.

(Ainsi, je tirais peu de satisfactions de la plupart de mes rencontres avec la tendre Laura. Mais je ne manquais jamais de remarquer l'indubitable antipathie de Greg à mon égard. Son agressivité ne pouvait que me profiter, car elle soulignait le manque de confiance du malingre en la fidélité de Laura. Quant à elle, elle n'accordait aucun signe d'espoir ni d'encouragement. Je me retrouvais face au leurre de la foi aveugle et de la confiance en mes propres talents. Et, bien que submergé par le doute, il me fallait espérer contre tout espoir qu'un jour elle verrait mon entrejambe.)

Cinq

Londres rissole et transpire doucement tandis que l'orbe énorme du soleil embrasé taraude un impitoyable trou blanc dans le ciel bas. Trottoirs et immeubles en béton émettent des vibrations sournoises dans la lumière éblouissante. Les boutiques arborent des tissus criards au-dessus de leur vitrine. Tout à coup, la ville prend un air festif, estival. Le soleil palpite, implacable et grossière contrefaçon méditerranéenne. Les blêmes visages londoniens, tels des masques, commencent à se colorer et à refléter la lueur solaire. Dans de petits cafés tout poisseux et brûlants, les vieilles rombières fusillent du regard la jeunesse et la chair majoritaires. Elles se consolent en pensant à l'hiver, leur saison favorite. Et sans relâche le soleil darde et répand partout ses rayons révélateurs d'odeurs.

La Serpentine bout et grille dans la chaleur étouffante. L'eau est éclaboussée, zébrée de lumière ; une théorie de filles dodues et à demi nues envahissent les pelouses et les embarcations à l'équilibre précaire. Des hordes de vendeuses de glaces vantent bruyamment leurs friandises sucrées tandis que les gilets des enfants se maculent de morve, de larmes et de confiseries fondues. Leurs clameurs plaintives, inarticulées, vrillent la chaleur et leurs mères sont à bout de nerfs, de sueur et de patience. Les gens âgés se prélassent sur des rangées de chaises longues pendant que les jeunes jouent sans conviction au football sur les pentes herbeuses. Ils espèrent attirer l'attention des beautés qui prennent leur bain de soleil. Pour ma part, je ne partage pas leur ambition.

Le jour a ralenti son allure. Maintenant, il court à petits bonds. Il se dandine selon un rythme moins allègre. Divers appareils à cassettes braillent une grande variété de chansons dénuées de toute mélodie. Ce devrait être discordant, mais ce tapage se fond en un hymne surchauffé à cette belle journée ; à cette journée lourde, lente et brûlante. Je regarde les jeunes autour de moi. J'ai le même âge qu'eux. Je m'adapte comme eux à cette journée. Ou du moins le devrais-je. J'observe avec une envie attristée les aînés allongés dans leurs transatlantiques. Voilà où je devrais être. Car cette déambulation juvénile ne me fait guère envie.

Malgré tout l'inconfort poussiéreux, je ne vois pas de meilleur endroit où me traîner aujourd'hui. Ce soleil dispensateur de santé paraît moins pesant ici que dans les rues. Dans le micro-ondes labyrinthique de verre, de béton et de poussière. Dans la marmite citadine. J'ai néanmoins besoin de me reposer. J'ai eu un sale après-midi. Je veux assister confortablement à son agonie. Je ressens la nécessité de la position assise.

Car une fois encore, je suis tombé dans les pommes. J'ai déconnecté. Mais cette fois, ç'a été bien pire. J'ai fait plein de mauvais rêves. Des rêves déprimants, détestables. Avec des choses dont je ne voulais rien savoir, rien apprendre. Pourquoi mes rêves sont-ils si bizarres ? Pourquoi me veulent-ils autant de mal ? Je ne les ai pourtant pas invitées, ces sombres crapules. Ils sont libres de s'en aller à leur guise. Ce qu'ils ne font jamais, bien sûr. Que me veulent-ils donc ? Ma situation est déjà assez moche comme ça. Que font-ils du droit imprescriptible de chaque auteur à contrôler sa production ?

Cette histoire d'évanouissement commence à me tracasser sérieusement. Ces dernières semaines, j'ai perdu de plus en plus souvent le sens du temps. Un exemple : vendredi dernier, je ne suis pas vraiment tombé dans les pommes (me semble-t-il), mais j'ai entièrement oublié ce qui s'est passé entre midi et le soir. J'ai soudain refait surface à la gare de Victoria (un lieu où, compte tenu de ma pauvreté, je ne vais pas volontiers). J'étais ahuri et terrifié. Je n'avais pas la moindre idée de ce que j'avais fait ni de l'endroit où j'étais allé. Ce blanc temporel me surprit et me consterna. Je savais ce qu'il signifiait, plus ou moins. En tout cas, je savais que ce n'était pas une bonne nouvelle. Je n'avais sans doute pas fait grand-chose dont je me serais souvenu avec plaisir, mais c'était simplement le principe. Je ne suis pas optimiste au point de vouloir effacer systématiquement les mauvaises journées de mon existence. J'ai besoin de toutes mes journées, bonnes ou mauvaises.

Vous comprendrez que ce genre de mésaventure donne à réfléchir. Je me suis demandé à quoi je devais cette nouvelle diversion. La faim ? L'épuisement ? La pauvreté ? L'ennui ? Dieu seul le sait.

Inutile de le dire, Laura figurait dans tous mes mauvais rêves. Et c'étaient vraiment de très mauvais rêves. Pas un gramme de romantisme dans tout ça. Tous aboutissaient à leur fin sordide et hideuse sans le moindre épisode agréable. Salope de Laura sans amour. Et quelle injustice... Quand on rêve de femmes, on s'attend d'habitude à un peu de sexe, bon ou mauvais.

Au sortir de la plus récente de mes petites transes attristées, je me sentis si mal que je rebroussai chemin vers la ville. Je n'étais plus d'humeur à vagabonder parmi les faubourgs. Plus d'humeur du tout. Me voici donc ici, longeant la Serpentine surchauffée, évitant familles, toutous et joggers. C'est loin d'être l'idéal, mais c'est probablement la meilleure étape de ma journée. Barn Elms me déprimait à la longue.

Maintenant, je cherche un banc, un endroit où me poser. Et me reposer. L'un de ceux-ci me conviendrait parfaitement. Je traîne la savate parmi les arbres, l'œil chassieux et le pied couvert d'ampoules. En plein fief des transats. Il faut raquer pour jouir d'un de ces sièges branlants à l'armature compliquée. Ils ne sont donc pas pour moi. Évident. Je n'ai pas le courage nécessaire pour défier le dernier des préposés aux transats, quand bien même il s'agirait d'un infirme. Je me traîne herbeusement au-delà des rangées de gros hommes d'affaires et de jeunes désœuvrés occupant les fauteuils impayés. Faisant un nouveau choix, j'essaie de trouver un arbre contre lequel je pourrais m'adosser. En voilà un. Facile à repérer. A mi-hauteur sur la pente qui descend vers le lac et ses embarcations, il se dresse dans toute sa splendeur affranchie de sièges satellites. Il se déploie très haut, feuillu, immense, gratuit. Je pose mon cul parmi ses racines, j'appuie mon dos contracté contre son écorce accueillante. Je respire et souris, soulagé. Mes pauvres pieds enflent, mes genoux cliquent et claquent dans tout ce luxe inattendu. Tel est le bonheur que j'ai désiré.

Ravi de mon sort, je regarde le plan d'eau de canotage palpiter dans la chaleur déclinante et les foules de flâneurs recuits s'en aller. Le balai de la lassitude me pousse doucement et me refroidit un peu. Ma sueur bouillonne et sèche. L'après-midi s'en va, fatigué et reconnaissant. Il fera bientôt nuit. Et ce sera samedi soir et sa fièvre. Même pour moi. D'une certaine manière, à ma façon. Nous savons déjà que les nuits sont pour moi synonymes d'épreuves, et le samedi est particulièrement pénible, mais j'ai le pressentiment que celui-ci sera paisible et bienvenu. Amical et magnanime. Viens. J'ai besoin d'un peu de nuit.

Il faut dire ici que je me sens nettement moins bien — plus vieux, plus triste et moins enthousiaste que depuis bien longtemps. La sévérité de mon déclin est affolante, sa rapidité délicieuse. J'étais bien naïf de croire que toute cette indigence resterait sur moi sans effet. Je commence maintenant à souffrir. J'ai mon compte de mendicité éreintée. Il me vient soudain à l'esprit que je suis peut-être le quart à peine du type que je prétends être. Quelle tristesse. Tout, j'en suis certain, finira dans les larmes.

Non, je ne dois rien dissimuler du récit de ma déchéance, mais je dois me méfier de l'hyperbole de l'apitoiement sur moi. Ce n'est pas tant que je m'étalerais de trop. C'est bien plutôt qu'il ne me reste plus grand-chose à étaler.

Le soleil bas a encore décliné et il frôle maintenant la partie inférieure de l'horizon embrasé. Les gens mettent la main en visière pour s'abriter de cet éclat oblique et ils constituent d'étranges silhouettes. L'animation a décru avec la chaleur, l'après-midi agonise. Le samedi, les fins d'après-midi sont toujours comme ça. Bizarres, abandonnées, semblables aux limbes. Dépourvues de charme, inquiètes, idéales pour les résultats des matches de football et pour se préparer en vue des excès de la nuit. Ce n'est jamais une heure agréable. Composée de poussière, d'odeurs de bière, d'ennui, elle me déprimait toujours quand j'étais gosse. Et c'est ce qui m'arrive maintenant. L'odeur prolétarienne du fer à repasser, la poussière, la lueur plate et fade.

Ce n'est pas parce que Laura commit le péché de ne pas m'aimer que je renonçai entièrement au réconfort des femmes à Cambridge. A vrai dire, les filles me sautaient dessus avec une régularité étonnante. Le plus souvent sans succès, dois-je ajouter. Curieusement, je restai parfaitement chaste à Cambridge. Je refusais sans cesse de coucher avec des femmes splendides ! Incroyable mais vrai. Tous les documents l'attestent. Consultez-les si vous désirez vérifier mes dires.

Il y avait d'abord Vanessa, un mètre quatre-vingt-cinq, longiligne, superbronzée et séduisante avec ses coiffures pesant cinquante kilos. C'était une amie de Laura ; gâtée et habituée à obtenir ce qu'elle voulait. Me désirer lui fut aisé ; me baiser, une autre paire de manches. Mais à force de les retrousser, elle parvint à ses fins. Vous allez objecter qu'il n'est pas très fin de courtiser une fille (Laura) en sautant sa meilleure copine (Vanessa). Vous avez raison. Moyennant quoi je m'abstins. De sauter Vanessa, je veux dire. Je fis tout sauf ça. Je l'attirai dans mes rets, je la séduisis, je l'abreuvai de rêves et d'espoirs, je m'assurai qu'elle m'aimait à la folie. Ce qu'elle accepta sans se faire prier outre mesure. J'avais à revendre de ce qu'elle voulait. Ce n'est pas sans une certaine nostalgie rétrospective et perverse que je reconnais avoir brisé le pauvre cœur de cette richarde. Je pense aujourd'hui que ça ne lui a sans doute pas fait de mal. Qui donc a écrit que toute expérience — et surtout la souffrance — est d'une valeur incalculable ? Quelqu'un a bien dit ça. D'ailleurs, je crois que c'est moi.

Un jour, Vanessa menaça de se tuer si je ne la sautais pas sur place. Je fus flatté mais guère convaincu ; lorsque j'eus refusé sa proposition, elle se fiança avec un étudiant en sciences de Magdalene. Le suicide eût été plus doux.

Mes brèves excursions dans le monde du théâtre furent

tout aussi fructueuses du point de vue féminin. Ce fut sur les planches que je rencontrai la très menue Sarah. Elle jouait le rôle d'Ophélie tandis que j'incarnais Hamlet et elle n'avait de cesse de se faufiler dans mon collant bien qu'il y restât peu de place, car à cette époque Gertrude m'honorait de ses attentions de gymnaste. Ainsi, Sarah et moi avions une relation plus ou moins platonique. De temps à autre, elle retirait ses vêtements et me présentait ses seins avec ces mots : « Merde alors, t'aimes donc pas mes nénés ? » Car Sarah nourrissait une passion peu ordinaire pour sa poitrine menue mais splendide. Une passion, je dois le reconnaître, tout à fait justifiée. Elle m'écrivait des lettres interminables, où elle se plaignait surtout de mon " altérité existentielle " et de ma " sensualité destructrice ". (Je ne blague pas : allez le lui demander si vous ne me croyez pas !)

Mon rapport étrange avec Sarah vira bientôt à l'aigre et aux récriminations. Le problème de Sarah, c'était que son intelligence n'avait d'égale que son immaturité. Peut-être en ai-je déjà parlé. Quel dommage pour Sarah. J'aimais beaucoup Sarah. J'aurais pu craquer pour elle. Mais hélas, ce ne devait pas être.

Je bénéficiai aussi d'une relation thespienne avec Julia. C'était une jeune juriste bouillonnante qui jouait le rôle de Kate face à ma brillante et picaresque interprétation de Petruchio. J'eus une vague liaison avec Julia. (Les affaires de cœur étaient toujours *vagues* à Cambridge.) Julia était dure, brusque et intelligente. Aux premiers temps de ma naïveté londonienne, Julia incarna à mes yeux l'esprit de la capitale : vive, rigide et prompte à critiquer. Le sexe avec Julia évoquait une visite aux toilettes. Un jour que mon esprit chevaleresque me poussait au compliment du cunnilingus, je me mis à glisser le long de ses formes amples, mais me fis brutalement attraper par les cheveux. Elle me fusilla du regard et me lança d'une voix sifflante :

« Ne refais jamais ça, cracha-t-elle, c'est hors de question ! »

Inutile de le dire, je ne récidivai pas. Toute marque de tendresse ou d'affection la terrifiait. Tout ce qui sortait du cadre limité d'un érotisme conventionnel était pour elle synonyme d'affront. Le moindre signe de gratitude la faisait détaler comme un lapin écumant d'un mépris incontrôlable. La faiblesse, la pauvreté, l'imperfection ou le malheur la révoltaient. Ils n'avaient aucune place dans son esprit, ils étaient impensables. Mon bagage débordant d'inadaptations, de bizarreries et de réalité brute lui posait une multitude de problèmes qu'elle ignorait de son mieux. Notre rapport vira *in extremis* à l'amitié, mais la romance dut mordre l'amère poussière humaine.

Il y en eut d'autres, assez nombreuses. J'étais un garçon plutôt mignon et sexy, j'avais la part belle. Je ne m'amusai pas comme j'aurais pu m'amuser. Je ne profitai pas de toutes les occasions, loin de là. Je peaufinai le refus à regret. Avec une tristesse excessive, je déclinai toutes ces provocations érotiques. Je racontai quelques craques horribles. J'échafaudai quelques énormes édifices vacillants de tromperie et d'imagination pour m'excuser. Curieux, toutes les couleuvres qu'on peut faire avaler aux gens. Les filles se fichent que vous ne couchiez pas avec elles, pourvu que vous puissiez vous baricader derrière un baratin spectaculaire. Dites-leur que vous avez un cancer, pas de bite, un gonocoque mexicain pharyngité ou des tendances homosexuelles incurables. (*N.B.* : Jamais, pour rien au monde, n'allez raconter à une fille que vous ne voulez pas coucher avec elle sous prétexte qu'il ne vous reste que trois semaines à vivre. Car dans les secondes qui suivront, elle vous coiffera les poils pubiens avec ses dents !)

Je multipliais ces refus parce que, selon moi, je devais conserver une disponibilité sporadique pour la fabuleuse, la lointaine Laura. Cela finit par devenir un exercice absurde car, même si je passais la plupart de mes nuits seul dans mon lit d'étudiant, l'étendue de ma vénerie fut exagérée et fabriquée de manière ridicule. A en croire des rumeurs très populaires, je m'arrêtais seulement de baiser pour manger et j'emmenais même parfois une flasque et des sandwiches à consommer sur le lieu de mes exploits. Une invention grossière, cela va de soi, mais étonnamment difficile à nier de manière convaincante. Et peut-être, aussi, un mythe pas tout à fait au goût de ma vanité personnelle. Ainsi Laura était-elle constamment informée de mes frasques juvéniles. Bon dieu, comme je regrette aujourd'hui de ne pas avoir profité de la moitié des occasions que l'on m'attribua à l'époque.

Malgré les colères réglées comme l'emploi des tampax, malgré les absurdités flagrantes et les vigoureuses lubies que m'infligèrent mes femmes de Cambridge, elles m'offrirent un sacré bon temps. Toutes étaient jeunes, intelligentes et inaccessibles aux vils calculs. A Cambridge, même la romance la plus plombée était à mille lieues des tendres humiliations, des émotions torves et des catastrophes finales qui grèvent la plupart des histoires d'amour en ce bas monde. Sans doute parce que rien ne passionnait vraiment les gens à Cambridge. Peu de choses étaient jugées dignes d'accélérer votre pouls. C'était une convention agréable mais un peu morne. Affranchie de tout traumatisme, la vie avait tendance à être très civilisée. L'excès n'y jouait aucun rôle (sauf dans mes cogitations larmoyantes sur Laura).

Ainsi, la petite ville de Cambridge conserve toujours pour moi le doux parfum d'une sexualité libre et de sentiments dénués de toute culpabilité. Il y a un an, lors de mon dernier séjour à Cambridge, je me suis mis à bander en marchant sur King's Parade, tant mes souvenirs étaient agréables. Lors de mes meilleures matinées imparfaites d'autrefois, je me réveillais dans les draps froissés mais frais de quelque charmante étudiante en sciences naturelles, nous allions prendre un café vers midi dans une gargote, je déjeunais, fumais un peu, faisais des adieux brefs mais poignants à mon adorable copine, puis je retournais dans ma chambre pour une sieste ou une brève parenthèse métaphysique. Telle était ma vie et, putain, ce que je pouvais adorer ça ! Je voyageais entre plaisir oisif et contentement sans nuage, faisant halte en chemin à délices inouïs. Bref, je me la coulais douce. Tout était parfaitement huilé, impeccablement organisé. Après l'incessant orage de merde que je venais d'affronter pendant dix-neuf années consécutives, je méritais un peu de bon temps ! J'ai réglé mes dettes, réalisé mes avoirs, peaufiné mes paris, compté mes billes, tombé les filles, je me suis approprié jusqu'au dernier des clichés incompréhensibles.

Tout cela aurait pu être idéalement idyllique — l'argent soudain, les privilèges, ces femmes vives et cultivées, etc. —, ç'aurait été idyllique sans les cruautés que m'infligeait la diabolique Laura qui semblait perversement décidée à ne pas tomber amoureuse de moi. Un jour, je décidai d'essayer un peu d'héroïsme spectaculaire et athlétique. Je convainquis Vanessa de venir me voir pendant la finale de la Coupe des Collèges, m'assurant du même coup de la présence de Laura dans les gradins. Le foot était mon point fort ; j'étais certain de l'éblouir, d'éveiller enfin sa passion inexplicablement endormie. Je m'en tirai fort bien sur le terrain. Mieux que bien, pour tout dire. Vif comme l'éclair, incisif comme le scalpel, je brillais. Solide et rusé, je jouais comme un dieu. (Si George Best m'était seulement arrivé à la cheville, il s'en serait tiré les doigts dans le nez !) Je réussissais des têtes avec un naturel confondant et je débordais aisément la lourdaude défense adverse. J'ai un peu gâché mon exploit en me faisant expulser du terrain après avoir flanqué un coup de poing à leur goal, du jamais vu depuis quatre-vingts ans que cette compétition existait. J'y vis pour ma part le plus audacieux de mes robustes exploits, mais Laura avait apparemment déclaré à Vanessa :

« Quel dommage qu'il soit un tel rustre... »

Ce fut sans doute là la moins désastreuse de mes tentatives pour impressionner Laura.

Je soudoyai qui de droit pour figurer parmi les Huit Premiers, j'écrivis des poèmes, je lui envoyai des bouquets de fleurs anonymes, pour lesquels elle remerciait Greg, le bruyant nabot. Je me lavais les dents, je soignais ma coiffure, je me comportais de la manière la plus déraisonnable. Rien ne marcha. Lorsque Laura remarquait mon existence, c'était invariablement à cause d'une folie inconcevable ou d'une gaffe terrifiante. J'étais, semblait-il, incapable d'exhaler une aura de désespoir séduisant.

Chaque fois que je regardais ce brave Greg, je n'en revenais pas. Je n'arrivais pas à comprendre. Ce nain, cet homoncule, cette médiocrité insigne, ce moins-que-rien ! Que lui trouvait-elle donc ? J'aboutis à cette conclusion que j'étais tout simplement trop grand, trop sexy et trop intelligent au goût de Laura. Cela m'aida un peu. Rien qu'un peu.

(Ah, cette Laura ! Elle me tourmentait. Elle m'en faisait voir de toutes les couleurs. Dans l'allée bordée d'arbres de mes fantasmes elle marchait en beauté sur un sol bouleversé, pensant à l'Angleterre et à tout ce qu'elle avait volé, une éclaboussure d'extase sur mon herbe noircie.)

Mais ici, à Hyde Park, le père soleil a lourdement trébuché dans son escalier aérien. Une tache brillante, mais de plus en plus petite, domine encore un groupe d'immeubles élevés et lointains. Nous restons dans la lumière. Le pinceau linéaire et poisseux effleure la terre et découpe des ombres précises entres les silhouettes des bâtiments, des arbres, de la foule. Des flaques brutales de reflets bas éblouissent l'œil. Gêné, je grimace et tourne la tête pour éviter cette douleur à mes yeux. Sous un arbre tout proche et lumineux, j'avise un collègue, un mendiant.

C'est un homme d'âge mûr, laid et souillé, affligé d'une sale cicatrice sur la joue. Ses cheveux brillent et ondulent dans les vagues de chaleur. Entre les plis de ses vêtements bouffés aux mites et aux punaises, apparaît le ballon d'un ventre gris et poilu, oblong et tavelé. Son visage est ravagé par la maladie, rongé d'une barbe crasseuse, ses yeux lourds d'anciennes débauches. Ce n'est pas le genre d'homme avec qui vous auriez forcément envie d'avoir des rapports sexuels. Pas vraiment ! Il n'a pas l'air d'être ce qu'on appelle un brave type. Merde, pourvu que ce ne soit pas un pote à moi !

Embarrassant, mais pas impossible. De fait, on dirait qu'il me reluque comme s'il me reconnaissait vaguement. Peut-être ai-je déjà rencontré cette créature. Bon dieu, je ne devrais pas en avoir honte. Certes pas ! Jésus lui-même était très porté sur les plus démunis d'entre nous, il avait un faible pour les êtres réellement répugnants. Et puis c'était quasiment un vagabond ! Lazare aussi était un vagabond. Oui, le Gros Laz était une vraie raclure d'humanité. C'est cool de connaître des *clochards*. C'est chic. C'est super. Si ce bon vieux hippie de galiléen s'en est tiré, je ne devrais pas avoir de problème.

Croisant mon regard, il esquisse un sourire cendreux en signe d'amitié. Ses dents marron, couvertes de bernacles, ne brillent absolument pas dans sa grimace tordue. Beurk. Je fouille ma mémoire. J'explore les deux volumes de *Vagabonds que j'ai connus*. Je parcours mes listes de Paddy, Mickey, Jimmy, Billy, Jock et Johnny. Non, je ne crois pas le trouver là et j'aurais difficilement oublié une épave aussi scrofuleuse que lui.

Ouh là là ! Il fait mine de se lever sous son arbre et s'arrête net, en pleine confusion. Bordel, voilà Face-de-rat qui envisage manifestement de m'aborder. Malgré ma crise soudaine d'égalitarisme chrétien, je ne peux m'empêcher de penser que ce serait une idée affreusement déplacée de sa part. Je ne recherche pas spécialement sa compagnie. Je tourne aussitôt la tête et essaie de faire comme si je pensais à autre chose. Je fredonne mentalement une chanson et je supplie le ciel pour qu'il ne s'approche pas de moi. Je ne voudrais pas que vous assistiez à ce genre de choses. Mais je constate en me retournant que, dieu merci, il est toujours rivé à sa place. Je me demande ce qu'il peut bien me vouloir. Argent, sympathie, sexe ? En fait, maintenant que j'y pense, son visage me dit quelque chose. Mais comment pourrais-je connaître quelqu'un tel que lui ? C'est un vagabond mauvais genre. C'est une espèce crasseuse, maladive, cupide, de vagabond. Le genre de vagabond que les autres vagabonds ne laisseraient pas leur fille épouser. Où diable l'ai-je déjà vu ?

Ah merde ! Le voilà qui rapplique. Il a surmonté son manque d'assurance et il boitille vers moi avec une lugubre expression de solidarité plaquée sur ses traits rances. Ses vieux yeux répugnants ont piégé les miens et ne les lâcheront pas de sitôt. Je le considère avec (je l'espère) un mépris non déguisé.

« Ça va, mon pote ? » s'enquiert-il avec sollicitude.

Magnifique, il est écossais — comme si j'avais besoin de ça en ce moment ! Et puis, vu de près, il est beaucoup plus laid et il dégage une puanteur incroyable, même pour un vétéran des odeurs corporelles comme moi. Malgré tous mes efforts, mon nez snob ne peut s'empêcher de frémir de dégoût.

« T'aurais pas une clope ? grogne-t-il.

— Non, désolé. »

Il me jette un regard brutal, méchant, aviné.

« T'es bien sûr ? » insinue-t-il d'une voix menaçante.

Oh, il cherche donc les ennuis, ce monstre. Il a envie de pratiquer la boxe. Mais, quel dommage, je ne suis pas vraiment d'humeur. Je n'ai pas de haine à revendre en ce moment. Malgré tout, le cas échéant, je ferais naturellement de mon mieux pour le satisfaire. Je lui réponds avec une intonation volontairement douce et lente, mais pleine de menace voilée.

« Je n'ai pas de cigarettes, je te l'ai dit. »

Il hausse les épaules de manière extravagante, puis m'adresse un sourire vert et baveux. Il s'approche d'un air amical et son bras tente de m'enlacer les épaules. Je m'éloigne d'un bond, mais les odeurs qui s'échappent de ses aisselles me donnent le vertige. Il se fige, vexé. Les vagabonds sont tout de même bizarres. Ils essaient de rester drapés dans leur dignité le plus longtemps possible. Comportement stupide. Le drap de leur dignité n'est plus qu'une peau de chagrin. Il reprend la parole.

« Bah, laisse tomber, mon pote. Oublie ça. Tout baigne. Je sais. Tu me connais. Je sais tout. Ça va. T'en fais donc pas. »

C'est exactement ce genre de vagabond ivre qui sort toujours exactement ce genre d'immondes conneries. Jusqu'à quelles profondeurs d'absurdité et d'austère futilité a sombré leur esprit pour aboutir à de tels marmonnements insensés ? Eux qui n'ont plus le moindre bon sens, que veulent-ils dire au juste ? Que signifient leurs paroles en pareil cas ? Qui interroge ? Qui répond ? Qui est intéressé ?

« T'm'entends, mon pote ? T'peux tout m'raconter. Je sais déjà tout. J'suis ton pote. »

La souffrance et de secrètes intentions rendent ses yeux vitreux. Il sait de quoi il parle. Personne d'autre ne le sait, mais il paraît très sûr de son propos. Je raidis les jambes et redresse le dos, histoire de lui montrer ma taille. Histoire de lui montrer avec précision de quel bois je me chauffe. Il ne semble pas trop impressionné et me considère d'un air narquois. Le soleil, que j'ai maintenant en plein dans les yeux, me rend l'insigne service de noyer les traits de cette chose dans une brume indistincte.

« Va-t'en maintenant », je lui conseille d'une voix calme et paisible.

Mais je commets peut-être une erreur. Comme je l'ai déjà dit, les vagabonds sont parfois incroyablement susceptibles. Malgré tout, ce n'est qu'un vieux mendiant et je me juge verni.

« Oh là, sois donc pas comme ça ! On est potes. Donne-moi juste deux ou trois p'tites clopes et j'm'en vais. Deux clopes et j'te laisse pénard. D'ac ? Je sais tout. Je sais. Pas vrai ? P' vrai ? Toi et moi, mon pote, on est au poil. Vraiment au poil ! Me dis rien, putain. J'suis pas un couillon ! Tu m'prends pour un couillon ? C'est c'tu crois ? C'est ça ? Dis-moi, céça ? »

J'ai souvent remarqué que les conversations entre vagabonds avaient tendance à dessiner une spirale consternante. On ne peut pas s'empêcher de descendre avec eux. Impossible de briller quand on converse avec un vagabond. Impossible de jaillir hors d'un dialogue atterrant en ressemblant à Oscar Wilde et en parlant comme lui. C'est totalement exclu. Tout aphorisme serait déplacé. Je fais de mon mieux pour demander à cet individu de s'en aller, mais ça ne marche pas. Mon message ne s'articule pas avec toute la force que j'aimerais lui communiquer. Je suis pris dans un échange. Une dissertation sur le motif et l'issue. Je m'enlise. C'est toujours comme ça.

« Fous-moi le camp ! » j'éructe, sans ambiguïté.

Comme je disais : difficile de briller.

« Ah, putain de merde, essaie pas ça, mon pote ! Putain, qu't'essaies pas ça. Putain d'enculé. Est-ce que j't'ai pas vu-z-hier avec un putain d'paquet plein, enculé d'menteur ! Tu t'crois mieux qu'moi, putain... céça ? Hein ? Hein ? Tu d'crois bieux qu'boi ? Mais tu vaux pas-z-un clou. T'sais c'que t'es ? T'es qu'un con ! T'es qu'un putain d'con ! »

J'essaie de sourire à une jeune passante qui fait un large détour pour nous éviter. J'essaie de prendre un air désolé, fatigué. Ah, tous ces vagabonds ! disent mes yeux. Ils ne vous laissent jamais tranquille.

Je regarde ensuite mon interlocuteur, la bouche serrée sous le coup d'une impatience croissante. Furieux lui aussi, il suffoque et postillonne sa hargne. Ses mains battent l'air avec un agacement rapide et vicieux. Il gesticule tant et plus, frôlant mon visage de ses doigts couverts de croûtes. Reculant d'un pas, je remarque que les respectables occupants des chaises longues observent maintenant notre petite scène d'un œil désapprobateur. Ces disputes sont toujours interminables. Elles commencent par l'esbroufe piaulante du suppliant, atteignent bientôt le stade des injures colorées et hurlées au nez de l'interlocuteur, avant de culminer enfin dans une violence de qualité variable selon l'âge et la musculature des participants.

« Je t'ai déjà dit que je n'avais pas de cigarettes. Maintenant fous-moi le camp d'ici avant que je te flanque une raclée dont tu te souviendras ! »

Oh, c'est mauvais, très mauvais. Des menaces parfaitement inefficaces. Une gaffe monumentale. Encouragée par la faiblesse de mes brocards, sa colère grandit. Il crache un épais glaviot sur l'herbe innocente. Sa voix s'enfle, devient hystérique.

« Spèce de couillon ! Essaie pas d'me rouler, putain d'enculé ! T'as envie que j't'arrache les couilles, hein ? Est-ce que j't'ai pas vu ? Rien qu'hier ? Menteur, t'es qu'un menteur ! Tu t'prends pour qui ? Rien qu'hier, j't'ai vu t'planquer avec c'te pouffiasse pour cloper comme le sale couillon égoïste que t'es. En refusant d'filer à ton pote une putain d'clope. T'es un putain d'enculé. Un putain d'salaud d'enculé ! »

Ah, c'est ça. Hier ? Tiens donc. Ce type m'a remarqué dans ce bouge, hier. Il n'a pas dû apprécier ma sortie précipitée. Il a repéré mes clopes. Et maintenant il en veut. Quel gros malin ! Même s'il m'en restait une seule, il n'aurait pas la moindre chance de l'obtenir. Il commence à me courir, ce con. Je suis désolé pour tous ses ennuis, mais j'ai des problèmes de plus en plus urgents à résoudre. Il faut qu'il s'en aille. J'en ai marre.

Il a remarqué que je l'ai reconnu et il se campe carrément devant moi, ses petites jambes puantes bien écartées comme pour se préparer au combat. Dieu, j'en rirais presque. Je préférerais ne pas le frapper, mais s'il le faut, je suis prêt à lui rompre les os, à réduire son cerveau en bouillie. Me sentant soudain mieux, je lui parle avec une élégance sans réplique.

« Maintenant comprends-moi bien, mon ami indigent, il faut vraiment que tu prennes la poudre d'escampette. Je suis sans tabac, contente-toi de cette information. Tu ne trouveras aucune joie ici. Mais si tu restes, je me verrais dans la désagréable obligation de te passer à tabac. Bref, si tu aimes la vie, tire-toi avant de la perdre ! »

Voilà qui est mieux. Il cesse un moment de marmonner et me regarde avec, dans ses petits yeux de rat, une incompréhension boueuse. Je lui adresse un sourire encourageant. Je ne dois pas attendre trop de choses de ces gens-là. Ses yeux s'agrandissent alors, ses lèvres tremblent d'une fureur baveuse.

« Spèce de salaud, 'spèce de connard, putain de merde d'enculé ! »

Sa lippe flasque et écumante déverse des tombereaux d'obscénités hurlantes. Ses mains croûtées se referment en petits poings qu'il brandit sous mon visage amusé. Il tape du pied et glapit ses injures ridicules.

« ... connard, salaud, 'spèce de sale enculé d'rapiat ! Putain d'couillon, salopard... ! »

Nous sommes apparemment passés au stade des injures incontrôlées. Ensuite, pronostiqué-je, place à la violence. Certains amateurs de chaise longue se sont déjà fait la malle, écœurés et marmonnants. Le klaxon bloqué de sa haine continue de déverser son flot régulier, insensé. En un clin d'œil, ces gens deviennent apoplectiques. Ils ont de vastes réserves de désespoir à brûler. On m'a dit que, lorsqu'un acteur doit pleurer, il essaie le plus souvent de penser aux événements les plus tristes de son existence, moyennant quoi ceux qui pleurent le mieux sont aussi les viveurs les plus endurcis. Il doit se passer à peu près la même chose chez le vagabond. En plus facile.

« ... 'spèce de raclure de putain de merde d'enculé de saloperie de bordel de vermine de chiottes ! Putain d'bordel, j'vais t'tuer. J'vais t'arracher ta putain de saloperie de tête ! »

Oui. Oui, bien sûr. Continue comme ça. Cause toujours, triste troglodyte. Chaînon manquant. Dis-moi tout. Je veux savoir.

« T'es un homme mort, 'spèce d'ordure ! Putain, t'es mort, pauv' connard... J'vais... »

Je lui balance un bon direct du droit. Qui atterrit au

coin de sa bouche avec un joli bruit mat. Il a l'air un moment surpris avant de porter le poids de son corps sur ses talons. Ses mains montent vers son visage et ses yeux me jettent un regard ahuri. Je repars à l'attaque, mes battoirs précis et rapides, débordant de joie. Un crochet dirigé vers le côté de sa mâchoire percute durement l'os. Cette fois il tombe très vite et mord la poussière. Un gémissement sourd monte de sa gorge et il s'écarte en roulant, la tête protégée entre les bras.

Je me sens las, vidé, à bout. Victoire sans panache, je vous l'accorde, mais que peut faire un pauvre garçon ?

Il se relève en vacillant, récupère très vite, éructe un cri brutal de douleur et de rage. Ce bruit irréel me prend par surprise, je reste un instant décontenancé. Ce qui lui donne le temps de chanceler vers moi en faisant des moulinets avec ses bras. Un poing s'écrase sur mon nez et je sens une giclée tiède m'éclabousser le visage. Un autre coup de poing me frappe à la gorge avec une violence surprenante et j'ai l'impression d'étouffer tandis qu'il m'envoie un coup de pied brutal au pelvis et qu'il entreprend de me marteler le dos et la tête. Je me plie en deux sous le coup de la douleur. Notre rencontre se déroule moins bien que prévu. Je n'avais pas envisagé ceci. Je sens mon tibia se fendre et craquer quand il balance un vrai coup de massue contre ma jambe gauche. Bon, nous y voilà ! Une souffrance brûlante, terrible, euphorique. Je n'avais vraiment pas besoin de ça. Quelle erreur... Je commence à perdre patience.

Une fois la surprise passée, la douleur disparue, l'excès accepté et la fureur bien implantée, je reprends mon jeu de massacre. Je lui flanque un bon coup de boule en plein visage et j'entends un craquement humide fort agréable. Je me suis redressé et il chancelle devant moi avec son visage ensanglanté qui forme une cible presque immobile.

Je prends mon élan et lui balance un terrible coup de coude en plein milieu de son visage rougi. Il grogne, le souffle coupé, et recule de nouveau en vacillant ; je l'accompagne et répète deux fois le processus en le ramenant vers moi jusqu'à ce que, groggy, il se retrouve adossé à mon ancien arbre. Je m'arrête une seconde pour reprendre mon souffle avant de le frapper de toutes mes forces à la gorge. Je sens quelque chose céder là et mon cœur s'emballe d'une haine folle. Je lève haut la jambe, tend mon pied et le frappe violemment à l'entrejambe, deux fois avant d'être déséquilibré et de tomber à la renverse.

J'exécute une roulade, par prudence, et me remets aussitôt sur pied en me sentant tout à coup très frais et plein d'énergie. Il est toujours vautré contre le tronc d'arbre, une infecte bave rose dégouline sur sa poitrine ; ses mains font une coquille autour de ses testicules. Il s'étouffe, crache du sang, la respiration sifflante, le corps agité de soubresauts. Je repars à l'attaque.

(Vous voyez, j'aurais dû commencer ainsi. Mon crochet a toujours laissé à désirer. Mon comportement général de boxeur était bon, mais mon crochet a toujours constitué mon point faible. Pourtant, la boxe ne me sert à rien ici. C'est de démolition dont j'ai besoin.)

Mes pieds fidèles entrent alors en scène et j'entame une série inhumaine de coups violents assenés à ses côtes et à ses hanches. Il grince, craque et se brise bruyamment et, bien que je me démette l'orteil contre son fémur, je me sens très encouragé. Il est maintenant allongé à terre. Sentant un peu de fatigue dans mes jambes, je souffle un peu, mais pas avant de lui avoir balancé un dernier bon coup de godasse à la tempe, histoire de m'assurer un répit. Je ne voudrais pas qu'il me réserve une mauvaise surprise de derrière les fagots.

Pfft ! Ooooh ! Ouh là là, je suis crevé ! Ce genre d'activité est épuisant. Comme il bouge encore, je saute à pieds joints sur lui, en proie à une aimable frénésie, écrasant du talon tout espoir pugilistique qu'il pourrait encore entretenir. Après une ultime série de piétinements d'adieu, je bondis à terre, le pouls tout affolé d'un prudent dégoût. Une ceinture douloureuse m'enserre la taille juste sous les côtes lorsque j'essaie d'exercer mon droit à respirer. Bon dieu !

Alors que je récupère en cherchant mon souffle, j'écoute ses gémissements et ses gargouillis, j'observe les spectateurs qui essaient de me convaincre qu'ils n'ont rien remarqué d'anormal. En dehors des gamins désœuvrés qui nous ont déjà applaudis une ou deux fois, je ne crois pas que quiconque ait pris le moindre plaisir à regarder nos ébats. Le clan gériatrique s'éloigne d'un air outré, évidemment à la recherche d'un policier. Je me retourne vers le tas informe de mon adversaire. Putain, il y a plein de sang partout. Je ferais mieux de déguerpir pendant que la voie est libre. Tout ça ne ressemble pas à un simple effet de l'autodéfense. J'aurais pu tuer cette vieille crapule imbécile !

Je m'assure qu'il respire encore avant de m'éloigner en affectant un air aussi dégagé que possible. Le truc, c'est de ne surtout pas courir. J'affronte le regard épais et réprobateur de témoins furtifs, puis je me dirige en diagonale à travers le parc. Je mets le cap sur Speakers' Corner, en conservant prudemment mon allure dégagée. Le sang palpite dans ma tête, mon crâne irrité et douloureux me démange. A ma grande surprise, il m'a balancé deux ou trois gnons bien placés. Je m'essuie le nez et y découvre davantage de morve que de sang. Je me passe les mains sur le visage, à la recherche de la moindre anomalie. Tout semble en place.

Je marche sur l'herbe, je rôde entre les arbres. Après ce

petit épisode, je ne me sens pas d'humeur très sociable. Je veux retourner dans les rues avant de me faire arrêter.

Je ne sais pas ce qui m'a pris là-bas. J'ai perdu la tête. Disjoncté. Bon dieu ! J'ai vraiment forcé la dose. Ce putain de con ! Moi qui ne cherchais pas le moindre ennui. Bon dieu, j'espère que je ne l'ai pas tué. Ce serait un comble. Un meurtre ! Et puis quoi encore ? Merde, je ne l'ai pas loupé. Il ne survivra jamais à ses blessures. Je ne voulais vraiment pas aller aussi loin. J'ai perdu la tête. J'ai écumé, crié, enragé — bordel, je me suis vraiment laissé aller.

Le soleil a maintenant disparu derrière l'horizon et le ciel est tout plat, empli de brume et de couleurs pâles. Une légère brise s'est levée, qui sèche la sueur sur mon visage. Lorsque je repère deux flics en vadrouille dans une allée voisine, je presse le pas le plus discrètement possible, puis j'accélère, partagé entre la frayeur et la déprime. C'est une mauvaise journée et ça ne fait qu'empirer. Maintenant je trottine presque et je dois me convaincre de ralentir pour adopter une allure plus naturelle, moins voyante. Je désire qu'on ne s'intéresse pas à moi pendant un moment.

Oh non ! Seigneur, non ! Ce n'est pas possible ! Non !

A une cinquantaine de mètres devant moi, j'avise une silhouette voûtée et sanglante qui me crie des obscénités délirantes. C'est lui. Incroyable mais vrai, il vient en redemander. Il clabaude vers moi pendant que je reste là, figé par la terreur et l'incrédulité. Tel Lazare, il a ressuscité d'entre les morts. Il semble ivre de rage et, malgré sa patte folle et les quelques additions que j'ai pu faire à ses handicaps naturels, il se déplace vite, comme un crabe hideux. Au secours ! Pas ça. Pas lui !

A dix mètres, j'aperçois l'éclat de sa lame. Le fouet de la peur fait bondir mon esprit fatigué. C'est un jeu nouveau.

Il tient vraiment à ce que je me souvienne de cette rencontre.

Je regarde son bras noueux et maléfique agiter la mince lame d'acier. Je recule lentement et mon manteau s'ouvre, laissant la lame se glisser à l'intérieur et fendre aisément le devant de ma chemise. Le cri minuscule du tissu qui se déchire et je suis tailladé. Une sensation tiède, curieusement agréable, de piqûre diagonale enflamme la chair de ma poitrine et je pousse un cri de frayeur. Nom de dieu, ce salaud m'a poignardé !

Je devrais être terrifié, mais je suis tellement exaspéré que je n'ai pas de temps à consacrer à la peur. Ça suffit ! J'en ai par-dessus la tête de ce type. Cédant à un accès de colère aveugle, je lui décoche une série de coups de poing. Par bonheur, je manque ma cible, si bien que ses coups de couteau passent au ras de mon visage incliné. Ceux-ci étaient dirigés vers mon œil. L'arme blanche levée, il se redresse pour me faire face. Il croit que je suis cuit. Sa main plonge vers mon ventre. Je n'ai aucun mal à éviter son attaque et je lui balance un grand coup de pied dans les reins. Il pivote en brandissant son arme qu'il dirige maintenant vers ma gorge. A sa grande surprise, j'ignore cette menace et le frappe à nouveau du pied. Dans l'abdomen cette fois et à toute volée. Il me regarde tandis que, d'un bond, je m'éloigne hors de portée. Suit une petite pause risible pendant laquelle il manque de s'étouffer, s'écroule lentement et se met à vomir un sang épais. Le couteau tremble dans sa main et j'avance pour le faire voler au loin d'un coup de pied. Privé de son arme, l'homme se plie en deux et serre entre ses bras son ventre douloureux. Il gémit et vomit encore une grande gerbe de sang avant de tomber à genoux. C'est fini pour lui. Son bref dialogue avec moi touche à son terme. Il geint et gargouille et bafouille dans une écume sanguinolente. Il est définitivement à court d'arguments.

J'examine ma blessure. Son trait mince descend de mon téton gauche jusqu'au-delà de mon nombril. Plus profonde vers le haut, elle saigne étonnamment peu. Une tentative vraiment inefficace, il faut bien le dire. Mais néanmoins douloureuse et ennuyeuse. Lorsque je me retourne vers la silhouette de mon ennemi agenouillé comme s'il réclamait un pardon sanglant, mon impatience connaît une vigueur nouvelle. Je suis calme et rationnel, mais très outré. Je jette quelques coups d'œil rapides autour de moi pour m'assurer qu'aucun flic ne m'observe discrètement, puis de toutes mes forces je balance un grand coup de pied dans la poitrine du type. J'entends alors un bruit qui ne peut être que celui de plusieurs côtes brisées, puis il bascule en arrière avec une lenteur surprenante. Bien. Je contourne son corps et lui flanque un nouveau coup de pied à la tempe, pour la seconde fois de la journée. C'est mieux. Sa tête valse sur le côté et forme un angle horrible. Pourtant, je n'ai pas tapé très fort. Ce n'est pas si facile de frapper sans retenue un type allongé par terre. La civilisation y veille.

Je baisse les yeux vers son visage livide, défait. Il a la bouche ouverte, une dent dépasse d'une mare de saloperie qui s'est formée dans un des replis de son cou. Sa respiration fait des bulles ensanglantées en s'échappant de sa bouche et de son nez écrasés. Lui non plus n'a pas passé une très bonne journée.

Un quartet de klaxons irrités joue sa mélodie entraînante sur Park Lane. Des pneus crissent quand le perdant freine à mort tandis que le vainqueur emballe son moteur pour signifier son triomphe. La circulation automobile paraît stupide en pareil moment, je dois le dire. Mes jambes épuisées me font mal et ma longue incision saigne quand je me baisse pour ramasser son couteau. Cette douleur brutale m'inquiète et ravive ma colère. Ce n'est pas vraiment un couteau. Seulement un bout de métal aiguisé, dont une extrémité est entourée de chatterton noir. Je me demande où il a trouvé ça. Je ne le vois pas en train de le fabriquer. Pour moi, il n'est pas du genre artisan. La nature répugnante de cet instrument destiné à taillader Bogle m'irrite davantage. Je serre le manche dans ma main et retourne auprès de son propriétaire.

Oh, il semble bien mal en point. Il a un air terrible, affreux ! C'est assez dégoûtant. Un grand moment dans la vie de cette créature. Car pour elle, ce jour met un terme à une sale passe. On dirait qu'il a la mâchoire brisée, je suis certain que deux ou trois de ses côtes ont mordu la poussière, ses reins ne doivent pas être en très grande forme et sa tête lui fait sans doute un mal de chien ! En plus, il souffre certainement d'un problème interne pour crachouiller toutes ces saletés épaisses et odorantes. Il a perdu beaucoup de choses essentielles. Je n'y suis pour rien, putain. Ce n'est pas moi qui lui ai demandé de me tuer.

Je resserre une fois de plus ma prise sur le manche de l'arme. Je calcule. J'estime. Je suppute et choisis l'endroit. Débordant d'une fureur froide et d'une haine paisible, je m'accroupis près de son corps démoli. Je suis dans Hyde Park et je peux faire ça sans problème ? Le monde est devenu fou, ou quoi ? Alors que je me penche au-dessus de lui, le couteau brandi en l'air, quelques gouttelettes de mon propre sang tombent sur sa poitrine et se mêlent à ses fluides plus sombres et liquides. Le hasard fait bien les choses, n'est-ce pas ? J'ai choisi l'endroit, j'ai serré ma lame. Je suis prêt.

Tandis que je me prépare à le saigner comme un cochon, l'homme grogne et bave bruyamment. Il tente de parler. Ses efforts me surprennent. Il redresse alors la tête et me regarde (je crois) à travers son masque de souffrance et de sang. Il essaie de lever une main alors que sa propre lame est tournée contre lui. Il sanglote et gargouille, les yeux écarquillés de terreur, puis il retombe en arrière.

Je m'arrête, rassemble mes forces et ma colère. Je le regarde, je lève le couteau, je ferme les yeux et...

Et ?

D'un geste las, je lance au loin cette affreuse chose souillée, puis je me relève en proie à une douleur lancinante. Pourquoi faire ça ? A quoi bon ? Qui en a besoin ?

Je m'éloigne, d'un pas vif. Ma chemise déchirée, ma tête brûlante, mon ventre tout poisseux de sang. Le soleil a disparu depuis longtemps et cette journée de la fin du printemps vire au début de soirée quand mes pieds retrouvent le trottoir de Park Lane. Je me retourne et constate qu'une modeste foule s'est rassemblée autour de mon ami tombé au combat. Ces gens ne doivent pas avoir le cœur à rire.

En ce moment, Oxford Street ne désemplit pas le soir et je me retrouve plongé dans la masse soudaine d'une foule agitée. D'instinct, cette foule s'écarte de moi et je ne me fais pas trop bousculer. C'est tant mieux, car le moindre heurt risquerait de m'achever.

Les boutiques émettent leur pieux éclat velouté, tandis que les lampadaires bourdonnent et cliquettent en s'allumant. Ils obscurcissent le ciel et accordent une pesanteur sombre à ma douleur nouvelle. Autour de moi, les visages sont concentrés, affairés, cupides et voraces. Ils sont jeunes, durs, plongés dans une légère pénombre. Ils me dépassent en un tourbillon, les yeux rivés à la bande rouge et humide de mon ventre. Je boutonne mon manteau et serre les bras autour de mon corps glacé. Car je ne ressens plus la moindre chaleur. Celle de la journée a entièrement disparu et j'ai la chair de poule. Mon cœur ralentit peu à peu. Calme. Repos. Point de la situation. Je respire désormais plus à fond et je m'arrête pour le seul plaisir de m'arrêter. Les passants continuent néanmoins de me dévisager, avec des yeux pleins de dureté et de mépris. Je m'aperçois que je pleure. Mes petites larmes ruissellent sur mon visage. Je m'arrête puis m'approche des murs, ma tête s'appuie contre la vitrine illuminée d'un magasin de chaussures. Les gens passent près de moi, ils modifient leur trajectoire pour m'éviter, moi et mes désagréments. Je bouge la tête pour m'essuyer le visage et m'aperçois que la vitrine est maintenant maculée de mon sang et de ma sueur. J'essuie donc la vitrine avant de repartir. Sous mes yeux, le ciel vire au noir avec une lenteur d'escargot. Oh dieu ! Oh putain de dieu !

*

Je crois que bon nombre de mes problèmes personnels viennent du fait que je n'ai jamais connu l'identité de mon père. De mon vrai père, je veux dire, de cet homme qui a payé un demi-penny ou bien la somme requise en 1963 pour tringler ma mère. Curieusement, avant mon entrée à Cambridge, ces problèmes de paternité ne me tracassaient guère. Quelqu'un me demanda alors si je m'étais déjà interrogé à ce sujet. Promptement, je me mis à me poser des questions.

En un sens j'avais de la chance. J'avais un large choix de géniteurs potentiels, je pouvais choisir à ma guise. Beaucoup d'hommes ont rendu visite à une prostituée à un moment ou à un autre. Ç'aurait presque pu être n'importe qui. Bientôt, chaque fois que je voyais un homme séduisant ou admirable âgé de plus de quarante ans, j'entamais mes extravagants calculs chronologiques. Mes yeux se voilaient de larmes, de tendres pensées filiales me serraient la gorge. Un jour de folie, je commençai même à remarquer une indéniable ressemblance entre moi-même et le duc d'Edimbourg. Sans blague ! Ce long nez incurvé, ce front droit, la ligne sèche et rigide des lèvres serrées. C'était tout à fait possible. Il ne faut jurer de rien. Toute cette pompe, ce snobisme, cette morgue.

« Papa ! » m'écriai-je.

A cette époque, parmi d'autres pères imaginaires j'inclus : Richard Burton, Gerry Fitt, Philip Larkin (!), Denis Law, Colin Cowdrey, Rab Butler, Ringo Starr, Bill Shankly, Robert Graves, Paul Schofield, Enoch Powell, Peter O'Toole, Seamus Heaney, Cliff Richard (! !), Richie Benaud, Robert Kennedy, Jean-Paul Sartre, Ronald Biggs, Clint Eastwood, Chris Bonnington, Harold Pinter, Gore Vidal (?), Tony Jacklin, Lord Lucan, Jean Genet, Pele, Anthony Burgess, Robert Mitchum et Pat McGahey, le barman du Sports Bar *de Lower Falls pendant les premiers mois de 1963.*

Triste, n'est-ce pas ? Vraiment touchant ? Je ne sais pas pourquoi je me donnais toute cette peine. Ce fut sans doute seulement un sale crétin d'Irlandais qui m'engendra. A quoi bon rêver ? Pourquoi se fatiguer ?

Six

Sloane Square. Crépuscule. Le ciel s'assombrit et tournoie au-dessus des bandes blanches des lampadaires pulsatiles. Au sol, le carré des projecteurs nargue et endigue la croissance infinie des ténèbres supérieures. Je reste tristement assis devant la foule silencieuse et pressée tandis que les voitures grondent en contournant la place. Le sang a un goût amer sur ma langue et j'aperçois un pinceau de lumières crues à la périphérie brouillée de mon champ visuel. Le soir arrive et je suis prêt pour la nuit. Tout va mal. Je vais mal ! Il faut que je dorme. Je suis en train de mourir.

Toute cette description du décor pourra sembler assommante, mais rien ne m'importe davantage. Ces temps-ci, je vis peu d'événements en intérieur. J'ai une mémoire défaillante et mes intérieurs se réduisent à trois fois rien. Et puis, je n'en ai pas besoin. Le vaste extérieur est ma maison et mon hall. Je suis un expert en extérieurs. Je suis le Prince du Pavé, je suis le Roi des Bancs Publics et les vents glacés de l'extérieur me hérissent le poil en permanence. Pour m'accompagner, il faut comme moi braver l'air et l'immense ennui nu. Oui. Déambulation est le nom de mon jeu. Plus ou moins volontairement, je suis du genre extérieur. C'est avec détermination, crainte et gratitude que j'écume les rues de la ville.

Ça ne va pas trop mal. Il fait surtout froid et humide — un temps de merde, je l'avoue, mais ses réconforts sont tout aussi puissants. L'étendue et la profondeur de champ que j'hérite de tout cet espace m'apaisent agréablement. Je peux toupiller et décrire des cercles sans fin. La vaste et tonitruante musique du paysage joue pour moi et je respire largement, loin du mur et du toit. Je jouis d'une espèce de liberté. Mes nuits sont longues et austères, parsemées de lumières et d'incidents. Quel sédentaire pourrait s'en vanter ? Un certain nombre, je vous l'accorde.

J'essaie de découvrir quelques avantages à mon existence de sans-abri, mais tout ce que je trouve ce sont de rares images sporadiques. Eh bien, c'est déjà quelque chose et j'ai au moins fait cet effort.

Bon dieu, ce que je suis fatigué. Terriblement, horriblement fatigué. L'épuisement me donne le vertige, mon estomac désœuvré malaxe ma nausée. Mes membres se liquéfient, mon esprit tourne à vide, il refuse de travailler, il devient exigeant, militant. Ce malaise m'a frappé de plein fouet il y a environ dix minutes et j'ai dû m'asseoir en catastrophe, si bien que j'ai posé mon cul plombé ici même, en plein milieu de Sloane Square. Je me suis retrouvé rivé au sol sous une énorme chappe de lassitude. Je me suis évanoui. Très désagréable, mais je reprends du poil de la bête.

Vous désirez sans doute avoir des nouvelles de ma blessure. Eh bien, c'est moins moche qu'on aurait pu s'y attendre. Longue de quinze ou seize centimètres, elle zèbre mes côtes à partir de mon téton gauche jusqu'à mon pauvre nombril glacé. Elle n'est pas *très* profonde, mais il y a tout en bas une petite languette de chair libre qui me fait un mal de chien. Je l'ai pansée de mon mieux avec des bandes découpées dans ma chemise. Après la bagarre, ma chemise était déjà foutue et mes récentes modifications de sa structure ne lui ont fait aucun bien. Ses lambeaux visqueux pendouillent en ce moment même sur mon ventre et laissent une bonne part de mon buste exposé à l'air cruel de la nuit. Ce serait du moins le cas si je n'avais pas boutonné mon manteau aussi soigneusement autour de mon nouveau point faible.

Ah, ça fait mal. Oui, je souffre comme un damné. Une quantité étonnante de douleur émane indubitablement de cette région de mon corps. Ainsi, m'eût-on consulté, j'aurais volontiers décliné cette joie nouvelle. Mais on ne m'a rien demandé et il faut donc que je m'y habitue. Je crois que ma plaie a besoin de points de suture. Un pari sans risque. Sans doute un bon paquet de points de suture. Il y a peu, j'ai caressé l'idée de faire une halte aux Urgences de Guy's ou de St Thomas's, mais j'ai laissé tomber. On me poserait des questions. Pour couronner le tout, on me ferait sans doute subir les fumigations d'usage. Ces médecins sont impitoyables avec les vagabonds. Ils n'y vont pas par quatre chemins ; ils arrosent les malheureux au jet d'eau avant de poser sur eux le moindre doigt poupon. Et là encore, j'ai eu la trouille de rencontrer quelqu'un de ma connaissance. Beaucoup de toubibs de Cambridge font leur clinique dans les hôpitaux londoniens. Ce serait très gênant, non ? « Il y a un vagabond poignardé dans la cabine quatre, docteur ! » « Tout va bien, infirmière, j'étais à Cambridge avec cet homme... Alors, mon cher vieux Bogle, que deviens-tu de beau ces temps-ci ? » Je rougirais, vraiment.

(Ce qui me rappelle la greluche de la soupe populaire que j'ai rencontrée hier. Souvenez-vous. Eh bien, je dois avouer que je la connaissais en effet. Elle était à Cambridge avec moi. Mais je n'ai pas voulu en parler hier. J'ai conservé le meilleur de mon histoire pour plus tard. Elle a dû avoir le choc de sa vie, la pauvre donzelle. Ah ah.)

Bon, revenons à ma blessure de guerre. Comme je disais, elle nécessite sans doute des points de suture, mais elle va devoir guérir toute seule, je le crains. J'espère que tout se passera bien. Je fais mauvais ménage avec la gangrène.

Alors, qu'avez-vous pensé de toute cette bagarre ? Répugnant, n'est-ce pas ? En tout cas, croyez-moi, ça ne m'a pas plu du tout. Mais franchement, avais-je le choix ? Parlementer ? Me rendre ? Me lancer dans une tirade pacifiste ? Pensez-vous vraiment qu'il aurait écouté mes arguments usés et pompeux ? Il ne m'a pas fait l'effet d'un homme particulièrement sensé. Dieu, je l'ai salement amoché. Je lui ai vraiment flanqué une belle raclée. Je suis allé trop loin, sans doute. Mais au moins je ne l'ai pas poignardé. Au moins, je n'ai pas fait ça. Compte tenu de l'état dans lequel il était à la fin, ça n'aurait pas fait grande différence. Une sale affaire. Je vous dégoûte ? Je vous déçois ? Vous êtes scandalisé ? Vous jugez ma réaction excessive ? Mais *vous*, qu'auriez-vous fait à ma place ? Pas ça, hein ? J'espère que vous m'appréciez toujours. J'espère que vous ne me détestez pas.

Bien sûr, d'un autre côté, à quoi bon s'expliquer ? Pourquoi s'excuser ? Ce type m'a tailladé. Cette infecte crapule m'a suriné. Moyennant quoi il méritait largement de recevoir la monnaie de sa pièce. J'ai fait ce qu'il fallait. J'ai agi en homme.

Malgré tout, cet incident ne m'a guère aidé à venir à bout de cette journée qui se traîne maintenant sans joie. J'ai vu rouge. Ensuite, après ce genre de chose, il faut attendre un certain temps avant que le pouls ne se calme. J'ai haleté comme un chien enragé pendant une bonne heure et demie. Affolé et attristé. Je ne me reconnaissais plus. Maintenant, je suis plus calme. Je décompresse. Toute cette violence, ça n'a rien de drôle.

Quand j'ai retrouvé mon souffle, je me suis senti tellement vaseux que j'ai décidé de bifurquer vers King's Road pour me changer les idées. Grossière erreur. J'ai autrefois passé quelques moments dans ce quartier, mais c'était autrefois et ce n'est plus le cas désormais. Assister à la promenade du soir de tous ces jeunes gandins m'a mis le moral à zéro. Le cheveu lustré et la peau bien lisse, ils déambulaient et rejoignaient mes livres d'horreur. A notre jeunesse commune, ils accordaient une séduisante aura de facilité. Leurs vêtements chics et l'habile chorégraphie de leur pavane, leur assurance sans faille et leur nonchalance affectée, tout ça me déprimait. Si jeunes, si forts, si beaux ! Merde alors ! Ils me poussaient à considérer d'un œil nouveau et rougi mon propre accoutrement. Seigneur, les histoires que je m'étais racontées ! J'ai l'air pitoyable. Je pensais être à peu près présentable, mais je me fourrais le doigt dans l'œil jusqu'à l'os. Comparé à ces dandies, je ressemble à ce que je suis. Je ne trompe personne. Mon pauvre visage grisâtre et ratatiné, avec son chapeau ou ses cheveux saturés d'une épaisse couche de crasse. Mes nippes, incolores, toutes tachées et déchirées. Mes chaussures béantes, décousues, donnant un aperçu de lambeaux de chaussettes. Et maintenant ma blessure centrale, écarlate et crasseuse. Ma petite tache sanguinolente. Je parais aussi minable que je le suis.

Toute la journée j'ai essayé de ne pas penser aux cigarettes. Vous avez peut-être remarqué que j'en parle moins. C'était au mieux une faible ruse et ces deux dernières heures l'ont entièrement battue en brèche. Après la bagarre j'avais le souffle salement rauque, mais l'épisode de King's Road m'a vraiment flanqué par terre : je mourais d'envie de nicotine. Le plus terrible, c'était que tous ces jeunes salopards bien fringués fumaient comme des pompiers. Ils tiraient deux ou trois bouffées de leur clope, puis ils balançaient sur le trottoir quatre ou cinq bons centimètres de tabac impeccable ! Un reste d'orgueil m'empêchait de ramasser ces trésors. Sans leur jeunesse et leur arrogance flegmatique, sans ma jalousie féroce, je m'y serais sans doute risqué. Mais impossible de m'y résoudre. Il ne me reste que cinq billets et j'ai désespérément besoin de fumer.

De gros taxis noirs vomissent de gros amateurs de théâtre vêtus de blanc devant le Royal Court. Lorsque ces respectables amateurs entrent à petits pas dans le bâtiment, une autre bouffée de jalousie me submerge. J'adorerais les accompagner à l'intérieur. J'adorerais m'asseoir dans cette pénombre tiède et populeuse, et puis laisser la brume lointaine du savant éclairage de scène calmer mes yeux fatigués. Assister à une pièce de théâtre, telle est ma conception du luxe. J'ai seulement pu le faire lorsque j'étais bourré aux as, si bien que ce lieu éveille en moi une foule d'associations agréables et apaisantes. Disons-le carrément, il s'agit d'une forme d'art essentiellement bourgeoise. En dépit des péroraisons anarchisantes et grassement payées de tous ces dramaturges, metteurs en scène et autres rois de l'esbroufe, le théâtre appartient aux nantis. Les fauteuils d'orchestre du Royal Court sont rarement bondés de fans d'UB4O. Et alors ? Pourquoi en vouloir aux bourgeois et à leurs aimables plaisirs ? Nom d'un chien, aujourd'hui je goûterais volontiers à ces derniers. Ce flegme affiché, cette joie théâtrale. Un peu de prospérité, un bref roupillon et puis une sérieuse séance de tabagie à trois mains pendant l'entracte. Pour cela, je serais prêt à vendre mon âme.

Ah, mais à quoi bon rêver ? Ça ne me sert à rien. Regardons ce que j'ai au lieu de ça. Cette place illuminée et toupillante, ces foules de jeunes affectés, les voitures impitoyables et leur vacarme encerclant, la grande nuit mauvaise, ma blessure de dix-huit centimètres, ma lassitude désespérée, ma triste histoire et ma déprime. Peut-être qu'un petit rêve n'était pas une si mauvaise idée, après tout.

De l'autre côté de la place, une fille se met soudain à pousser des cris de paon. Je lui lance un coup d'œil rapide, je crains pour elle, je suis inquiet. Je l'aperçois debout en pantalon blanc et manteau gris similicuir. Elle trottine sur des talons hauts rouges et elle paraît folle de rage contre un homme qui semble être son compagnon de la soirée. La voilà qui braille encore, tout près du visage incliné du type, dont les chaussettes blanches se mettent à trembler. Quand il entame un large geste de conciliation, elle lui balance une mornifle en pleine poire. Il la dévisage pendant quelques instants, puis s'efface poliment pour laisser passer quelqu'un. Ensuite, il reprend sa position initiale pour balancer un gnon terrible à la fille. Laquelle encaisse en pleine mâchoire et plonge aussitôt vers le trottoir, morte sans nul doute. Le jeune homme passe alors une main exaspérée à travers ses cheveux décolorés et bouffants avant de s'accroupir pour aider sa maîtresse à se relever. Non ! Aouch ! Oh, j'aurais pu le prévenir de ce qui risquait de lui arriver. Un talon aiguille aussi preste que pointu percute ses bijoux de famille. Il s'effondre sur elle en serrant son entrejambe à deux mains, après quoi ils se tortillent furieusement sur le trottoir innocent. Je me détourne et les abandonne à leur triste sort.

Je subodore déjà une nuit infernale. Il semble que, le samedi, nos pensées et nos actes se tournent vers la violence. Vers la haine généralisée, la barbarie, l'émeute et la brutalité. Un moment, j'ai cru pouvoir déposer tout ce paquet puant à la porte des seuls enfoirés, mais après ma petite aventure de ce soir je ne peux plus m'en tirer aussi facilement, non ? Il est indéniable qu'une plus grande liberté engendre une plus grande licence, laquelle implique moins de retenue, laquelle conduit à son tour à toutes sortes d'abus, mais ce n'est sans doute pas tout. Les hectolitres de gnôle engloutis pendant le week-end ont un côté anarchique, mais ils n'expliquent pas la frénésie, le désir fou d'ébriété qui caractérisent le samedi. Tout le monde s'envoie pour de bon par-dessus les moulins, le samedi soir. Plus personne ne se retient. Ils picolent tant qu'ils peuvent, d'une main lourde et rapide. Ils bâfrent, bouffent et s'imbibent. Ils deviennent trop abrutis pour penser, puis ils essaient de dérouiller quiconque passe à portée de leurs grosses pattes. Pour fêter la fin de leur semaine laborieuse, soi-disant. Bon dieu, ces gens doivent vraiment avoir des boulots de merde pour défendre cette conception de la fête. Ce n'est que de la revanche, de la vengeance. Une terrible rancune enfin assouvie.

Les péchés du samedi sont liquides, mousseux, enfermés dans des bouteilles. La pénitence du samedi est aiguisée, brillante ; elle jaillit des coutelleries. La justification du samedi, sa raison d'être, m'échappe. Le football, le supermarché, les magasins d'ameublement, les écoliers énervés, la pêche ? Toutes choses nécessairement dignes de l'effondrement endormi qui caractérise la pénitence dominicale ? Oublions les samedis. Débarrassons-nous d'eux, abolissons ces salauds en folie !

Une grimace d'amertume me crispe les traits quand l'affreuse béance de mon ventre se rouvre. Ses deux bords s'écartent, béent et me causent ce qu'on pourrait qualifier d'un certain inconfort. Je pousse un cri étouffé et me serre les côtes comme un cow-boy plombé mais impassible. Bogle Taureau-Fou encaisse une balle dans le bide mais emporte avec lui une bonne centaine de fichus Peaux-

Rouges vers la grande image barbue qui trône en plein ciel. (Quand j'étais gosse, je ne rêvais jamais de devenir un cow-boy. D'ailleurs, ça m'inquiétait. Je me demandais si je n'étais pas un peu pédé sur les bords ou quelque chose. L'Ouest sauvage ne me disait rien qui vaille. Pour moi, les cow-boys étaient de parfaits crétins. Ils bouffaient leur chique, capturaient des bœufs et racontaient des conneries toute la sainte journée. Et puis, ils étaient obligés de chier en plein air ! Quelle bande de cons ! Le putain de septième régiment de la Cavalerie arrive en un clin d'œil sur le lieu de l'action. Huit millions d'Apaches assoiffés de sang pensent soudain : « Et merde, Écureuil Assis, c'est le septième de Cavalerie ; barrons-nous de ce merdier avant de mourir d'ennui. » Alors la plantureuse May-Ann, la pin-up du convoi de chariots qui a une flèche plantée dans le nichon, accorde ses faveurs au sémillant et courageux capitaine Bluster : elle lui taille une pipe au coin du feu de bois. Moi, je préférais les Indiens avec leurs accessoires fascinants, leurs noms étranges et leurs squaws consentantes. J'ai toujours pensé que j'aurais fait un excellent Peau-Rouge. Prêt à tout pour dégommer ce gros connard de John Wayne !)

Ces pensées aussi légères qu'agréables ont atteint leur but. Cette bande de douleur cuisante s'est évanouie et maintenant, grâce à Dieu, je me sens tout bonnement très mal. Rien de tel qu'un bon dérivatif.

Sloane Square, c'était le mauvais choix pour ma prostration actuelle. Non que j'aie eu vraiment le choix. Il a bien fallu que je m'effondre quelque part. Sloane Square est un endroit pourri à cause de tous ces jeunes friqués qui se pavanent dans le secteur. Ils me renvoient à la cadence effrayante de ma détérioration. A Cambridge, je fréquentais sans problème ce genre d'individu. Mais aujourd'hui, nous habitons des galaxies différentes, nous appartenons à des espèces séparées. Il y a une minute, une petite bande de filles ravissantes a traversé cet îlot médian pour rejoindre la station de métro. Elles ont marché sur ces pierres et longé mon banc, pressées et adorables à voir. Je les ai regardées avec tristesse, sans désir mais en débordant d'une mélancolie due à notre éloignement. La douleur de la distance. Elles étaient si propres, si jeunes, riches et jolies. Tout cela était derrière moi. Le pire, ce fut quand elles me regardèrent. Car elles me jetèrent un coup d'œil. Elles me considérèrent à leur manière. Comme j'ai vu des filles contempler les infirmes, les accidents de la route, les insectes. Avec ce regard qui signifie qu'elles ne devraient pas voir une chose pareille, une chose qui n'a rien à faire dans leur monde de santé et de beauté. J'ai déjà vu ce regard. Et voilà comment ces filles m'ont regardé : avec ce dégoût tranquille. Plus ouvertement que d'habitude. Sans doute ont-elles pensé que je n'étais pas suffisamment humain pour reconnaître leur expression. A moins que, vu de mon côté, leur regard paraisse différent...

Le ciel brouillé procure au moins une certaine édification. C'est une beauté, un vrai régal. Les fins de soirée ne sont pas toujours faciles à placer sur l'échelle de la splendeur entre le matin, l'après-midi et la nuit. Mais question charme, c'est sans conteste le meilleur morceau de la journée. D'épaisses bandes orange bordent le ciel tout entier et la chaleur a mis la pédale douce. En cet instant, la journée souffle. Les échecs s'éloignent et le jour vous rappelle insidieusement ses joies douces amères. Comme l'huile sur l'eau, il s'apaise et s'isole. Il vous frappe de plein fouet si vous le laissez faire. Il ne le faut pas. Il faut vous rappeler ses mensonges et ses crimes, il faut le combattre sans pitié. Montrez-vous dur.

Des théories de jeunes gens à la mode continuent de tournoyer autour de mon banc dans leur vaste promenade circulaire. Les voitures, moins nombreuses, ne renoncent pas pour autant à leur contribution sonore. L'air refoule et dérive, inquiet et confus. Les lumières papillonnent, s'étalent, dégoulinent, scintillent, bégaient et balaient. Un désespoir dynamique raidit mon corps. Ici les choses commencent à aller de travers pour moi. Ah, pauvre de moi.

A Cambridge aussi, ma situation ne tarda pas à se gâter. Je fus encouragé à faire des bêtises par toute la licence que m'accordaient les gens à cause de mon image de dur irlandais. Sans cesse j'exerçais mon bras. Je forçais ma chance, défiais le hasard, modifiais le cours du destin. Je m'obstinais à aller trop loin. Je cherchais la bagarre, séchais les conférences, multipliais les mensonges, me mettais en rogne, ridiculisais les professeurs et perdais l'un après l'autre tous mes amis. Je baisais tout le monde dans les grandes largeurs. Mais avec ma roublardise enjouée je restais dans les bons papiers des concierges, le personnel des cuisines et des buanderies me vouait un véritable culte, mais les autres étaient de moins en moins entichés de moi. Arrivé sans invitation au dîner du Boat Club, je draguai sans la moindre vergogne l'épouse du président dudit club et me fis sortir avec pertes et fracas. Un autre soir de beuverie, je fis du gringue à notre très futé aumônier franciscain, Frère Bunting. Je renonçai à étudier Jane Austen et frappai un terrassier joufflu de l'université qui m'avait répondu insolemment. Je fonçais, je brillais, j'éblouissais. Je valsais avec grâce comme le bon gros Bogle que j'étais. Je trouvais sans doute ça drôle, malin ou séduisant — quelque chose dans le genre. Je me trompais.

Je commençai d'entendre des rumeurs anti-moi, colportées par les profs. Le bruit courait qu'ils ne supporteraient plus de ma part la moindre frasque hilarante. Je marchais sur certains pieds particulièrement sensibles. Vers la fin de la première année, la situation se dégrada brusquement lorsque je rivai son clou à un scribe de King's qui me faisait royalement chier à cause de mes positions politiques. En fait, nous étions censés évoquer la Faerie putain de Queene. Tous ces trotskistes castrés de King's me cassaient les couilles. Perdant mon sang-froid, j'expliquai à ce type quel genre de demeuré il était. Mon discours dura très longtemps.

Ils me le firent payer. On me traîna devant le Docteur Byron, le directeur des études, par une froide et morne journée. Le vent entonnait une élégie stridente dans le vieil escalier plein de courants d'air, tandis que je frappais à l'antique porte rébarbative du directeur. La secrétaire de Byron me fit entrer. Comme la plupart des hommes, j'ai toujours eu un faible pour les secrétaires personnelles. Chaque fois que j'y pense, j'y vois un arrangement très pratique. Mais l'engin suranné qui me regarda alors avec un mépris féminin et blasé torpilla définitivement cette idée. Elle était d'âge moyen, cette horrible truite défavorisée par la nature, qui sentait l'hôpital et les bonbons à la menthe. On aurait vraiment dit une vieille peau décatie très fière d'être l'authentique vieille peau décatie qu'elle était. Nous autres, romantiques étudiants de première année, chérissions ce doux mythe selon lequel c'était en secret une nymphomane insatiable dotée d'un penchant pervers pour les enseignants décrépits de Cambridge. Je n'aimais guère penser à cela. Son faciès de patate aplatie suintait l'aversion quand elle passa en revue mes vêtements négligés et mon menton non rasé. (Pour être juste envers elle, je reconnais que ce jour-là je n'avais pas très fière allure. Encore une nuit stérile passée à rêver de Laura, à parler tout seul et à embrasser mon oreiller.)

Elle m'annonça d'une voix glacée que j'avais dix

minutes de retard. Elle y prit grand plaisir. Je fus moi-même ravi de la voir si contente et je faillis lui raconter quelle vie compliquée je menais. Mais avant que je n'aie pu ouvrir la bouche, elle disparut dans l'autre pièce avec un doux et très efficace sifflement de la jupe sur le collant. Suivit une pause, dont je profitai pour me curer le nez à loisir. La formidable harpie revint alors et, d'une voix empreinte d'un souverain mépris pour toutes choses bogléennes, elle entonna, sépulcrale :

« Vous pouvez entrer maintenant. »

Ouah ! Je peux ? Merdouille ! Crotte de bique ! Quel verni je suis ! Entrer ! Mais comment donc ! Hip hip hip hourrah !

« Merci », dis-je.

La turne du docteur Byron était impec. Une pièce caverneuse — massive et dotée de multiples voûtes. Beaucoup de lambris au bois sombre et de vieux meubles lourds et ouvragés. Beauté et indolence suggérées, ainsi que cette sombre et vénérable impression de moisi qui, dans les films d'époque, caractérise le milieu universitaire. En fait, cette piaule ressemblait tout à fait à un décor de cinéma. Il y avait d'immenses fenêtres à losanges qui laissaient filtrer dans la pièce de grands pans de lumière, mais d'une lumière étrange, poussiéreuse et comme confinée, rappelant celle d'un musée. Bourrée de livres et sans limites. Il y avait dans un coin un énorme globe aux couleurs comme il se doit passées et un très grand télescope arachnéen condamnait une porte. Des livres, dûment feuilletés ou non, s'alignaient impeccablement sur des étagères — une muraille de papier, patrimoine et enquête. De vieux bouquins pompeux, poussiéreux et distingués, vierges de toute tache de café ou de confiture, et pas un seul livre de poche parmi eux. Quant à Byron, il trônait derrière un bureau, devant l'une des gigantesque fenêtres lucifériennes donnant sur la rivière. Il leva les yeux d'un air absent quand je refermai la porte, puis quitta son siège avec élégance. Son costume de tweed ocre clair se mit à entonner un duo parfait avec l'atmosphère décrépite de cette vieille pièce. L'emphase du sage.

« Salut, le prof, lançai-je. Ta piaule démente me botte. »

Non, je n'ai pas dit ça. Je n'ai rien dit. Byron parla en premier.

« Ah, monsieur Bogle ! » Suivit une poignée de main dont les étreintes trahirent notre différence d'âge. « Asseyez-vous donc. »

Je calai mes fesses dans un de ses vieux fauteuils et me grattai les couilles en ayant parfaitement conscience de mon inconvenance. Au diable la courtoisie, puisque de toute façon il allait me virer. Byron restait debout.

« Accepteriez-vous un peu de sherry ?

— Nan, ça me fait gerber. Merci quand même. »

Autant attaquer bille en tête. Secouer un peu ce vieux schnoque merdeux. C'est bon pour lui. J'attendis sa fureur. Il y eut un silence infime avant qu'il ne réponde avec un certain aplomb.

« Oui, le sherry a invariablement le même effet sur moi... mais il paraît que nous devons en offrir aux étudiants de première année. »

Tout en parlant, il s'assit avec précaution. Paisible et les genoux croisés. Sans me laisser impressionner par sa nonchalance, j'entrepris d'allumer une B&H, sans lui demander la permission. Voilà une impolitesse difficile à ignorer, pensai-je avec imprudence. J'inhalai une profonde bouffée et fis ressortir bruyamment la fumée bleu-gris. Quelques arabesques et deux ou trois ronds de fumée couronnèrent mon insolence. Je le regardai d'un air narquois, le narguant à travers mon nébuleux rideau de fumée. Mais le vieil homme gâcha mon effet en disant :

« Je ne pourrais pas vous piquer une cigarette, par hasard... ?

— Je vous demande pardon ?

— Une cigarette. »

Dépité, je lui donnai une cigarette, que j'allumai d'une main tremblante et vaincue. Nom de dieu, je m'étais laissé avoir sur toute la ligne. Byron se redressa un peu dans son fauteuil ; une beauté sèche et poudreuse se mit à scintiller sur son visage.

« Je ne devrais pas, voyez-vous... Mon médecin est un vieux fasciste terrifiant et ma secrétaire semble considérer comme son droit inaliénable de garder mes poumons à l'abri du goudron tant qu'elle est à mon service. Sa vigilance est stupéfiante. Moyennant quoi je n'en ai jamais sur moi et je dois les mendier dès que l'occasion se présente. »

Il se tut. Sa petite tête encadrée par la lumière grise venant de la fenêtre et de la rivière évoquait un portrait en silhouette.

« Très bien, monsieur Bogle, vous semblez avoir rencontré récemment un ou deux petits problèmes. Une altercation avec un membre du corps enseignant d'un autre collège, par exemple. Oui. Et il semblerait que le gentleman en question refuse catégoriquement de vous avoir désormais pour élève. Hmmmm. C'est un peu extrême, vous ne pensez pas ? Que diable lui avez-vous donc dit... ou plutôt, je vous demanderai pourquoi lui avez-vous dit cela ? »

Je me sentis enfin en sécurité, sur le terrain de la controverse. Mon haleine empestait, mais mes raisons étaient excellentes. Avant de lui répondre, je dévisageai le vieil homme d'un air aussi inoffensif que possible. J'avais l'impression de jouer désormais sur du velours. Je pris une profonde inspiration et me lançai.

« Il m'a dit que je perdais mon temps à l'université parce que je n'avais pas fait sa dissertation merdique et parce que je refusais de reconnaître que Henry Fielding était un proto-marxiste, quoi que ce terme veuille dire. Il m'a dit aussi que j'étais un imbécile, un provocateur superficiel. Alors, faisant appel à mon sens de la repartie et à tout mon esprit, je lui ai rétorqué que les concepts de la logique et de la forme étaient une paire de couilles velues, avant d'ajouter qu'il était con comme un balai. »

Je souris, avec simplicité, en vainqueur. Maintenant, j'étais content de moi. Byron parla.

« Eh bien, oui... c'est assez juste, vraiment.

— Quoi ? Répétez ça ? » grommelai-je, en proie à une stupéfaction inédite.

Le sémillant vieux grigou resta froidement objectif.

« Vous ne manquiez pas de bonnes raisons de déclarer plus ou moins ce que vous avez dit. Vos épithètes frisaient l'exagération et l'insulte, mais le contenu de votre réponse était tout à fait plausible. Cet homme était manifestement à côté de ses pompes. »

Inutile de vous préciser que ce n'était pas exactement ce que j'avais prévu. Le docteur Byron rougit légèrement. Rompu à ce genre d'échange, il avait néanmoins la décence de se sentir un peu gêné par l'absence de toute résistance de ma part.

« Eh bien, cela suffit sur ce sujet... », il parut se rappeler une chose en toute hâte, « ... bien que je doive évidemment vous reprocher avec la plus grande sévérité votre impolitesse envers un membre de cette université... mais nous nous le tiendrons pour dit, n'est-ce pas ? Ainsi donc, monsieur Bogle, en dehors de ce regrettable incident, diriez-vous que vous êtes heureux ici ?

— Euh... je... ah...

— Je vous imagine déjà submergé par les déceptions.

— Eh bien oui, c'est le cas. »

Byron sourit, tel un sage angélique assis sous les losanges emplis de ciel. Tous ces mots et toutes ces pensées dans son esprit bien organisé. Braqués sur moi comme autant d'armes.

« Oui, bien sûr que vous êtes déçu. Rien de plus normal. Vous avez sans doute le sentiment de ne pas coller ici, ou quelque chose comme ça.

— Eh bien...

— Vous vous considérez comme une sorte d'inadapté, un rebelle, oserais-je dire. Et pour vous, il s'agit d'une nouveauté radicale à Cambridge. »

Une fois son angle d'attaque choisi et bien assuré, Byron eut un geste théâtral vers une des grandes fenêtres. Il commençait manifestement à goûter sa propre performance. Il se mit à pontifier.

« Les rebelles et les inadaptés fréquentent Cambridge depuis plus de huit siècles, monsieur Bogle. Par fournées entières et fastidieuses. Tous ennemis de l'université, jusqu'au dernier.

» Je crains que les murs de cette vénérable institution ne s'écroulent pas sur votre passage, voyez-vous. Oh, vraiment, mon cher garçon, j'ai vu tellement de jeunes élèves rebelles quitter cet insidieux repaire des privilèges et de l'élitisme en claquant la porte, pour devenir des personnages connus de ce même establishment qu'ils avaient feint, jeunes hommes, de vouer aux gémonies. Nos dons les plus généreux proviennent de ceux qui prétendaient aimer le moins Cambridge lorsqu'ils y étudiaient. Tout cela est ridicule. D'une absurdité sans fond. Sera-ce votre destin ? Vous savez, je pense vraiment que oui. Comme vous, ils affichaient cette terrifiante arrogance de la jeunesse. Mon Dieu, aucune université au monde n'est plus célèbre que celle-ci. Et puis, elle est beaucoup trop âgée et elle en a trop vu. »

Tandis que la vieille baderne pérorait, la pièce elle-même, cette caverne au bois brun poussiéreux, parut rassembler ses forces séculaires pour voler à son secours. Bravo ! Encore ! Quel prix pour les Rebelles de la Fac ? A peine utilisés. Vitres électriques et carrosserie sport. Factuels de la Robe. Dans la lumière livide qui pâlissait encore, j'entendais le cantique flûté du passé, toute cette histoire enluminée auprès du vieillard. Je me sentis soudain moins important. Je n'aurais jamais dû déconner avec tous ces chichis pompeux. Ce n'était pas bien et ils ne le supporteraient sûrement pas. Ils allaient lever les troupes de la Tradition, faire appel aux Commandos de la Culture. Je devinai le vaste panorama de tous les morts dont cette pièce détenait la clef et le pouvoir. Tous ces macchabées grandioses. Je reconnus alors ma position d'avorton privilégié dans cette chambre mortuaire. Je regardai Byron en rassemblant mes pensées. Hughie Byron, Hugh le minus. Confortablement assis, il surveillait d'un soin jaloux l'énorme chambrée planétaire, la tanière de ses archives. D'autres expériences ne comptaient pour rien à ses yeux. Quelle vie avait-il eue avant ceci ? Aucune. Ailleurs et inconscient, Byron. Ce petit monde ne signifiait rien pour lui. Mais il fait irruption sous la forme de votre serviteur, le bon vieux Rippers, le brave Bogle, mal rasé et nauséabond. Nous avons d'ailleurs d'autres fragments, d'autres morceaux de vie. Peu importe. Ce n'est pas pour lui et ses Marelles de l'Attaque. Ces autres scènes vécues. Si éloignées de son monde. Infect veinard. Ce n'est pas pour lui. D'autres gens viennent ici. Il observe. Ces autres gens. Des filles. Des premières années. Corps fruités, choses de la naissance. Dont elles se servent pour désenvoûter les pouvoirs fallacieux de cette pièce morte et de cet homme tout aussi froid. Elles incarnent le monde qu'il n'aime pas. Avec leurs traces de rut et de sang. Rut dans leurs chambres, dans les maisons, rut dans les campagnes et sur toute la terre. Toutes ces kibboutz de filles. Oh oh. Pas pour lui. Le rut sans fin. Moi, le roi du rut kibboutzé, je taille un bout de gras avec docteur Stérile. Pas mal, non ? Les Crécelles de la Barbaque. Pas de rut ici. *Forbidden.* Interdit. Arrêtez ça.

Ouais, qu'il aille se faire foutre, pensai-je tandis que sa voix chevrotante continuait de polluer rêveusement la pièce de plus en plus obscure. Lui aussi était mort, moyennant quoi il gouvernait. Mais j'étais injuste. C'était une aimable vieille baderne. Aime-le, me conseillai-je.

« ... croyez-moi, monsieur Bogle, vous n'imaginez pas à quel point votre place est ici. Malgré tous vos efforts pour prouver le contraire. »

Aimé, il marqua une pause significative.

« Vous savez, je trouve votre comportement étrangement rassurant. Quoiqu'un peu vulgaire. A maints égards, les premières années comme vous sont les plus amusants. Cambridge est l'endroit idéal pour vous, et vous le savez très bien. »

Il sourit d'un air assez satisfait — un vieillard, sa jeunesse loin derrière lui. Son petit numéro tirait à sa fin.

« Eh bien, je crois que c'est à peu près tout ce que j'ai à dire... », il me considéra sans envie ni ressentiment, sa charge imposée, « ... mais je vous suggérerais d'investir sagement dans l'achat d'un rasoir et d'un peu de mousse à raser. »

Je grattai mon menton hérissé et vaincu. Je ne prenais jamais la peine de me raser à cette époque. Certaines choses ne changent jamais.

« Aimeriez-vous ajouter quelque chose ? » demanda Byron.

J'avais de pleins tombereaux de commentaires à développer. Je voulais battre en brèche les phrases pompeuses de ce vieux con. Je voulais lui faire passer un mauvais quart d'heure. Je voulais lui rabattre le caquet, faire à mon tour mon numéro.

« Non, je ne crois pas », rétorquai-je crânement.

Nous nous sommes levés en même temps, concluant ainsi notre entretien. Byron écrasa sa cigarette prohibée dans un pot de fleurs. Il tourna son vieux visage brouillé vers le vieux paysage brouillé encadré par la fenêtre.

« Les choses changent ici, mais ni rapidement, ni, je suis heureux de le dire, beaucoup. L'essentiel, grâce à Dieu, reste identique à lui-même. Que cela vous plaise ou non, une fois que vous êtes entré à Cambridge, vous appartenez à une espèce d'élite. Oui, une élite — méritocratie, aristocratie, peu importe. C'est toujours une élite. Les inconditionnels de l'égalité entre les hommes n'entrent pas à Cambridge. Leur place n'est pas ici. »

Tandis qu'il pérorait, je regardais la rivière grise et paresseuse, toute mouchetée de pluie sous l'averse de plus en plus violente.

« Quand vous avez choisi de venir ici, tout vestige d'appartenance à une classe quelconque s'est évanoui. Et il se dissoudra encore davantage. Cambridge vous façonnera définitivement à son propre moule. Comme toujours. Vous deviendrez l'un de nous, ou quelque chose d'aussi vulgaire. Et vous devez vous demander ceci : est-ce vraiment une si mauvaise chose ? Hmmm ? »

Il tourna son visage vers le mien, tout fripé et royal (le sien, pas le mien). Son petit sourire plein de gentillesse sous-entendait la promesse d'un lien tout proche. D'une inclusion. J'ai eu envie de gerber. Après une nouvelle poignée de main, j'ai quitté l'aimable cocon de cette pièce bavarde. Alors que j'ouvrais la porte, la vieille voix hésitante de Byron m'arrêta brièvement. Il avait réintégré son petit coin confortable. La pluie tambourinait bruyamment contre les grandes fenêtres à losanges, faisant résonner dans la vaste chambre d'échos couverte de chêne une palpitation sifflante, étouffée, agonisante. Le regard humide et gériatrique du vieux Byron brillait doucement dans l'obscurité maculée de pluie. Il eut un sourire embarrassé.

« Oh, j'ai failli oublier — encore une chose. Si vous recommencez vos simagrées, vous serez viré en moins de deux. Dans l'heure, croyez-moi. Merci. »

Je me suis carapaté sans demander mon reste.

Imaginez-vous ça ? Quelle vieille crapule sournoise ! Ça se dissoudra encore davantage. Je dois reconnaître qu'il m'a flanqué un sacré coup au moral. Il m'a travaillé au corps, il m'a attaqué au défaut de la cuirasse. Je n'en suis pas revenu d'être là en compagnie d'une cloche fêlée comme lui. Mais cette rencontre a fortifié mon humilité qui, à cette époque, croissait à chaque instant.

Ensuite, je me suis un peu assagi. Les couteaux étaient manifestement prêts à frapper et je ne voulais pas perdre mon confort à Cambridge. Je n'étais pas à ce point indifférent, à ce point socialiste. Et puis, je ne voulais pas renoncer à ma seule chance de faire du gringue à Laura. Les choses bougeaient un peu de ce côté-là et je ne voulais pas gâcher tous mes travaux d'approche. Mais je garde ça pour plus tard. J'ai encore beaucoup à dire.

L'état de choc est cliniquement défini par une baisse de la pression sanguine. Le patient est pâle, il a le corps froid, la peau poisseuse, le pouls faible et rapide. Nous avons davantage de vaisseaux sanguins que de sang pour les remplir. D'habitude, le corps corrige cet écart de manière étrange. Tous les fiers-à-bras — cerveau, cœur et reins — se taillent la part du lion, tandis que les prolos — muscles, peau, estomac — doivent se contenter de beaucoup moins. Mais pendant un état de choc, ce népotisme est chamboulé du tout au tout, les réserves de sang adoptent un socialisme erratique et choisissent leurs amis avec une grande désinvolture. Autrement dit, l'état de choc se caractérise par une faiblesse circulatoire durant laquelle le sang de l'organisme ne réussit pas à remplir les principaux vaisseaux sanguins.

Il y a deux types d'état de choc. Le choc compensé et le choc non compensé. En cas de choc compensé, le sang fait du zèle et file comme un fou vers les organes principaux, laissant alors les pauvres prolos quasiment exsangues. On pâlit, on a froid, on est pris de faiblesse. Dans le choc non compensé, le sang n'obéit plus aux ordres, si bien que les fiers-à-bras ne sont plus alimentés. Le cœur et le cerveau se retrouvent bientôt en capilotade, alors que vos doigts de pied palpitent et rougissent sous cet afflux soudain du précieux liquide. Mais c'est une vacherie qui vous fout vraiment en l'air. Le pire, c'est qu'on ne le voit pas venir, le choc non compensé. Votre pouls accélère un peu, mais il n'y a aucun signe évident. Ça vous saute dessus et ça vous arrache le cœur.

Maintenant, assis à Sloane Square, mes mains bien informées parcourant mes membres, je suis à peu près certain de ne pas être en état de choc. Mauvaise nouvelle. Elle signifie que, si je suis en état de choc, alors je suis en état de choc non compensé, c'est-à-dire en plein merdier. J'espère vraiment avoir raté le métro de l'état de choc. Je ne peux pas me payer ce luxe.

L'obscurité s'approfondit. Bonsoir, nuit. Les petites lumières de la place brillent d'un éclat redoublé et éteignent les étoiles. Des traînées de fleurs tardives, mises au rebut, jonchent les trottoirs, piétinées et souillées comme la négation d'un geste printanier.

Un groupe de jeunes Noirs, au nombre de trois, traverse la rue avec une démarche chaloupée, décontractée. J'ai soudain honte d'avoir connu si peu de Noirs. Ils étaient inconnus à Belfast et les Rastafaris fous n'étaient pas exactement légion à Cambridge. Je n'ai donc rien à me reprocher. En tout cas, chaque fois que j'ai essayé d'être poli avec un Noir, on m'a toujours rembarré sous prétexte que j'étais un libéral coupable, un salaud plein de morgue ou tout simplement une crapule blanche. Ils ont peut-être raison, mais je me passerais très bien de ces commentaires. Ces gars-là veulent du sang. Avec toutes mes catastrophes circulatoires, je n'ai pas une seule goutte de sang à revendre.

« Hé, les affreux ! Les rois de la jungle ! Pourquoi que vous retournez pas dans vos arbres, putains de négros ? Hé, les singes ! Voulez une banane ? »

Ces cris stridents proviennent d'un petit groupe de jeunes blancs-becs, de l'autre côté de la place. Ils lâchent des rires gras et entament une série de hurlements et de gesticulations simiesques. Mais ces types ne sont pas des moins que rien. Ils sont chics, pimpants, bourrés aux as.

« Hé, gueules de cirage ! Têtes de nœud crasseuses ! Retournez donc chez les Zoulous ! Faces de suie ! Lèvres de pneus ! Cassez-vous, les négros ! »

Leurs injures sont paresseuses, nonchalantes, éloignées de toute intention sérieuse. Les Noirs les entendent et se retournent lentement. Comme un seul homme, ils dressent le doigt bien haut. Les jeunes Blancs augmentent leurs hurlements mais sans s'approcher, si bien que les trois Noirs haussent les épaules, se retournent et poursuivent leur chemin. Leur rencontre se termine comme la plupart des menus incidents de la ville, sans violence ni conclusion réelle. Les jeunes Blancs repartent de leur côté, en papotant avec excitation, en se congratulant, en parlant de la couardise des autres.

Tss tss. Pas très joli, tout de même. A quoi bon, je veux dire ? Les rois de la jungle, tu parles ! Je ne comprends pas la raison de tous ces préjugés contre les Noirs. Il sont anglais, après tout. Ils ont le même accent que nous, ils vivent dans le même pays que nous, ils jouent au cricket et apprécient les mêmes blagues vaseuses que nous. Ils sont aussi anglais qu'on peut l'être. Ils sont exactement comme nous, mais en noir. Au moins, ils ne sont pas gallois ! Ils sont simplement noirs. Tout simplement. Une broutille.

Je lève les yeux vers le ciel. Il baisse les siens vers moi. De nos jours, le ciel nocturne est un drôle de truc. Avec tous ces satellites, ces fusées et ces stations orbitales, le ciel paraît plus bas, plus proche. L'espace est descendu d'un cran. Le ciel moderne est étroitement serré autour de la terre, comme une orange dans son papier alu. Bientôt, il faudra nous accroupir sous l'écheveau rétréci de la lune, des étoiles et de tout un tas de saletés. Qui sait ce que l'on verra alors en levant les yeux vers le ciel ? Bientôt, ils lanceront des panneaux publicitaires dans le ciel. Bientôt. La nuit a perdu sa profondeur, son mystère, sa séduction. Pour nous, le ciel est la porte d'à côté, ou encore un plafond bas. Un escabeau. Une vraie plaie.

A propos de plaie, mon incision superflue vient de se manifester à mon bon souvenir. Elle tient à montrer qu'elle existe, et avec un enthousiasme dont je me passerais volontiers. Son mode d'existence est désormais lié à la gangrène et au tétanos. Je crois que ma blessure s'inquiète de savoir si cette saleté de lame était vraiment aussi sale que ça. Je dois dire que ce souci m'a aussi traversé l'esprit. Mais à moins de piquer des antibiotiques quelque part, je ne vois pas ce que je peux faire. Je ne veux toujours pas aller à l'hôpital. Je reconnais que j'aurais dû la nettoyer un peu, mais je pourrai toujours faire ça plus tard dans des toilettes publiques. Affreux, non ? La prophylaxie de l'infection n'a jamais été davantage à l'ordre du jour. Rien de tel que de laver votre blessure dans une cuvette de chiottes. En fait, je pourrais essayer de pisser dessus. L'acide urique est stérile. Mais il me faudrait être un contorsionniste de la bite pour réussir à pisser sur ma propre poitrine. Pas question. Oh, quelles épreuves !

Glissant la main dans l'ouverture de mon manteau, je constate avec plaisir que le pansement de fortune qui me recouvre le ventre est moins mouillé qu'auparavant. Il n'est pas encore sec, mais presque. La douleur est insupportable, mais au moins je ne me répands plus à tort et à travers. Je ne sais pas pourquoi ce devrait être une bonne nouvelle, mais c'est néanmoins le cas.

Lorsque je me lève, mon ombre file devant moi puis prend un aspect bicéphale. Je marche vers elle, mais elle s'éloigne comme une ogresse impalpable. Je m'aventure d'un pas vacillant sur la chaussée parmi les bruits visqueux des voitures et des bus. Le rire déferle dans les rues et les gens marchent d'un pas vif, fouettés par l'alcool et l'adrénaline du week-end. Des noms jaillissent de gorges surprises, incrédules, mécontentes ou moqueuses.

« Jenny ! Ah ah, Martin. Micky. Juliaaaa ! »

Ce soir, les festivités semblent être partout. De jeunes couples déambulent en formations pataudes, imbriquées, à quatre jambes, tels des crabes amoureux. Des troupes de garçons et de filles se débordent sur les flancs, bataillent, fuient et se pourchassent pour mettre l'adversaire en déroute. Des boit-sans-soif titubent sous le poids de leurs bouteilles, cannettes, verres. Tous ont le plaisir bruyant et tous, je le crains, deviendront de plus en plus tapageurs au fil de la nuit. Ils doivent suivre leur chemin. Comme moi.

Et sur ce chemin je repars maintenant. Avec mon boitillement, ma blessure au ventre et ma lassitude, je bats le pavé.

Sept

Voilà, les choses se concrétisèrent avec Laura plus tôt que prévu. Comme j'avais imaginé qu'elles ne se concrétiseraient jamais, ce n'est pas vraiment une grande nouvelle. Bref, en fin de compte, les choses se concrétisèrent, ainsi qu'elles finissent toujours par le faire.

La semaine sportive de la fin mai. Hum hum ! La soirée du bal de Trinity. Trois fois *hum* ! Comme chaque année, cette affreuse semaine consacrée à l'aviron traînait ses arpions épuisés dans une atmosphère remarquablement morose. Les examens avaient été bâclés, les parcours nautiques parcourus, les balles poussées, les boissons bues et l'horrible fin détrempée était en vue. Les ruelles de la ville grouillaient de jeunes en cravate noire, de rustres et de coquins. Il y avait beaucoup de bruit en permanence et, par conséquent, fort peu de sommeil. La fièvre de la fin de trimestre s'était emparée de Cambridge. On appela un médecin, mais il y avait peu d'espoir.

Le soir du bal de Trinity. La nuit, qui devait assurer toutes ses obligations estivales, tombait tard. La soirée était fraîche, le soleil avait filé à l'anglaise pour éclairer d'autres contrées plus souriantes. Les nuages s'amassaient au firmament, ils se pressaient d'un air conspirateur, prêts à pisser sur les premières festivités qu'ils localiseraient. La nuit allait être froide et l'on pouvait parier qu'il pleuvrait. Le quartet habituel de la semaine de mai : obscurité, froid, pluie et vent.

Le soir du bal de Trinity. Presque tout le troisième trimestre y avait été consacré. M'y traînait une harpie de Clare, à l'haleine nauséabonde, qui souffrait apparemment d'un béguin fou pour moi. (Comment le lui reprocher ?) Elle s'appelait Emily, elle voulait devenir banquière. J'essayais de l'apprécier, après tout elle m'avait payé mon billet d'entrée, mais tous mes efforts restaient vains. Elle persistait à parler banque, finances, Bourse. C'était une fille très ennuyeuse. Mon dieu, ce qu'elle était terne ! Elle me dit que j'étais son petit chéri adoré, mais que, si j'avais la mauvaise idée de la semer au beau milieu de la nuit, elle me couperait les couilles. Parce qu'elle payait, elle avait le droit d'imposer ses conditions. Je lui souris de mon mieux et tâchai de me montrer galant. Elle ne valait pas un clou, mais, ainsi qu'elle-même le disait, elle payait. Je me suis demandé si les filles avaient droit à pareil traitement quand on payait pour elles. Sans doute que oui, ai-je conclu.

Ce soir-là, je dois le dire, j'étais vraiment à mon avantage. J'ai rarement été aussi beau. Nous avons tous nos bons et nos mauvais jours, question beauté. Et j'étais dans un de mes meilleurs jours. Chose curieuse pour un gamin des rues, en frac je ressemblais à un rêve de jeune fille. Grand, mince, baisable. Et mes traits avaient décidé de m'offrir au moins une nuit de symétrie parfaite, exquise. (Je jure que, cette nuit-là, j'avais une fossette au menton ! Le lendemain elle avait disparu, mais elle avait été là, je vous le promets.) Mes joues étaient lisses, mes yeux dardaient leur étrange combinaison émeraude de charme et d'énigme. Parole, j'étais splendide ce soir-là. Éblouissant. Des hommes mûrs s'évanouissaient de désir quand je les croisais dans la rue. Je faillis me faire arrêter en chemin parce que j'étais trop beau. J'étais tout bonnement d'une splendeur indescriptible. Sincèrement, vous m'auriez sauté sur-le-champ.

Je m'en félicitais pour deux raisons. D'abord, je savais que Laura serait là et j'étais content qu'elle puisse jeter un bon coup d'œil à ce qu'elle ratait si bêtement. Le petit Greg constituerait un poignant repoussoir à ma stupéfiante beauté. Seconde raison de ma joie, cette Emily jolie serait forcément intimidée, subjuguée, atterrée, elle prendrait conscience de toute l'étendue de son *hubris* en essayant de sortir avec une créature aussi divine que moi, et elle prendrait promptement la poudre d'escampette avant d'être frappée par la foudre ou de subir un sort aussi terrible.

La nuit du bal de Trinity. Tout était prêt, réglé à l'avance. Le décor était planté, les acteurs convoqués, l'action imminente. Avec Emily désormais réduite en esclavage, j'arrivai d'un pas guilleret, bien décidé à faire de mon mieux pour Bogle.

Quatre heures plus tard. La nuit est tombée. Emily a été efficacement remerciée et je traverse la scène, épicène et seul. La nuit était défigurée, obscène. Sa bouche d'ombre illimitée répandait une confusion générale. Les ténèbres frelatées hoquetaient et rotaient, à peine dissipées par les dérisoires bougies agonisantes des illuminations boueuses. Le collège révéla soudain toute sa laideur quand d'affreuses couronnes orange répandirent leurs lueurs poisseuses. Les cours et les bâtiments séculaires se cachaient derrière les tentes et les auvents aux couleurs criardes. Une cacophonie musicale diffusée par des haut-parleurs et les bêlements débiles de plusieurs orchestres d'étudiants saturaient l'air. L'herbe s'épaississait du vomi estudiantin, corrosif et nauséabond, le tapis du Bal de Mai. L'air lui-même empestait et roulait les effluves et les excès de la fête.

Oui. Les première années, blafards ou jaunes de sueur, affectaient d'odieuses contorsions en une sauvage cavalcade de liberté soudaine, fragile. Des robes et des jupes luxueuses traînaient parmi les ordures piétinées et passaient durement d'un homme à l'autre. La danse était imbécile, mouchetée d'yeux vitreux. Bouteilles et verres se brisaient sous les pieds et glissaient dans l'herbe écrasée. La lumière et l'obscurité palpitaient, tournoyaient et se mêlaient en une symphonie délétère. Des aliments à moitié mangés gisaient, affreux et broyés, sur toutes les tables et les chaises. Ce n'était pas très joli, vous pouvez me croire.

Un peu plus tôt, une jeune dame très agréable avait uriné sur mes chaussures. Je n'avais d'abord pas compris ce qui se passait. Je trottinais d'un pas allègre pour fuir la diabolique Emily quand je passai tout près de quelques arbustes. Bruissements et chuintements soyeux. Un arrière-train féminin, tout blanc et très distingué, dardait sur moi son œil de bronze parmi un feuillage clairsemé. Vers l'arrière un jet s'élança. Sifflement et éclaboussures. Sur mes pompes. Qui en acquirent un joli brillant. Non mais dites donc ! Quelqu'un vient de compisser mes escarpins. Quelle horreur. Le pire, ce fut que la propriétaire du ci-devant arrière-train (un très joli minois) éclata de rire en me voyant. Où sont donc passées la pudeur, la retenue et la rectitude ?

Malgré moi, je ne me formalisai pas de ces excentricités. Tout cela me plaisait plutôt. C'était très agréable puisque je rayonnais d'une beauté sans égale ; j'arpentais sobrement l'immondice, la boue et l'hilarité. Contraste saisissant, fabuleuse rencontre : Bogle l'ascète au milieu des excès sportifs de ses pairs. Cette idée me plaisait.

J'allumai une cigarette et volai une bouteille de champagne à une fille inconsciente allongée devant une des tentes. Toujours attentionné, je lui pris le pouls avant de m'éloigner à la recherche d'un endroit plus paisible où boire et fumer dans une plaisante solitude pendant le restant de la nuit.

Sur les Backs, les pelouses de Cambridge situées derrière les collèges, le spectacle était encore pire que l'orgie de festivités avinées qui se déroulait de l'autre côté de la rivière. Le froid, certes très piquant cette année, n'empêchait pas diverses jeunes étudiantes ivres mortes de danser au bord de la rivière avec les seins nus, le haut de leur robe noué autour de la taille. Le spectacle de leurs pâles hémisphères naissants m'atterra mystérieusement. J'appréciais les charmes des poitrines féminines, mais c'étaient pour moi de timides attributs qui aimaient la discrétion et méritaient de rester au secret. Je me sentais d'humeur sombre, empreint d'une pureté tranchante. Inflexible, irlandais et merdeux.

En marchant vers les arbres obscurs situés à l'extrême limite des pelouses de Trinity, je traversai le groupe le plus dense de bambocheurs. Les ténèbres plus compactes les poussaient à toutes sortes d'audaces et d'excès. Ils riaient, dansaient, chancelaient, chantaient, criaient et hurlaient. Tous tenaient coûte que coûte à montrer qu'ils passaient un moment formidable. Les meilleures années de leur vie, celles qui comptent. Et comment ! Il y avait partout des traces de vomi. (Oh, quel salmigondis !) Dans l'obscurité presque absolue, il était bien difficile d'éviter cet épais tapis de dégobillages puants. Malgré tout, dans un coin très obscur et relativement propre, j'avisai des couples à moitié déshabillés, absorbés dans diverses parodies sordides de l'acte sexuel. La nuit soupirait et suppurait parmi cet horrible sabbat et j'essayai de trouver un quelconque intérêt à tout cela.

Comme je m'éloignais d'un pas lourd, je remarquai un groupe isolé à la lisière des pelouses. Sans doute des resquilleurs. Bah, rien de plus normal, moi-même je n'avais rien payé. J'accélérai le pas pour les dépasser. Soudain, mon cœur trembla à sa manière odieuse, erratique. Laura. Sans aucun doute possible. Ses beaux cheveux. Portant une robe verte qui dénudait ses épaules blanches. Trois couples, tous renfrognés. Laura vacillait, comme ivre, à côté de la silhouette tronquée de son chevalier servant. Gregounet. Le roi des nains de Cambridge. Il fut manifestement le premier à me repérer et il dit aussitôt quelque chose aux autres. Tous regardèrent alors dans ma direction avec une méchanceté imbibée d'alcool et je me sentis tout ragaillardi à la perspective d'une bonne bagarre. Greg et les deux autres types s'arrêtèrent et improvisèrent au pied levé une petite conférence. S'éloignant des filles, ils marchèrent droit sur moi à petites foulées pataudes et risibles. Oui ! Oui, s'il vous plaît, priai-je. Donnez-moi l'ombre d'un prétexte. Venez donc dans mon salon, mes amis. Prenez donc la peine d'entrer dans mon univers. Laissez-moi vous faire la visite guidée.

Ils s'arrêtèrent pile devant moi. Face à cette maigre menace, j'eus un sourire affable. Je les reconnus.

« Salut, les gars », dis-je d'une voix plate.

Pas de réponse. Le visage poupon de Greg exprimait une combinaison assez acrobatique de colère et de mépris. Il ne posait pas de problème, mais les deux autres étaient plus corpulents, plus substantiels. Une onde imperceptible d'amusement traversa leurs traits grossiers avec la lenteur d'un escargot. Je souris de nouveau. Nous étions maintenant tous les quatre en train de sourire comme des singes tenant conseil. Je pris la parole.

« J'adorerais bavarder un moment avec vous, les gars, mais il faut que j'y aille.

— Ch'crains qu'non », aboya le vaillant et terrible Greg.

Il cherchait vraiment des ennuis. Lui et ses amis. Il rassemblait son courage et sa maigre éloquence en vue d'attaques ultérieures.

« T'aurais dû rester au pays de la tourbe, Paddy. Personne veut de toi ici. »

Vraiment ? Je jetai un coup d'œil vers les filles qu'ils avaient laissées derrière eux. Ah, c'était donc ça. *Cherchez la femme* *. Je pouffai de rire, plus joyeux qu'amusé. Pauvre Greg, pauvre noix. J'essayai de me mettre à sa place, d'imaginer ce qu'il voyait à cet instant, face à moi. Bogle dans toute sa beauté — soixante centimètres de plus que lui, un mètre de plus en largeur et deux bons kilomètres de plus question charme. Je voulus l'embrasser en guise de dédommagement. Il ouvrit de nouveau le bec, sa voix dépourvue de menton était toute maquillée d'excitation et de détermination.

« T'as pas entendu ce que j'ai dit ? T'es sourd ou quoi ? On veut pas de toi ici. T'es pas à ta place, fiston. »

Je pliai les genoux pour ne rien manquer de son couinement fluet d'eunuque. Tout à fait terrifiant. Je fis mine de m'éloigner avec un reniflement de dérision. Le plus grand des copains de Greg me bloqua le passage. Très gros et très patibulaire, ce garçon. Il paraissait un peu plus crédible. Je lui adressai un clin d'œil. La voix de Greg me fit me retourner.

« Tu vas nulle part, Bogman.

— Je croyais que tu avais dit que ma place n'était pas ici », rétorquai-je de ma voix la plus mielleuse.

La confusion décomposa le visage de Greg. Seigneur, quelle farce ! Les filles avaient très bien compris ce qui se passait et elles s'approchaient maintenant de nous avec des visages inquiets. Elles appelèrent leurs hommes, leur demandant de s'en aller, d'oublier tout ça. (Mais que signifait ce " ça " ?) Je me rangeai à leur avis.

« Mais oui, les gars. Pourquoi ne pas suivre le conseil d'un ami ? Nous ne voulons pas d'ennuis ici, n'est-ce pas ?

— La ferme, dit Greg.

— Oh, allez, tu ne trouves rien de mieux ? » lui demandai-je.

Suivit une sorte de pause pendant laquelle ces trois jeunes durs à cuire se creusaient la tête à la recherche d'une idée quelconque. Les filles étaient maintenant à leurs côtés, l'une d'elles tirait la manche de son chevalier servant. Laura me regardait avec ce que j'aurais juré être de la honte. Elle chuchota quelque chose à Greg — de toute évidence, une défense du pacifisme. Mais Greg et ses potes ne semblaient guère décidés à renoncer à une si belle occasion de me flanquer une bonne rouste. En un sens, ça me faisait plaisir. Ils n'avaient sans doute pas tenu compte du gouffre de compétence qui nous séparait à cause de nos passés différents. Ils avaient beau être trois, je venais de Falls Road et l'on ne peut être qu'un dur quand on arbore le pavillon de Falls Road. Question méchanceté, je jouais tout simplement dans une autre catégorie qu'eux. Ils n'avaient pas la moindre chance contre moi. Ça leur ferait peut-être du bien. Un salutaire apprentissage de la détermination et de la ténacité des fameuses classes populaires. Et puis, ça aurait du panache, Laura adorerait ça. L'hospitalisation du petit ami est la meilleure technique de séduction connue de l'homme.

« ... s'il te plaît, Greg... *s'il te plaît.* »

Sa voix était un autre de ses charmes. Laura était si

ravissante. Pâle, mince, adorable, bordel ! Les intonations intimes de sa voix m'emplissaient d'une jalousie qui me tordait les tripes. Je les regardai tous les deux. C'était criminel. La beauté rayonnante, harmonieuse, de Laura et le physique terne, brutal et rabougri de l'homoncule. J'avançai le menton, bombai le torse et tâchai d'être aussi séduisant que possible.

A cet instant, j'aurais sans doute dû fondre sur eux, les poings en action, les yeux pleins d'éclairs, la bouche plissée en une moue avantageuse destinée à Laura. J'aurais dû leur flanquer une dérouillée mémorable, mais je ne le fis pas. Je me contentai de tourner les talons et de partir. Parvenu à cette conclusion que je ne pouvais d'aucune façon briller de manière romantique, j'ai réduit mes pertes et fiché le camp en quatrième vitesse avant que ces trois crétins n'aient changé d'idée.

Lorsque je me suis retourné, leur petit groupe s'éloignait lui aussi. Laura restait en arrière avec Greg. Plié en deux, il vomissait tripes et boyaux avec un naturel trahissant une longue expérience de la chose. Relevant la tête, elle regarda dans ma direction, ses cheveux tombant sur ses pâles épaules. Je pensai à plusieurs gestes que j'aurais pu faire avec grand plaisir. Mais comme ils ne semblaient pas très indiqués, je choisis de partir.

Oui. Encore raté. Une autre occasion de perdue. Après tout, en valait-elle la peine ? Il y avait une kyrielle de filles ravissantes à draguer. Qui avait besoin d'elle ?

Moi.

Finalement, je me trouvai un coin tranquille près d'un petit ruisseau où je pouvais ignorer les flonflons et les cris de la fête. Je posai mon cul et saluai l'avant-garde de la petite averse que le ciel me dépêchait. Allumai une clope, bus un coup et m'installai dans la solitude. Ah, comme tout ça paraît agréable quand on est un jeune égotiste ! La nuit palpitait et fonçait follement vers sa morne fin. Moi, ma clope et ma gnôle, nous attendions le matin.

Il arriva et me découvrit triste et glacé. Après la pluie, il se figea. Blême et limpide, il se figea. La beauté salua le petit matin, rédimant de son humidité les péchés de la nuit. La rivière alanguie reflétait le ciel tendre et penaud. Le paysage était maculé des taches répugnantes des excès de la nuit. Les auvents s'affalaient, éplorés et malades dans le jour naissant ; la lumière rasante d'un soleil liquide retirait aux tentes et aux marquises tout leur clinquant nocturne. Il était très tôt et plusieurs couples tirés à quatre épingles déambulaient d'un pas raide sur les Backs. Ils étaient trempés, épuisés, déboussolés, et ces unions dépareillées mi-plaisantes mi-rébarbatives. Ils paraissaient jeunes. Après cette nuit de dépravations, les Backs arboraient leur pompeuse liberté retrouvée.

Et où donc se trouvait Bogle ? demanderez-vous. A l'endroit précis où nous l'avons quitté : à l'extrémité d'une esplanade herbeuse, caché par des arbres bas, en train de lancer aux canards les miettes d'un pain, vestige de la nuit. Adossé à un arbre humide et paternel, gros grand-père glandé. Émiettant le pain entre mes doigts. L'esprit engourdi d'une agréable et bizarre satisfaction. Ç'avait été une nuit délicieuse. Humide, froide et obscure, mais plaisante malgré tout. L'une de mes meilleures nuits à la belle étoile, aucun doute là-dessus.

Non sans honte, j'avais pensé à Maurice. Les folies de la nuit enténébrée et l'aube populeuse m'avaient poussé à la méditation. Je me rassasiai de ce mets délicat que le regret constitue apparemment pour la jeunesse. Je cajolai mes souffrances. En de tels instants, il suffit que nous les repassions au fer de la mémoire pour que les rêves froissés nous parlent.

Brusquement, tous mes petits canards paniqués oublièrent leur voracité pour s'envoler. J'entendis une voix murmurer doucement mon nom et, surpris, je levai les yeux. Vaguement aveuglé par l'éclat du ciel, je reconnus d'abord la robe. Oh, merveilleux, pensai-je. Le choix du moment idéal constitue l'essence du lyrisme. Malgré tous mes efforts, ce cœur vulgaire et si sensible qui est le mien bondit dans ma gorge, emballé par cet événement énigmatique.

« Salut, Laura », réussis-je à dire.

Pas mal, compte tenu de mes pauvres improvisations antérieures.

Elle m'apprit qu'elle me cherchait depuis une éternité. Elle désirait s'excuser pour les événements désagréables de la nuit. Greg avait trop bu, expliqua-t-elle. Il n'était pas dans son état normal. Son travail ne marchait pas et il était malheureux. Sans doute regrettait-il déjà son comportement. Il n'était plus lui-même.

Je me sentis inconsolable avant même qu'elle ait fini. Je sanglotai tout mon saoul, mes gémissements désespérés déchirèrent l'air. Pauvre Greg ! Mon dieu, qu'avais-je donc fait ?

Bon, je ne réagis pas ainsi. Je me contentai de sourire et de dire quelque chose du genre :

« Bah, rien à branler. »

En fait, je me contentai de sourire. Je renonçai à enrichir le dialogue. Jusque-là, la parlote ne m'avait pas servi à grand-chose avec Laura. J'essayai une nouvelle stratégie. Le silence absolu. J'étais nerveux, mais optimiste.

Laura avait manifestement passé une nuit pénible. Sa robe était déchirée par endroits, ses cheveux en désordre. Cette fille aurait dû offrir un spectacle lamentable avec sa robe en lambeaux et son air négligé, mais, comme on s'en doute, je fus fasciné. Elle semblait encore plus séduisante que d'ordinaire ; le désordre de sa tenue ne faisait qu'accroître son charme. Elle m'excitait les sens, cette salope. J'étais furieux. Je voyais bien qu'elle ne jouait pas franc-jeu. En guise de contre-attaque, je lui proposai de s'asseoir.

« Pourquoi ?

— Pourquoi pas ? » hasardai-je.

Et à mon immense stupéfaction, Laura Markham descendit sur notre petite berge et se laissa choir dans l'herbe à côté de moi, sans se soucier du sol détrempé. Elle retira ses chaussures et éclata de rire. Nom de dieu, pensai-je, si je ne rêve pas, je suis bel et bien en train de décrocher le gros lot ! Je paniquai, je tremblai. Seigneur ! Aidez-moi, je vous en supplie, je touche enfin au bonheur !

Que fait donc un pauvre plouc patenté en pareille circonstance ? S'évanouir de bonheur ? Écrire un poème ? Lui arracher sa petite culotte ? Je fis ce que tout homme respectable aurait fait. Je fermai ma gueule, bien sûr.

Pendant cinq minutes je restai assis là comme un idiot, à me creuser les méninges pour essayer de trouver une réplique ineffablement charismatique. Son épaule nue, balayée par ses cheveux, touchait la mienne et je sentais sur ma peau son haleine tiède et avinée. Ses cheveux effleuraient doucement mon cou, mon sang bouillait dans mes veines et une érection opportuniste me chatouillait le menton (rien de tel qu'un peu de lubricité en pareille situation). Vous voyez, les gars, j'étais au septième ciel. Nous avons tous connu ça, pas vrai ? Quand vous sentez que c'est bon. Oui ? Quand vous recevez la grâce imprévue de la certitude érotique. Elle avait mis le temps, d'accord, mais cette certitude érotique m'appartenait désormais. J'étais *très* excité. Cette année-là Noël tombait de bonne heure et, avec un peu de chance, j'allais recevoir un cadeau du feu de dieu.

Laura était arrivée. Elle était ici ! *Avec moi.* Le vieux Rippers. Big Boges. Apparemment, elle allait me laisser l'aimer. Après tout ce désespoir doré sur tranche. Alors même que j'avais laissé l'Espoir nouveau-né retourner en courant vers sa mère. Je me sentais tellement épuisé par cette pensée immense et complexe qu'après ces cinq minutes d'hébétude, je réussis seulement à articuler :

« Tu dois avoir froid.

— Oui. »

Magnifique ! Comment aurait-elle pu résister ? Cette brillante réplique me donna au moins l'occasion d'une habile manœuvre avec ma veste de smoking. J'ôtai ce vêtement et le posai délicatement sur les adorables épaules féminines de Laura. Submergé par une tendresse monstrueuse et facile, je fis un effort considérable pour allumer une cigarette et tenter de cacher ma panique. Sa beauté m'était douloureuse, elle me serrait le cœur. Je fumai donc, très calme, ma chemise immaculée barrée du rouge chevaleresque de mes bretelles. Lorsque je me tournai vers elle, mes yeux brillants s'embrumèrent, ces salauds de lâcheurs ! Elle me sourit, à quelques centimètres de ma lippe baveuse d'Irlandais. Qui avait besoin de la moindre conversation ? La fleur captieuse du discours entrave. Je restai là, plein d'expectative, mais figé. La règle en pareille situation est de la boucler et d'essayer de sembler ouvert à tout. Cela marcha.

Elle s'appuya de tout son poids contre moi et m'embrassa sur les lèvres en gardant les siennes hermétiquement closes et en poussant ma tête contre mon bon vieux tronc d'arbre. Elle se retira rapidement, le visage crispé d'angoisse et de méfiance en essayant de savoir si elle avait fait le bon choix.

« Qu'est-ce qui ne va pas ? demanda-t-elle d'une voix fluette. Ce n'est pas ce que tu désirais ? »

Je me dis soudain que Laura ne se doutait absolument pas que j'avais un béguin fou pour ses petites fesses en forme de pêches. Je n'avais pas envisagé cette possibilité. Comment avait-elle pu rester aveugle à mon adoration bovine ? Ah, tellement belle et pourtant dénuée de toute vanité ! C'était bel et bien la fille qu'il me fallait. Mais parce que je venais à peine d'être embrassé par la reine de mes rêves, ma voix trembla un peu quand je lui répondis, avec toute l'intensité frémissante dont je disposais, que oui, c'était presque exactement ce que je désirais.

S'il vous plaît, pas de rires, je vous en prie ! Je n'y peux rien. J'étais jeune. Nous autres, qui sommes dans la fleur de l'âge, nous avons un faible pour le lyrisme contourné. Plus c'est toc, plus nous aimons ça. Et puis, pourquoi devrais-je m'excuser ? J'aimais cette fille. Ou du moins, je l'aimais autant qu'il était en mon pouvoir de l'aimer. C'est-à-dire beaucoup plus que vous ne pourriez le penser.

Vous serez heureux d'apprendre qu'ensuite nous avons beaucoup moins tourné autour du pot. Nous nous sommes mis au boulot, si je puis dire. Elle m'avoua par exemple qu'elle était désespérément amoureuse de moi depuis qu'elle me connaissait. Elle croyait avoir manifesté sa passion avec une évidence monstrueuse et dès le début, puis elle me demanda si je m'en étais aperçu. Je lui répondis que je n'y avais pas vraiment pensé. (Ho ho.)

Plus tard dans la matinée, nous avons petit déjeuné ensemble dans un minable estaminet de Chesterton Road. La vieille folle qui nous a servis était une âme romantique convaincue que je venais d'Écosse et, plus précisément, de Dunfermline. Elle nous dit qu'elle trouvait merveilleux de voir un jeune couple aussi heureux que nous, puis elle nous demanda si nous allions nous marier. C'était bien sûr hilarant, mais aussi un grain étonnamment savoureux pour le moulin de ma passion. Quel plaisir de voir la vie fournir parfois au bon moment ses menues excentricités savoureuses ! (Vous savez, j'ai bien failli glisser un billet de dix à cette vieille peau, tant je lui étais reconnaissant.)

Ah, ce petit déjeuner fut éblouissant, une authentique ambroisie. Mais ce ne fut rien en comparaison du déjeuner. Et le dîner battit les deux autres de plusieurs longueurs. Bref, nous avons passé cette journée ensemble. Nous nous sommes tout bonnement éloignés de Cambridge à pied, elle enveloppée dans ma veste et moi galant et plein d'allant, en manches de chemise. Nous marchions lentement à travers champs, sur des routes, dans des rues. Nous traversions des villages entiers sans les remarquer. Nous restions plongés dans l'intimité des confidences et des rires. Nous étions jeunes, forts, innocents et sentimentaux. Et, chose pour moi incroyable, nous étions bien sûr ensemble.

Dieu que j'étais heureux ! Je nageais dans le bonheur, bordel. Me voici, Ripley Bogle, frère des criminels et fléau des nantis, en balade parmi la beauté de juin avec ce splendide brin de femme anglaise ! Et avec quel plaisir je songeais que finalement je m'en étais bien tiré.

Vous ne me croirez pas, mais me voilà presque en sanglots. *Quel jour* * ! Contrairement à toutes ses tentatives précédentes, le temps jouait fortement en ma faveur. La journée de la veille avait été désastreuse, mais nous jouissions désormais d'un brusque soleil bien chaud et d'une lumière radieuse. Tous les gens que nous croisions semblaient avoir reçu l'ordre exprès d'être particulièrement aimables avec nous. On nous souriait, on nous saluait d'un geste ou d'une phrase ; tous les gens que nous voyions nous enviaient gentiment. Je crois que nous formions un beau couple, ou du moins je l'espérais. Tout conspirait à mes fins. Ses paroles, ses yeux, son rire. Sa bouche était un tendre oriflamme baisant la mienne, son ombre obscurcissait mon visage. Toutes mes cigarettes et ma joie visible. Comme vous le constatez, je suis très sentimental dès que j'évoque cette journée. J'avais tout ce que je désirais au monde. Je n'aurais pu être plus heureux. Je brûlais pour elle.

La nuit tomba alors que nous ne pouvions plus marcher. Épuisés, nous étions à des kilomètres de la petite ville. La nuit aussi joua son rôle à la perfection. Somnolente et obscurcie pour favoriser le seul toucher. Avançant le divan dont nous avions besoin. Dans cette nuit estivale toute parfumée et transpirante, nous avons touché au but. Tombant dans l'herbe pour laisser la chaleur faire son œuvre. Allongés dans la nuit délicieuse du Cambridgeshire. Pour dire les choses sans fard, nous avons baisé parmi les champs photogéniques. Le Cambridgeshire est un doux lit. Ils nettoient les haies à l'aspirateur, vous savez, ils shampouinent les moutons. Oh, je la désirais tout entière. Et je l'ai eue, crois-je me rappeler. Elle était un rêve que je n'aurais jamais pu posséder. Un ruban de joie, paisible, tendre et alanguie. Nous avons taché l'herbe et subi le remords. Dans l'ombre. La gratitude me donnait la chair de poule tandis que je baguenaudais sur sa chair laiteuse, dévoilée.

Je croyais toucher au but. Je croyais tous mes désirs réalisés. Que pouvais-je espérer de plus ? Je passai la nuit à fumer, pendant qu'elle dormait, la tête nichée au creux de mon épaule (étonnamment douloureux). Nous reposions dans l'herbe, bien au chaud et silencieux, et toutes sortes d'anticipations me traversaient l'esprit. J'ignorais ce que j'avais fait pour mériter cela, mais on aurait dit que j'avais été condamné à une peine de bonheur. Je regardais son visage tandis qu'elle sommeillait. Non ! Pas question, pensai-je alors, où est l'entourloupe ? Où, la clause suspensive ? Comment vais-je payer pour cette extase ? J'allais perdre, forcément. On allait me refouler vers le terne quotidien, me retirer tous ces plateaux secrets, les remettre dans des poches brillantes. Les filles, ces filles finissent toujours par filer à l'anglaise. Elles virent à l'aigre, elles vous chient dessus, elles dansent sur votre tombe, elles raillent votre mémoire. Et alors, décidai-je, rien à foutre ! Le bonheur dans le présent, voilà une idée à défendre. Tout heureux de cette pensée, je regardai les oiseaux poussiéreux s'éveiller, ouvrir les yeux et aviser notre couple secret —

Oh, Laura, tu m'as vraiment eu ! Tu m'as possédé. Bon dieu, l'amour était là, l'âge adulte en vue et la sincérité à portée de la main !

Huit

Aaah ! Outch ! Ouh ! Hmmnnhhh ! Ooooh !

Minuit. Bloomsbury. Banc public devant le British Museum. Froid. Obscurité. Inquiétude.

Ooooo ! Hmmnnhhh ! Ouh ! Outch ! Aaah !

Tiens, bonsoir. Je viens d'avoir un petit ennui avec mon nombril. Il boude, le salopard. Et par-dessus le marché, il dégorge une quantité très respectable de sang. La douleur constitue aussi une partie essentielle de ce désagrément et j'ai été stupéfait par la quantité prodigieuse d'inconfort que mon nombril paraît tenir en réserve. Vous savez, les parties les plus bizarres de votre corps peuvent vraiment vous surprendre quand il s'agit de distiller la souffrance. Impossible de se vanter de régions non menacées. Ça n'existe pas. Votre corps est là pour vous causer des ennuis et, dès que vous lui en donnez l'ombre d'une chance, vous pouvez être certain qu'il va vous en causer, des ennuis.

Mon ventre me tracasse à cause de ce coup de couteau. Mon ventre me le reproche. J'ai essayé de raisonner avec mon ventre, mais vous savez comment sont les ventres — je n'ai pas le moindre espoir d'engager un dialogue objectif. Au moins, il a arrêté de saigner. Tant mieux, car je commençais à m'inquiéter de la quantité de sang que j'avais déjà laissée derrière moi. J'ai du mal à l'estimer avec exactitude, mais je suis certain que c'est bien plus d'un dé à coudre ; un bon paquet, sans aucun doute. Je suis complètement idiot de ne pas consulter un médecin à ce sujet, mais maintenant je suis trop fatigué pour ça. Je m'en occuperai peut-être demain. Quand je me sentirai un peu mieux.

Avant même que cet inconfort désormais bien rodé ne sorte de sa brève léthargie, je pensais que ç'avait été une bien mauvaise nuit. Ma promenade à partir de King's Road s'est résumée à un cauchemar dont je me serais volontiers passé. Je n'avais plus rien à apprendre des nuits du samedi, mais j'ai fait quelques révisions. Cette nuit s'est vautrée dans la débauche, l'excès et les infamies ordinaires. La ville a mis sa casquette festive et dépenaillée. J'ai vu des poivrots, des pédés, des culs-terreux, des camés, des pouffiasses, des voyous, des marlous, des pervers, des vagabonds, des allumés, des hooligans friqués, des garçons, des filles et des cinglés. Tous témoignaient des changements provoqués par la rue en chacun de nous. Folie, débordements incontrôlés, peur du furet, instinct du rongeur. Tous s'adonnaient à leurs horreurs brutales et enivrantes. Tous passaient un fameux moment.

J'ai moi-même été l'objet d'une grande diversité d'injures, de moqueries, d'apostrophes incrédules, méprisantes, répugnantes, joviales, agressives et menaçantes tandis que, boitillant et traînant la patte, je clopinais jusqu'ici. Un nombre étonnamment élevé de jeunes voyous semblait désireux de me faire la peau ou de m'occire. Mais je réussis à m'en tirer sain et sauf. Je suis déjà tout tailladé et je n'avais pas la moindre envie d'enrichir encore la somptueuse collection de mes blessures de guerre. Ces jours-ci, on dirait que ma seule présence agace un nombre considérable de gens.

Évitant toutes ces altercations prévisibles, je me suis félicité de mon sang-froid (c'est-à-dire de ma lâcheté). En effet, certains soirs il suffit qu'un abruti à la gueule enfarinée me mate trop longtemps pour que je lui saute sur le rable avec de grands moulinets de mes petits poings irlandais. A l'inverse, d'autres soirs je ferais des kilomètres pour éviter la moindre embrouille — plutôt laisser les gens se moquer de moi, m'injurier, me cracher dessus, me palper les couilles ou me péter au nez, que de propulser mon poing vers la chair ennemie. J'appelle ça mes capacités d'adaptation.

En général, j'essaie d'éviter les conflits. Les bouteilles brisées et les crânes fracassés à la sortie des boîtes de nuit et des dancings. Les joies simples et sauvages de la jeunesse. La force écervelée des jouvenceaux. Les plaies et les bosses. Ce n'est pas drôle et ça fait souvent mal.

Ici, à Bloomsbury, je regarde autour de moi, le musée, les deux petits pubs, les librairies cossues et prospères. Ce décor me convient mieux. Laissons la différence nous guider. Enfin un modeste cordon sanitaire. Un oubli têtu.

Je me suis découvert un goût pour ce genre d'ambiance feutrée quand j'étais à Cambridge. Grâce à Laura. Pendant les premiers mois de notre liaison, elle essaya de développer chez moi un certain raffinement. Elle s'y prenait très bien et savait parfaitement de quoi il retournait. Après m'avoir infligé un cours intensif de bonnes manières, elle alla jusqu'à m'inviter chez elle à Oxford. A cette seule idée, j'avais les nerfs en pelote. Sa maison était une putain de baraque, une vraie caserne de l'armée. L'école de mon enfance était plus petite qu'elle. Son paternel était bourré aux as. Je ne me rappelle plus exactement ce qu'il faisait — roi d'Angleterre ou dieu sait quoi, mais en tout cas un vrai nabab. Elle avait environ quatorze frères, tous incroyablement beaux, tous mesurant trois mètres de haut. Toute cette bande — les frères, les sœurs, la maman et le papa — était tout bonnement magnifique. Je me sentis horriblement gauche et sous-alimenté. Je ne peux pas dire que j'ai beaucoup brillé, d'autant que le papa avait eu un faible évident pour ce bon vieux Greg. Au moins, le cher Gregounet appartenait à la classe requise pour tringler la fille du vieux, une qualification dont je ne pouvais guère me vanter. Il n'arrêtait pas de me poser des questions sur ma famille. Je lui répondis que mon père, un éminent physicien, avait décédé dans ma jeunesse, et que ma mère, célèbre romancière mineure, l'avait suivi peu après dans la tombe, moyennant quoi j'avais été élevé par ma grand-tante, une réfugiée polonaise. Je voyais bien qu'ils n'accordaient pas une foi aveugle à mes paroles, mais ils ne pouvaient pas me contredire ouvertement et ce pedigree eut au moins le mérite de leur clouer le bec.

Non, je n'ai pas vraiment été à mon avantage lors de cette première visite terrifiante, mais au moins l'essaim des sœurs reconnut que j'étais incroyablement beau. Laura fut assez satisfaite de ma performance. Le trimestre était terminé et le succès apparent de ma présentation signifiait que je pouvais rendre visite à Laura dès que mon travail me le permettait. (Je bossais sur un chantier de construction à Brixton cet été-là.) Je réussis à le faire avec une régularité perfide. Quand je n'allais pas à Oxford, elle me rejoignait dans ma petite piaule minable de Rotherhithe pour essayer de casser les ressorts de mon lit. Elle me montra un Londres différent. Un Londres précis, séduisant, parfumé, plein de galeries, de théâtres et de lieux agréables. Autant de décors élégants où développer l'action fade de mon euphorie hébétée. Après une semaine passée torse nu à échanger moult paillardises avec mes copains remuants du chantier, je filais chez moi, j'endossais ma panoplie cossue, je me brossais les dents, mettais un gros bémol à mon langage ordurier et retrouvais ma personnalité de jeune homme privilégié. Cet arrangement me paraissait idéal.

Ce fut un été fabuleux, extraordinaire. Londres fit pour nous des prodiges. Le soleil s'attardait plus longtemps que d'habitude ; les touristes, sans doute informés de notre présence en ville, évitaient nos itinéraires lyriques et délicats. Laura fit mon éducation en matière de goût, de discrétion et de tout ce qu'elle savait sur la vie. Nos journées étaient consacrées à l'admiration oisive de la beauté ainsi qu'à divers bonheurs ; nos nuits, à de longues séances d'exercices amoureux affreusement sophistiqués. Je découvris que le sexe n'est pas le sexe lorsqu'on le pratique avec quelqu'un qu'on croit aimer ; qu'il est quelque chose d'entièrement différent, quelque chose de stupéfiant. J'appris beaucoup, à maints égards.

Et tout ce temps, elle était si ravissante ! Seigneur, comment font donc les filles ? Chaque fois que je la regardais, l'étonnement me laissait sans voix. Le mouvement le plus infime, le geste ou l'habitude imperceptible semblaient faire partie d'un édifice complexe de beauté et d'intelligence. Elle était une composition d'éléments stupéfiants. Rien chez elle ne détonnait, tout était en place. Les vêtements qu'elle portait participaient de cette grâce. Je commençai d'entrevoir vaguement pourquoi les fétichistes s'attachaient tant aux vêtements. Ses robes, ses chaussures, ses jupes et toutes ces petites fanfreluches m'ensorcelaient. Sur elle, ils transcendaient les limites du simple habit pour devenir des toiles sur lesquelles Laura peignait ses charmes époustouflants. Dentelle blanche, soie bleue et toutes sortes de chiffons colorés, de laines chatoyantes, d'un goût exquis. Jadis je m'étais moqué de ces falbalas, mais je comprenais maintenant qu'il suffisait de les coller sur la poule adéquate pour qu'ils deviennent vachement bandants.

Ce fut le meilleur de mes étés (choix assez facile, vu la pauvreté de ma sélection). Comme auparavant, j'essayais sans cesse de dénicher la clause suspensive dans tout ce bonheur immérité. Je craignais qu'on ne me permît point de conserver pour moi tout seul sa beauté, son anglicité, son génie de l'amour. Ce n'était ni le genre de vie ni le type d'aubaine dont j'avais l'habitude et que je prévoyais volontiers. Que m'arrivait-il donc ? J'appréhendais sans arrêt la fin de mon bonheur, mais bon dieu ce que j'étais heureux ! Je savais que tout plaisir était d'une certaine manière criminel. Ennemi de la sensibilité et de la volonté. Je savais que c'était une marchandise dangereuse et subtile. Et alors, argumentai-je ; chaque chose à sa place et une place pour chaque chose. Donne sa chance au plaisir. Qui sait, ça me réussira peut-être. Je défendis donc le plaisir et il me soutint de son mieux.

On me dit qu'un homme aimera surtout chez autrui la part de lui-même qu'il y voit reflétée. Je ne suis pas d'accord. Un homme aimera surtout chez autrui ce qu'il n'a pas l'ombre d'une chance de voir reflété en lui-même. Qu'en pensez-vous ?

L'amour est une chose délicate, qui exige du bon sens lorsqu'il y a beaucoup d'espoirs en jeu. Je tâchais de me contrôler. Je tâchais de brider ma joie, de la diriger, de lui commander. L'astuce, dans cette surveillance de la réalité, était simple. Espérer moins qu'on ne peut obtenir. Telle est la marche à suivre. Les pièges sont innombrables et dangereux, mais si vous insistez avec vigueur, charme et amour, alors le gibier ne vous échappera peut-être pas. Et dès que vous entrevoyez une chance, une ouverture aussi minuscule soit-elle, alors il faut plonger comme le goal devant ses buts et prier pour que tout se passe bien.

Laura était certes une enfant gâtée. Elle faisait partie de ces gens que la vie semblait avoir privilégiés de manière arbitraire et choquante. Elle fut bonne avec moi. Mon badinage avec la bonté humaine. Pendant un certain temps, très bref, elle me rendit un peu semblable à elle. Elle me hissa à mi-chemin vers elle. Nom de dieu, c'était sacrément agréable d'être là-haut en compagnie de tout ce charme et de toute cette intelligence. Je suis reconnaissant de la balade.

Visez un peu ça, le vent vient de se lever dans la nuit noire monstrueuse et le papier abandonné dans les rues est pris d'une folie soudaine de liberté aérienne. Les affiches claquent avec une insistance saccadée, les feuilles des journaux roulent, tournoient et s'élèvent comme de vieux biplans. Le vent siffle, les boîtes de conserve tintent, les ordures chuchotent leur insouciance pressée. Tous contribuent à créer cette atmosphère si prenante. J'aimerais les applaudir, mais je trouverais ça bête. Malgré tous mes déboires avec le temps, il invente toujours une foule de jeux très drôles.

Maintenant, je suis épuisé. Mes yeux, tout desséchés et piquants, me sortent de la tête. Je sens les gaz d'échappement des voitures se mêler à mes pensées ralenties. Toutes mes intentions claires se brouillent et je suis en proie à cette vieille sensation bogléenne où la vie s'échappe de moi. Courageusement, je lutte pour retrouver le contrôle de moi-même. Mais je me heurte à la difficulté personnifiée, à cette hérésie discordante et rhumatismale qui laisse un trou pittoresque dans mon intelligence. Vous voyez ce que je veux dire ? Je m'agite sans but, ou plutôt je divague.

La seule chose qui me maintienne conscient est la douleur qui irrigue si vivement mon abdomen tailladé. Il y a cinq minutes, j'ai toussé très fort pour essayer de chasser hors de ma gorge un petit amas de mucosités poisseuses. J'ai réussi à me débarrasser dudit glaviot, mais mon estomac palpitant s'est remis à saigner. Le sang ténébreux suintant hors de la mine de sel. Vous comprenez ? Bien que cette blessure me fasse un mal infernal, elle constitue, en manière de compensation, une oasis irradiante de chaleur dans le désert d'un froid croissant qu'est devenu le restant de mon corps. L'épuisement fait descendre votre température pour de bon, il vous arrache les gants et l'écharpe. Enfin, en une hilarante apogée d'injustice et d'outrage, l'épuisement vous glace au point de vous empêcher de dormir. C'est rigolo, une vraie farce.

Ce soir, j'ai pensé à Perry. J'ai l'impression d'avoir fait une erreur avec Perry. Surtout à cause de l'incapacité de la jeunesse à communiquer avec les personnes âgées et malades. Nous les croyons inconsolables. Nous pensons que nous ne pouvons rien dire pour améliorer leur sort. Mais c'est faux. (A mon avis.) Pourquoi les vieux auraient-ils nécessairement besoin qu'on les console ? Qu'est-ce qui cloche chez eux, en dehors du fait qu'ils sont vieux ? On ne peut tout de même pas parler de la vieillesse comme d'une maladie ? Pas vrai ?

En tout cas, Perry n'a sans doute pas besoin de ma sympathie idiote. Compte tenu de ma situation tellement précaire et dégradée, je ne vais quand même pas me lancer dans la commisération. Il mérite mieux que ça.

A partir de maintenant, je m'y prendrai mieux. Pour Perry, je vais tourner la page. Il faut désormais que je lui donne ce qu'il mérite, et même plus encore. Éviter, aussi, de parler d'un ton hautain à ce pauvre vieil infirme. Mais il n'y a pas de temps à perdre. Il faut que j'annonce mon enchère avant le coup de marteau final.

« Yeeeaaarrghhhcttchkkk ! »

Écoutez ! Les cris anonymes des rues de Londres. Les fleurs de la discorde. D'autres gens et leurs problèmes, sans commune mesure avec toi et les tiens. Au loin, d'autres histoires. L'aria du crieur. L'appel aviné du triomphe, de la perte et du désespoir fou. A qui répondra bientôt sa compagne, la détresse. L'air noir comme l'espace résonne de ces appels tapageurs d'abandon et de remords.

« Yeeeaaaaooooooooooooowww ! »

C'est parti. Salut là-bas, ça gaze ? Moi fou aussi. Pousser ainsi leurs cris anonymes leur donne l'impression d'être moins cinglés. Une forme d'art extrêmement pure, m'assure-t-on.

« Aaahhhaaawwaaawaaaaayyyyaaarrrghghhh ! »

Seigneur, un trio, pas moins ! Ce soir, il y a beaucoup de vocalises douloureuses. Pourvu qu'ils ne se regroupent pas, pourvu qu'ils ne viennent pas faire un tour par ici à la recherche d'une proie.

Un grand policier dodu, surmonté de son casque bombé, arrive au coin de la rue et avance d'un pas hésitant dans ma direction. Je me redresse un peu sur mon banc et croise même les jambes en une parodie de l'insouciance. Je me frotte les yeux et me prépare à l'affabilité.

« B'soir, fait-il.

— B'soir, rétorqué-je.

— Froid, hein ?

— Oui, très. »

Il s'arrête, avec son casque vaguement ridicule, sa grande taille, son humour. Il fait passer rythmiquement le poids de son corps d'un pied à l'autre, on dirait qu'il a envie de tailler une bavette. Il est vieux pour un bobby — entre quarante-cinq et cinquante ans — et il mobilise manifestement toute sa sagacité pour savoir si, oui ou non, je suis un vagabond. Je serre étroitement mon manteau autour de mon abdomen ensanglanté, mais je suis certain que le flic ne peut guère soupçonner la vérité. J'ai sans doute l'air mignon comme tout, assis sur mon banc public. Une authentique incarnation de la prospérité.

« Comment ça va ? demande-t-il d'un ton badin.

— Ah... très bien.

— Tant mieux.

— Oui. »

Il arbore un sourire prudent. Ses yeux brillent, mais je le sens sur ses gardes, comme s'il avait déjà tiré ses conclusions. Sur son casque, l'écusson en forme d'étoile de mer scintille dans la lumière jaune du réverbère. Cet éclat charismatique nimbe l'officier de police d'une aura épique. Il regarde autour de lui, à gauche, à droite, derrière, devant, avec cet air dégagé particulier aux flics. Son regard rencontre de nouveau le mien et j'essaie de sourire d'un air rassurant et confiant. Il opine du chef avec une tolérance badine.

« Eh bien, bonsoir.

— Bonsoir. »

Il s'éloigne avec la démarche typique du flic rondouillard. Les jambes écartées, en se dandinant comme un canard facérieux. Quelle espèce sympathique ! Ces jours-ci, j'aurais pu me faire casser la gueule ou tuer. Et je constate avec grand plaisir que le poulet traditionnel a toujours sa place à Londres. Ça nous donne une chance, à nous autres vagabonds. Mais je me demande ce qu'il voulait. Ressemblais-je à un criminel ? Ai-je tué ce sans-abri dans Hyde Park ? La maison poulaga est-elle à mes trousses ? J'en doute.

Aujourd'hui, il est très humiliant de parler aux policiers, même lorsqu'ils sont aimables. Quand j'étais à Cambridge, je m'adressais à eux avec condescendance, en leur donnant du “ Officier ”, “ Monsieur l’agent ”, ou même “ Mon brave ”, mais je ne crois pas que j’aurais maintenant ce culot.

Le British Museum darde sur moi sa faible lueur et la troupe nombreuse de ses fenêtres se brouille et oscille sous mes yeux fatigués. Je lis les affiches dans la vitrine de la boutique. William Etty. George Eliot. *Hampshire Landscapes* (Paysages du Hampshire) *1840-1914. Chinese Philosophy* (Philosophie chinoise), une histoire de, par Martin Freeman. *Bodyline*, une visite mouvementée. Cheilidhe, 18 Lancaster Avenue — 24 juin. On dirait qu’on s’amuse comme des petits fous là-dedans. Les mots et les images se fondent en une masse dépourvue de sens, en une répétition hébétée. La fatigue est ma doctrine, un système sauvage et grotesque de confusions, de souvenirs flous et de pensées faussement profondes. Selon ses horaires farfelus, l’ordre et le bon sens perdent la boule — les détails les plus triviaux ravissent et fascinent, la cohésion terrifie, la simplicité est tout simplement incompréhensible. L’épuisement devient rance et fiévreux. Il corrompt la perception, fait chanter toute prévision. Il sape les mérites de l’intelligence. Il vous met en tête un tas d’âneries.

Tout près de moi, j’entends le tintement festif du verre qui se brise. Des cris. D’autres bouteilles mordent la poussière coupante. Deux ? Trois ? Encore des cris. Hurlements de brutalité et de terreur. J’espère que mon petit flicaillon se porte bien. Je suppose qu’il ne rencontre aucune résistance. Les bruits se taisent soudainement et le vent comique prend le relais. Les menus drapeaux orduriers se remettent à flotter. C’est un vent malin, celui-ci, presque une parodie de vent. Il emporte la pisse.

Vent ou pas vent, je crois que cette nuit je vais dormir tout mon saoul. Ma tête dodeline, oscille et bascule, elle se recroqueville entre mes pauvres épaules et mes pensées me lacèrent comme un néon joueur. Demain c'est dimanche et j'aurai besoin de toutes mes forces pour franchir cette épreuve. Vous avez peut-être remarqué qu'aujourd'hui j'ai réussi à ne pas mentionner les cigarettes avec une monotonie implacable. J'ai même essayé de les oublier. Ça n'a pas été exactement un succès, mais grâce à un suprême et très exceptionnel effort de volonté je me suis débrouillé pour en conserver trois jusqu'à maintenant. C'est une belle performance, mais je ne crois pas qu'elles verront la lumière du jour. J'aurai beau dormir, elles ne passeront pas la nuit. Demain, il faudra que je trouve quelque chose. Sonder Perry pour lui soutirer quelques billets, par exemple. Et madame la Faim reviendra me rendre visite, je suppose. Oui, elle se rappellera à mon bon souvenir. Par ailleurs, ma blessure récente se rappellera elle aussi à mon attention, et sans doute en termes vigoureux. Demain ne sera certainement pas une bonne journée. Je ne suis guère pressé de la voir venir. Bah, qui vivra verra.

Ponctuelle, la pluie entre en scène. Ah, putain de merde. Magnifique, non ? Salut, la pluie, tu as l'air en grande forme. De minuscules flèches liquides et paresseuses me vrillent le crâne. Les gouttes picorent le trottoir, épaississent ses taches. C'est un processus lent, agréable. Il n'y a pas le feu au lac. Cette pluie n'aime ni les cordes ni les hallebardes, c'est une tentative, un essai sans conviction. Cette pluie est un amateur. Elle s'arrête aussi soudainement qu'elle a commencé. Ah, le temps ! Qu'est-ce que je vous disais ? Les événements climatiques sont complètement perturbés, leur politique a changé. A moins qu'il ne s'agisse d'un phénomène que je n'avais jamais remarqué jusque-là. Je ne sais plus à quel saint me vouer. On ne peut jamais avoir la moindre certitude et je suis affreusement fatigué. En ce moment, ne me faites pas trop confiance.

Laura me dit un jour qu'elle ne pouvait pas m'imaginer dépassant l'âge de vingt-cinq ans. Elle me dit aussi que j'étais un personnage légèrement tragique et que je ne trouverai sans doute pas ma place parmi les rangs de la normalité et de la simplicité dépourvue de passion. Nous vivions l'apogée de notre lyrisme, je venais de passer la moitié de la nuit à lui faire chanter sa chanson d'orgasme (un pot-pourri), si bien que sur le moment je ne pris pas ses déclarations trop au sérieux. D'autant que les filles disent toujours ce genre de truc. Elles essaient de vous susurrer ce que, d'après elles, vous avez envie d'entendre (d'habitude, elles se gourent). Avec mon indulgence coutumière, j'essayai de ne pas tenir compte de cette déclaration plutôt hilarante. Mais dans mon état présent, je ne sais plus que penser. Peut-être que cette chère enfant avait vu juste. A bien y réfléchir, je suis indéniablement un personnage tragique.

Néanmoins, mes boyaux conspirent maintenant à dissiper toute grandeur mélancolique momentanée. Saisi d'une acidité grondante et gargouillante, je rote. Et suis à deux doigts de m'évanouir à cause de l'odeur puissante qui remonte soudain de ma gorge détraquée. Je tousse, étouffe, crache et grogne. Oh, quelle horreur, quelle pestilence ! Je déglutis non sans mal et vomis presque de dégoût. Bon dieu ! Il n'y a qu'une solution. A contrecœur, je tire une précieuse cigarette de mes poches diminuées, puis je gratte une allumette avec une hâte folle. Merde ! J'essaie encore. Échoue de nouveau. Il me reste trois allumettes. J'ouvre un pan de mon manteau en pliant le bras et je fais une nouvelle tentative, la tête inclinée en une posture désespérée. La petite boule de soufre crachote, siffle et survit. Elle brûle d'une vie tremblotante et fragile. Je fume. La fumée âcre et humide anéantit l'amas répugnant collé à mes amygdales. J'aspire la fumée profondément et me débats avec mon plaisir. Je m'adosse un peu, j'allonge les jambes, fourre les mains au fond de mes poches. Je prends la pose.

Dimanche

Un

Déjà le jour bourdonne. Hum, hum, qu'il fait. C'est un bruit étrangement irritant, typique du dimanche. Même dans mon état tout étiolé et asocial, le dimanche m'écœure. Le dimanche imprègne mon âme d'une terreur sourde. Le dimanche, tous les dimanches me donnent des sueurs froides, ils me font bégayer de peur. Presque tout ce qui fait le charme du dimanche — le repos, l'aise, la contemplation, le confort, etc. — est hors de portée pour la plupart des gens. Ce sont des plaisirs réservés. Le dimanche ! Seuls les vicaires, les veuves et les joueurs de cricket aiment le dimanche. Je n'ai jamais rencontré quelqu'un qui aimât le dimanche.

Jusqu'ici, ce dimanche particulier est un très mauvais dimanche, même selon les critères du dimanche ordinaire. D'abord il a mal commencé. Par exemple, Perry est mort ce matin. Oui, il est mort. Enfin, peut-être qu'il est mort la nuit dernière. En tout cas, nous pouvons affirmer que ce matin il était mort — moyennant quoi c'est bien la faute du dimanche. C'est bizarre de dire « il *était* mort ». Comme s'il pouvait contrôler ça ou qu'il avait son mot à dire. Comme s'il s'agissait d'une action volontaire. Ce qui n'est bien sûr pas le cas. On ne peut pas *être* mort. Vous êtes mort. La mort est intransitive, peut-être même réflexive. Ah bon ? Problème difficile... La grammaire paraît impuissante en ce domaine.

Perry est mort. Je me demande ce que je ressens et je ne suis pas sûr de la réponse. Je trouve ça moche... ce que je ressens, je veux dire. En fait, je suis tout à fait certain de ne pas trouver ça agréable. Aucune envie de fêter ça. Cette nouvelle me rend malheureux, amer, fatigué et mélancolique. Je me débats avec mon égoïsme et constate que j'aimais bien Perry. Vraiment. J'avais énormément d'admiration, de gratitude et de pitié pour Perry.

(La pitié a mauvaise presse, ces temps-ci. Dieu seul sait pourquoi, mais les gens sont d'habitude indignés de découvrir qu'on a pitié d'eux. Ils n'aiment pas ça. C'est stupide et malsain. Qui sommes-nous dans notre folie égocentrique pour dévaluer ainsi l'émotion de la pitié ? Moi-même, en ce moment précis, j'adorerais qu'on me prenne en pitié. J'accepterais toutes les propositions charitables. La pitié est agréable. La pitié peut être belle. Pensez à la dernière fois que vous avez ressenti de la pitié pour quelqu'un. Allez, cherchez bien. Ce poids de sollicitude et d'attention désintéressées. Pour votre enfant, votre femme, votre mère ou quelqu'un d'autre. Vous voyez ? Là, ce n'est pas un truc désagréable, n'est-ce pas ? Trois bans pour la pitié ! Il faut chérir la faiblesse et l'incapacité. Pourquoi avoir honte de la faiblesse ? Elle est là. Donnez-lui sa place. Laissez-la souffler. Accordez-lui un peu de pitié. Moi je le fais. Je laisse vivre ma faiblesse, je lui donne les coudées franches.)

Perry n'était pas dans les parages ce matin quand j'ai clopiné jusqu'à Putney. Lorsque j'ai été voir s'il n'était pas dans sa cabane, j'ai trouvé un médecin harassé accompagné de quatre flics et ambulanciers. Ils emballaient le pauvre Perry quand je suis arrivé. J'ai tout de suite compris.

Pendant un moment les flics m'ont cuisiné sur lui ; mon arrivée impromptue semblait les déranger. Tout ce que je leur déclarais engendrait de la paperasse et le moins qu'on puisse dire c'est que ces deux loustics n'étaient pas des romanciers lauréats du prix Nobel. Ma présence les perturbait manifestement et ils me traitaient avec fort peu de respect, en vrai vagabond que je suis. Même le médecin fut excessivement brusque quand je lui demandai comment le vieux Perry était mort. Il m'a raconté tout un tas de conneries sur l'emphysème avant de la boucler. Ma tête ne leur revenait pas, ils n'avaient pas la moindre envie de bavarder avec moi. Je ne leur jetterai pas la pierre. C'était une scène très déprimante dans cette petite cabane faite de bric et de broc. Heureusement que Perry n'était pas là pour voir ça.

Apparemment, Perry avait incarné une sorte de *cause célèbre** dans les services sociaux de Putney et son nom était même cité dans deux ou trois feuilles de chou locales. On l'appelait le Vieil Homme du Fleuve ou quelque chose d'aussi répugnant. A mi-chemin de toute cette épreuve, un photographe du quartier s'est pointé pour prendre quelques clichés bien navrants de la demi-célébrité défunte. Il était très excité par cette occasion unique de pratiquer son art et il voulait que je pose pour lui, convenablement affligé. Je lui ai répondu d'aller se faire foutre et il s'est contenté de mitrailler la cabane, les flics et l'ambulance. J'ai comme l'impression que ce salopard m'a photographié alors que je regardais ailleurs. J'étais trop fatigué pour vérifier.

J'ai filé dès que j'ai pu — tout ça me déprimait et les flics devenaient de plus en plus curieux. J'ai réussi à mendier deux ou trois clopes à l'un des ambulanciers. Il m'a aussi donné une boîte d'allumettes. Un type sympa. Il a remarqué ma blessure au moment où je glissais les cigarettes dans ma poche et il a voulu me ramener à l'hosto avec lui. J'ai réussi à l'en dissuader en lui promettant de me pointer aux Urgences avant la nuit. Je ne crois pas qu'il ait été convaincu, mais il a laissé tomber.

Avant mon départ, il m'a proposé de le voir. Au début je n'ai pas compris, mais quand j'ai saisi qu'il parlait du cadavre de Perry, j'ai été horrifié. Non, je n'avais aucune envie de voir Perry ! Je ne voulais pas de toute cette tristesse. Rien à faire. Mort, recouvert et bien emballé comme il l'était, Perry avait disparu de la circulation. Je pouvais très bien me faire à cette idée. C'était propre, sans histoire ni bavure. Si je l'avais vu, il serait resté avec moi. Il ne se serait plus réduit à un simple cadavre, à un tas de bidoche morte et odorante. Il serait redevenu Perry. Une entité trop réelle. Perry était désormais un souvenir et je tenais à ce qu'il le reste. C'était plus facile ainsi. Perry avait été là et maintenant il était parti. Simple comme bonjour et au revoir. Il appartenait déjà aux facultés de la remémoration. Et au beau milieu de toutes ces supputations savantes, il y avait ce cadavre, ce paquet de chair et d'organes putrescents. Mais ça n'avait rien à voir avec moi. Et pas grand-chose non plus désormais avec Perry.

Voyez-vous, j'ai pleuré quand je suis retourné en ville en boitillant. J'ai pleuré et sangloté tout ce que je savais. La douleur met parfois du temps avant de vous frapper mais, quand elle décide de vous frapper, il faut encaisser. La douleur est terrible. D'une tristesse infinie. Le pire, dans la douleur, c'est qu'elle vous fait considérer d'un œil dubitatif votre propre fierté et l'affection que vous avez pour vous-même. Quand quelqu'un est mort, le moindre mouvement, le geste le plus infime, le plaisir le plus dérisoire passent pour le comble de l'égoïsme. Autant fumer une cigarette en présence d'un cancer du poumon. Tout à coup, on a l'impression de se vautrer dans cet interminable alphabet de l'expérience qui est perdu pour le défunt. Le ciel, l'air, les odeurs et les bruits semblent furtifs, volés à l'ami mort. Vous courbez l'échine sous le poids de la gêne et de la culpabilité. C'est une impression bizarre, et qui vous fout en l'air pour de bon si vous la laissez faire. Il faut y mettre un terme. Se ressaisir. Après tout, ce n'est pas de votre faute si vous êtes vivant. Vous n'êtes pas responsable de la mort. Vous n'y êtes pour rien. Ce n'est pas de la faute du soleil — mais la faute des ténèbres.

Oh, douleur, quelle sale gueuse tu es ! La douleur est le lait caillé du regret. La douleur, c'est quand à six ans vous avez brisé le plus beau vase de la maison et que vous priez pour un miracle reconstructeur avant le retour de vos parents. La douleur aimerait remonter le temps. Elle veut absolument avoir une deuxième chance. Mais la mort n'est pas comme ça. La mort est définitive, absolue, inéluctable. La mort dit la fin. L'acte et le fait de mourir, l'arrêt de tous les organes essentiels et des fonctions vitales de l'être humain, l'envol de l'âme, le départ de l'esprit. Terminus. La douleur ne peut rien contre ces règles.

J'aimerais porter le deuil de Perry, mais je ne sais pas comment m'y prendre. Je suis submergé de douleur et d'émotion, mais je ne sais pas quoi en faire. J'aimais beaucoup Perry, je lui étais reconnaissant de son affection et de son aide, mais que puis-je faire pour sa mort ? Je suis mal placé pour jouer la pleureuse du vieux. Je ne crois pas qu'il s'y serait attendu. Je ne crois pas qu'il l'aurait accepté de ma part. La plupart des gens espèrent sans doute avoir une meilleure pleureuse que moi.

Lorsque mon père est mort, j'étais trop jeune et trop stupide pour savoir comment réagir convenablement. Quand Maurice est mort, j'ai joué l'endeuillé comme j'ai pu. Piètre performance, essentiellement composée de colère, de culpabilité, de haine, de regret et de remords. Aucune de ces émotions ne me paraît convenir au décès de Perry et je suis trop épuisé et honteux pour travailler à une autre version des faits.

Je crois que je devrais parler à sa famille. Vous vous souvenez que j'ai mentionné ses fils. Eh bien, je sais où vit l'un d'eux. Je vais me décrapoter et essayer de rendre Perry fier de moi. Oui. Malgré son absence de piété filiale, le fils de Perry voudra certainement apprendre comment son père est mort. Bien sûr qu'il le voudra. Personne n'est aussi ingrat ni aussi occupé. Voilà ce que je vais faire. Je vais me laver un peu et j'irai trouver le fils de Perry pour lui toucher deux mots. Bien que je ne sois certes pas un messager porteur de bonnes nouvelles, on m'accueillera à bras ouverts. J'étais l'ami et le mentor de Perry — je lui ai appris tout ce qu'il savait. Le fils voudra savoir. Forcément.

Mon cul ! Aucune chance. Puisque ses fils ont désavoué leur père miséreux de son vivant, ils ne vont certainement pas se mettre en quatre pour ses douteux amis de la cloche, maintenant qu'il est bel et bien mort et silencieux. Ils ne voudront rien savoir. Ils n'ont pas l'air du genre à se culpabiliser. Je suis trop cradingue, pas assez présentable pour jouer le rôle de Conscience. Laisse tomber. Ça ne les intéressera pas.

Ce n'est pas une mort très glorieuse, pas vrai ? Une scène théâtrale sordide et minable avec, en vedette, cinq professionnels vannés et affairés, un photographe torve et un vagabond sentimental et indécis. Ah, que c'est moche. Perry n'était certes pas monté très haut dans l'échelle d'appréciation du commun des mortels, mais il méritait mieux que ça. Sûrement.

Un aveu terrible. Pendant qu'ils s'activaient tous en dehors de la cabane pour flanquer Perry dans le wagon à viande, je me suis glissé à l'intérieur, j'ai fouillé rapidement un peu partout et je lui ai piqué son fric. J'avais une vague idée de l'endroit où le trouver et je ne m'étais pas gourré. Dans sa boîte à tabac, enfoui sous une épaisse couche de tabac. Facile. Soixante-quinze billets ! Putain, comment a-t-il fait pour trouver tout ce pognon ? Soixante-quinze billets. Dieu tout-puissant, une véritable fortune ! J'ai glissé la liasse dans mon manteau et je suis ressorti au grand air.

Une saloperie ? Peut-être. Mais je suis certain que Perry aurait préféré que cette somme me revienne plutôt qu'elle aille se perdre dans sa bureaucratie posthume. Il avait de l'affection pour moi. Vous savez qu'il en avait. Vous l'avez vous-même constaté. En tout cas, le crime n'était pas de prendre cet argent. Non, le crime c'était avant ça de le chercher.

Un autre aveu terrible. Après être retourné en ville en proie au dégoût de moi-même, je suis allé sur Waterloo Bridge et j'ai balancé les soixante-quinze billets dans le fleuve. J'ai jeté à l'eau ces cinquante beaux paquets de Benson & Hedges, j'ai flanqué mille cigarettes dans la Tamise. Me revoilà sans le sou, mais au moins j'ai conservé ma dignité. Ah, putain ! Dieu du ciel, les trucs que je fais parfois !

*

Perry me dit un jour qu'il rêvait parfois qu'il redevenait jeune homme. L'haleine fraîche et les dents blanches, débordant de santé et d'énergie. Au réveil, la sensation produite par ces rêves était si agréable que ce fantasme commença de se glisser aussi dans ses journées. Il s'installa et prit racines. Ce fut d'abord involontaire, mais Perry se mit bientôt à l'évo-

quer intentionnellement pendant la journée. Dans ces lubies, il n'apparaissait pas tel qu'il avait été, jeune homme, mais il devenait une version nouvelle, améliorée, de lui-même. Plus grand, plus fort, plus beau, plus intelligent et (riez si vous voulez) doté d'un plus gros pénis. C'était très agréable, disait-il, d'avoir de nouveau un ventre plat et dur ainsi que des jambes solides et musclées. Une chevelure abondante et un visage sans rides. C'était merveilleux d'être jeune, mais ces rêves éveillés lui causaient toujours une étrange sensation de honte et de ridicule. Pour Perry, il n'y avait pas plus comique et grotesque que ce désir d'être un autre. Un vieillard à la pipe risible rêve et suppute.

Je lui dis de ne pas s'inquiéter, ajoutant toutes sortes de commentaires affectueux et rassurants. Je lui dis qu'il n'y avait pas de quoi fouetter un chat, mais je me mis à m'inquiéter pour moi-même lorsque je commençai à avoir des fantasmes similaires. Ils convenaient parfaitement à Perry parce qu'il était vieux mais, bon dieu, j'étais seulement un gamin ! Je ne lui en ai jamais parlé. Je pensais que ça ne l'intéresserait pas.

Deux

Je prends ma première clope. Je la tiens bien haut, tout près de mon œil. J'avoue mon esclavage envers ces petites choses fuselées. Je sors une allumette et, d'une main ferme et courageuse, je la gratte. Regarde. Une flamme. Une clope. Bonheur total. J'inhale profondément. Moi, Vlad l'Inhaleur, fumeur de tant et tant ! Je tire très fort dessus, j'aspire au plus profond. Oh Seigneur Dieu radieux du bonheur ! Me voilà de nouveau entier. Redevenu moi-même. Et elle ressort, la fumée, en un panache bien droit et net d'oxydes de carbone et d'air refoulé. Whiiiii !

Figés dans leur posture céleste, les nuages pleurent leur doux machin. Aujourd'hui, il fait encore plus gris. La chaleur est là, mais la lumière est tamisée par d'énormes nappes nuageuses et par les longues et fines hachures de la pluie. En un sens, je suis content. Cela ressemble davantage à ça. En effet, les dimanches ensoleillés sont d'une certaine manière les moins supportables de tous. Au moins, ce dimanche-ci n'essaie pas de jouer les coquets. Il baigne dans un air morne et encombré, parmi les foules ralenties, au pas lourd, qui promènent sans but leur ennui dominical. Vous pourriez le mettre en bouteille et appeler ça « Essence de Dimanche ». Zut, qui donc achèterait cette saleté ? Les Américains, sans nul doute. Ou peut-être les Gallois.

Maintenant que je peux reconsidérer tout ça du point de vue avantageux de deux heures plus tard, je trouve vraiment impensable que j'aie pu jeter ces soixante-quinze biftons dans la flotte. Quel con je fais ! Je saurais comment dépenser ce pognon astheure. J'en ai besoin. Je l'accueillerais à bras grands ouverts. En effet... oui, vous attendiez que ça m'arrive, n'est-ce pas ?... Faim est revenue me rendre visite. Un peu plus tôt ce matin, elle m'a envoyé ses sbires pour me flanquer les foies, mais comme un couillon j'ai fait semblant de ne pas les voir venir. Et maintenant, la patronne en chair et en os entre en scène. Apparemment, madame la Faim est déjà au courant du loyer que j'ai balancé au fleuve et cet incident ne l'amuse absolument pas. Elle a calculé que cette putain de somme, habilement dépensée, aurait suffi à me nourrir pendant un mois. Déjà, en guise de hors-d'œuvre, Elle a proposé de me trancher les reins et de les clouer sur mes oreilles. Je vois bien qu'Elle est vraiment furax.

Après la petite visite de madame la Faim, mes pauvres boyaux ont été pris de danse de saint-guy. Tous chantaient à tue-tête, donnaient des coups de cimbales, applaudissaient à tout rompre. Mon ventre a gonflé et s'est distendu tandis que Douleur se mettait au boulot avec ses marteaux, ses scies et ses explosifs. Tout à fait répugnant. J'ai bien cru que j'allais me fendre en deux, que j'allais avoir droit à l'une de ces fameuses tortures moyenâgeuses. Vraiment très désagréable.

Il faut que je fasse quelque chose, c'est clair. Je n'ai rien mangé depuis ma grande bouffe de vendredi dernier chez les culs-bénis, et je ne sais pas combien de temps mes tripes m'accorderont encore avant de se révolter pour de bon. Sans doute pas beaucoup : je les connais. Il faut que je trouve à bouffer fissa. Ce serait trop bête d'être arrivé jusqu'ici et de me retrouver en rade à cause d'une stupide panne d'essence. D'innombrables malheurs m'attendent. J'ai besoin de tout le glucose que je peux trouver.

En tout cas, je suis près de la fin. Mon histoire touche maintenant à son terme. Il ne me reste pas grand-chose. Quelques détails pour conclure, deux ou trois inexactitudes à rectifier. Tout le boulot du dénouement. L'ultime sceau. J'y suis presque.

Je me suis fait virer de Cambridge. Ou, selon leur terminologie, ils m'ont renvoyé. Cela revient au même en ce sens qu'ils m'ont flanqué à la porte sans ménagements. En quelques minutes, j'ai perdu tous ces privilèges si durement acquis. J'ai tout bousillé. Le vieux Byron m'a expliqué que mon travail n'avait pas été suffisamment bon, que je ne m'étais pas assez appliqué et tout ce genre de choses. Il y avait du vrai dans ses paroles, mais c'était loin d'être la raison principale. Je crois qu'en fait ils m'ont viré parce qu'ils ne m'aimaient pas, ces cons. J'avais caressé trop de gens à rebrousse-poil. J'en avais fait chier trop. A peu près quinze de trop, pour être exact. Tous me considéraient manifestement comme un rustre. Pas le genre d'individu qu'ils désiraient accueillir dans leur université. Et ils m'ont lourdé.

Ça m'a fait un choc, sûr. Tout ce confort, toute cette respectabilité rayés brutalement de ma carte. D'abord, il avait fallu que j'aie de sacrées couilles pour entrer à Cambridge. Et maintenant, après toutes mes petites épreuves, j'étais de retour à la case départ. Une fois encore du mauvais côté de la rue de la Merde.

Je crois que ce qui m'a fait le plus mal, c'est que j'avais complètement bousillé tout le boulot réalisé pour résoudre le Problème Laura. Enfin tout de même, j'avais réussi avec Big L, j'avais atteint mes objectifs romantiques, mon succès était indéniable et voilà que je bombardais froidement tous mes beaux espoirs de permanence érotique. Laura fut bien sûr furieuse contre moi. Elle pensait que tout était de ma faute, que je gâchais bêtement mon talent, etc. Elle avait parfaitement raison et elle était écœurée. A juste titre, j'imagine. Inutile de le dire, il était pour elle hors de question de mijoter dans ma nouvelle aura d'échec et d'ostracisme. Elle ne rêvait que de succès. Ainsi, débordant de regret, de tristesse et de reconnaissance pour les brefs mais bons moments, elle me fit savoir avec toute la gentillesse requise que ce ne pouvait être.

J'ai versé des larmes de crocodile en emballant mon pauvre barda. J'étais désespéré. Démoli. Je venais de tout perdre. Mon succès, mon entrée, mes débuts, ma copine préférée. Comment avais-je pu être un tel connard ?

Le jour de mon départ de Cambridge, Laura et moi nous sommes retrouvés sous un arbre confiant de Christ's Pieces. Ce fut une scène très émouvante. Beaucoup de sanglots, de prières, de récriminations infantiles... de ma part, en tout cas. Je m'amusais plutôt, s'il faut dire la vérité. Cela me paraissait être une scène noble et dynamique, une scène qui me convenait à merveille. Mais je ne crois pas que Laura voyait les choses ainsi. Elle ne réussissait manifestement pas à trouver le ton juste du mélodrame et elle ne pleura pas une seule fois. Je crois que mes effets théâtraux lui déplurent. Le pire, ce fut quand j'essayai de l'embrasser : elle recula hors de portée de mes lèvres. C'est fini, disait-elle, fini.

Quelle tristesse. Je tournai mes regards éplorés vers la belle vieille ville de Londres.

Ainsi tournai-je pendant un an dans la métropole en faisant des petits boulots — chantiers de construction, pubs, cafés. Je me trouvai un appartement glauque à Finsbury Park et menai la vie de la jeunesse londonienne désœuvrée. Malgré la perte affreusement pénible de Laura, je passai un sacré bon moment. D'habitude j'avais assez de fric et, même si je me fis peu de nouveaux amis, je réussis malgré tout à me trouver une fille. Elle s'appelait Jenny et elle travaillait pour l'un de ces luxueux magazines féminins qui parlent d'orgasmes, de point-G, d'Homme Nouveau et de frottis cervical. Elle était très faut-sortir-faut-bouger, cette Jenny. Comme qui dirait, jeune et dynamique. Elle aurait pu être vraiment chiante, car j'étais un authentique artiste de la paresse, mais de manière générale nous nous entendions assez bien. J'aimais bien cette jeune Jenny. Elle était horriblement saine, riche et carriériste, mais je l'aimais bien malgré tout. Elle aussi, par intermittence, m'appréciait. Pour une raison que j'ignore, elle aimait vraiment coucher avec moi. (Dieu sait pourquoi, car je n'ai jamais été très bon dans toutes ces histoires d'orgasme. Je n'avais apparemment ni la capacité pulmonaire ni la persévérence requises.) Mais oui, elle adorait ma pauvre carcasse ! Elle était imbattable sur les chapitres de l'autonomie sexuelle (!) et de l'auto-expression débridée. Je me demandais ce que ces mystères signifiaient au juste, tout en soupçonnant qu'il s'agissait simplement de justifications hypocrites pour toutes les choses révoltantes qu'elle me faisait subir. Je ne voyais pas l'intérêt de ces manœuvres alambiquées, car Jenny était parfaitement baisable selon tous les critères en vigueur, alors qu'à cette époque déjà j'étais en assez mauvaise forme à cause des cigarettes, de la gnôle, de mon indolence cultivée et du reste. Elle persistait néanmoins à me culbuter le plus souvent possible.

L'un dans l'autre, je crois que ça a duré près d'un an avec Jenny. Elle ne me laissa pas m'installer dans son coquet appartement de Chelsea et elle tint à maintenir ses droits de visite auprès d'autres hommes. Un type lui proposa de l'épouser. Un éditeur d'âge mûr, à la calvitie naissante. Elle accepta aussitôt, naturellement. Elle me consola en me faisant remarquer que je fascinais sa face sombre, ou quelque connerie du même tonneau. J'étais du " matériau amoureux ", m'expliqua-t-elle d'un ton badin.

J'imagine que, depuis le début, ça ne pouvait pas marcher. Je n'avais fait aucun secret de mon attachement douloureux pour la cruelle Laura. Qu'espérais-je donc ? Je me morfondais ouvertement, ce qui agaçait curieusement Jenny, compte tenu du fait qu'elle passait le plus clair de son temps à écumer la moitié de West London. Je veux dire, qu'ont donc les filles ? Pour qui se prennent-elles ? De nos jours, si vous dites le moindre mot contre les femmes, les SAS féministes rappliquent ventre à terre pour vous arracher les couilles en moins de deux. Les filles se sentent parfaitement libres de nous traîner dans la boue, mais si nous avons le malheur de leur rendre la pareille, alors nous sommes sexistes, chauvins, fascistes, voire méthodistes. Quelles conneries ! La grande majorité des femmes sont des connes. Tout comme la grande majorité des hommes, moi compris. Les filles n'échappent pas au carnage général. Il y a eu tellement d'occasions dans la vie où j'ai eu envie de dire à une caille quelle idiote elle était. Quasiment tous les jours, quand j'y pense. Mais on ne peut pas. On peut le faire avec un type et s'en tirer indemne (à condition d'être plus grand que lui). Si vous essayez avec une fille, elle vous tuera, elle vous réduira en chair à pâtée. On dit toujours que les filles sont censées apprécier les hommes qui ont de l'humour, que le rire viril attire les femmes. Mais si ce rire viril salue les bêtises consternantes que débitent parfois ces femmes, alors bang ! — c'est la fin des haricots — vous vous réveillez aux Soins Intensifs. (Les filles savent vraiment frapper là où ça fait mal. Elles se battent sans pitié. Il paraît que, lorsqu'une femme vous frappe, vous devez adopter une posture pleine de grandeur et de sang-froid, saisir ses bras tourbillonnants, la soulever au-dessus du sol et la mater, à la simple force du poignet. Je n'ai jamais réussi ce numéro. A chaque fois, je m'écroule comme une masse dès le premier coup de poing.) Les hommes devraient surveiller en permanence leurs écarts de conduite et leurs défauts les plus vulgaires, tout en fermant les yeux sur les saloperies immondes que ces dames commettent d'ordinaire. Ce n'est vraiment pas juste.

Allez, les gars, prenez la parole ! Rabattez un peu le caquet à ces filles autonomes. Critiquez, raillez, ergotez, démenez-vous un peu. Ne les laissez pas vous abattre. Virez pédé si besoin est. Ne laissez pas le tampax prendre le pouvoir. Montrez-leur un peu qui est le patron.

Le problème avec les filles, c'est que...

Risquez. Surtout. Misez. La poésie des revenus dégressifs. Les hasards de l'investissement érotique. Vous avez déjà eu beaucoup de fric ? Vous avez déjà perdu beaucoup de fric ? Vous comprenez ? Non ? Il y a une sorte de poésie là-dedans. Burlesque peut-être, mais pourquoi compter ?

Ces deux grandes joies et ces deux chaînes plombées. Les filles vous laissent les voir. Elles vous informent de vos pertes nettes. Le méli-mélo de vos profondeurs. Le fait que le temps est absolu, la vie irrésolue, la mort dissolue et que, on a beau faire, l'amour ne rime jamais.

Les filles sont les comptables de l'Amour. Elles essaient d'équilibrer vos livres de comptes, une entreprise hasardeuse, rarement amusante. Elles travaillent d'arrache-pied, mais leur commission est élevée, terriblement élevée. Que le ciel vous vienne en aide si vous faites faillite !

En fait, le vrai problème avec les filles, c'est qu'elles ne semblent jamais vous aimer comme elles le devraient.

Jenny souffrait beaucoup de ce petit défaut. Elle me plaqua sans prévenir, s'arrêtant seulement pour me dire que j'étais un cas désespéré. Mon intelligence et ma nationalité m'empêchèrent apparemment de lui répondre. Elle me dit que je ne pouvais plus continuer à vivre grâce aux largesses d'autrui. Le robinet allait se fermer. Je ne pourrais pas m'en tirer indemne pendant encore très longtemps. Et puis, je ne valais vraiment pas le détour. J'étais mignon, certes, mais pas grand-chose d'autre.

Jenny me manqua davantage que je n'aurais cru possible. Son départ me bouleversa. Je craquai, un peu. Je me pointai même sans invitation le jour de son mariage et je me distinguai immensément en hurlant au beau milieu de la cérémonie :

« Arrêtez ! Cette femme porte mon enfant ! »

Oh là là, ce que j'étais populaire...

Après la sortie inopinée de Jenny, il y eut des moments où je désirai mourir pour de bon. Pour interrompre cette histoire divertissante qui est la mienne. Bon dieu, je le désirais absolument, malgré les revendications pressantes de mon récit. Je n'envisageais pas vraiment le suicide ni rien de tel — j'étais trop beau et trop prolétaire pour ça —, mais je ne faisais aucun plan à long terme. Je pensais à Laura et à sa sœur dans le rejet, cette bonne vieille Jenny. Merde, qu'est-ce qui clochait chez moi ? Sans doute quelque chose d'essentiel, un élément fondamental. La voie la plus rapide vers l'humilité, c'est le mépris des femmes de votre vie. Parole, le dédain des autres exaspère le dégoût de soi, aussi faible soit-il initialement.

A l'aide de quantités variables de gnôle bon marché, je

m'enfonçai dans un bourbier clapoteux composé d'apitoiement, d'envie et de regret érudit. Un soir, je me trouvai tellement furieux que j'essayai de battre mon propriétaire. Une erreur de taille, ainsi que le prouvèrent rapidement ses talents pugilistiques. Il me flanqua une raclée maison et me propulsa sur le trottoir. J'étais trop gêné et terrifié pour aller réclamer mes affaires.

Cela se passait juste après le Nouvel An et depuis lors je suis plus ou moins dans l'état où vous me voyez aujourd'hui. Dormant où je peux et déambulant toute la sainte journée, bref la vie de clochard. L'hiver a été dur. De loin la pire période de mes vingt dernières années. Pour mes précédentes sorties dans l'univers des sans-abri, j'avais eu la chance de bénéficier d'un ciel clément et d'une température supportable. Mon expérience de l'indigence ne m'a pas suffi pour survivre confortablement aux rigueurs d'un hiver passé dans la rue. Et pourtant je m'en suis tiré, tant bien que mal. J'ai failli perdre quelques doigts dans l'aventure et je ne me suis certes pas beaucoup amusé, mais j'ai survécu. (La neige a été à deux doigts d'avoir ma peau. Il s'en est vraiment fallu d'un rien avec la neige. Je préfère ne pas en parler.)

Il y a deux mois, j'ai revu Jenny. Il ne s'agit pas vraiment d'une coïncidence, car je traînais devant chez elle depuis des jours. Dans l'espoir d'un don provoqué par la culpabilité. J'étais sûr de pouvoir lui soutirer une bonne liasse de biftons. Pensez-vous ! L'après-midi où elle finit par me repérer, elle fila comme une flèche avant que j'aie eu le temps de l'intercepter. Elle fit semblant de ne pas me connaître. Mais à la réflexion, c'était sans doute le meilleur service qu'elle pouvait me rendre. Après cette humiliation, je renonçai et abandonnai Jenny à son existence futile.

Et c'est à peu près tout jusqu'à aujourd'hui. L'hiver

s'acheva, le printemps n'arriva jamais et nous sommes maintenant au milieu de l'année. J'ai faim, je suis blessé, épuisé, mais il ne se passe pas grand-chose d'autre sur le front des menaces vitales. En dehors du froid, de l'humidité et de la chaleur, ces quelques derniers mois de sans-abri semblent se fondre en une ignoble bouillie d'inversions et d'outrages. Bien sûr, j'ai vécu mes petites aventures. Difficile de ne pas en connaître un certain nombre quand on ne cesse d'écumer les rues. Mais elles ne m'intéressent pas. Elles sont plausibles, prévisibles, anecdotiques. Vous n'avez aucune envie d'en entendre parler. Bien sûr que non.

Ainsi, il y a deux ans je dégustais du faisan dans des salles lambrissées avec le gratin de la haute, et je lèche aujourd'hui le lichen sur les murs des toilettes publiques londoniennes. Cette observation contient une certaine dose de vulgarité facile, vous ne trouvez pas ? Une vague profondeur purement adventice.

Vous n'êtes pas d'accord ? Non ? Vous avez sans doute raison. Ç'a déjà été fait. Un vieux truc. Vous pensez que, compte tenu de toutes les souffrances et du désespoir que m'offre l'existence, elle pourrait au moins se donner la peine d'être originale.

Trois

Avez-vous envie d'entendre une chose merveilleuse ? Voulez-vous une petite anecdote ? Une histoire, *une petite histoire* * ? Oui ? Très bien, alors voici.

Une nuit, il y a deux semaines, je déambulais dans quelque grande rue suppurante du sud de Londres, remâchant lugubrement le froid et fumant comme un pompier. L'air était glacé, putain, minuit passé depuis deux heures et je traversais la partie la plus désagréable d'une nuit bien froide. Près de l'extrémité de cette artère insomniaque, devant un marchand de spiritueux au rideau de fer blindé, j'avisai un gamin qui faisait à peu près la même chose que moi — traîner sans but. Il portait une chemise à manches courtes et un pantalon de pyjama crasseux, alors que je mourais presque de froid dans mon manteau tout déchiré mais épais. Il était pieds nus ! Trois heures du matin allaient sonner, l'endroit était parfaitement désert et ce gosse ne pouvait pas avoir plus de six ans ! Comme vous l'avez sans doute déjà remarqué, je ne suis pas du genre larmoyant, mais j'ai vraiment trouvé ça choquant. Un putain de merdaillon qui erre dans les vieilles rues dingues à cette heure de la nuit ! Enfin quoi, ce n'est tout de même pas possible, non ? Même pour un jeune salopard égoïste, stérile et sans enfant, comme moi, ce genre de chose est quand même dur à avaler. Son visage barbouillé, ses mains bleuies par le froid. Ses doigts de pied tout encroûtés et scarifiés ! Il chantait assez vaillamment, ce petit morveux. Une mélodie populaire pour chiard précoce. Je n'en croyais ni mes yeux ni mes oreilles. Alors... qu'ai-je fait ? Lui parler, le raccompagner jusque chez lui, lui donner un peu de pèze, appeler une ambulance, rameuter une assistante sociale, un prêtre, une équipe de télévision ? Non ! Eh non, je n'ai rien fait de tel. J'ai changé de trottoir et je suis passé le plus vite possible. J'étais trop terrifié pour m'approcher de lui. Je me voyais déjà faisant deux pas hésitants, philanthropiques, dans sa direction pour être instantanément arrêté, battu, accusé, jugé coupable, condamné, rossé et passé à tabac à coups de battes de base-ball dans de répugnantes latrines au plus profond du cœur de Wormwood Scrubs. Maintenant, je vous le demande... dans quel monde vivons-nous ? ! Que nous est-il donc arrivé ? J'ai eu une trouille bleue d'aider ce gosse perdu tout seul dans la nuit ! Et j'ai poursuivi mon chemin.

Je dois ajouter pour ma défense que, cinq minutes plus tard, ma lâcheté m'a tellement écœuré que je suis revenu sur mes pas. Mais il n'était plus là, le mouflet. Je l'ai cherché tant que j'ai pu, mais il avait disparu. J'ai donc poursuivi mon chemin, profondément honteux. Qu'en dites-vous ? Je suis un vrai héros, non ? Une expérience vraiment secouante.

Détendez-vous. Je vous ai bluffé. Désolé. J'essayais simplement de trouver une épiphanie pour étoffer ma conclusion. Qu'en pensez-vous ? Touchant ? Banal ? Invraisemblable ? En tout cas, je l'ai déjà bousillée. Elle n'était pas mal, mais insuffisante. Fin de l'épisode.

C'est facile, non ? Ce bluff. C'est une tentation constante. Et bien que ça pue le picaresque australien, c'est un piège très tentant. Je déteste me trahir de la sorte, exhiber ma vulgarité naturelle et mon côté prévisible, mais je suis forcé de reconnaître que depuis deux jours je ne brandis pas la bannière de la Véracité et de la Rectitude d'une main aussi ferme qu'on pourrait le souhaiter. C'est vrai. Je n'ai pas été entièrement sincère, mon honnêteté a connu des hauts et des bas. Je ne vous ai pas dit toute la vérité.

Par exemple, vous avez peut-être remarqué que je suis passé plutôt rapidement sur les circonstances précises de la mort de Maurice. Vous avez dû vous poser quelques questions. Ça méritait tout de même un petit développement, car ce n'est pas tous les jours que son meilleur ami se fait zigouiller par une bande de terroristes urbains ! Ça creuse un trou bien sanguinolent dans le récit, n'est-ce pas ? Eh bien, j'avais mes raisons. Mon attitude en cette affaire fut très ambiguë. J'étais gêné. Intimidé. Je n'étais pas sûr que cela vous intéresserait. (Tu parles !)

Bon, peu de temps après le dix-septième anniversaire du jeune Maurice, son engagement dans la politique nationaliste quitta le stade purement théorique pour s'attaquer à des problèmes plus pratiques. Bref, il s'engagea dans l'IRA, ce crétin patenté. Il posa ses sales pognes crasseuses sur du vrai matériel. Cela aurait dû rester top secret, mais la moitié de l'école fut au courant en moins d'une semaine. Moi ? Oh, je fus surpris et très perturbé. Car je l'aimais beaucoup, mon Maurice, je ne tenais pas à le découvrir un beau jour, troué comme un gruyère. J'eus une longue discussion avec lui. Chacun ouvrit son cœur à l'autre. Un échange argumenté, allusif, enflammé, injurieux. J'essayai de le mettre en garde contre les armes, les bombes, toutes choses dangereuses et réservées aux adultes. Je fis de mon mieux pour le dissuader. Je m'emportai contre lui, je le traitai de tous les noms, j'envisageai même la possibilité de le kidnapper. (Entreprise très périlleuse maintenant que Maurice était un Provie à part entière !)

Maurice ne saisit absolument pas ma longueur d'ondes, il me conseilla d'aller me faire foutre. Je le priai, je le suppliai, je gémis et sanglotai. Je soulignai l'erreur morale liée au massacre aveugle de civils. Maurice m'arrêta net. Son regard fou s'illumina et je compris qu'il allait dire une chose dont il était particulièrement fier. Il m'annonça qu'aucun civil ne serait tué. Seulement des soldats, des policiers, des gardiens de prison, des membres de l'UDR, etc. C'étaient des cibles légitimes, conclut-il.

« Légitimes ? ! couinai-je avec mépris.

— Oui. Légitimes.

— Ne sois pas idiot !

— Ils sont ici. Nous ne les avons pas invités. A quoi s'attendent-ils ?

— J'espère que tu blagues. »

Mais non, il ne blaguait pas.

« Il y a, en Ulster, une présence militaire qui n'a rien à faire ici. Les Brits ne sont pas irlandais, les Unionistes ne sont pas irlandais, pas vraiment. Alors ils sont quoi ? demanda-t-il.

— Des sacrés veinards, répondis-je très spirituellement à mon avis.

— Ah, c'est malin. T'es vraiment rigolo quand tu t'y mets. Non, ce sont des envahisseurs. »

De dieu, j'ai failli avoir une crise de fou rire à m'en déchausser les molaires.

« Des envahisseurs ? Putain, Maurice ! Au secours ! Surveille ta grammaire. Ta propagande se barre en couilles, on voit ton maillot de corps.

— T'es un type sympa, Ripley, mais parfois t'es con comme tes pieds.

— Ah, va te faire enculer ! »

Ce ne fut pas un échange de points de vue très rationnels, une discussion posée, mûrie, réfléchie. Je rentrai chez moi, apaisai ma colère en dormant et décidai d'essayer encore le lendemain. J'avais pensé à une bonne question à lui poser, une question vraiment duraille, épineuse. Je le mis en face d'une hypothèse de travail. Je lui demandai comment il réagirait si on l'obligeait à participer à une élimination aveugle de « civils ». Non que pareille chose risque d'arriver, bien sûr. Mais comment réagirait-il dans cette hypothèse improbable ?

Il me répondit qu'il refuserait purement et simplement. Rien à faire, dit-il, nada, pas question, désolé — ce n'est pas prévu à mon programme.

Je crois que ce fut à partir de ce moment-là que je commençai à m'inquiéter sérieusement pour le jeune Maurice.

De nombreux mois passèrent cahin-caha et le bruit courait que Maurice était maintenant impliqué dans toutes sortes d'opérations louches. La plupart de ces rumeurs étaient des conneries manifestes, mais de toute évidence mon ami trempait néanmoins dans des activités peu reluisantes. Et ça me déprimait. Je savais que Maurice ne possédait pas la fibre de la brutalité maléfique indispensable pour survivre dans un groupe paramilitaire irlandais et j'étais certain que son aventure se terminerait par des larmes. Elle se termina de manière bien pire.

Juste après Noël, Maurice débarqua à l'une de mes petites tanières d'Indiana Avenue et chercha à se planquer auprès de moi, son cher ami. Il était pâle, essoufflé, manifestement terrifié. Ils le traquaient, dit-il. Je ne savais pas très bien qui ce “ ils ” désignait, mais j'aurais mis ma main à couper qu'ils ne seraient pas très tendres. Il ajouta qu'il était désolé de me mouiller ainsi dans ses ennuis, mais qu'il ne pouvait pas faire autrement. Il dit que, si j'acceptais de le cacher pendant un moment, il prendrait un bateau pour l'Angleterre et conserverait un profil bas durant quelque temps, le genre de réplique qu'on n'entend qu'au cinéma. Il sortit alors un énorme revolver et m'assura que tout irait bien tant que nous conserverions notre tête sur nos épaules. Je jure que j'ai failli pisser dans mon froc.

Apparemment, il y avait eu un peu de bisbille parmi les rangs de la faction à laquelle Maurice appartenait. Lors de ce différend, mon ami avait, semblait-il, été à la fois tranchant et peu judicieux dans le choix de ses alliés. Après le putsch, son petit groupe avait été battu à plates coutures et ses membres étaient maintenant décimés au petit bonheur la chance. Le nom de Maurice apparaissait tout en haut de la liste des cibles prioritaires à éliminer. Bref, il était bon pour le billot. La mort le talonnait.

Comment ai-je réagi ? D'abord, par une putain de terreur carabinée. J'étais un lycéen, bordel ! Un gamin, un merdaillon morveux ! Si quelqu'un se pointait chez moi pour buter Maurice, ce quidam ne me laisserait sûrement pas la vie sauve sous prétexte que je suis un type sympa. S'ils nous trouvaient, j'en prendrais moi aussi pour mon grade. Pourquoi était-il venu chez moi ? Ils allaient faire le tour de tous les potes de Maurice et moi aussi, sur cette liste, je me trouvais tout en haut. Alors que je me décarcassais pour entrer à Cambridge, voilà que l'IRA voulait m'éclater la tête ! C'était scandaleux, insupportable. Vraiment très désagréable.

Malgré tout, je ravalai ma terreur (non sans difficulté) et promis d'aider mon vieux pote. Maurice était quand même mon ami. Je ne pouvais pas rester les bras croisés et le laisser se faire transformer en passoire. Cette nouvelle épreuve ne me disait rien qui vaille, mais je n'avais pas le choix. Aucune autre proposition à formuler. Et Maurice l'avait su en venant me voir.

Il ne pouvait pas rester avec moi — à mon grand soulagement, cela lui semblait évident. Il nous fallait lui trouver une planque en attendant qu'il se tire loin d'ici. Cette nuit-là, nous nous sommes creusé le ciboulot pendant des heures avant d'inventer une solution authentiquement atterrante.

Nous avons passé une nuit blanche dans la piaule, surexcités et glacés par la peur. J'ai appris beaucoup de choses sur Maurice — surtout la profondeur incommensurable de sa bêtise. Il racontait n'importe quoi à propos du bordel qu'il comptait mettre avec son flingue au cas où les autres nous repéreraient. J'essayais de lui dire que cette arme ne lui servirait à rien, qu'il serait trop mort pour l'utiliser efficacement, mais il refusa de m'écouter. Il jura de trucider quelques-uns de ces salopards avant de passer l'arme à gauche. J'espérais de tout cœur qu'il n'allait pas m'inclure dans son excursion. La vie commençait à me sourire, je tenais à rester encore un peu dans ses parages pour voir comment tout ça tournerait.

Le lendemain matin de bonne heure, nous avons pris un bus pour Kilkeel, un village de pêcheurs de County Down. Le papa de Maurice avait un petit bateau dans le port et nous pensions que Maurice pourrait l'utiliser pour conserver un profil bas, comme il disait. Ce bateau était minuscule, risible, mais à défaut d'une meilleure solution il ferait l'affaire, ainsi que Maurice le déclara d'emblée. J'achetai un peu de bouffe et des clopes au magasin bouffe & clopes du coin et je lui dis au revoir. Mon écervelé d'ami était d'excellente humeur. Je crois que le côté gitan de sa retraite l'enchantait et qu'il était touché de me voir aux petits soins avec lui. Il débordait de projets pour nos retrouvailles dans la Diabolique Angleterre dès mon entrée à Cambridge, et autres fariboles du même tonneau. Tout cela était atterrant, car je savais que Maurice allait mourir. Je le savais parfaitement.

Il me remercia plusieurs fois de risquer ma peau pour lui (il avait sacrément raison !) et ajouta que, même s'il n'aimait rien chez moi, je n'étais pas tout à fait mauvais. Bien que ces remarques aient évidemment été inspirées par la camaraderie revêche et l'école de la tendresse, je les trouvai malgré moi assez touchantes. Nous avons donc pris congé et je me suis tiré, abandonnant Maurice avec son flingue dérisoire et son optimisme encore plus dérisoire.

Les journées suivantes furent vraiment atroces. Je vis une fois Maurice pendant une demi-heure et passai le reste de mon temps à Belfast, à chier consciencieusement de peur. Mon travail en pâtit beaucoup. Je me découvris incapable de me concentrer sur Dryden ou sur sir Thomas Browne alors que la menace d'un assassinat imminent était suspendue au-dessus de ma tête. J'étais hébété. Paralysé de terreur. Comme vous l'imaginez aisément, ma position me semblait extrêmement bizarre. La vie normale, l'immense et morne plaine du quotidien est rarement troublée par cette espèce de danger soudain et mortel. C'était comme au cinéma. Mais le scénario du film ne me plaisait pas beaucoup. Je n'aurais certes pas refusé de jouer un rôle secondaire dans deux ou trois productions porno soft, mais je n'avais pas la moindre envie de me greffer sur un thriller ultra-violent en Ulster. J'avais une trouille bleue !

Je noterai ici scrupuleusement les effets d'une peur

constante sur l'individu. De manière assez comique, la peur a bel et bien un effet délétère sur la digestion : mais oui, vous passez un temps fou sur le trône. Cela est dommageable à maints égards. D'abord, ce n'est pas vraiment très drôle. Ensuite, dans cette position on est infiniment plus vulnérable aux attaques terroristes. Troisièmement, la gêne : peu de gens ont envie de bavarder alors qu'ils sont assis sur la rondelle. L'autre cadeau offert en prime par une peur folle et constante est une haine vivace pour le passage du temps — surtout la nuit. On se retrouve dans un tel état de nerfs que les minutes blessent, les heures torturent et les journées donnent le coup de grâce. On s'installe confortablement dans la paranoïa. On passe ses nuits à essayer de courtiser une aube peu ponctuelle, et ses journées à attendre l'anonymat de l'obscurité. Le temps lui-même est saturé d'horreur et d'une exaspération épuisante. Enfin, c'est un processus cumulatif : elle fait boule de neige, cette peur obstinée. Plus elle dure, plus elle empire. Au stade final de la terreur, vous vous mordez les oreilles.

Comme de juste, à la fin, ils m'ont coincé alors que je rentrais de l'école. En fieffé imbécile, je n'avais pas prévu ça. Dans ma piaule la tension et la méfiance m'empourpraient, mais une fois dehors je trottinais gaiement, convaincu d'être parfaitement en sécurité. Stupide, non ?

Trois hommes m'ont entraîné dans une vieille camionnette Bedford juste devant le garage Coulter, au sommet de New Lodge. Ils m'ont mis un sac sur la tête et m'ont dit de la boucler si je ne voulais pas qu'ils me fracassent les jambes. J'ai obtempéré.

Il était quatre heures et demie de l'après-midi, une lumière parcimonieuse dégouttait encore du ciel pâlissant. Nous avons sans doute roulé pendant des heures, car lorsqu'ils m'ont balancé hors de la camionnette à coups de pied, j'ai vu malgré mon sac qu'il faisait nuit noire. Le trottoir humide reflétait l'éclat gris et terne des quelques lampadaires. Curieusement, je me suis senti soudain désespéré à l'idée de mourir sous la pluie. De me retrouver allongé sur ce bitume mouillé, avec mes vêtements tout boueux et imprégnés d'eau. J'avais froid, mon pantalon était toujours trempé à l'endroit où je m'étais pissé dessus dans la camionnette. Ce qui avait provoqué la colère de mes ravisseurs, dont l'un m'avait flanqué un grand coup de pied dans les côtes à cause de mon oubli.

Nous nous sommes éloignés de la camionnette pour gravir une espèce de colline. Aveugle parmi les ténèbres, je trébuchais souvent. Le type qui m'avait frappé aux côtes me maudissait et s'obstinait à me rouer de coups dès qu'il en avait l'occasion, c'est-à-dire très souvent.

Nous sommes arrivés à une maison. L'un des hommes a frappé à la porte et nous avons attendu, dans une grande angoisse en ce qui me concerne. J'ai entendu la sirène lointaine d'un bateau luttant contre les éléments. Un port. Larne ? Derry ? Kilkeel ? J'ai espéré que ce n'était pas Kilkeel. La porte s'est ouverte, on m'a propulsé à l'intérieur et nous avons traversé plusieurs grandes pièces avant qu'on me signifie de m'arrêter. J'ai senti le rebord d'une chaise qu'on pressait durement derrière mes genoux et je me suis lourdement assis. Il y eut quelques marmonnements, le bruit de pas qui s'éloignaient, puis une voix m'a dit :

« Cinq minutes. Reste tranquille et tout ira bien. »

Pendant ces cinq minutes, j'ai mariné dans une terreur sans nom, ma tête encapuchonnée ruisselant de sueur et de larmes abondantes et silencieuses. Je respirais difficilement, en ouvrant ma bouche flasque comme un poisson. La chaleur et la sueur me piquaient les yeux, le sac se collait contre mes lèvres et mes narines chaque fois que je respirais. Mon cou bouillonnait, une humeur salée dégoulinait de mes cheveux sur mon col de chemise. Bon dieu, pendant un horrible moment j'ai cru me noyer. Asphyxié par ma sueur et mes émanations. En un sens c'était assez pratique, car cet inconfort m'empêchait de penser à ma mort probable et imminente.

Bientôt, on m'a enlevé ma capuche et la lumière m'a soudain aveuglé.

« Merde ! m'écriai-je.

— Ah oui, merde ! » entendis-je quelqu'un répéter.

Je l'ai pris en bonne part et je suis resté coi jusqu'à ce que mes yeux s'habituent à la lumière (assez faible).

« Alors, ça va mieux ? »

J'ai marmonné un faible oui. Ils étaient deux maintenant. De taille moyenne, l'un roudouillard et avec des cheveux clairsemés, l'autre silencieux et hirsute avec ses lunettes du Sinn Fein et une barbe à la Gerry Adams. Le chauve a repris la parole.

« Bon, fiston, désolé de t'avoir emmené jusqu'ici, mais nous avons un léger problème et nous avons besoin d'un petit coup de main. J'espère que tu seras capable de nous aider. Qu'en penses-tu ? »

Avec grand soin et un calme infini, j'ai répondu que je ne savais pas. J'ai grimacé, en attendant le coup, la balle, la lame, le cri. Rien n'est venu. Il y eut un bref silence. Le chauve a souri d'un air jovial en lançant un clin d'œil à son collègue à lunettes. Ça m'a inquiété. La jovialité ne semblait pas cadrer dans le tableau. Où étaient la matraque, la perceuse électrique ? Ces gars-là n'étaient pas des comédiens.

« Nous cherchons Maurice Kelly. Tu sais... Maurice, ton copain. Voilà, nous aimerions parler un peu au jeune Maurice. Nous avons quelque chose à lui dire, tu vois. »

Pour une raison stupide, ma confiance jusque-là défaillante avait repris du poil de la bête pendant ces quelques minutes et j'ai réussi à répondre avec un certain aplomb :

« Maurice ? Il s'est fait la malle. Je ne sais pas où il est. Personne ne l'a vu depuis des semaines. »

Il y eut un autre silence. Le chauve ne souriait plus. Il s'est mis à souffler bizarrement, comme s'il essayait de retenir sa respiration. Il a brièvement fermé les yeux et il a allumé une cigarette. Il ne m'en a pas proposé, le salaud. Mon assurance augmentait. Tout ça me paraissait un peu bidon, comme au cinéma. Tête-d'œuf était manifestement un amateur, un cow-boy d'opérette. Il a chuchoté quelque chose à son ami taciturne avant de se retourner vers moi. Il a poussé un soupir théâtral, grandiloquent, comme s'il rassemblait les ultimes vestiges de sa patience et de son sang-froid. J'ai failli pouffer de rire.

« Déconne pas avec nous, fiston. Dis-nous simplement où il est et tu pourras rentrer tranquillement chez toi, putain. Je suis pas d'humeur à jouer au chat et à la souris avec un petit con comme toi, crois-moi. »

Risible, n'est-ce pas ? Je me suis adossé à ma chaise en me grattant les couilles. Je leur ai adressé un ricanement méprisant.

« Je viens de vous le dire, je ne sais pas où il est. Merde alors, comment voulez-vous que je le sache ? Vous perdez votre temps... vraiment. »

Ah, quelle bêtise ! Je venais de commettre une horrible erreur de jugement. Sans prévenir, le barbu saturnien a sorti un gros soufflant automatique dont il a durement collé le canon contre ma tempe. J'ai entendu un déclic et senti une petite vibration dans mon crâne quand les rouages de l'arme se sont mis en branle, prêts à déclencher le coup de feu. Ma vessie s'est remise à faire des siennes ; une fois de plus, j'ai senti l'odeur de l'urine monter vers mes narines. Le chauve s'est mis à me crier dessus. Il était apoplectique, d'un rouge brique admirable. Ce type-là était un champion de la colère. Il avait dû avoir un mal de chien à la tenir bridée aussi longtemps. C'était manifestement le rôle qu'il jouait dans la vie. La colère. C'était lui qui terrorisait les gens, lui qui les faisait chier dans leur froc. Jusqu'ici il avait seulement réussi à me faire pisser de trouille, mais ça n'était qu'un début.

« Où est-il, espèce de petit connard merdeux ? Tu sais donc pas ce qu'on va te faire si tu te fous encore de notre gueule ? Sers-toi de tes méninges, petit. Dis-nous où il est ! »

Oh là là, j'avais un peu trop compté sur ma chance et maintenant ma chance se carapatait à toute vitesse. C'était l'heure de passer à table, aucun doute. Fini de tergiverser, il fallait cracher le morceau.

Bon, j'imagine que peu d'entre vous ont jamais eu le canon d'un automatique pressé contre la tempe. Au moins, j'espère que peu d'entre vous ont coché cette case nostalgique. C'est une expérience curieuse. Étonnamment bizarre, pour tout dire. Surtout quand on est, comme je l'étais, un banal civil qui n'a jamais envisagé que sa caboche devienne un jour la cible pulpeuse de quelque tireur fou. Le problème quand on a le canon d'une arme collé contre la tempe — c'est que ça fait mal ! Oui, ça fait un mal de chien. Ça fait des dégâts. La moitié du temps, les salauds n'ont pas besoin d'appuyer sur la détente. L'arme collée contre le crâne suffit largement. Grâce à elle, le chaos s'instaure et le but est atteint. On voit sans arrêt ce genre de scène au cinéma. Le méchant avec son soufflant et le bon, agenouillé, terrifié, sanglotant, arrosé de pleins seaux de sueur feinte. Une sacrée trouvaille, cette fausse sueur. Mais parole, la transpiration est un sacré problème quand on a le canon d'une arme contre la tempe ! Ce simple contact est mortel. Il tue l'âme ou quelque chose d'approchant. La mort se tient à un cheveu. Un minuscule réflexe sur la détente et votre tête explose à travers la pièce. Vous êtes fichu ! Votre vie devient la décision d'un autre.

Voilà pourquoi le coup du canon sur la tempe est si efficace. D'accord, c'est barbare, vieillot, ça manque de subtilité, mais ça a un effet bœuf. Et c'est très convaincant. Peu de gens vous diront le contraire.

Ainsi donc, assis avec ce gros canon graisseux taraudant ma tempe, j'ai essayé de penser à Maurice et à toute cette vie qui était la sienne. J'ai essayé de penser à l'amitié, à l'honneur et à l'humanité. J'ai essayé de penser à ce que ce gros automatique allait faire à Maurice. J'ai essayé de penser au mal et à la terreur qu'il provoquerait. J'ai essayé. Mais j'avais ce truc qui me distrayait. C'était difficile. Très difficile.

J'ai craqué, bien sûr. Comme jamais. J'ai sangloté et hurlé, j'ai été infâme. Je leur ai tout balancé. Je leur ai parlé de Kilkeel, du bateau, de l'arme qu'il avait. Je leur ai dit des choses qu'ils ne voulaient même pas savoir. J'ai parlé, sangloté et supplié tant que j'ai pu. J'ai donné un sacré coup de collier question traîtrise, j'ai accompli un travail magnifique.

Ils m'ont demandé de leur montrer exactement où il se planquait. Ils ont tenu à ce que je les accompagne. Ils m'ont dit de prendre mon temps, de récupérer, de me calmer. Ils m'ont donné des mouchoirs pour essuyer mes larmes et des cigarettes pour apaiser mon hystérie. Ils n'auraient vraiment pas pu se montrer plus aimables.

Le trajet en voiture jusqu'à Kilkeel me parut durer une éternité. Ils étaient quatre maintenant. Le conducteur, un type brun dont je ne voyais pas le visage ; le barbu taciturne, assis à côté de lui devant, mon ami chauve et un autre homme, un géant à mine patibulaire, affublé d'un couvre-chef en laine et de dents toutes tordues. Ces deux derniers individus m'encadraient et adressaient de brefs commentaires au conducteur qui paraissait être un grand comique, toujours prêt à blaguer et à rigoler. A leur insu, ils constituaient une petite bande tout à fait effrayante. Ce n'étaient pas de vrais terroristes, ces hommes-là. Encore moins des théoriciens politiques ou des idéalistes. C'étaient des escrocs, des voyous — des sales types, tout simplement.

Ce trajet en voiture m'a semblé bizarre. Je regardais avec nostalgie les autres véhicules qui roulaient dans notre sens. Des voitures occupées par des couples, des familles, des gens seuls. Plein de petites vies qui ignoraient tout de ce genre d'incident et de fin. Des petites vies ternes, sans risque, hypothéquées. Brusquement, elles m'ont semblé infiniment enviables. Avec quelle joie j'aurais échangé ma place avec celle de n'importe quel voyageur ordinaire et médiocre pour connaître leur morosité autoroutière ! Dieu, que j'y tenais à cette putain de vie alors que j'étais assis dans cette voiture avec ces quatre cinglés ! J'aurais donné n'importe quoi pour continuer de vivre.

Nous avons mis près de deux heures pour atteindre Kilkeel. Nous roulions lentement, afin de ne pas attirer l'attention. Le conducteur s'est garé à côté du terrain de football aménagé au centre de la petite ville et nous avons marché vers le port, laissant derrière nous notre conducteur comique. Nous avancions en formation lâche, comme n'importe quelle bande de copains. Cela semblait parfaitement anodin, mais je savais qu'à la moindre incartade je serais abattu comme un chien.

C'était une nuit pourrie ; sombre, froide et humide. La petite route qui menait au port brillait d'une lueur maléfique et reflétait la lumière des rares lampadaires installés à intervalles irréguliers. Tout en bas, sur la petite plage, on entendait la mer invisible chuchoter doucement à l'air immobile et noir. Il n'était pas tard, mais il y avait peu de gens dehors. La nuit mourante me flanquait le cafard. Je marchais d'un pas vif et lourd, en espérant que le bruit de mes pas dissiperait le silence. Mais je ne suis arrivé à rien.

Quand nous avons atteint le port, ils se sont arrêtés. Le chauve m'a murmuré une question à l'oreille. J'ai montré l'un des petits bateaux tout près de l'entrée du port. Il m'a fait signe d'avancer.

Je devais monter à bord de cette minuscule embarcation et amener Maurice sur le petit chemin. Je devais lui annoncer qu'il y avait eu un changement de plan et que nous devions rentrer en ville immédiatement. Je devais marcher avec mon ami vers mes trois ravisseurs, qui feraient alors ce qu'ils devaient faire. Je savais que je serais abattu, mais je ne m'en souciais plus vraiment. J'étais fatigué et puis tout ça m'ennuyait. Je voulais en finir. Je voulais que ça s'arrête.

Alors que je marchais vers le petit bateau, je me suis retourné et j'ai vu que le petit trio de mes copains traînaient près du mur situé à l'autre bout du port. Ils paraissaient affairés. Maurice ne les repérerait jamais à temps. A temps pour quoi faire, nom de dieu ! A temps pour quoi ?

Maurice mangeait une grosse pomme rouge quand je suis monté à bord. Le crétin a cherché son flingue ridicule *après* avoir vu que c'était moi. Comme preuve de vigilance, difficile de faire pire... Je sentis une horrible tristesse m'envahir. Il sourit, remit le pistolet sur la couchette minuscule et me fit signe de m'asseoir sur le tabouret qu'il occupait. Il semblait content de me voir. Il souffrait sans doute de la solitude, cette pauvre andouille.

« Quoi de neuf ? demanda-t-il.

— Rien.

— Tant mieux. »

Il m'offrit une cigarette et continua de manger sa pomme. Il semblait détendu. Il me dit que, puisqu'ils ne l'avaient toujours pas rattrapé, il ne risquait sans doute plus rien à partir de maintenant. Il débordait de louanges moqueuses pour mon courage et ma constance. Les amis sont les amis, dit-il. Aussi sûr que les petits vers blancs vivent dans les grosses pommes rouges. Ça l'a beaucoup fait rire. Apparemment, il avait passé le plus clair de ces dernières heures moroses à créer des aphorismes inutiles et incompréhensibles. Peut-être qu'il les publierait un jour, dit-il. Ils étaient assez mauvais.

Ah Seigneur, il semblait sacrément beau cette nuit-là. Vraiment magnifique, putain. Et son charme m'a rendu les choses encore plus dures. En plus de tout le reste, c'était un crime contre l'esthétique. Ce garçon était simplement trop beau pour mourir. Ses cheveux noirs et brillants, son sourire rayonnant, son menton carré, oui, son putain de menton ! Toute la perfection de son visage se dressait devant moi pour me crier :

« Laisse tomber, Bogle, tu ne peux pas faire ça ! Tu sais que tu ne peux pas. Nous sommes trop parfaits. Ce serait une trop grande perte ! »

Il termina sa pomme et me prit la cigarette des mains. C'était apparemment sa dernière. Il me demanda si je lui en avais apporté d'autres. Ma réponse négative l'étonna, mais il ajouta que nous pourrions en acheter dès que nous serions en ville. Il inspira une longue bouffée, puis me rendit la clope. J'inhalai lentement, la souffrance me donnait le vertige.

Moi ? J'étais engourdi. Nauséeux. Fragile et comateux. Je contrôlais assez bien les muscles de ma bouche, qui articulait aisément les mots adéquats. Mes mains ne tremblaient pas, mon front était sec. Mais mes yeux — mes yeux ne m'obéissaient plus. Mon dieu, pensais-je sans cesse, il doit bien s'en apercevoir ! Il doit sentir que quelque chose cloche. Allez, c'est évident, non ? Mes yeux disaient tout. Ils lui soufflaient la vérité.

Mais non, mes pauvres yeux obéissants se comportaient parfaitement. Ils restaient muets.

Maurice voulait savoir pourquoi nous devions déménager, mais il a accepté mon silence sans protester. Tel un agneau consentant à son massacre. Il a éteint sa petite lampe de poche et j'ai ramassé son manteau. Il me l'a pris des mains et a glissé le revolver dans une poche. Avant de quitter le bateau, il s'est tourné vers moi pour me dire :

« Merci, Ripley, à charge de revanche. »

Oh, son sourire était radieux, une petite merveille.

« Mais oui, d'accord, dis-je. Allons-y. »

Tout s'est bien passé jusqu'à ce que nos pieds touchent la terre ferme. Le grand air m'a soudain remonté le moral et j'ai pris conscience de l'ignominie que j'allais commettre. Mon sphincter a frémi et ma vessie a pensé, oh, non, je ne vais pas remettre ça ! J'ai regardé vers l'intérieur des terres, vers l'obscurité du mur élevé qui longeait le port, mais je n'ai rien vu. Où étaient passés ces salopards ? Que mijotaient-ils ?

Maurice marchait déjà vers ce mur et le village. La panique et la terreur m'étourdissaient tandis que je le suivais lentement. En attendant de voir son corps tressauter, s'écrouler et se recroqueviller. Après avoir parcouru une trentaine de mètres, il s'est arrêté et retourné. J'étais à dix mètres derrière lui et il a attendu que je le rattrape. Son visage était ouvert, sincère, indulgent face à ma lenteur. Je me suis rapproché de lui en traînant des pieds. J'avais les jambes en coton. Bon dieu, ça va sûrement venir maintenant. Sûr qu'ils vont profiter de notre écart pour passer à l'action. Mais aucun coup de feu n'a résonné et je suis arrivé près de mon ami.

« Alors, Ripley, se moqua-t-il gentiment. Bouge-toi un peu le cul, bordel. On ne fait pas une promenade de santé. »

Son sourire était troublé, exaspéré. Et beau, bien sûr. Oh oui, vachement adorable. Lui et son sourire. Ah, putain, ai-je pensé, putain de merde !

D'abord, il n'a rien entendu. Il s'est de nouveau arrêté et il m'a regardé non sans surprise. Ma voix était fluette, haut perchée. Une fois de plus, il n'a pas compris. Les lueurs obscures de l'asphalte jouaient dans ses yeux tandis que je me répétais encore.

« Quoi ? Je ne t'entends pas. Quoi ?

— Tire-toi, espèce de con ! Prends tes jambes à ton cou ! »

Mais il restait là, à me dévisager. Je me suis retourné et j'ai vu quelque chose briller dans l'ombre en bas du mur du port. Son regard a suivi le mien et l'a vu à son tour. La peur l'a étranglé et, quand ses yeux ont retrouvé les miens, tout éclat en avait soudain disparu. Il s'est élancé.

Et vers où a-t-il couru ? Vers la mer, évidemment. Où donc aurait-il pu courir ? Il a couru comme un fou jusqu'à l'extrémité de la vieille jetée, jusqu'à la limite de l'eau noire. Puis il s'est arrêté et j'ai vu ses épaules tomber et se mettre à trembler quand il s'est retourné vers moi pour lever le bras en un geste brusque — abnégation, ennui ou désespoir amusé. Il a basculé, titubé et il s'est effondré lentement sur les genoux. Lorsqu'il a relevé la tête, une grosse tache de sang et de chair rouge a soudain envahi son cou. Son corps a tournoyé et, avec un bruit sourd, Maurice s'est écroulé à plat ventre sur les vieilles pierres du port. J'ai entendu des pas derrière moi et j'ai bientôt senti la présence du chauve à mes côtés. Sans mot dire, nous avons regardé ses deux collègues s'approcher du corps. Le barbu tenait un pistolet équipé d'une espèce de silencieux. Il s'est penché au-dessus du corps prostré de Maurice, puis il a adressé un signe au chauve à mes côtés. Mon compagnon a semblé comprendre et il a fait un signe pour désigner le petit bateau. A travers des larmes soudaines, j'ai vu les deux hommes porter le corps dans le bateau, trébucher et lâcher presque Maurice dans la mer. J'ai senti l'âcreté du vomi inonder ma gorge et j'ai dû déglutir rapidement pour le refouler vers mon estomac. Mon hoquet a troublé mon ravisseur muet et il a placé l'index en travers de ses lèvres pour m'intimer le silence. J'ai gardé les lèvres étroitement serrées pour empêcher mon haleine fétide de s'en échapper et de lui communiquer l'odeur de ma peur.

Assez vite, les deux autres sont ressortis du petit bateau. Le barbu avait les paupières lourdes, comme s'il était drogué ou qu'il avait envie de dormir. Il m'a souri, lentement. Il a pris son automatique sous son manteau et il m'en a enfoncé le canon dans les côtes. Il a regardé son copain chauve, souri encore et il a appuyé sur la détente, tout doucement.

Les deux autres n'avaient pas l'air de trouver ça drôle, je dois leur reconnaître ça. Le barbu s'en fichait comme de l'an quarante et ricanait de plus belle. Quant à moi, je restais de glace, car ma peur avait curieusement disparu pour laisser place à une énorme chappe de lassitude et d'inconfort. Je me fichais de ce qui pouvait m'arriver tant qu'on ne me demandait pas le moindre effort. Je sais bien que ça ressemble aux pires clichés d'un auteur de polars, mais c'est pourtant vrai. Comme dans n'importe quelle tragédie anglaise du dix-septième siècle, la Peur a besoin d'un sentiment de perte pour survivre. Et il ne me restait désormais pas grand-chose à perdre.

Ils ne m'ont pas tué. Ils ne m'ont pas descendu. Ils ne

m'ont pas frappé. Ils ne m'ont même pas ordonné le silence. Ils étaient loin d'être stupides et, comme un peu plus tôt, ils savaient qu'ils n'avaient pas vraiment besoin de le faire. Mais malgré tout ils ont fait quelque chose. Ils ont fait une chose d'une intelligence diabolique. Une chose aux conséquences atterrantes pour nous tous. Qu'ont-ils donc fait ? Eh bien, ils m'ont simplement forcé à monter dans ce petit bateau, ils ont détaché les amarres et ils ont poussé le bateau vers la mer, les salauds. Ils nous ont envoyés vers le large, Maurice et moi.

Maurice n'était pas mort. Il le serait bientôt, mais il restait un peu de vie en lui. Cette découverte m'a d'abord stupéfié tandis que, fou de terreur, je faisais le tour de ce petit rafiot minable. Pourquoi ne l'avaient-ils pas tué ? Quand j'ai réussi à me calmer, j'ai examiné mon vieux Maurice et compris qu'ils l'avaient bel et bien tué, mais lentement.

Ça n'a pas été trop pénible pendant les deux premières heures, car Maurice était inconscient et la lune restait cachée derrière les nuages. L'obscurité et le silence relatif (seulement interrompu par la respiration rauque de l'agonie de Maurice) adoucissaient mon épreuve. Mais bientôt, Maurice a repris conscience et s'est mis à hurler, affreusement. Sainte mère de dieu, il n'arrêtait pas de hurler. Sans arrêt, les mêmes cris amers et inarticulés. Habitué comme je l'étais au stoïcisme de mon ami, ce torrent de souffrances incroyables était doublement malvenu et il glaça ma pauvre âme dans un flot d'horreur et de panique. Cette fois, il avait les yeux ouverts. Non, écarquillés et affolés dans sa tête ensanglantée. Ses mains frénétiques déchiraient le bord de ses blessures et arrachaient sa propre chair tendre comme une pêche mûre gorgée de sang. Ça ne lui faisait aucun bien et j'ai dû plaquer à terre ses bras désespérés en luttant durement contre leur force délirante. Pour cela, il m'a fallu m'installer sur son ventre blessé et, tandis que mon malheureux ami se débattait, son sang jaillissait à gros bouillons sur le devant de mon pantalon, imprégnant le mince tissu et mouillant mon entrejambe de sa substance tiède et poisseuse.

Par bonheur, cette furie s'est bientôt apaisée, l'énergie délirante a reflué tandis que les cris de Maurice faiblissaient et se muaient lentement en gargouillis innommables dans la déchirure écumante de sa gorge. Avec mille précautions, j'ai de nouveau examiné ses blessures pour m'en faire une idée exacte. Une au cou, une à l'abdomen — légèrement à gauche — et une autre sur la gauche de ses côtes, en plein milieu du poumon. Manifestement, ce poumon avait presque aussitôt plaqué son boulot et la poitrine de Maurice se soulevait rapidement, car le poumon droit essayait de compenser le déficit de son voisin. Maurice avait indéniablement des problèmes respiratoires. J'ai découvert avec surprise que le trou de son cou était tout petit par rapport à sa blessure au torse. Elle paraissait affreuse, déchiquetée, toute gluante et brillante, mais elle avait sans doute causé moins de dégâts que les deux autres. Étrange comme le sang de mon ami, si consubstantiel à lui et essentiel à son existence, avait le pouvoir de me répugner. C'était, après tout, la substance même de la vie. Assez paradoxalement, ce spectacle fit aussi naître chez moi un amour brûlant et soudain pour mon ami à l'agonie. Car il était réellement en train de mourir. Les béances irrégulières pratiquées dans son corps lisse et précieux vomissaient et crachaient une humeur sombre et furieuse sur les planches souillées du fond du bateau. Oui, il était bon pour le grand saut.

C'est à ce moment-là que j'ai commencé d'envisager pour de bon la notion que Maurice ne resterait plus longtemps en ce bas monde. J'en ressentais un grand chagrin, comme vous pouvez l'imaginer, mais en cette affaire mes sentiments étaient loin d'être clairs. Des moments de distraction nébuleuse me plongeaient dans la confusion. L'affiche annonçait que Culpabilité jouait le premier rôle, mais elle ne s'était pas encore manifestée. Lassitude était bel et bien là et elle accomplissait scrupuleusement son boulot. Souffrance faisait de grands gestes en coulisses, mais le spectacle ne se passait pas très bien. On sautait des répliques, des tirades entières disparaissaient. Nous avions apparemment perdu toute direction dramaturgique au siège de mes émotions. Nous avions besoin d'un guide.

Maintenant, Maurice était presque silencieux. Il chuchotait d'une voix urgente et incohérente, les yeux révulsés, pris de frénésie, à la recherche d'un but. La peur et la douleur lui arrachaient de grands ahanements sanglants et son état semblait empirer. J'ai regardé son visage. Il avait le nez cassé et barbouillé de sang, suite à sa chute à plat ventre sur la jetée ; l'un de ses yeux, presque fermé, gonflait très vite. J'ai prononcé son nom. Il n'y a eu ni réponse ni signe de reconnaissance. Mais ses yeux fous toupillaient de plus belle, ses mains battaient l'air, serraient le vide. Il était manifestement ailleurs. A un endroit pas très agréable, aurait-on juré. Dans son combat monopulmonaire pour respirer, son cerveau ne recevait manifestement pas son quota normal d'oxygène, et ce manque ne l'aidait sans doute pas à rassembler ses pensées.

J'ai quitté la cabine minuscule pour monter d'un pas chancelant vers la partie découverte du bateau. Je voyais les rangées de lumière de la côte sur notre droite, mais je n'avais aucune idée de la distance qui nous en séparait. Néanmoins, on aurait dit que cette distance augmentait et je me suis demandé combien de temps nous mettrions, ou plutôt je mettrais à être repéré. La lune, qui avait réussi à percer la couche nuageuse, déversait maintenant sa pâleur sur les vagues autour de moi. La mer elle-même était étrangement apaisée, son murmure aisément dominé par les craquements fous du petit bateau. L'envie d'une cigarette me submergea. Pensée terrifiante. Mon meilleur ami allait mourir plus ou moins par ma faute et le désir de tabac obnubilait mon esprit. J'ai essayé de définir quel genre de salaud je pouvais bien être, sans réussir à trouver une réponse satisfaisante.

Je suis resté assis dehors pendant environ une heure, occupé à ralentir mon pouls et à respirer calmement. De temps à autre, Maurice criait, émettait des gargouillis particulièrement sonores, mais je faisais la sourde oreille. Je ne voulais pas voir ça.

A la fin, bien sûr, je suis retourné dans la cabine. Même moi, je ne supportais pas une inhumanité aussi féroce. Quand j'ai ouvert cette petite porte de cinglé, la grisaille soudaine a dessiné des irisations de douleur argentées dans ses yeux mourants. Il a vainement essayé de tourner vers moi son visage détruit et souillé. Ses lèvres remuaient encore avec une urgence désespérée, mais aucun son n'en sortait plus. Je me suis penché au-dessus de lui pour tenter de l'apaiser.

« Ça va aller », lui ai-je dit.

J'ai posé mes mains froides comme la pierre sur le flot humide et tiède qui jaillissait encore en bouillonnant hors de la poitrine de mon ami. Je n'ai pas endigué ce flot, mais au moins sa chaleur a redonné vie à mes mains. Lorsque je les ai retirées, il s'est mis à trembler de la tête aux pieds, en proie à un violent spasme d'agonie. J'ai respiré l'odeur évidente de la merde liquide, qui s'écoulait hors de ses intestins perforés. C'était à la fois écœurant et touchant. J'ai vu avec amertume la force et la jeunesse de mon ami s'écouler hors de lui avec une facilité monstrueuse. Dégoûté, je voyais le sang jaillir et le quitter en grands caillots de vie. C'était une expérience étonnamment chaotique, cette mort. Une panne mécanique arbitraire. Je me suis senti submergé de pitié et de compréhension. Le pire, dans l'agonie, ce n'était pas la souffrance. C'étaient la peur, le désespoir et l'abattement qui finissaient par avoir votre peau.

Maurice a gargouillé, saigné et sangloté pendant deux autres heures. Il est mort juste avant l'aube. A la fin, il a semblé conclure très vite cette longue agonie. Je n'ai rien remarqué jusqu'au moment où j'ai vu un hideux mucus gris sortir du nez de mon ami mort. A ma grande surprise, je n'ai ressenti aucun dégoût et j'ai même touché légèrement son visage du dos de la main. Bien que manquant toujours de cigarettes, je respirais maintenant plus facilement. Je vais passer pour un égoïste, mais j'ai été soulagé que ça soit fini. Maurice aussi l'aurait sans doute été. Apparemment, au cours des dernières heures il n'avait pas eu envie de se battre bec et ongles pour conserver ses dernières miettes de vie. Je crois qu'il était content d'être mort.

J'ai regardé son cadavre effondré, recroquevillé. Je l'ai déjà dit, Maurice avait été beau. Il ne le serait plus jamais. J'ai essayé de penser aux lèvres et aux mains féminines qui avaient caressé ce quartier de viande froide vautré au fond du bateau. Tout cela semblait si lointain. De son vivant, Maurice n'avait rien eu à voir avec ce tas sanguinolent de chair déchiquetée, comme équarrie. Ce spectacle si révoltant de la mort aggravait encore la situation. Une mort bien nette et élégante n'aurait pas été si pénible. Quelque chose de noble, à la Chatterton. Mais ce tas de viande souillée éveillait ma culpabilité. Ce n'était que justice. Il avait été mon ami, j'étais responsable de sa mort et son cadavre serait désormais mon cauchemar privé. Maintenant, je le connaissais mieux que personne. Je l'avais vu en cette dernière et très intime extrémité. Il m'appartenait. J'étais triste, désespéré et navré, mais il me restait suffisamment de fierté pour y voir un legs d'exception.

Épuisé, j'avais besoin d'un peu de repos. Je suis sorti péniblement de la petite cabine avant de me redresser dans l'air froid strié de pluie. L'averse était plus forte, elle entama le restant de mes forces. La sinistre assiette de la mer était parcourue de vagues inconsistantes, vertes et amorphes, qui s'étendaient sans fin autour de ma minuscule embarcation assiégée. Les bourrasques glacées me volaient mon haleine saccadée, mes oreilles me piquaient et ruisselaient d'embruns et de pluie. Je n'aimais pas ce petit bateau. L'idée de sa masse brinquebalante soutenue par l'essence impalpable et insubstantielle de l'eau m'emplissait de terreur. Une minuscule et absurde tête d'épingle sur l'immense peau douce de la mer. Sa permanence si fragile, si aisément perdue. La mer boueuse, malvenue.

Ç'avait été une mauvaise nuit selon les critères habituels. J'avais été kidnappé par des terroristes, abandonné à la mer, mon meilleur ami était mort et il m'avait fallu assister à son agonie. Dès qu'on nous découvrirait, j'aurais toutes sortes d'ennuis. La police, les soldats, les journalistes. Je me sentais livré, pieds et poings liés, à cette affreuse célébrité inédite. J'aurais sans doute des ennuis à l'école. Je voulais rester invisible, insignifiant. Échapper à l'attention générale et à l'expiation. Mais il était un peu trop tard pour cela.

J'avais une folle envie d'uriner. Ce désir me taraudait depuis un bon moment déjà, mais il m'avait paru irrecevable tant que Maurice vivait. Je n'aurais tout de même pas pu lui demander d'attendre deux petites minutes pendant que je sortais pisser. Mais maintenant il était mort et ça ne le dérangerait pas. (Je ne peux m'empêcher de penser que ça n'aurait pas fait grande différence pour lui un peu plus tôt. Car, de son côté, il était sacrément occupé.) La douceur impénétrable du ciel mouillé semblait peser de tout son poids sur la mer. Je commençais de sentir la chape tiède du sommeil tomber sur mes membres humides et froids. Je sombrerais bientôt et avec joie, mais je devais d'abord pisser.

Le cœur lourd, je me suis penché au-dessus du bateau pour me soulager dans la mer.

Vous comprenez pourquoi j'ai menti.

Maintenant, le coup de bluff numéro deux. Vous vous rappelez qu'en évoquant la fameuse fausse-couche de Deirdre, j'ai plaidé non coupable quant à mon éventuelle implication personnelle dans sa grossesse. Eh bien, il s'agissait d'un mensonge. C'est moi qui l'avais mise en cloque. Moi qui avais planté cette petite graine. Pas très étonnant, n'est-ce pas ? Sur le moment, vous avez sans doute deviné anguille sous roche. D'ailleurs, je la sautais depuis le début (après mon échec initial, je veux dire). La couille, la merde, appelez ça comme vous voulez, était de ma faute. Qui plus est, le terme de la grossesse, l'avortement proprement dit fut pratiqué par nul autre que votre perfide serviteur. Une sale affaire, qui nous a coûté à tous les deux pas mal de tourments moraux. Ce fut sans doute beaucoup plus facile pour elle, car elle n'était même pas catholique ; les protestantes se faisaient avorter à tire-larigot, quasiment tous les jours. Elles s'en tamponnaient le coquillard, les parpaillotes. Moyennant quoi, ç'a bel et bien été moi qui ai encaissé la souffrance de plein fouet.

Quand Deirdre m'a annoncé qu'elle était enceinte, elle est restée lamentablement vague sur le chapitre des dates. Je me suis senti vaguement perturbé, envisageant aussitôt l'arrivée impromptue de son père à ma piaule avec le Chapitre local des Orangistes, le Ku Klux Klan ou des citoyens tout aussi désireux de repeindre les murs de ma piaule avec mon sang. De toute évidence, il fallait agir. L'avortement étant illégal en Ulster, nous ne pouvions pas débarquer au dispensaire le plus proche pour expulser le petit salopiaud hors de son antre. Nous avons donc improvisé. J'ai calculé qu'elle ne pouvait pas être enceinte de plus de huit ou neuf semaines tout au plus. J'ai ensuite décidé de faire ça moi-même.

Et je l'ai fait. J'ai passé une semaine au rayon médecine de la bibliothèque municipale, à me délecter des diverses manières d'extirper les hôtes indésirables. J'ai choisi le procédé intitulé Dilatation et Curetage (D & C, pour nous autres étudiants en médecine). Le bidule ne serait pas plus gros qu'un pois chiche, une prune rabougrie. Suffit de passer ensuite un bon coup de papier de verre sur la cavité utérine et Deirdre serait de nouveau en état de marche. Elle ne remarquerait même pas la disparition dudit pois chiche. Je me suis procuré une longue paille, juste au cas où l'avorton se serait montré têtu.

Quand arriva le jour auspicieux, Deirdre frappa à la porte de ma piaule, ôta son pantalon et bondit sur mon lit moisi, les yeux écarquillés de terreur, les lèvres humides d'une confiance absurde. Farouche adversaire des aiguilles à tricoter, je réfléchis que je suivais un enseignement artistique renforcé et je choisis de lui enfoncer un pinceau d'artiste dans la chatte. A manche long et poils doux. Le fin du fin. Je tripotai pendant une quinzaine de minutes — sondant, explorant, farfouillant et plongeant. La médecine me sembla facile. Un simple problème de physique. Du sauvetage humain. Beaucoup d'humeurs visqueuses sortirent de là, parmi lesquelles un ou deux petits morceaux à la consistance encourageante. Je me dis que ça y était. Je récupérai mon pinceau et conseillai à Deirdre de surveiller tout saignement vaginal excessif. Je ne lui dis pas ce qu'elle devait faire en pareil cas, je lui conseillai simplement d'y faire attention.

Elle était en larmes, elle versait de grosses larmes amères. Je fis de mon mieux pour consoler la pauvre fille, évidemment. Au moins, elle ignorait la nature de l'objet que j'avais utilisé. Je lui dis que, grâce à un ami qui travaillait aux Urgences, j'avais réussi à mettre la main sur une canule. Comme Deirdre ne m'avait pas demandé de la voir, je pus aisément ménager sa sensibilité, car l'histoire du pinceau l'aurait sans doute choquée. Ce que les filles laissent ou ne laissent pas pénétrer en elles me surprendra toujours. (Après son départ, j'ai jeté ce pinceau à la poubelle. Je n'avais aucune envie de le conserver après l'opération.)

Me croirez-vous si je vous dis que j'ai même essayé de la sauter avant qu'elle ne parte ? Répugnant ! Je venais de mettre les mains dans sa petite chatte et ma chienne de bite m'a lâché en se mettant à panteler pour avoir du rab. Mais dieu merci, elle ne m'a pas laissé faire ! Elle n'était pas d'humeur à ça.

Tout se serait sans doute bien passé si mes calculs temporels s'étaient révélés justes. Si elle avait seulement été enceinte de deux mois, mes efforts amateurs auraient certainement suffi. Mais comme elle était en réalité enceinte de cinq mois, j'ai raté mon coup. Bon dieu, cinq mois ! Il était déjà presque entièrement formé, doué d'une forme humaine reconnaissable et foutrement gros — de la taille d'un ballon de football. Dire que j'avais essayé de le déloger avec mon pinceau barbare !

Pensez donc ce que vous voulez sur le douteux statut spirituel du fœtus, mais ce fut difficile, vraiment dur à avaler.

Voilà pourquoi, je crois, Deidre a ensuite perdu la

boule. Selon tous les critères en vigueur, elle constituait un terrain idéal pour la dinguerie. Parole, votre serviteur et son effet Midas avaient fait merveille. Un véritable exploit. Ensuite, ce fut le cauchemar ; le pinceau, les saletés, les pertes régulières, la douleur et tout le reste ; mais le pire, et de loin, c'était que j'avais voulu la sauter juste après. Bon dieu, comme je regrette d'avoir fait ça !

Vous comprenez pourquoi j'ai menti.

Ah oui, une dernière chose. En plus de tout cela, je dois avouer que je n'ai jamais réussi à coucher avec Laura. Non, jamais. Encore une autre arnaque. Pleine de bon goût et d'envolées lyriques, mais un coup de bluff nonobstant. Non, je n'ai jamais couché avec Laura, ni dans un champ, ni dans un lit ni nulle part. J'aurais peut-être pu avoir une occasion. Je suis presque certain qu'elle avait un peu envie de moi, que je lui plaisais vaguement. Après tout, elle a dessiné ce portrait imaginaire de moi, n'est-ce pas ? Oui, j'avais bon espoir d'arriver à mes fins, mais je ne l'ai jamais approchée. Un fiasco complet. Laura s'est mise à me mépriser avec une ferveur et une obstination dignes d'éloges. Oh oui, elle me haïssait profondément ! Je l'ai rendue furieuse en une kyrielle d'occasions fort peu intimes et très désagréables. Oh, Laura, cette fille ne me porte pas dans son cœur. Loin de là.

Tout était vrai jusqu'à l'épisode du bal du mois de mai. Mais je n'ai pas mis fin à ma confrontation avec Greg et ses copains en m'éloignant d'un air dégagé. Je ne leur ai pas davantage flanqué une dérouillée. Ce sont eux qui m'ont rossé à mort. Une terrible humiliation en présence de Laura. Et je n'ai pas passé cette nuit-là dans l'attente énigmatique du matin, non ; je l'ai passée aux Urgences en attendant qu'on examine mon corps couvert de plaies et de bosses. Il n'y a aucune scène d'amour frémissant et matinal, aucune journée de marches extatiques, aucune nuit paradisiaque à la belle étoile et nul coup frappé à la porte. J'ai tout inventé. Triste, mais vrai.

Quatre

Bon, cela fait donc trois petites entourloupes que je vous ai racontées. Trois gentilles arnaques. C'est déjà une belle liste, non ? D'un point de vue quantitatif, cela équivaut à un sacré paquet de mensonges. Et sur des points cruciaux de l'intrigue, par-dessus le marché ! Tssk tssk. Je devrais avoir honte. Deux morts dont je suis responsable, plus un non-événement érotique. On peut dire que je me suis cassé, ça oui. Désolé. Je vous demande pardon. Ça m'est venu tout seul. A cause de la peur. C'est la trouille et la honte qui m'ont entraîné sur cette pente savonneuse de la dissimulation. Je n'aime pas trop parler de mes fautes. Elles m'embarrassent. Après tout, mon meilleur ami et mon enfant non-né ! Pas très joli, n'est-ce pas ? Pas vraiment admirable. Le héros du vingtième siècle doit être imparfait, me dit-on de source bien informée. Il lui faut être profondément, irrémédiablement souillé par ses contacts avec cette époque qui est la nôtre, mais il doit bien y avoir une limite... tout de même !

Je tiens néanmoins à ajouter que l'immense putain de majorité d'entre nous ment comme s'il n'y avait pas de lendemain (peut-être parce qu'il n'y a pas de lendemain). Même les plus pieux d'entre nous connaissent de grands et terribles écarts, de temps à autre, par intermittence, à l'occasion. Dans les romans, d'aimables narrateurs pleins d'aplomb font ça tout le temps. Les journaux s'en repaissent, de ces mensonges. Les politiciens le font par habitude, sans rougir le moins du monde : « Non, nous ne sommes pas en train de démanteler le système de protection sociale. » — « Le M16 n'existe absolument pas. » — « L'Afrique du Sud est un endroit merveilleux où il y a beaucoup de soleil et d'adorables habitants à peau brune. » L'essentiel dans tout ça, c'est que personne ne proteste, personne n'est surpris... personne ne s'attend à autre chose ! C'est une évidence. Ça s'appelle l'objectivité, ou le réalisme, ou quelque chose comme ça.

Cette dérive s'étend jusqu'aux aspects les plus modestes de nos existences. Pensez-y. Qui aujourd'hui s'attend honnêtement à entendre la vérité ? Pas moi. Vous, peut-être ? Je vous ai parlé des mauvaises habitudes de Jenny, qui mentait comme une arracheuse de dents. Eh bien, lorsque j'ai découvert qu'elle avait quasiment sauté tout le quartier, ça ne m'a pas surpris outre mesure. Ça ne m'a même pas bouleversé. Je me suis senti blessé, humilié, jaloux, d'accord. Mais c'était l'acte proprement dit, pas le subterfuge, qui m'a froissé. De fait, la tromperie verbale me venait rarement à l'esprit. J'ai d'ailleurs compris que Jenny m'avait rendu un excellent service en ne me disant rien. Après tout, aurais-je vraiment désiré connaître la vérité ? Sans doute qu'elle pensait me faire une fleur. Elle voulait être gentille.

Et dans une certaine mesure, elle l'était. Le " pieux mensonge ", en tant qu'excuse et concept, englobe aujourd'hui l'immense éventail de la tromperie humaine. Plus que jamais, le mensonge a une valeur. Il est confortable, aisé, indolore. Il permet d'échapper aux situations désagréables et aux rapports indésirables. Il ménage à la fois les sentiments de ceux qui vous entourent et les vôtres. Le mensonge est le coup de grâce essentiel à la vie moderne. Il est le verrou crucial, le tueur élégant qui nous donne à tous notre pain quotidien. Il est vital. Irremplaçable. Où en serions-nous sans le mensonge ?

De plus en plus, la vérité est chose précaire. Timide, hasardeuse et cachée. Que feriez-vous si vous la rencontriez, si quelqu'un vous disait pour de bon la vérité ? Pour ma part, j'en pisserais de peur. De toute façon, je ne la reconnaîtrais sans doute pas. Ah ouais ? ferais-je. Vraiment ? Sans blague ? Tu le jures ? Tu déconnes ? Oui, je crains bien que la triste vérité soit que je ne reconnaîtrais pas la vérité si elle s'arrêtait devant moi en T-shirt personnalisé, si elle me présentait certificat de naissance, empreintes digitales, description des dents et témoignages de moralité. « Arrête tes conneries ! lui dirais-je. Tu me prends pour qui ? Un crétin ? »

Mais tout cela n'excuse pas mes propres mensonges. Sur ce chapitre, vous ne pourriez pas être plus déçu que moi. Je reconnais que toute cette affaire est parfaitement inexcusable et que je n'ai pas la moindre idée des raisons qui m'ont poussé à mentir. Comme je l'ai dit, j'étais embarrassé. Après tout, c'étaient de petits détails sans importance. Et j'avais bien sûr envie de vous plaire. Oui, je crois que c'était pour moi très important. Mes omissions semblent plus facilement compréhensibles ainsi, n'est-ce pas ? Avec toutes ces dures vérités, vous auriez risqué de me laisser tomber beaucoup plus tôt. Comment aurais-je pu espérer me tirer indemne de tout ça ? Vous m'auriez plaqué d'un air dégoûté, pour vous préparer une tasse de café, boire un verre, fumer une cigarette et me refiler à un copain. « Tu sais ce qu'a fait ce type ? Tu sais ce qu'il a essayé de combiner ? Pour qui se prend-il ? » Je ne voulais pas ce genre de réaction. Cette seule éventualité me donnait des frissons. Voilà pourquoi j'ai craché le morceau. Voilà pourquoi j'ai gardé le pire pour la fin.

Oui, nous approchons très certainement de la fin. Nous allons manquer de papier. O feuilles cruelles ! O couverture tyrannique ! Vous l'aviez déjà remarqué, j'imagine. Vous l'avez vue venir. Difficile de faire autrement, sans doute. Vous avez au moins cet avantage sur moi. Cet atout. Utilisez-le avec économie, s'il vous plaît.

Voulez-vous savoir lequel de mes mensonges était le pire (ou plutôt, laquelle de mes vérités) ? Ils sont tous moches et vous avez sans doute déjà vos préférences et vos échelles de valeur. Objectivement, le pire mensonge est bien sûr celui concernant la fausse-couche de Deirdre. C'est lui qui a fait le plus de dégâts (à elle, à moi, à lui) et qui a coûté le plus cher — en loyauté, en innocence sans sperme, en statut de victime chérie. Dans ma première version de cet épisode, j'en sortais au milieu d'une odeur de roses alors qu'en réalité je sentais la mort, la traîtrise et le curetage raté. Le gouffre qui me séparait de mes versions fictives était ici le plus large. C'était le passage qui avait besoin d'être entièrement revu et corrigé. Je n'avais aucun droit d'insister autant sur ces événements. Cet épisode me retirait presque toute humanité. Mais comme je l'ai déjà dit, j'avais très envie de vous plaire.

Pourtant, la supercherie qui m'a coûté le plus cher en dignité et en estime de moi-même fut, curieusement, la reconstitution fictive de mes amours avec Laura. En effet, les deux autres mensonges n'étaient pas vraiment des supercheries. Tout au plus des inexactitudes concernant les événements réels, des omissions de détails essentiels. A l'inverse, tout le dénouement de ma liaison avec Laura relève de l'arnaque pure et simple, de la fabrication claire et nette. Le comble de la supercherie. Et c'est bien pire.

Jamais je n'ai approché le divin postérieur de Laura et elle a toujours évité le mien comme la peste. Ce petit mensonge était superflu. Je ne dissimulais aucun forfait, je ne cachais aucun crime. Simplement, je ne voulais pas montrer mon échec. Ma propre futilité comique. J'essayais d'effacer mon personnage de pauvre hère.

Combien de fois j'en ai pleuré au cours des années qui ont suivi. Désert solitaire du désamour. Espérant sans cesse en ma photogénie superflue. Gentil petit amoureux transi.

Nom de dieu, depuis lors j'ai été en proie à une sentimentalité clownesque. Avec quelle ferveur je rêvais de nos retrouvailles mémorables et merveilleuses, dix ans plus tard. Une projection. Nos chemins se croisant enfin sur un trottoir optimiste. Tambours et trompettes. Rêves de velours. Elle vient à moi. De dix ans plus âgée, et toujours aussi fascinée par mes petites fesses bien conservées, toujours fermes. Oui, c'est ça. Mon fantasme. Le roi du mélo ! Moi, souple, pimpant et débonnaire, comme il se doit. Je me suis décarcassé pour échafauder tout ça. Que se passait-il donc ? A moi le triomphe et le choix. A elle le regret ridé de toutes ces années gâchées. Ce détail m'excitait. Les femmes vieillissent tellement plus vite que les hommes, observais-je avec contentement. Moi à la place du conducteur. Ultime image troublée. Au retard poignant. J'ai tellement voulu et attendu cela.

Je sais très bien que je m'humilie à ce petit jeu. Je sais très bien qu'elle se soucie de moi comme d'une guigne et je suis foutrement certain qu'elle n'accorde jamais la moindre pensée aux charmant sujet de Ripley Bogle... sauf peut-être pour le vouer aux gémonies. Ah, pauvre de moi, elle m'a frappé et abattu. L'ironie et la confiance n'ont pas réussi à me protéger contre ses coups féroces. Et me voilà tout meurtri. C'est triste, non ? Malgré mes tromperies, ne sentez-vous pas un peu de colère partisane sourdre au fond de votre petit cœur ? Oui ? Tant mieux. Alors que diriez-vous d'aller devant chez Laura et d'organiser une modeste manifestation sous ses fenêtres ? Vous savez, avec slogans, banderolles et tout le saint-frusquin — « Un répit pour Ripley ! Aime-le, Laura ! » Peut-être que ça suffirait pour emporter le morceau. Au moins, ça me ferait remarquer. Seriez-vous prêts à faire ça pour moi ? Merci, les gars. A charge de revanche.

Mais peut-être devrais-je laisser tomber ? Aujourd'hui, il est probablement trop tard. Néanmoins, pour elle je vais m'essayer à tout ce qu'impliquent les acceptions modernes du mot amour — générosité, intégrité, tendresse et bénédiction.

Après tout ce que vous venez d'apprendre, je ne manque pas de culot pour parler d'intégrité et de générosité ! Je ne suis pas sûr que mon obsession juvénile pour la chère Laura mérite même le mot d'"amour". Si ça n'avait pas été elle, ç'aurait été une autre, comme on dit. Peut-être que je l'ai cherché. La confrontation, le désaveu et, surtout, l'échec final. C'était peut-être ça. La non-possession. Peut-être que l'attente était tout. Le frottis de la mémoire.

Pouvons-nous qualifier ça d'amour ? Non payé de retour ou autre. Le dernier stade du respect de soi. L'appât de l'inaccessible. La tentation de la sacristie. Rien que pour moi, elle allait trembler. Le prêtre épicène en soutane. Jamais elle n'a même failli m'appartenir. Elle était réelle. Elle était peut-être superficielle et écervelée, mais au moins elle existait. Était-ce ce que je redoutais ? Mais bon dieu, n'est-ce pas moi qui suis vide comme une cosse ?

En tout cas, pareilles considérations sont aujourd'hui futiles. Elle sont périphériques, académiques. Sans la moindre conséquence, je crois, sur le chemin qui nous reste à parcourir.

Venez donc. Vous et moi, nous avons déjà traversé ensemble des passes bien pires. Aimez-moi, méprisez-moi, injuriez-moi, ignorez-moi, traitez-moi à votre guise, mais nous devons bouger d'ici. Nous avons quelques conclusions à tirer. Accompagnez-moi encore pendant cinq minutes. Restez là. Nous touchons au but. En route. Nous devons rejoindre la fin.

(A propos, toutes ces considérations sur la vérité comme objet fugace, difficile à reconnaître, etc., c'était du flan. Je le comprends déjà et je doute beaucoup d'avoir été plus rapide que vous pour aboutir à cette conclusion. Pathétique, n'est-ce pas ? Le prix à payer pour ma jeunesse. Une révision instantanée. Connerie sur connerie. Prenez Perry, par exemple. Vous connaissez évidemment Perry moins bien que moi, mais il était bourré de vérité jusqu'à la gueule, vous pouvez me croire. A son insu, il était l'épicentre d'une énorme déflagration de vérité et d'intégrité. Perry disait toujours la vérité. Voilà une évidence à laquelle j'ai essayé de fermer les yeux. Toujours la vérité. Perry était incapable de mentir. Comme les dadas loquaces de Swift. Il ignorait tout de la tromperie. Cette aberration musculaire de la logique, ce confort mesquin. J'espère que ça l'a aidé. J'espère que ç'a été pour lui un atout dans la vie. Vous savez, je crois que ça lui a beaucoup servi.)

*

Les vieux racontent tout le temps leur histoire. C'est chez eux une habitude. Chez les vieilles aussi. C'est accepté. Attendu même, avec la bénédiction respectueuse de la norme.

Les plaisirs que l'on prend à écouter les vieux sont, je le reconnais volontiers, nombreux. D'abord, ils ont d'habitude beaucoup d'histoires à raconter ; une multitude d'histoires. C'est le principal avantage des vieux. Ils ont de nombreuses années derrière eux. Leur longue vie et leurs rencontres multiples leur permettent de forger leurs récits, leurs histoires épiques, sinueuses, leurs dynasties. Mais c'est aussi le problème des histoires racontées par les vieux. Ils ont vécu si longtemps que, dans l'intérêt de la brièveté, ils pratiquent des ellipses saisissantes. Ils résument parfois une décennie en un seul paragraphe. Une demi-heure sur la nuit où ils ont perdu leur virginité et puis une génération est balayée en quelques secondes. Il y a des trous et des longueurs. Des changements de rythme et d'accent. De longues plages de temps dilaté et de brèves réminiscences.

*Le récit d'un jeune est relativement inhabituel. Rare. Curieusement, nous semblons craindre d'offrir nos petites babioles en pâture à l'oreille du public. Ça sent la précocité, l'*hubris*, l'ignorance entêtée. Qu'avons-nous donc vécu, pendant notre brève existence, qui méritât d'être narré ? Qui voudrait le savoir ? Nous n'avons pas accès à cette malle d'années, à cet énorme sac de temps égrené. C'est à la fois notre handicap et notre force. Les événements frappent davantage les jeunes. Il nous manque cette objectivité que procure le recul. Notre passé est immédiat, épisodique, voire d'un égocentrisme brûlant. Et surtout, visuel, imagé. Composé de sens, affranchi de la plupart des jugements et des pensées parasites. Notre passé possède cette force concentrée de l'œil implacable. Détail, précision, contraste. Ainsi sont les souvenirs de la jeunesse.*

Les vieux se souviennent à partir d'un point fixe. Ils ont achevé l'essentiel de leur rapport avec la vie. Leur histoire paraît terminée, inéluctable. Les histoires des jeunes sont racontées à mi-chemin. Ils sont la proie du changement. Rien n'est certain. Ils ne peuvent ni adopter une pose convaincante ni tirer la moindre conclusion valable. Cela vous incombe.

Cinq

Trafalgar Square scintille dans l'humidité du début d'après-midi. Le brouillard s'est installé, des groupes erratiques de silhouettes vont et viennent avec nonchalance dans la pénombre dominicale. Une moiteur âcre et lourde imprègne l'air, ignoble secrétion du ciel putrescent. Elle s'installe et enveloppe immeubles, voitures et gens aussi bien dans une affreuse expectoration. L'haleine des passants dessine un foisonnement de vermine qui s'attarde dans l'atmosphère défigurée, qui ondule et serpente avant de disparaître. Une brume diaphane, maléfique, s'enroule autour de la colonne et, d'une cape, dissimule sa taille.

La journée se traîne. Après l'accalmie de midi, elle est ensuquée, ronchonne. Les gens le sentent, et personne autant que moi.

Je ressasse mes morts stéréotypées. Je me débats avec le déséquilibre de ma culpabilité et de mes remords. Ici, je me sens tout gauche sous l'œil terne de mes fautes. Cet œil me fixe d'un regard implacable, il observe mes tentatives maladroites pour faire amende honorable. Une lamentation pour les morts, un péan au cadavre du monde serait le bienvenu. Une authentique liste des fantômes. Mais je n'ai pas le temps.

Je tourne mon visage hagard, mon triste faciès buriné

vers cette quintescence londonienne. Ici la ville s'apaise et se dépose. Dans l'attente. Elle égrène sa liste d'histoires et de transgressions. Dans les flaques des fenêtres et les reflets mouillés, le brouillard vibre. Il s'échappe et danse pour d'autres étreintes que la mienne.

Les passants de Trafalgar Square toupillent selon leurs vitesses variables, leurs mouvements sont ralentis par le veto brouillé de la journée. Comme le désœuvrement de la pause de midi, comme toute aisance réfléchie, leur liberté est corrompue dans cette enveloppe de brume. Les voitures défilent en ordre silencieux, les souillures aériennes maculent leurs vitres remplies de visages. La ville ne brille guère.

Nous avons tous besoin d'une chance... sinon de deux ou de plus encore. Nous aspirons à la révision, à l'effacement, à la clémence. Nos erreurs passées et futures s'agglutinent dans nos rues, remuantes et officieuses. Elles veulent se faire entendre. Elles ont une myriade de doléances à formuler. Elles désirent qu'on leur rende justice. Elles aimeraient un petit arbitrage.

Qu'obtiendront-elles ?

Tout a mûri, comme il se doit. Les duperies font long feu. Elles ne tiennent pas la distance. Oup là, le pot aux roses ! Terreur du menteur. Instant de vérité, répugnant et disgracieux. Il arrive à son heure, il chasse d'anciens espoirs. Mes autres inexactitudes assommantes. J'ai essayé de vous convaincre de mes progrès majestueux. Mon voyage têtu vers ce but stupide et vicieux. J'ai sans doute échoué.

Je décline, je disparais, mais il me reste encore une petite chose à ajouter. Quel est le pire de mes forfaits ? Dans les sous-sols et les arrière-cours j'ai cherché une nécessité. En proie à la cupidité du trottoir et de la déception, je me suis souvenu, j'ai revécu et évoqué. Entre le succès et l'échec, je dois danser ma danse avec mes poèmes bancals pour cueillir mes pires fleurs flétries. Geste précaire, qui m'apporte peu d'amis.

Vous comprenez mon problème ? J'essaie. Où trouver les mots dont j'ai besoin ? J'essaie. Je me décarcasse. Pour la sagesse et la bonté, pour la compréhension et la résolution. Moi qui ai commencé par les trompettes de la lamentation, je me brade éternellement. De l'arrogance à la banalité, je dévale. Je suis vaincu par la casuistique affolante de ma race et de mon âge. Ou par quelque chose d'approchant. Toutes mes tentatives de magnanimité et d'humilité ont tourné court. Comme en ce moment, elles s'effritent en mièvrerie. Mais j'essaie. Croyez-moi. J'essaie de toutes mes forces.

J'ai passé mes jeunes années en compagnie des romans victoriens, ces guides de moralité répressive. Dans ces volumes, le jeune héros, un garçon aimable et favorisé, Tom Jones en redingote, quitte la stabilité de sa vie quotidienne pour entamer le voyage qui doit le mener à la maturité. Et le voilà parti, bien équipé en égoïsme, vulgaire sophistique et défauts disparates. Bien que fondamentalement généreux et compatissant, il a ses tares. Il entame donc sa série de revers, de déceptions et d'épreuves. Il rencontre des personnages pleins d'une sagesse plus forte et plus ancienne, qui le guident dans une certaine mesure, consciemment ou à leur insu. Le voyage est ponctué de ses erreurs, de ses faux pas, de ses méprises et de ses folies. Grâce à elles, il peut prétendre à une sorte de sagesse. Une sagesse capricieuse et originale, mais une sagesse néanmoins. Bref, il mûrit et décroche le pompon.

Cette conception eut une influence durable sur Ripley Bogle, ce bizarre rejeton de Turf Lodge. Depuis lors, j'ai essayé d'estimer à cette aune ma propre maturité. J'ai tenté de me mettre du plomb dans la cervelle plus vite qu'Arthur Pendennis. L'idée est assez simple, mais dans mon cas elle n'a pas donné de très bons résultats. Je récolte apparemment plus que ma part de mauvais traitements, de désastres et d'humiliations. Bon dieu, me dis-je après ma dernière déconvenue ou ma plus récente crise de folie, ouah, j'ai vraiment pété les plombs ! Après ça, je dois être d'une sagesse absolument inédite, un vrai Salomon ! Bonjour, Maturité, ravi de vous rencontrer enfin. Mais dès que je repars sur le chemin de la vie, je commets une nouvelle gaffe, froisse une nouvelle sensibilité et me retrouve dans le rôle de l'avorteur. Sans traîner. Je suis un peu plus sage après ça, je peux vous le dire. Néanmoins, il y a encore d'autres péchés à commettre, encore de la sagesse à engranger. Aiguillonné par l'espoir ténu d'un achèvement hypothétique, je dois aller de l'avant. J'imagine (attendez un peu) que la boule de ma sagesse ne cessera jamais de rouler et de grossir. Mais je soupçonne que personne ne se retrouve dans la situation de ces héros à la fin des romans cités. Dans la lumière froidement objective de la réalité, les choses ne se passent apparemment pas ainsi. Aucune scène de réconciliation finale, pas d'affable bienfaiteur désireux de refiler du fric et je ne retrouve certainement pas ma dulcinée à la dernière page.

Ça n'a peut-être l'air de rien. Mais pour moi c'est un grand pas. Je ne suis qu'un gamin, toutes ces choses m'emplissent de confusion et de terreur.

Autour de cette place corrompue, je contemple les lugubres plaisirs de l'Angleterre. Comme des yeux tristes dans un visage souriant, elle fait des efforts mais trompe peu de gens. L'aspect le plus agréable de Londres, c'est que Londres s'en fiche. A Belfast j'étais enchaîné comme tous les Irlandais par la douce maîtrise de mon pays, par sa litière autochtone, par son austère beauté parentale.

Londres acceptera de jouer avec vous à condition de faire un effort, mais cette ville vous laissera à peu près intact. Elle engendre un plaisant accès de solitude et peuple cependant vos rêves, votre désespoir ou votre esseulement. En costume sombre rayé de gris vénérable, Londres demeure polie mais distante. C'est un comportement admirable de la part de n'importe quelle ville, et qui devrait être hautement recommandé.

Je me débrouille toujours aussi bien avec les affres de la faim. Je crois que, sur ce point sinon sur d'autres, ma force d'âme mérite l'approbation. Mes souffrances dues à la faim sont relativement supportables. Ma blessure a aussi ouvert un champ assez vaste au silence spartiate. Même si les circonstances de son origine n'ont sans doute pas procuré beaucoup de plaisir, au moins n'ai-je pas profité de cette menue tragédie autant que j'aurais pu le faire. Quant au reste, je l'avoue, il me procure des sentiments mitigés. Comment tout cela s'est-il passé pour vous ? Qu'en pensez-vous ? Ripley Bogle, arraché à Belfast, Cambridge et Londres, lie de l'humanité et ami des morts. J'ai roulé ma bosse, à ma manière modeste et concentrée. J'ai fait de mon mieux avec une assiduité plus ou moins grande et j'ai essayé d'éviter les pièges les plus criants de mes destinations douteuses. Maurice fut un désastre, Deirdre se résuma à une longue série de catastrophes et Laura fut le comble du fiasco. Oh oui, je leur ai fait du tort à tous, je leur ai rendu de bien mauvais services. Par ouï-dire et en réalité, je leur ai refilé une camelote répugnante. J'ai honte de tout ça, bien sûr, mais l'échec qui me trouble surtout est mon échec avec Perry. Je n'ai jamais fait de crasse majeure à Perry, en tout cas jamais rien d'aussi moche qu'avec les trois autres, mais bizarrement je ne peux m'enlever de l'esprit que je l'ai honteusement laissé tomber. Avant et après. En fait, je le floue en ce moment même. Impossible d'expliquer pourquoi, mais j'en suis absolument certain. Je devrais vraiment aller rendre visite à son fils. Je ne sais même pas où mon vieux copain sera enterré, mais je sais que je n'y serai pas. Personne n'y sera d'ailleurs, en dehors des prêtres et des rigolos habituels. De toute évidence, il ne devrait pas en être ainsi.

Je chante dans mes ténèbres et j'ouvre les yeux. Pour moi comme pour la plupart d'entre nous, pauvres corps que nous sommes, c'est la tâche de la vérité.

Et ma quête ? Où est-elle passée ? Que pouvons-nous sauver des fragments déchiquetés de ma petite histoire acide ? Pourquoi en suis-je arrivé là ? Une vache n'y retrouverait certainement pas son veau et je crains de m'engager excessivement, mais je crois que la raison se cache dans l'histoire et que l'histoire se tapit sournoisement derrière la cause. La voyez-vous ? Moi non, je le reconnais. Pas du tout. Pas l'ombre de la moindre vérité. *Absolument rien* *.

Lorsqu'il y a un péché à commettre, les Irlandais le chargent allègrement sur leurs épaules, en altruistes internationaux qu'ils sont. Le monde m'a causé un grand tort en faisant de moi un Irlandais. J'ai rué des quatre fers, mais Micksville vous charge à vous rompre l'échine. Quand j'y pense, je me trouve presque innocent — une simple victime des circonstances, de l'époque et de la nationalité. C'est la faute de l'Irlande, pas la mienne.

Pour ma défense, je dirai que la plupart des vices sont mal nommés. Les péchés et les crimes que tous nous accumulons sont rarement commis avec toute la lucidité d'un choix mesuré. Nos comportements répréhensibles ne sont pas voulus, nous commettons simplement des erreurs. Des erreurs horribles, mortelles, aux conséquences incalculables, mais le plus souvent ce sont seulement des erreurs. Voilà ma défense. Quelqu'un a rarement envie d'être un salaud s'il peut l'éviter.

Et voilà. La fin. Je suis content que ce soit terminé. J'allais être à court de digressions. J'ai semé le contenu de toutes mes poches, il ne me reste nulle part où lancer mes âneries. Je sors ma dernière cigarette. Je la prends lentement entre mes doigts, en savourant le moindre de mes gestes. Ma dernière allumette s'enflamme soudain dans la brume et j'allume ma clope. La fumée qui sort par ma bouche se fond dans les émanations humides de l'air lourd et brassé. Je me redresse un peu et commande à mes yeux d'adopter leur position d'observation. Le ventre vide, je tremble d'un maigre contentement. Je souris sans raison. Les choses ne se présentent pas si mal. Peut-être que je vais sauver les meubles. Je suis jeune, après tout. Je l'ai déjà fait. Je me suis déjà arraché à la déchéance. Le monde pourrait encore me faire une place. Je devrais peut-être essayer Oxford cette fois-ci. Qui sait ? En fumant avec une compassion régulière et alanguie, je tire quelques plans sur la comète.

Quand je me lève, la brume papillonne autour de moi. Deux bus s'arrêtent en tressautant furieusement, quelques centimètres seulement séparent leurs gorges de métal. Le brouillard semble perdre son silence, les bruits boueux de Trafalgar Square retrouvent leur timbre et la confiance. Un enfant qui joue au ballon passe près de moi en courant, ses cris font s'envoler des pigeons au cul plombé. Sa mère l'appelle. Il s'arrête, se retourne et sourit presque avant de reprendre son jeu animé, perturbant. Je m'éloigne en traversant leur sillage. La souffrance distend mon ventre lisse, mes jambes supportent mon poids avec une facilité touchante. Plein d'aplomb et d'allégresse, je marche.

Collection *Fictives*
dirigée par Brice Matthieussent

TONI CADE BAMBARA
Gorille, mon amour
Les Mangeurs de sel
Les goélands n'en sont pas morts

PAUL BOWLES
In Absentia

FRED CHAPELL
Lumières

GUY DAVENPORT
La Bicyclette de Léonard
Tatline !

ANNIE DILLARD
Pèlerinage à Tinker Creek
Une enfance américaine
Apprendre à parler à une pierre
Les Vivants
En vivant, en écrivant

DIAMELA ELTIT
Quart-Monde

JIM HARRISON
Faux Soleil
La Femme aux lucioles
Entre chien et loup
Julip

DENIS JOHNSON
Jesus' Son

JACK KEROUAC
Visions de Cody

BRICE MATTHIEUSSENT
Jim Harrison, de A à W

ÉRIC MCCORMACK
Paradise Motel
L'Inspection des caveaux

THOMAS MCGUANE
L'Ange de personne
Embuscade pour un piano
Comment plumer un pigeon
L'Homme qui avait perdu son nom
Outsider
Panama
Le Club de chasse
La Source chaude
Rien que du ciel bleu

ROBERT MCLIAM WILSON
Ripley Bogle

EDMUND WILSON
Mémoires du comté d'Hécate

RUDOPH WURLITZER
Lent Fondu au noir
Nog
Plans
Tremblement de terre

Composition : Graphic-Hainaut à Vieux-Condé
Impression : Société Nouvelle Firmin-Didot au Mesnil-sur-l'Estrée
Dépôt légal : octobre 1996
N° d'édition : 1335-4 - N° d'impression : 36893